Lembra de mim?

OBRAS DA AUTORA PUBLICADAS PELA EDITORA RECORD

Como Sophie Kinsella

Amar é relativo
Fiquei com o seu número
Lembra de mim?
A lua de mel
Mas tem que ser mesmo para sempre?
Menina de vinte
Minha vida (não tão) perfeita
Samantha Sweet, executiva do lar
O segredo de Emma Corrigan
Te devo uma

Juvenil
À procura de Audrey

Infantil
Fada Mamãe e eu

Da série Becky Bloom:
Becky Bloom – Delírios de consumo na 5ª Avenida
O chá de bebê de Becky Bloom
Os delírios de consumo de Becky Bloom
A irmã de Becky Bloom
As listas de casamento de Becky Bloom
Mini Becky Bloom
Becky Bloom em Hollywood
Becky Bloom ao resgate
Os delírios de Natal de Becky Bloom

Como Madeleine Wickham

Drinques para três
Louca para casar
Quem vai dormir com quem?
A rainha dos funerais

SOPHIE KINSELLA

Lembra de mim?

Tradução de
ALVES CALADO

8ª edição

EDITORA RECORD
RIO DE JANEIRO • SÃO PAULO

2022

CIP-Brasil. Catalogação na fonte
Sindicato Nacional dos Editores de Livros, RJ

K64a
8ª ed.

Kinsella, Sophie, 1969-
Lembra de mim? / Sophie Kinsella; tradução de Alves Calado. – 8ª ed. – Rio de Janeiro: Record, 2022.

Tradução de: Remember me?
ISBN 978-85-01-08167-4

1. Vítimas de acidentes de trânsito – Ficção. 2. Amnésia – Ficção. 3. Mulheres jovens – Ficção. 4. Ficção inglesa. I. Alves-Calado, Ivanir, 1953-. II. Título.

08-5558

CDD: 823
CDU: 821.111-3

Título original inglês:
REMEMBER ME?

Texto revisado segundo o Acordo Ortográfico da Língua Portuguesa de 1990.

Direitos exclusivos de publicação em língua portuguesa somente para o Brasil adquiridos pela
EDITORA RECORD LTDA.
Rua Argentina, 171 – Rio de Janeiro, RJ – 20921-380 – Tel.: (21) 2585-2000,
que se reserva a propriedade literária desta tradução.

Impresso no Brasil

ISBN 978-85-01-08167-4

Para Atticus

AGRADECIMENTOS

Enquanto escrevia este livro tive muitas dúvidas sobre amnésia; muito obrigada a Liz Haigh-Reeve, Sallie Baxendale e, em particular, Trevor Powell por toda a ajuda.

Tenho a incrível sorte de ser apoiada por uma equipe tão fantástica de super-heróis editoriais. Muitíssimo obrigada a todos da Transworld, especialmente Linda Evans, Laura Sherlock e Stina Smemo.

Como sempre, meu amor e meus agradecimentos à minha agente Araminta Whitley; a Nicki Kennedy, Sam Edenborough, Valerie Hoskins, Rebecca Watson, Lucinda Bettridge e Lucy Cowie. E àqueles que me mantêm sã durante o caminho: a Diretoria e minha família, Henry, Freddy, Hugo e Oscar.

PRÓLOGO

A pior de todas as noites de merda, de merda, de merda que já tive em toda a minha vida de merda!

Numa escala de 1 a 10 estamos falando em... –6. E não que eu tenha padrões muito elevados.

A chuva entra pela minha gola enquanto mudo o peso de um pé cheio de bolhas para o outro. Estou segurando a jaqueta jeans por cima da cabeça como um guarda-chuva improvisado, mas ela não é exatamente à prova d'água. Só quero achar um táxi, ir para casa, chutar longe essas botas imbecis e entrar numa bela banheira com água quente. Mas estamos esperando há dez minutos e não há sinal de táxi.

Os dedos dos pés estão em *agonia*. Nunca mais vou comprar sapatos na Cut-Price Fashion. Comprei essas botas na semana passada, na liquidação (de salto baixo, só uso salto baixo). Eram meio número abaixo do meu, mas a garota da loja disse que elas iriam ceder e que faziam minhas pernas parecerem realmente longas. E acreditei. Fala sério! Sou a maior idiota do mundo.

Estamos todos juntos na esquina de alguma rua no sudoeste de Londres onde nunca estive antes, sentindo a leve vibração da música vinda da boate sob nossos pés. A irmã de Carolyn é promotora de eventos e conseguiu ingressos com desconto, por isso nos arrastamos até aqui. Só que agora precisamos ir para casa, e sou a única que ao menos *procura* um táxi.

Fi tomou conta da única marquise nas imediações e está com a língua enfiada na garganta do cara com quem conversava antes no bar. Até que ele é bonito, apesar do bigodinho esquisito. Além disso é mais baixo do que Fi — mas um monte de caras é, já que ela tem cerca de 1,80m. Tem cabelos compridos, escuros e boca larga com um sorriso enorme para combinar. Quando Fi acha alguma coisa realmente engraçada, faz todo o escritório parar.

Ali perto, Carolyn e Debs estão se abrigando sob um jornal, de braços dados, miando "It's Raining Men" como se ainda estivessem no palco do caraoquê.

— Lexi! — berra Debs, estendendo um braço para eu me juntar a elas. — Está chovendo homem! — Seu cabelo comprido e louro está todo emaranhado por causa da chuva, mas ela continua com uma aparência ótima. Os dois passatempos prediletos de Debs são caraoquê e fazer bijuterias. Na verdade estou usando um par de brincos que ela fez e me deu de aniversário: minúsculas letras L de prata com pérolas miúdas penduradas.

— Não está chovendo homem nenhum! — grito de volta, desanimada. — Só está chovendo.

Normalmente adoro caraoquê, mas esta noite não estou com clima para cantar. Estou me sentindo ferida por dentro, quero me encolher, ficar longe de todo mundo. Se ao menos o Dave Fracasso tivesse aparecido, como prometeu! Depois de todas aquelas mensagens tipo **Te amo Lexi**; depois de jurar fielmente que estaria aqui às 22h. Fiquei sentada esperando o tempo todo, olhando a porta, mesmo quando as meninas me disseram para desistir dele. Agora estou me sentindo uma idiota.

Dave Fracasso trabalha com televendas de carros e é meu namorado desde que nos encontramos no churrasco de uma amiga de Carolyn no verão passado. Não o chamo de Dave Fracasso para insultá-lo, é realmente o apelido dele. Ninguém se lembra de como isso pegou, e ele não diz. Na verdade vive tentando fazer com que as pessoas o chamem de outra coisa. Começou a se referir a si mesmo como "Butch" há um tempo, porque se acha parecido com Bruce Willis em *Pulp Fiction — Tempo de violência*. Usa um corte de cabelo à escovinha, mas a semelhança acaba aí.

De qualquer modo, o novo apelido não pegou. Para seus colegas de trabalho ele simplesmente *é* Dave Fracasso, assim como eu sou Dente Torto. Me chamam assim desde que eu tinha 11 anos. E algumas vezes de Cabelo Torto também. Para ser justa, meu cabelo é bem crespo. E meus dentes são meio tortos. Mas sempre digo que eles dão personalidade ao meu rosto.

(Na verdade, é mentira. É Fi que diz isso. Pessoalmente estou planejando consertar, assim que tiver grana e me convencer a usar aparelho, isto é, provavelmente nunca.)

Um táxi aparece e estendo a mão imediatamente, mas alguém mais adiante chama primeiro. Fantástico. Enfio as mãos nos bolsos, arrasada, e examino a rua molhada em busca de outra luz amarela.

Não é só o Dave Fracasso me dando bolo, são os bônus. Hoje foi o fim do ano financeiro no trabalho. Todo mundo recebeu papeizinhos dizendo o quanto ganhou e começou a pular de empolgação, porque por acaso as vendas de 2003-2004 foram melhores do que todo mundo esperava. Foi como um Natal dez meses antes da hora. Todo mundo ficou falando a tarde inteira sobre como iria gastar o dinheiro. Carolyn começou a planejar férias em Nova York com o namorado, Matt. Debs marcou para fazer luzes no Nicky Clarke — ela sempre quis ir lá. Fi ligou para a Harvey Nichols e reservou uma bolsa maneira, nova, chamada "Paddington" ou algo assim.

E eu fiquei a ver navios. Não porque não trabalhei duro, nem porque não atingi minhas metas, mas porque para ganhar bônus você tem de ter trabalhado um ano na empresa, e eu perdi o direito por causa de uma semana. Uma *semana*. É injusto demais. É mesquinho demais. Vou te contar, se me perguntassem o que acho disso...

Pois é. Como se Simon Johnson fosse algum dia pedir a opinião de uma gerente de vendas associada júnior (Departamento de Pisos). Isso é outra coisa. Tenho o cargo com pior nome possível. É de dar vergonha. Mal cabe no cartão de visitas. Quanto mais longo o nome do cargo, decidi, mais bosta é o emprego. Eles acham que conseguem nos enganar com palavras e que não vamos notar que fomos postos no canto do escritório com os clientes nojentos com os quais ninguém quer trabalhar.

Um carro passa numa poça perto da calçada e eu pulo para trás, mas não antes de tomar um banho. Posso ouvir Fi esquentando as coisas, murmurando no ouvido do cara bonitinho. Capto algumas palavras familiares e, apesar do mau humor, preciso apertar os lábios para não rir. Há meses tivemos uma noite só de mulheres, e acabamos confessando todos os nossos segredos sujos. Fi disse que usa a mesma frase toda vez, e que funciona perfeitamente: "Acho que minha calcinha está derretendo."

Fala sério! Algum cara cai nessa?

Bom, pela ficha de Fi, acho que sim.

Debs confessou que a única palavra que consegue usar durante o sexo sem morrer de rir é "gostoso". Então ela só diz "Acho gostoso", "Você é tão gostoso!", "Isso é gostoso mesmo." Veja bem, quando você é linda de morrer, como Debs, não é necessário um repertório muito grande.

Carolyn está com Matt há um milhão de anos e declarou que nunca fala na cama, a não ser "Ai", "Mais para cima" e uma vez, quando ia gozar, "Ah, merda, deixei minha chapinha ligada". Não sei se ela estava falando sério; ela tem um senso de humor bem peculiar, assim como Matt. Os dois são superinteligentes — quase nerds — mas levam isso numa boa. Quando saímos juntos, os dois se sacaneiam tanto que é difícil saber se estão falando sério. Não tenho certeza se *eles* sabem.

Então foi a minha vez, e eu disse a verdade, que elogio o cara. Tipo, com Dave Fracasso eu sempre digo: "Você tem ombros lindos" e "Você tem olhos lindos".

Não admiti que digo essas coisas porque sempre espero secretamente ouvir um cara dizer que também sou linda.

Nem admiti que isso ainda não aconteceu.

Pois é. É isso aí.

— Ei, Lexi. — Levanto os olhos e vejo que Fi se desgrudou do cara bonitinho. Ela puxa minha jaqueta jeans sobre a cabeça e pega um batom.

— Ei — digo, piscando para tirar a água da chuva dos cílios. — Cadê o carinha?

— Foi dizer à garota com quem ele veio que está indo embora.

— Fi!

— O que foi? — Fi não parece envergonhada. — Eles não estão juntos. Ou pelo menos não muito. — Ela retoca cuidadosamente a boca em vermelho-bombeiro. — Vou comprar um monte de maquiagens novas — diz franzindo a testa para a ponta destruída do batom. — Christian Dior, a linha inteira. Agora posso!

— Você deveria mesmo! — concordo tentando parecer entusiasmada. Um instante depois Fi levanta a cabeça, percebendo o que aconteceu.

— Ah, merda. Desculpe, Lexi. — Ela passa o braço em volta do meu ombro e aperta. — Você deveria ter recebido um bônus. Não é justo.

— Tudo bem. — Tento sorrir. — Fica para o ano que vem.

— Você está legal? — Fi me espia com os olhos apertados. — Quer beber alguma coisa, sei lá?

— Não, preciso ir para a cama. Tenho de acordar cedo.

O rosto de Fi se transforma numa lembrança súbita e ela morde o lábio.

— *Meu Deus*. Esqueci disso também. Com o bônus, e coisa e tal... Lexi, desculpe. Esta é realmente uma fase ruim para você.

— Tudo bem! — digo imediatamente. — Só... estou tentando não transformar isso numa coisa enorme.

Ninguém gosta de gente chorona. Então, de algum modo, me obrigo a dar um sorriso iluminado, só para mostrar que estou bem mesmo sendo a garota de dente torto, que levou um bolo, não ganhou bônus e cujo pai acaba de morrer.

Fi permanece em silêncio por um tempo, os olhos verdes brilhando na luz dos faróis que passam.

— As coisas vão melhorar para você — diz ela.

— Você acha?

— Claro. — Fi confirma com a cabeça, mais energicamente. — Você só precisa acreditar. Venha. — Ela me abraça. — O que você é, uma mulher ou uma morsa? — Fi usa essa expressão desde que tínhamos 15 anos, e toda vez me faz sorrir. — E sabe de uma coisa? Acho que seu pai iria *querer* que você aparecesse de ressaca no enterro dele.

Ela se encontrou algumas vezes com meu pai. Provavelmente estava certa.

— Ei, Lexi. — A voz de Fi se suaviza de repente e eu me preparo. Já estou num clima bem tenso, e se ela disser alguma coisa legal sobre meu pai, posso chorar. Quero dizer, eu não o conhecia tão bem nem nada, mas a gente só tem um pai... — Você tem uma camisinha sobrando? — Sua voz rasga meus pensamentos.

Certo. Então não precisarei me preocupar com a sobrecarga de compaixão.

— Só para garantir — acrescenta ela com um riso maligno. — Quero dizer, provavelmente só vamos conversar sobre a política internacional ou algo assim.

— É. Tenho certeza. — Enfio a mão na bolsa Accessorize verde, presente de aniversário, procurando a bolsinha de moedas combinando e pego uma camisinha Durex que lhe entrego discretamente.

— Obrigada, gata. — Ela me dá um beijo na bochecha. — Escuta, quer ir à minha casa amanhã à noite? Depois que tudo terminar? Faço um espaguete à carbonara.

— Tá. — Dou um sorriso agradecido. — Seria ótimo. Ligo para você. — Já estou ansiosa por isso. Um prato de massa deliciosa, um copo de vinho e contar tudo sobre o enterro. Fi consegue fazer com que as coisas mais sérias pareçam engraçadas, sei que vamos acabar rolando de rir... — Ei, olha um táxi! Táxiii! — Corro até o meio-fio enquanto o táxi para e chamo Debs e Carolyn, que estão berrando "Dancing Queen". Os óculos de Carolyn estão cheios de gotas de chuva e ela está umas cinco notas acima de Debs. — Oi! — Inclino-me pela janela falando com o chofer, o cabelo pingando no rosto. — Pode nos levar primeiro a Balham, e depois...

— Desculpe, querida, nada de caraoquê — interrompe o motorista, com um olhar maligno para Debs e Carolyn.

Encaro-o, confusa.

— Como assim, nada de caraoquê?

— Não vou querer essas garotas me enchendo os ouvidos com essa cantoria.

Ele só pode estar brincando. Não se pode rejeitar as pessoas só porque elas *cantam*.

— Mas...

— O táxi é meu, as regras são minhas. Nada de bêbados, nem drogados, nem caraoquê. — Antes que eu possa responder, ele engrena o carro e parte pela rua.

— Você não pode ter uma regra contra caraoquê! — berro atrás do táxi, ultrajada. — É... discriminação! É contra a lei! É...

Paro, desamparada, e olho ao redor. Fi desapareceu de novo nos braços do Sr. Bonitinho. Debs e Carolyn estão fazendo a pior performance de "Dancing Queen" que já vi, na verdade não culpo o motorista do táxi. Os carros passam chiando, encharcando todo mundo; a chuva batuca atravessando minha jaqueta e caindo no cabelo; os pensamentos giram em minha cabeça como meias numa secadora.

Nunca vamos conseguir um táxi. Vamos ficar presas aqui a noite toda. Aqueles coquetéis de banana eram horrorosos, eu deveria ter parado depois do quarto. Tem o enterro de papai amanhã. Nunca estive num enterro antes. E se eu começar a soluçar e todo mundo ficar me olhando? Dave Fracasso provavelmente está na cama com outra garota neste minuto, dizendo que ela é linda enquanto ela geme "Butch! Butch!", meus pés estão cheios de bolhas *e* congelando...

— Táxi! — grito a palavra instintivamente, quase antes de notar a distante luz amarela. Está vindo pela rua, sinalizando à esquerda. — Não vire! — Aceno freneticamente. — Aqui! Aqui!

Preciso pegar este táxi. *Preciso*. Segurando com força a jaqueta sobre a cabeça, corro pela calçada, escorregando, gritando até ficar rouca.

— Táxi! Táxi!

Quando chego à esquina, a calçada está apinhada de gente, eu passo por elas e subo os degraus de um prédio municipal imponente. Há uma plataforma com balaustrada, com degraus subindo à direita e à esquerda. Vou chamar o táxi daqui de cima, depois descer correndo e entrar.

— TÁXI! TAAA-XII!

Isso! Ele está parando. Graças a Deus! Finalmente. Posso chegar em casa, encher a banheira, esquecer o dia de hoje.

— Aqui! — grito. — Já estou indo, espere um seg...

Para meu desespero, vejo um cara de terno na calçada indo para o táxi.

— É nosso! — berro e começo a descer correndo os degraus do outro lado. — É nosso! Eu chamei esse táxi! Nem ouse... Argh! *Aaaaargh!*

No momento em que meu pé escorrega no degrau molhado não me dou conta do que está acontecendo. Então, quando começo a cair, não acredito no que está acontecendo. Escorreguei com as botas idiotas, baratas, de solas brilhantes. Estou despencando escada abaixo, como uma criança de 3 anos. Tento desesperadamente agarrar a balaustrada de pedra, arranhando a pele, torcendo a mão, largando minha bolsa Accessorize, tentando segurar qualquer coisa, mas não consigo parar...

Ah, merda.

O chão vem diretamente para mim, não há nada que eu possa fazer, isso realmente, vai doer *muito*...

1

Há quanto tempo estou acordada? Já é de manhã?

Estou péssima. O que aconteceu ontem à noite? Meu Deus, minha cabeça dói. Certo, nunca mais vou beber, *nunca*.

Estou tão tonta que nem consigo pensar, quanto mais...

Aaai. Há quanto tempo estou acordada?

Minha cabeça está rachando e meio turva. E a boca está seca. É a ressaca mais monstruosa que já tive. Nunca mais vou beber, *nunca*.

Isso é uma voz?

Não. Preciso dormir...

Há quanto tempo estou acordada? Cinco minutos? Meia hora, será? É meio difícil dizer.

Que dia é, pelo menos?

Por um instante fico apenas parada. Minha cabeça lateja com uma dor rítmica, como uma espécie de superbritadeira. Estou com a garganta seca e o corpo todo doendo. Minha pele parece lixa.

Onde estive ontem à noite? O que há de errado com meu cérebro? Parece que baixou uma névoa sobre tudo.

Certo. Nunca mais vou beber. Devo estar com intoxicação alcoólica, ou algo assim. Estou me esforçando ao máximo para me lembrar da noite passada — mas tudo que me vem à cabeça são coisas idiotas. Antigas lembranças e imagens do passado aparecendo em ordem aleatória, como uma espécie de ipod em modo *shuffle* no cérebro.

Girassóis acenando contra um céu azul...

Amy quando era um bebê recém-nascido, parecendo uma salsicha rosada num cobertor...

Um prato de batatas fritas salgadas numa mesa de madeira num bar; sol quente na nuca; meu pai sentado à frente, usando chapéu-panamá, soprando fumaça de charuto e me dizendo: "Coma, querida..."

A corrida de saco na escola. Ah, meu Deus, essa lembrança de novo, *não*. Tento bloqueá-la mas é tarde demais, está vindo... Tenho 7 anos, é dia de gincana e estou vencendo por quilômetros, mas parece tão desconfortável estar na frente que paro e espero meus amigos. Eles me alcançam — e de algum modo, na confusão, tropeço e chego em último lugar. Ainda sinto a humilhação, ouço os risos, sinto a poeira na garganta, o gosto de banana...

Espere aí. Obrigo o cérebro a ficar parado por um momento.

Banana.

Através da névoa, vislumbro outra lembrança. Estou tentando desesperadamente recuperá-la, alcançá-la...

É. Peguei. Coquetel de banana.

Estávamos tomando coquetéis em alguma boate. É só o que consigo lembrar. Umas porcarias de coquetéis de banana. Que merda puseram neles?

Nem consigo abrir os olhos. Estão pesados e presos, como naquela vez em que usei cílios postiços com cola vagabunda e na manhã seguinte, ao entrar no banheiro, encontrei um olho fechado, colado, com o que parecia uma aranha morta em cima. Muito atraente, Lexi.

Com cautela, levo a mão ao peito e ouço um farfalhar de lençóis. Não parecem os da minha casa. E há um estranho cheiro de limão no ar, e estou usando um negócio tipo camiseta, de algodão macio, que não reconheço. Onde estou? O que, afinal...

Ei. Eu não pulei a cerca, pulei?

Uau. Será que traí Dave Fracasso? Será que estou usando a camiseta enorme de algum cara gostoso, que peguei emprestada para dormir depois de fazermos sexo selvagem a noite inteira, e por causa disso me sinto tão machucada e dolorida?

Não, nunca traí na vida. Devo ter passado a noite na casa de uma das garotas, ou algo assim. Acho que vou me levantar, tomar uma chuveirada...

Com imenso esforço abro os olhos e me inclino alguns centímetros.

Merda. Que diabos...

Estou deitada num quarto mal-iluminado, numa cama de metal. Há um painel com botões à direita. Um buquê de flores na mesinha-de-cabeceira. Engolindo em seco, vejo um tubo de soro em minha mão esquerda, presa a um saco cheio de líquido.

Isso é absurdo. Estou num hospital.

O que está acontecendo? O que *aconteceu*?

Vasculho mentalmente o cérebro, mas ele é um enorme balão estúpido e vazio. Preciso de uma xícara de café forte. Tento espiar o quarto, à procura de pistas — mas meus olhos me desobedecem. Não querem informações, querem colírio e três aspirinas. Debilmente tombo de volta nos travesseiros, fecho os olhos e espero alguns instantes. Não posso ter bebido *tanto* assim, posso?

Estou me agarrando ao único fragmento de lembrança como se fosse uma ilha no oceano. Coquetéis de banana... coquetéis de banana... pense... *pense*...

Destiny's Child. Isso! Mais umas poucas lembranças estão surgindo agora. Devagar, devagar, em retalhos. Nachos com queijo. Aquelas banquetas de bar, sujas, com o assento todo rachado.

Eu saí com as garotas do trabalho. Fomos àquela boate vagabunda com teto rosa-neon em... algum lugar. Lembro-me de ter ficado segurando o coquetel, totalmente arrasada.

Por que eu estava tão pra baixo? O que havia acontecido...?

Bônus. Claro. Uma decepção gélida e familiar aperta meu estômago. E Dave Fracasso não apareceu. Duplamente péssimo. Mas nada disso explica por que estou num hospital. Faço força, tentando me concentrar o máximo que posso. Lembro-me de ter dançado feito uma louca ao som de Kylie, cantando *We Are Family* junto à máquina de caraoquê, nós quatro, de braços dados. Lembro-me vagamente de ter ido cambaleando à procura de um táxi.

Mas fora isso... nada. Branco total.

Estranho. Vou mandar uma mensagem para Fi perguntando o que aconteceu. Estendo a mão para a mesinha-de-cabeceira — e noto que não há um telefone ali. Nem na cadeira, nem na cômoda.

Cadê meu telefone? Onde estão as minhas coisas?

Ai, meu Deus! Será que me bateram até eu desmaiar? Só pode ser. Algum adolescente encapuzado me acertou na cabeça e eu caí na rua, e alguém deve ter chamado uma ambulância e...

E pensamentos ainda mais assustadores me atacam. *Que calcinha eu estava usando*?

Não consigo evitar um pequeno gemido. Isso pode ser um desastre. Podia ser a calcinha cinza velha e o sutiã que só uso quando o cesto de roupa suja está cheio. Ou aquele fio-dental desbotado, com elástico esgarçado e desenho do Snoopy.

Não seria nada elegante. Não uso lingerie fina para o Dave Fracasso, seria um desperdício. Encolhendo-me, viro a cabeça de um lado para o outro — mas não vejo nenhuma roupa, nada. Os médicos devem ter destruído tudo no Incinerador Especial para Calcinhas Velhas.

E ainda não tenho ideia do que estou fazendo aqui. Minha garganta está realmente áspera e eu morreria por um belo copo de suco de laranja gelado. Mas, pensando bem, onde estão os médicos e as enfermeiras? E se eu estivesse morrendo?

— Olá? — digo debilmente. Minha voz parece alguém arrastando um ralador num piso de madeira. Espero alguma resposta, mas há apenas silêncio. Tenho certeza de que ninguém pode me ouvir através dessa porta pesada.

Então me ocorre apertar um botão no pequeno painel. Escolho um que parece uma pessoa, e alguns instantes depois a porta se abre. Deu certo! Uma enfermeira grisalha, com uniforme azul-escuro, entra e sorri para mim.

— Olá, Lexi! Está se sentindo bem?

— Ah, bem, obrigada. Com sede. E minha cabeça dói.

— Vou lhe dar um analgésico. — Ela me traz um copo plástico com água e me ajuda a me levantar um pouco. — Beba isto.

— Obrigada — digo depois de engolir a água. — Então... estou num hospital? Ou, tipo... num spa realmente tecnológico?

A enfermeira sorri.

— Sinto muito. Hospital. Mas você não se lembra de como chegou aqui?

— Não. — Balanço a cabeça. — Estou meio confusa, para ser honesta.

— É porque levou uma tremenda pancada na cabeça. Não se lembra de nada do acidente?

Acidente... acidente... E, de súbito, num jorro, tudo volta. *Claro.* A corrida para o táxi, as pedras molhadas, o escorregão com as botas ridículas e baratas...

Minha nossa. Devo ter arrebentado mesmo a cabeça.

— É. Acho que sim. — Assinto. — Mais ou menos. Então... que horas são?

— Oito da noite.

Oito horas? Uau. Estive apagada um *dia* inteiro?

— Sou Maureen. — Ela pega o copo. — Você só foi transferida para este quarto há algumas horas. Sabe, já conversamos algumas vezes.

— Verdade? — pergunto surpresa. — O que eu disse?

— Você estava meio grogue, mas ficou perguntando se alguma coisa estava "engraçada". — Ela franze a testa, perplexa. — Ou "esgarçada"?

Fantástico. Não somente uso calcinhas esgarçadas. Falo disso com estranhos.

— Esgarçada? — Tento parecer perplexa. — Não faço ideia do que eu quis dizer.

— Bem, agora você parece bastante coerente. — Maureen afofa meu travesseiro. — Quer mais alguma coisa?

— Eu adoraria um suco de laranja, se tiver. E não estou vendo meu telefone em lugar nenhum, nem minha bolsa.

— Todas as suas coisas de valor foram guardadas em um lugar seguro. Vou verificar. — Ela sai e olho o quarto silencioso, ainda atordoada. Parece que só montei uma parte minúscula do quebra-cabeça. Ainda não sei em que hospital estou... como cheguei aqui... Será que alguém contou à minha família? E há outra coisa me perturbando.

Eu estava preocupada em ir para casa. É. Isso mesmo. Eu ficava dizendo que tinha de ir para casa porque precisava fazer alguma coisa de manhã cedo. Porque...

Ah, não. Ah, *porra.*

O enterro do meu pai. Era no dia seguinte, às 11h. O que significa que...

Perdi o enterro? Instintivamente tento sair da cama, mas só de me sentar já sinto a cabeça doer. Por fim, relutante, desisto. Se perdi, perdi. Não posso fazer nada agora.

Não é como se eu conhecesse muito bem o meu pai. Ele nunca esteve muito próximo, na verdade mais parecia um tio. O tipo de tio brincalhão, que traz doces no Natal e cheira a bebida e cigarro.

Sua morte não foi exatamente um choque. Ele estava fazendo uma grande operação cardíaca e todo mundo sabia que havia um risco de cinquenta por cento. Mas mesmo assim eu deveria estar lá hoje, com mamãe e Amy. Quero dizer, Amy só tem 12 anos, e ainda é uma garotinha tímida. Tenho uma visão súbita: ela sentada no crematório ao lado de mamãe, toda séria sob sua franja de pônei Shetland, segurando seu leãozinho azul de pelúcia velho e puído. Ela não está preparada para ver o caixão do pai, principalmente sem a irmã mais velha para segurar sua mão.

Enquanto fico ali deitada, imaginando-a na tentativa de parecer corajosa e adulta, subitamente sinto uma lágrima rolar pelo rosto. É o dia do enterro do meu pai e aqui estou, num hospital, com dor de cabeça e provavelmente uma perna quebrada ou algo assim. E quem quer que tenha me acertado na cabeça deve ter roubado todos os meus cartões de crédito, meu celular e minha nova bolsa Accessorize com pompons.

E meu namorado me deu um bolo ontem à noite. E ninguém veio me visitar, percebo de repente. Onde estão meus amigos e familiares ansiosos, sentados em volta da cama e segurando minha mão?

Bom. Acho que mamãe está no enterro com Amy. E o Dave Fracasso pode ir para o inferno. Mas Fi e as outras, onde estão? Quando *penso* que fomos visitar Debs quando ela tirou uma unha encravada! Praticamente acampamos no chão, levamos Starbucks e revistas e pagamos um pedicuro quando ela ficou curada. Só por causa de uma mísera unha do pé.

Ao passo que eu estive inconsciente, com soro e coisa e tal. Mas obviamente ninguém se importa.

Fantástico. Tremendamente... genial.

Outra lágrima escorre pelo meu rosto, bem na hora em que a porta se abre e Maureen entra de novo. Está segurando uma bandeja e uma sacola onde está escrito "Lexi Smart" com pincel atômico.

— Minha nossa! — diz ao me ver enxugando os olhos. — Está sentindo dor? — Ela me entrega um comprimido e um copinho d'água. — Isso deve ajudar.

— Muito obrigada. — Engulo a pílula. — Mas não é isso. É a minha vida. — Abro os braços, desesperançada. — É um lixo total, do começo ao fim.

— Claro que não é — diz Maureen, tranquilizando-me. — As coisas podem parecer ruins...

— Acredite. Elas *são* ruins.

— Tenho certeza de que...

— Minha carreira não está indo a lugar nenhum, meu namorado me deu um bolo ontem à noite e não tenho dinheiro. Minha pia fica pingando uma água marrom horrorosa no apartamento de baixo. — Acrescento, lembrando-me com um arrepio. — Provavelmente serei processada pelos vizinhos. E meu pai acaba de morrer.

Silêncio. Maureen parece preocupada.

— Bem, tudo isso parece bastante... complicado — diz finalmente. — Mas acho que as coisas logo vão melhorar.

— Foi o que minha amiga Fi disse! — Tenho uma lembrança súbita dos olhos brilhantes de Fi na chuva. — E olha, vim parar num hospital! — Faço um gesto desanimado. — Como é que isso pode melhorar?

— Eu... não sei, querida. — Os olhos de Maureen viram-se impotentes de um lado para o outro.

— Toda vez que acho que tudo está uma merda... só fica uma merda pior ainda! — Assoo o nariz e dou um suspiro gigantesco. — Não seria fantástico se só uma vez, *só uma vez*, a vida se ajeitasse magicamente?

— Bem, todos podemos ter esperança, não é? — Maureen me dá um sorriso simpático e estende a mão para pegar o copinho.

Entrego-o — e ao fazer isso, noto subitamente minhas unhas. Droga. O que, afinal...

Minhas unhas sempre foram cotocos roídos que tento esconder. Mas estas são incríveis. Bem-cuidadas e pintadas de rosa-claro... e compridas. Pisco, atônita, tentando deduzir o que aconteceu. Será que fui fazer manicure ontem à noite ou sei lá o quê e esqueci? Será que pus unhas de acrílico? Devem ter uma técnica nova e fantástica, porque não consigo ver a junção nem nada.

— Sua bolsa está aqui, por sinal — acrescenta Maureen, pondo a sacola na minha cama. — Vou pegar o suco que você me pediu.

— Obrigada — respondo olhando surpresa a sacola plástica. — E obrigada pela bolsa. Achei que tinha sido roubada.

Pelo menos é bom ter minha bolsa de volta. Com sorte meu celular vai estar com carga e poderei mandar algumas mensagens... Enquanto Maureen abre a porta para sair, enfio a mão na sacola — e tiro uma elegante bolsa Louis Vuitton com alças de couro de bezerro, toda brilhante e com pinta de cara.

Ah, *fantástico*. Suspiro desapontada. Não é a minha bolsa. Trocaram com a de alguém. Como se eu, Lexi Smart, tivesse uma bolsa Louis Vuitton.

— Desculpe, esta bolsa não é minha — grito, mas a porta já se fechou.

Por um tempo olho com cobiça para a Louis Vuitton, imaginando a quem ela pode pertencer. Deve ser de alguma garota rica que está alguns quartos mais adiante. Então, finalmente, largo-a no chão, caio de volta nos travesseiros e fecho os olhos.

2

Acordo e vejo a luz da manhã se esgueirando por baixo das cortinas fechadas. Há um copo de suco de laranja na mesinha-de-cabeceira e Maureen faz alguma coisa no canto do quarto. O tubo de soro desapareceu magicamente do meu braço e estou me sentindo muito mais normal.

— Oi, Maureen — digo com a voz áspera. — Que horas são? — Ela se vira com as sobrancelhas erguidas.

— Você se lembra de mim?

— Claro — respondo, surpresa. — Nós nos conhecemos ontem à noite. Conversamos.

— Excelente! Isso mostra que você saiu da amnésia pós-traumática. Não fique assustada! — acrescenta ela, sorrindo. — É um estágio normal de confusão depois de um ferimento na cabeça.

Instintivamente levo a mão à cabeça e sinto um curativo. Uau. Devo ter realmente me estatelado naqueles degraus.

— Você está indo bem. — Ela dá um tapinha no meu ombro. — Vou pegar um suco de laranja fresco.

Ouço uma batida na porta, então ela se abre e uma mulher alta e magra, de 50 e poucos anos, entra. Tem olhos azuis, malares altos e cabelo ondulado, louro ficando grisalho, em camadas irregulares. Está usando um casaquinho xadrez vermelho sobre um vestido comprido, estampado, e um colar de âmbar, e segura uma sacola de papel.

É mamãe. Quer dizer, tenho noventa por cento de certeza de que é. Não sei por que estou em dúvida.

— O *aquecimento* deste lugar! — exclama ela em sua voz familiar, fina, de menininha.

Certo, definitivamente é mamãe.

— Sinto que estou quase desmaiando! — Mamãe sacode um leque. — E fiz uma viagem tão estressante... — Ela olha para a cama quase como se tivesse um pensamento de última hora, e pergunta a Maureen. — Como ela está?

Maureen sorri.

— Hoje Lexi está muito melhor. Muito menos confusa do que ontem.

— Graças a Deus! — Mamãe baixa a voz um pouquinho. — Era como falar com uma maluca, ontem, ou com uma pessoa... *retardada*.

— Lexi não é maluca — replica Maureen em tom calmo — e entende tudo que dizemos.

A verdade é que mal estou escutando. Não consigo deixar de olhar para mamãe. O que há de *errado* com ela? Parece diferente. Mais magra. E meio... mais velha. Quando chega mais perto e a luz da janela cai sobre seu rosto, parece pior ainda.

Estará doente?

Não. Eu saberia se ela estivesse doente. Mas, falando sério, ela parece ter envelhecido de um dia para o outro. Vou comprar um pouco de Creme de la Mer de presente de Natal para ela, decido.

— Aí está você, querida — diz ela em tom exageradamente alto, claro. — Sou eu. Sua ma-mãe. — Ela me entrega a sacola de papel, que contém um frasco de xampu, e dá um beijo em meu rosto. Enquanto inalo aquele cheiro familiar, de cachorro e perfume de rosa-chá, é ridículo, mas sinto lágrimas chegando. Não tinha percebido como me sentia desamparada.

— Oi, mãe. — Estendo a mão para abraçá-la, mas meus braços acertam o ar. Ela já se virou e está consultando seu minúsculo relógio de ouro.

— Não posso ficar mais de um minuto, infelizmente — diz com uma espécie de ansiedade, como se, caso demorasse demais, o mundo fosse explodir. — Preciso falar com um especialista sobre Roly.

— Roly?

— Da última ninhada de Smoky, querida. — Mamãe me lança um olhar de reprovação. — Você se lembra do pequenino Roly.

Não sei como mamãe espera que eu saiba o nome de todos os seus cachorros. São pelo menos vinte e são todos whippets, e toda vez que vou vê-la parece haver mais um. Sempre havíamos sido uma família livre de animais — até o verão em que completei 17 anos. Enquanto estava de férias em Gales, mamãe comprou um filhote de whippet, do nada. E de um dia para o outro isso virou uma mania total.

Gosto de cachorros. Mais ou menos. A não ser quando pulam seis deles em cima de você a toda vez que você abre a porta de casa. E sempre que tenta se sentar num sofá ou numa poltrona há um cachorro no lugar. E todos os maiores presentes sob a árvore de Natal são para os cachorros.

Mamãe tira um frasco de Rescue Remedy da bolsa. Espreme três gotas na língua e depois suspira com força.

— O trânsito para cá estava terrível — diz. — As pessoas em Londres são agressivas demais. Tive uma discussão *muito* desagradável com um homem numa van.

— O que aconteceu? — pergunto, já sabendo que mamãe não vai responder.

— Não vamos falar disso, querida. — Mamãe se encolhe, como se eu tivesse pedido para ela se lembrar de seus dias de terror no campo de concentração. — Vamos esquecer.

Mamãe acha muitas coisas difíceis de falar. Tipo, como minhas sandálias novas podem ter se arrebentado no Natal passado. Ou as reclamações contínuas da prefeitura sobre sujeira de cachorro na nossa rua. Ou, para ser honesta, bagunça em geral. Na vida.

— Tenho um cartão para você — diz ela enfiando a mão na bolsa. — Onde está, mesmo? De Andrew e Sylvia.

Encaro-a, perplexa.

— De quem?

— Andrew e Sylvia! — responde ela, como se fosse óbvio — nossos vizinhos!

Nossos vizinhos não se chamam Andrew e Sylvia. São Philip e Maggie.

— Mamãe...

— De qualquer modo, eles mandaram lembranças — interrompe ela. — E Andrew quer conselhos seus sobre esqui.

Esqui? Eu não sei esquiar.

— Mamãe... — Ponho a mão na cabeça, esquecendo o ferimento, e me encolho. — Do que você está *falando*?

— Olá! — Maureen volta ao quarto com um suco de laranja. — O Dr. Harman vem dar uma olhada em você.

— Preciso ir, querida. — Mamãe se levanta. — Deixei o carro num parquímetro que é uma extorsão. E a taxa de rodízio? Tive de pagar oito libras!

Isso também não está certo. A taxa de rodízio não é de oito libras. Tenho *certeza* de que são só cinco pratas, não que eu dirija com frequência...

Meu estômago dá uma reviravolta. Ah, meu Deus, mamãe está ficando demente. Só pode ser. Ela já está ficando senil aos 54 anos. Terei de falar sobre isso com um dos médicos.

— Volto mais tarde com Amy e Eric — diz ela, indo para a porta.

Eric? Ela realmente dá nomes estranhos aos cachorros.

— Tudo bem, mamãe. — Dou um sorriso alegre para animá-la. — Mal posso esperar.

Enquanto bebo o suco, fico meio abalada. Todo mundo acha que tem uma mãe meio maluca. Mas isso foi loucura séria. E se ela precisar ir para um sanatório? O que vou fazer com aqueles cachorros?

Meus pensamentos são interrompidos por uma batida na porta. Um médico jovem, com cabelo comprido, entra, seguido por mais três pessoas com uniformes médicos.

— Olá, Lexi — diz ele num tom agradável e rápido. — Sou o Dr. Harman, um dos neurologistas residentes. Estes são Nicole, enfermeira especialista, Diana e Garth, nossos dois médicos estagiários. E então, como está se sentindo?

— Ótima! Só que minha mão esquerda está meio esquisita — admito. — Como se eu tivesse dormido em cima dela e ela não funcionasse direito, sabe?

Enquanto levanto a mão para mostrar, não consigo deixar de admirar de novo as unhas incríveis. *Preciso* perguntar a Fi onde fomos ontem à noite.

— Certo. — O médico assente. — Vamos dar uma olhada nisso; talvez você precise de um pouco de fisioterapia. Mas primeiro vou fazer umas perguntas. Não se incomode se algumas parecerem óbvias demais.

Ele dá um sorriso profissional e tenho a sensação de que o sujeito já disse tudo isso antes, mil vezes.

— Pode me dizer qual é o seu nome?

— Meu nome é Lexi Smart — respondo imediatamente. O Dr. Harman assente e faz uma marca em sua prancheta.

— E quando você nasceu?

— 1979.

— Muito bem. — Ele faz outra anotação. — Agora, Lexi, quando você sofreu o acidente com seu carro, bateu com a cabeça no para-brisa. Houve um pequeno inchaço no cérebro, mas parece que você teve muita sorte. Mas ainda preciso fazer algumas verificações. — Ele levanta a caneta. — Por favor, olhe para a ponta desta caneta. Vou movê-la de um lado para o outro...

Os médicos não deixam a gente falar nada, não é?

— Ei! — Aceno para ele. — O senhor está me confundindo com outra pessoa. Eu não sofri um acidente de carro.

O Dr. Harman franze a testa e volta duas páginas na prancheta.

— Aqui diz que a paciente se envolveu num acidente de trânsito. — Ele olha ao redor, procurando confirmação.

Por que está perguntando às enfermeiras? Foi *comigo* que aconteceu.

— Bem, devem ter escrito errado — digo com firmeza. — Eu saí com minhas amigas, estávamos correndo atrás de um táxi e eu caí. Foi o que aconteceu. Estou me lembrando muito bem.

O Dr. Harman e Maureen trocam olhares perplexos.

— Foi definitivamente um acidente de trânsito — murmura Maureen. — Dois veículos, bateram de lado. Eu estava na emergência e vi quando ela entrou. *E* o outro motorista. Acho que ele teve uma pequena fratura no braço.

— Eu não poderia ter batido com o carro. — Tento manter a paciência. — Para começar, não tenho carro. Nem sei dirigir! Pretendo aprender a dirigir um dia desses. Só que nunca precisei, já que moro em Londres, e as aulas são caras demais, e além do mais não tenho dinheiro para comprar um carro.

— Você não tem... — O Dr. Harman vira uma página e franze os olhos para o que está escrito. — Um Mercedes conversível?

— Um *Mercedes*? — caio na gargalhada. — Fala sério!

— Mas aqui diz...

— Olhe. — Interrompo-o o mais educadamente que posso. — Vou lhe contar quanto ganha uma assistente de vendas de 25 anos na Deller Carpets, certo? E o senhor me diz se posso comprar um Mercedes conversível.

O Dr. Harman abre a boca para responder, mas é interrompido por uma estagiária que lhe dá um tapinha no ombro. Ela rabisca algo nas anotações e o rosto do Dr. Harman parece levar um choque. Ele encara a estagiária, que levanta as sobrancelhas, olha para mim, depois aponta de novo para o papel. Parecem dois atores rejeitados na escola de mímica.

Agora o Dr. Harman está chegando mais perto e me olhando com expressão séria, atenta. Meu estômago começa a dar cambalhotas. Já assisti a *ER* e sei o que essa expressão significa.

Lexi, fizemos uma tomografia e vimos algo que não esperávamos encontrar. Pode não ser nada.

Só que nunca não é nada, não é? Caso contrário por que estaria no seriado?

— Tem alguma coisa muito errada comigo? — pergunto quase agressivamente, tentando esconder o súbito tremor de pânico na voz. — Pode dizer, certo?

Minha mente já está cogitando as possibilidades. Câncer. Buraco no coração. Vou perder uma perna. Talvez eu já *tenha* perdido uma perna, só não querem me contar. Disfarçadamente tateio sob os lençóis.

— Lexi, quero fazer outra pergunta. — A voz do Dr. Harman é mais gentil. — Pode dizer em que ano estamos?

— Em que *ano* estamos? — encaro-o de volta, atônita.

— Não se assuste — diz ele com voz tranquilizadora. — Só diga em que ano você acha que estamos. É uma de nossas verificações de rotina.

Olho de um rosto para o outro. Dá para ver que estão fazendo alguma brincadeira comigo, mas não consigo deduzir qual.

— É 2004 — respondo finalmente.

Há um silêncio estranho no quarto, como se ninguém quisesse respirar.

— Certo. — O Dr. Harman senta-se na cama. — Lexi, hoje é 6 de maio de 2007.

Seu rosto está sério. Todos os outros também parecem sérios. Por um instante, uma fenda assustadora parece se abrir em meu cérebro, mas então, com um jorro de alívio, entendo. É uma gozação!

— Rá, rá. — Reviro os olhos. — Muito engraçado. Fi armou essa com vocês? Ou Carolyn?

— Não conheço ninguém chamado Fi ou Carolyn — responde o Dr. Harman sem afastar o olhar. — E não estou brincando.

— Ele fala sério, Lexi — entoa a estagiária. — Estamos em 2007.

— Mas... isso é o *futuro* — digo feito uma idiota. — Está dizendo que já inventaram máquinas do tempo? — Forço um risinho, mas ninguém ri junto.

— Lexi, isso pode ser um choque — diz Maureen, pondo a mão gentilmente em meu ombro. — Mas é verdade. É maio de 2007.

Sinto como se os dois lados do meu cérebro não estivessem se conectando ou algo assim. Posso ouvir o que eles dizem, mas é simplesmente ridículo. Ontem era 2004. Como podemos ter pulado três anos?

— Olha, não pode ser 2007 — digo finalmente, tentando não revelar como estou abalada. — É 2004. Não sou *idiota*...

— Não fique perturbada — diz o Dr. Harman, lançando olhares de alerta para os outros. — Vamos devagar com isso. Por que você não conta a última coisa de que se lembra?

— Certo, bem... — esfrego o rosto. — A última coisa de que me lembro é de sair com umas amigas do trabalho ontem à noite. A noite de sexta-feira. Fomos a uma boate... Depois estávamos tentando pegar um táxi na chuva, escorreguei numa escada e caí. E acordei num hospital. Foi em 20 de fevereiro de 2004. — Minha voz está tremendo. — Sei a data exatamente porque o enterro do meu pai era no dia seguinte. Perdi o enterro, porque estou presa aqui!

— Lexi, tudo isso aconteceu há mais de três anos — diz Maureen em voz baixa.

Ela parece tão segura! Todos parecem tão seguros! O pânico me sobe por dentro enquanto olho aqueles rostos. É 2004, sei que é. Me sinto em 2004.

— De que mais você se lembra? — pergunta o Dr. Harman. — Volte a partir daquela noite.

— Não sei — respondo na defensiva. — De estar no trabalho... De quando me mudei para meu apartamento... Tudo!

— Sua memória está confusa?

— Um... um pouco — admito com relutância enquanto a porta se abre. Uma estagiária saíra do quarto havia um instante e agora estava de volta com um exemplar do *Daily Mail*. Aproxima-se da cama e olha para Harman. — Posso?

— Pode. — Ele assente. — É uma boa ideia.

— Olhe, Lexi. — Ela aponta para a data no topo da página. — É o jornal de hoje.

Sinto um choque gigantesco ao ler: *6 de maio de 2007*. Mas, puxa... são apenas palavras impressas num papel, não provam nada. Vejo mais abaixo na página uma foto de Tony Blair.

— Meu Deus, como ele envelheceu! — exclamo sem pensar.

Como mamãe, relampeja na minha cabeça, e um arrepio súbito percorre minha coluna.

Mas... isso também não prova nada. Talvez a luz não estivesse boa.

Com as mãos trêmulas, viro a página. Há um silêncio sepulcral no quarto; todo mundo me olhando, boquiaberto. Meu olhar viaja inseguro por algumas manchetes — *As taxas de juros vão aumentar... A rainha visita os Estados Unidos* — e então sou atraída por um anúncio de livraria:

Metade do preço em todos os livros de fantasia, inclusive Harry Potter e o Enigma do Príncipe.

Certo. Agora estou realmente nervosa. Li todos os livros do Harry Potter, todos os cinco. Não me lembro de nenhum príncipe.

— O que é isso? — Tentando parecer casual, aponto para o anúncio. — O que é *Harry Potter e o Enigma do Príncipe*?

— É o livro mais recente — responde uma garota de óculos. — Já saiu há séculos.

Não consigo evitar um gritinho.

— Existe um sexto Harry Potter?

— Logo vai sair o sétimo! — Outra estagiária completa, ansiosa. — E *adivinha* o que acontece no final do sexto livro...

— Sssh! — exclama Nicole. — Não conte!

As duas continuam discutindo, mas não escuto mais. Olho o jornal até que as letras pulem na frente dos meus olhos. É por isso que nada faz sentido. Não é mamãe que está confusa. Sou eu.

— Então estive aqui deitada, em coma... — Engulo em seco — ... durante três anos?

Não acredito. Eu era uma Garota em Coma. Todo mundo estava esperando que eu acordasse durante três anos inteiros. O mundo continuou sem mim. Minha família e meus amigos provavelmente gravaram fitas, mantiveram vigílias, cantaram e coisa e tal...

Mas o Dr. Harman balança a cabeça.

— Não, não é isso, Lexi, você só foi internada há cinco dias.

O quê?

Chega. Não aguento mais isso. Dei entrada no hospital há cinco dias em 2004, mas agora, magicamente, é 2007? Onde é que estou? Em Nárnia, cacete?

— Não entendo! — digo desanimada, deixando o jornal de lado. — Estou alucinando? Fiquei *maluca*?

— Não! — responde enfaticamente o Dr. Harman. — Lexi, acho que você está tendo o que chamamos de amnésia retrógrada, um estado que surge muito ocasionalmente depois de ferimentos na cabeça...

Ele continua falando, mas as palavras não se fixam direito em meu cérebro. Enquanto olho as enfermeiras ao redor, sinto uma suspeita súbita. Eles parecem falsos. Não são profissionais de verdade, são? Isso é um hospital de verdade?

— Vocês roubaram meu rim? — Minha voz irrompe num rosnado de pânico. — O que fizeram comigo? Vocês não podem me manter aqui. Vou chamar a polícia... — Tento lutar para sair da cama.

— Lexi. — A enfermeira loura me segura pelos ombros. — Ninguém está tentando machucar você. O Dr. Harman está falando a verdade. Você perdeu a memória.

— É natural que você entre em pânico, que acredite que há algum tipo de conspiração. Mas estamos falando a verdade. — O Dr. Harman me olha com firmeza nos olhos. — Você esqueceu um pedaço da sua vida, Lexi. Você *esqueceu*. Só isso.

Quero chorar. Não sei se estão mentindo, se isso é só uma brincadeira ridícula, se eu deveria confiar neles ou sair correndo. Minha cabeça está num redemoinho de confusão...

Então congelo de repente. A manga da camisola do hospital se prendeu enquanto eu estava lutando para sair da cama e vejo uma pequena cicatriz em forma de V perto do cotovelo. Uma cicatriz que nunca vi antes. Uma cicatriz que não reconheço.

E não é nova. Deve ter meses.

— Lexi, você está bem? — pergunta o Dr. Harman.

Não consigo responder. Meus olhos estão fixos na cicatriz desconhecida.

— Você está bem? — repete ele.

Com o coração martelando, olho lentamente minhas mãos. Aquelas unhas não são postiças, não é? As postiças não são tão boas assim. São minhas unhas verdadeiras, genuínas. E de jeito nenhum poderiam ter crescido tanto em cinco dias.

Sinto como se tivesse nadado para além da parte rasa e estivesse em água turva com um quilômetro de profundidade.

— Vocês estão dizendo que... — pigarreio, rouca — perdi três anos da minha memória.

— É o que parece, no momento. — O Dr. Harman assente.

— Posso ver o jornal de novo, por favor? — Minhas mãos tremem quando o pego com a enfermeira. Viro as páginas e todas têm a mesma data escrita. *6 de maio de 2007. 6 de maio de 2007.*

É mesmo o ano de 2007. O que significa que eu devo ter...

Ah, meu Deus. Estou com 28 anos.

Estou *velha*.

3

Fizeram uma xícara de chá forte para mim. Porque uma xícara de chá cura amnésia, não é?

Não, pare com isso. Não seja tão sarcástica. Sinto-me agradecida pelo chá. Pelo menos é algo em que me apoiar. Pelo menos é algo *real*.

Enquanto o Dr. Harman fala sobre exames neurológicos e tomografias, de algum modo consigo me manter razoável. Assinto calmamente, como se dissesse: "Sim, sem problemas. Estou tranquila com tudo isso." Mas por dentro não estou nem de longe tranquila. Estou pirando. A verdade fica me socando na barriga, repetidamente, até eu ficar tonta.

Quando finalmente ele recebe uma mensagem no bip e precisa ir embora, sinto um alívio enorme. Não aguento mais gente falando comigo. Não estou entendendo nada do que ele diz, de qualquer modo. Tomo um gole de chá e me deixo cair de volta nos travesseiros. (Certo, retiro tudo o que disse com relação ao chá. Não bebo nada melhor há muito tempo.)

Maureen terminou seu plantão. Uma enfermeira loura, Nicole, está agora no quarto, rabiscando no meu prontuário.

— Como está se sentindo?

— Muito, muito... *muito* esquisita. — Tento sorrir.

— Entendo. — Ela sorri de volta, simpática. — Só vá com calma. Não se pressione. Você tem muita coisa a absorver.

Olho enquanto ela consulta o relógio e anota as horas.

— Quando as pessoas têm amnésia — pergunto — as memórias que faltam acabam voltando?

— Em geral, sim. — Ela assente de modo tranquilizador.

Fecho os olhos e tento forçar a mente para trás, tanto quanto consigo. Esperando que *alguma coisa* venha à tona.

Mas não há nada. Só um nada preto, sem emoção.

— Então me fale de 2007. — Abro os olhos. — Quem é o primeiro-ministro? E o presidente dos Estados Unidos?

— Tony Blair e o presidente Bush.

— Ah. A mesma coisa. — Olho em volta. — Então... deram um jeito no aquecimento global? Descobriram a cura da Aids?

Nicole dá de ombros.

— Ainda não.

Seria de imaginar que algo mais teria acontecido em três anos. Seria de imaginar que o mundo tivesse ido em frente. Estou pouco impressionada com 2007, para ser honesta.

— Quer uma revista? — pergunta Nicole. — Vou pegar seu café-da-manhã... — Ela desaparece pela porta, depois volta e me entrega um exemplar da *Hello!*. Passo os olhos pelas manchetes de capa e sinto um choque.

— Jennifer Aniston e seu novo namorado. — Leio as palavras em voz alta, insegura. — Que novo homem? Por que ela precisaria de um novo namorado?

— Ah, sim. — Nicole acompanha meu olhar, tranquila. — Sabe que ela e Brad Pitt se separaram?

— Jennifer e Brad *se separaram*? — Encaro-a perplexa. — Fala sério! Não pode ser!

— Ele está com Angelina Jolie agora. Os dois têm uma filha.

— *Não!* — gemo. — Mas Jen e Brad eram perfeitos juntos! Eram tão bonitos, tinha aquela foto de casamento linda, e coisa e tal...

— Agora se divorciaram. — Nicole dá de ombros, como se isso não fosse grande coisa.

Não consigo superar. Jennifer e Brad se divorciaram. O mundo é um lugar diferente.

— Todo mundo já se acostumou. — Nicole dá um tapinha em meu ombro, me consolando. — Vou pegar seu café-da-manhã. Quer um inglês completo, continental ou uma cesta de frutas? Ou os três?

— Ah... continental, por favor. Muito obrigada. — Abro a revista. Depois pouso em meu colo. — Espere aí. Cesta de frutas? De repente o Serviço Nacional de Saúde arranjou um monte de dinheiro, ou algo assim?

— Aqui não é do SNS. — Ela sorri. — Você está na ala particular.

Particular? Não posso pagar por um quarto particular.

— Vou lhe servir mais um pouco de chá... — Ela pega o elegante bule de louça e começa a servir.

— Pare! — exclamo em pânico. Não posso tomar mais chá. Provavelmente custa cinquenta pratas a xícara.

— Alguma coisa errada? — pergunta Nicole, surpresa.

— Não posso pagar por tudo isso — digo, embaraçada. — Desculpe, não sei por que estou nesse quarto bacana. Eu deveria estar num hospital do SNS. Fico feliz em ir para...

— Mas está tudo coberto por seu seguro saúde particular — diz ela, parecendo surpresa. — Não se preocupe.

— Ah — respondo, chocada. — Ah, certo.

Eu fiz um seguro saúde? Bem, claro que fiz. Agora tenho 28 anos. Sou sensata.

Tenho 28 anos.

Isso me acerta no estômago, como se fosse a primeira vez. Sou uma pessoa diferente. Não sou mais eu.

Quero dizer, obviamente ainda sou *eu*. Mas sou eu aos 28 anos. Quem quer que isso seja, diabos. Olho minha mão de 28 anos como se procurasse pistas. Sou alguém que pode pagar um seguro saúde, obviamente, e que tem uma manicure realmente boa, e...

Espere um minuto. Lentamente viro a cabeça e focalizo de novo a Louis Vuitton brilhante.

Não. Não é possível. Esta bolsa de um zilhão de libras, de grife, tipo estrela de cinema, não pode ser realmente...

— Nicole? — Engulo em seco, tentando parecer casual. — Você acha... que esta bolsa é... *minha*?

— Deve ser. — Nicole assente. — Vou verificar... — Ela abre a bolsa, tira uma carteira Louis Vuitton combinando, e abre. — É, é sua. — Ela gira a carteira e mostra um cartão AmEx Platinum no qual está escrito "Lexi Smart".

Minha cabeça entra em curto-circuito enquanto olho as letras em relevo. Este é meu cartão de crédito platina. Esta é minha bolsa.

— Mas essas bolsas custam tipo... mil pratas. — Minha voz está sufocando.

— Sei que custam. — Nicole sorri. — Relaxe. É sua!

Acaricio a alça cautelosamente, mal ousando tocá-la. Não acredito que isso me pertence. Quero dizer... onde eu *consegui*? Estou ganhando uma grana preta, ou algo assim?

— Então eu realmente sofri um acidente de carro? — Levanto os olhos, subitamente querendo saber tudo sobre mim, tudo ao mesmo tempo. — Eu estava mesmo dirigindo? Um *Mercedes*?

— É o que parece. — Ela observa minha expressão de incredulidade. — Você não tinha um Mercedes em 2004, então?

— Está brincando? Eu nem sabia dirigir!

Quando foi que aprendi a dirigir? Quando foi que subitamente comecei a poder comprar bolsas de grife e Mercedes, pelo amor de Deus?

— Olhe na sua bolsa — sugere Nicole. — Talvez as coisas que estão aí dentro avivem sua memória.

— Certo. Boa ideia. — Meu estômago se revira enquanto abro a bolsa. Um cheiro de couro misturado com um perfume desconhecido vem de dentro. Começo a vasculhá-la, e a primeira coisa que encontro é um minúsculo pó compacto folheado a ouro Estée Lauder. Abro-o imediatamente para dar uma olhada.

— Você teve alguns cortes no rosto, Lexi — intervém Nicole rapidamente. — Não fique alarmada. Eles vão se curar.

Quando vejo meus olhos no espelho, sinto um alívio súbito. Ainda sou eu, mesmo que haja um arranhão enorme na pálpebra. Mexo o espelho, tentando ver melhor; encolho-me ao ver o curativo na cabeça. Inclino-o mais para baixo: ali estão meus lábios, parecendo estranhamente cheios e rosados, como se eu tivesse beijado a noite toda, e...

Ah, meu Deus.

Esses não são meus dentes. São todos brancos. São todos brilhantes. Estou olhando a boca de uma estranha.

— Você está bem? — Nicole interrompe meu atordoamento. — Lexi?

— Gostaria de um espelho decente, por favor — consigo dizer por fim. — Preciso me ver. Você tem algum que possa me trazer?

— Há um no banheiro. — Ela se adianta. — Na verdade, é uma boa ideia você começar a se mexer. Eu ajudo...

Saio da cama com dificuldade. Minhas pernas estão bambas, mas consigo cambalear até o banheiro contíguo.

— Bem — diz ela antes de fechar a porta. — Você levou alguns cortes e arranhões, de modo que sua aparência pode estar meio chocante. Está preparada?

— Estou. Vou ficar bem. Só me deixe ver. — Respiro fundo e me preparo. Ela fecha a porta, revelando um espelho de corpo inteiro na parte de trás.

Essa sou... *eu*?

Não consigo falar. Minhas pernas viraram geleia. Seguro um suporte de toalhas, tentando manter o controle.

— Sei que seus ferimentos estão feios. — Nicole está me segurando com um braço forte. — Mas acredite, são superficiais.

— Não é... — Faço um gesto para meu reflexo. — Não é assim que eu sou.

Fecho os olhos e visualizo meu eu antigo, só para garantir que não estou enlouquecendo. Cabelo crespo cor de rato, olhos azuis, ligeiramente mais gorda do que gostaria. Rosto legal, mas nada especial. Delineador preto e batom cor-de-rosa brilhante Tesco. O *look* padrão Lexi Smart.

Então abro os olhos de novo. Uma mulher diferente me olha de volta. Parte do cabelo foi estragado pelo acidente, mas o que sobrou tem um tom luminoso e desconhecido de castanho, todo liso e sem nenhum frizz. As unhas dos pés estão brilhantes e perfeitamente cor-de-rosa. As pernas são de um bronzeado dourado e mais magras do que antes. E mais musculosas.

— O que mudou? — Nicole olha meu reflexo com curiosidade.

— Tudo! — consigo dizer. — Estou toda... brilhante.

— Brilhante? — Ela ri.

— O cabelo, as pernas, os *dentes*... — Não consigo afastar os olhos daqueles dentes brancos, perolados e imaculados. Devem ter custado uma grana preta.

— São lindos! — Ela concorda educadamente.

— Não. Não. Não. — Balanço a cabeça vigorosamente. — Você não entende. Eu tenho os piores dentes do mundo. Meu apelido era Dente Torto.

— Acho que não deve ser mais. — Nicole ergue a sobrancelha, achando engraçado.

— E perdi um monte de peso... e meu rosto está diferente, não sei exatamente como... — Examino meus traços, tentando descobrir. Minhas sobrancelhas estão finas e bem-feitas... os lábios parecem mais cheios, sei lá... olho mais de perto, com uma suspeita súbita. Será que *fiz* alguma coisa neles? Será que me transformei em alguém que *fez alguma coisa*?

Eu me afasto do espelho com a cabeça girando.

— Pegue leve — alerta Nicole, correndo atrás de mim. — Você teve um choque. Talvez deva dar um passo de cada vez.

Ignorando-a, pego a bolsa Louis Vuitton e começo a tirar coisas de dentro, examinando cada item atentamente, como se aquilo pudesse trazer alguma pista. Meu Deus, *olha só* isso tudo. Um chaveiro Tiffany, óculos de sol Prada, brilho labial Lancôme, e não Tesco.

E uma pequena agenda Smythson verde-clara. Hesito um momento, preparando-me psicologicamente, e abro. Com um arrepio, vejo minha letra familiar: *Lexi Smart, 2007* está escrito na parte de dentro da capa. Devo ter escrito essas palavras. Devo ter rabiscado aquele pássaro plumoso no canto. Mas não tenho absolutamente nenhuma lembrança de ter feito isso.

Sentindo como se estivesse espionando a mim mesma, começo a folhear as páginas minúsculas. Há anotações em cada página: *Almoço 12h30. Bebidas p. encontro Gill — arte.* Mas está tudo escrito com iniciais e abreviações. Não dá para descobrir muita coisa. Folheio até o fim e uma pequena pilha de cartões de visita cai da agenda. Pego um, olho o nome. E congelo.

É um cartão da empresa onde trabalho, a Deller Carpets — com um logotipo novo e sofisticado. E o nome está impresso em nítido cinza-carvão:

Lexi Smart
Diretora, Pisos

Sinto como se o chão tivesse saído debaixo de mim.

— Lexi? — Nicole me olha preocupada. — Você está muito pálida.

— Olhe isso. — Estendo o cartão, tentando me controlar. — Aí diz "Diretora", no meu cartão de visita. É tipo chefe de todo o departamento. Como posso ser a chefe? — Minha voz fica mais aguda do que eu pretendia. — Só estou na empresa há um ano. Nem ganhei bônus!

Com as mãos trêmulas, enfio o cartão entre as páginas da agenda e enfio a mão na bolsa de novo. Preciso encontrar meu telefone. Preciso ligar para minhas amigas, minha família, *alguém* que saiba o que está acontecendo...

Aí está.

É um modelo novo e fino que não reconheço, mas mesmo assim é bem simples de usar. Não há nenhum recado na caixa de mensagens, mas há uma mensagem de texto nova, não lida. Olho a tela minúscula.

chego tarde, ligo quando puder.
E.

Quem é "E"? Reviro o cérebro mas não consigo pensar numa única pessoa cujo nome comece com E. Alguém novo no trabalho? Passo para as mensagens armazenadas. E a primeira é de "E" também:

acho que não. E.

Será que "E" é minha nova melhor amiga ou algo assim?

Mais tarde vou examinar as mensagens. Agora preciso falar com alguém que me conheça, que possa dizer exatamente o que andou acontecendo com minha vida nos últimos três anos... Digito o número de Fi e espero, batucando com as unhas, esperando que ela atenda.

— Olá, você ligou para Fiona Roper, por favor, deixe um recado...

— Ei, Fi — digo assim que o bip soa. — Sou eu, Lexi! Escute, sei que isso parece estranho, mas sofri um acidente. Estou no hospital e só... preciso falar com você. É importante. Pode me ligar? Tchau! — Quando fecho o telefone, Nicole o pega, reprovando.

— Você não deveria usar isso aqui dentro — diz. — Mas pode usar uma linha fixa. Vou pegar um aparelho.

— Certo. Obrigada. Vou começar a examinar as mensagens antigas quando alguém bate à porta e outra enfermeira entra, segurando um par de sacolas.

— Estou com suas roupas aqui... — Ela põe uma das sacolas na minha cama. Enfio a mão, tiro um jeans escuro e olho. O que é isso? A cintura é alta demais e a calça é estreita *demais*, quase como uma meia-calça. Como se usa uma bota por baixo disso?

— Seven for All Mankind — diz Nicole, levantando as sobrancelhas. — Muito legal.

Seven o quê?

— Eu adoraria ter uma dessas. — Ela acaricia uma das pernas, admirando. — Umas duzentas pratas cada, não é?

Duzentas libras? Por uma calça *jeans*?

— E aqui estão suas jóias — acrescenta a outra enfermeira, estendendo uma sacola de plástico transparente — Precisaram ser tiradas, para as tomografias.

Ainda pasma com os jeans, pego a bolsa. Nunca fui uma pessoa do tipo que usa joias, a não ser que você conte os brincos Topshop e um Swatch. Sentindo-me uma criança ganhando presentes de Natal, enfio a mão na sacola e pego um emaranhado de ouro. Há uma pulseira com jeito de ser cara, feita de ouro martelado, e um colar combinando, além de um relógio.

— Uau. Maneiro. — Passo a pulseira cautelosamente por cima dos dedos, depois pego dois brincos de pingente. Preso no meio dos cordõezinhos de ouro há um anel, e depois de desembaraçar com cuidado consigo soltá-lo.

Todas prendem a respiração. Alguém sussurra:

— Ah, meu Deus.

Estou segurando um anel de diamante solitário gigantesco, brilhante. Do tipo que as mulheres ganham nos filmes. Do tipo que você vê sobre veludo azul-marinho nas vitrines das joalherias sem etiqueta de preço. Por fim afasto o olhar e vejo que as duas enfermeiras também estão fascinadas.

— Ei! — exclama Nicole subitamente. — Ainda falta uma coisa. Estenda a mão, Lexi... — Ela vira a sacola e bate no canto. Há um silêncio momentâneo, e na palma da minha mão cai uma aliança de ouro lisa.

Há uma espécie de farfalhar em meus ouvidos e olho para aquilo.

— Você deve ser casada! — diz Nicole, toda alegre.

Não. De jeito nenhum. Sem dúvida eu *saberia* se fosse casada, não é? Certamente sentiria bem no fundo, com ou sem amnésia, não é? Viro a aliança nos dedos desajeitados, sentindo-me quente e fria ao mesmo tempo.

— Ela é —, confirma a segunda enfermeira. — Você é. Não se lembra, querida?

Balanço a cabeça feito uma idiota.

— Você não se lembra do seu casamento? — Nicole está boquiaberta. — Não se lembra de nada sobre seu marido?

— Não. — Levanto a cabeça num pânico súbito. — Eu não me casei com o Dave Fracasso, não foi?

— Não sei! — Nicole dá um risinho e aperta a boca com a mão. — Desculpe. Você ficou tão abestalhada! Você sabe qual é o nome dele? — Ela olha para a outra enfermeira, que balança a cabeça.

— Desculpe. Eu estava na outra ala. Mas sei que existe um marido.

— Olhe, a aliança é gravada! — exclama Nicole, pegando-a. — "A.S. e E.G. 3 de junho de 2005." Já vai fazer dois anos. — Ela a devolve. — É você?

Estou respirando depressa. É verdade. Está gravado em ouro maciço.

— Sou A.S. — digo finalmente. — A de Alexia. Mas não tenho ideia de quem é E.G.

O "E" do meu telefone, percebo de repente. As mensagens eram dele. Meu marido.

— Acho que preciso de água gelada. — Tonta, entro cambaleando no banheiro, jogo água no rosto e me inclino sobre a pia de esmalte frio, olhando meu reflexo abalado, familiar-desconhecido. Sinto que vou derreter. Será que alguém ainda está me pregando uma peça gigantesca? Será que estou alucinando?

Tenho 28 anos, dentes brancos e perfeitos, uma bolsa Louis Vuitton, um cartão escrito "Diretora" e um marido.

Como *tudo* isso aconteceu?

4

Edward. Ethan. Errol.

Já se passou uma hora e ainda estou em choque. Fico olhando incrédula para a minha aliança, no criado-mudo ao lado da cama. Eu, Lexi Smart, tenho um marido. Não me sinto *velha* o bastante para ter um marido.

Elliott. Eamonn. Egbert.

Por favor, Deus, Egbert não.

Revirei a bolsa Louis Vuitton. Olhei a agenda inteira. Vi todos os números gravados no celular. Mas ainda não descobri o que significa "E". Seria de imaginar que eu lembraria o nome do meu próprio marido. Seria de imaginar que estaria gravado na minha psique.

Quando a porta se abre, fico tensa, quase esperando que seja ele. Mas é mamãe de novo, rosada e cansada.

— Esses guardas de trânsito não têm coração. Só fiquei vinte minutos no veterinário e...

— Mamãe, estou com amnésia — interrompo-a. — Perdi a memória. Perdi um trecho inteiro da minha vida. Estou realmente... pirada.

— Ah é, a enfermeira mencionou isso. — Seu olhar encontra o meu brevemente, depois se afasta de novo. Mamãe não é muito boa em contato visual, nunca foi. Quando era mais nova eu ficava muito frustrada com isso, mas agora só acho mais uma daquelas coisas de mamãe. Tipo: ela não aprende direito o nome dos programas de TV, mesmo que você diga mil vezes que não é *A família Simpson*.

Agora ela está se sentando e tirando o casaquinho.

— Sei *exatamente* como você se sente — começa ela. — Minha memória está piorando a cada dia, na verdade, um dia desses...

— Mamãe... — Respiro fundo, tentando ficar calma. — Você não sabe como eu me sinto. Não é como esquecer onde você pôs alguma coisa. Perdi três anos da minha vida! Não sei nada sobre mim em 2007. Não pareço a mesma, nenhuma das minhas coisas é a mesma, e preciso saber uma coisa... — Minha voz está pulando de apreensão. — Mamãe... eu sou mesmo *casada*?

— Claro que é casada! — Mamãe parece surpresa por eu ter perguntado. — Eric vai chegar a qualquer minuto. Eu disse isso antes.

— Eric é meu marido? — Encaro-a. — Achei que Eric fosse um cachorro.

— Um *cachorro*? — Mamãe levanta as sobrancelhas. — Meu Deus, querida! Você levou mesmo uma pancada na cabeça!

Eric. Experimento revisar o nome na cabeça. *Meu marido, Eric.*

Não significa nada para mim. Não é um nome pelo qual eu sinta qualquer coisa.

Eu te amo, Eric.

Com todo o meu corpo eu te adoro, Eric.

Espero algum tipo de reação física. Certamente eu deveria reagir, não é? Minhas células do amor deveriam estar acordando, não é? Mas me sinto totalmente vazia, um nada.

— Ele tinha uma reunião muito importante hoje cedo. Mas, fora isso, esteve aqui com você noite e dia.

— Certo. — Assimilo isso. — Então... como ele é?

— Ele é *muito* bom — diz mamãe, como se estivesse falando de um bolo recheado.

— Ele é...? — paro.

Não posso perguntar se ele é bonito. Seria realmente superficial. E se ela desconversar e disser que ele tem um senso de humor maravilhoso?

E se ele for obeso?

Ah, meu Deus. E se eu conheci sua bela alma interior trocando mensagens pela internet, só que agora me esqueci de tudo isso e terei de fingir que sua aparência não importa para mim?

Ficamos em silêncio e me pego olhando o vestido Laura Ashley de mamãe, de mais ou menos 1975. Os babados entram e saem da moda, mas de algum modo ela não percebe. Ainda usa as mesmas roupas de quando conheceu meu pai. O mesmo cabelo comprido e desajeitado; o mesmo batom opaco. É como se ela achasse que ainda tem 20 e poucos anos.

Não que eu um dia vá lhe dizer isso. Nunca fomos de conversinhas íntimas entre mãe e filha. Uma vez tentei fazer confidências a ela, quando terminei com meu primeiro namorado. Grande erro. Ela não demonstrou compaixão, nem me abraçou, nem mesmo escutou de verdade. Em vez disso ficou toda vermelha, na defensiva e irritada comigo, como se eu estivesse deliberadamente tentando feri-la ao falar sobre relacionamentos. Eu me senti como se estivesse passando sobre um campo minado, pisando em pedaços sensíveis da vida dela que eu nem sabia que existiam.

Assim desisti, e em vez disso liguei para Fi.

— Você conseguiu encomendar aquelas capas de sofá para mim, Lexi? — Mamãe interrompe meus pensamentos. — Pela internet — acrescenta ela diante de meu olhar vazio. — Você ia fazer isso na semana passada.

Será que ela ouviu *alguma coisa* que eu falei?

— Mamãe, não sei — digo lenta e claramente. — Não me lembro de nada dos últimos três anos.

— Desculpe, querida. — Mamãe bate na cabeça. — Estou sendo idiota.

— Não sei o que fiz na semana passada, nem no ano passado... nem mesmo quem é meu próprio marido... — Abro os braços. — Para ser honesta, é bem assustador.

— Claro. Sem dúvida. — Mamãe concorda, uma expressão distante nos olhos, como se processasse minhas palavras. — O negócio, querida, é que não me lembro do nome do site. De modo que, se por acaso você lembrar...

— Eu aviso, certo? — Não consigo deixar de ser ríspida. — Se minha memória voltar, a primeira coisa que vou fazer é ligar para você falando das capas de sofá. Meu Deus!

— Não precisa falar assim, Lexi! — diz ela, arregalando os olhos.

Certo. Então, em 2007 mamãe ainda me faz subir pelas paredes. Sem dúvida eu já deveria ter superado meus problemas com minha mãe, não é? Automaticamente começo a roer a unha do polegar. Então paro. A Lexi de 28 anos não rói unhas.

— Então, o que ele faz? — Retorno ao assunto do meu marido. Ainda não consigo acreditar que ele exista realmente.

— Quem, Eric?

— É! Claro que é o Eric!

— Vende imóveis — responde mamãe, como se eu devesse saber. — Na verdade é muito bom nisso.

Eu me casei com um corretor de imóveis chamado Eric.

Como?

Por quê?

— Nós moramos no meu apartamento?

— Seu apartamento? — Mamãe parece achar engraçado. — Querida, você vendeu seu apartamento há muito tempo. Agora você tem um lar conjugal!

— *Vendi?* — Sinto uma pontada. — Mas acabei de comprar!

Adoro meu apartamento. Fica em Balham e é minúsculo mas aconchegante, com os caixilhos das janelas pintados de azul, por mim mesma, e um lindo sofá macio, de veludo, e pilhas de almofadas coloridas por toda parte, e luzinhas miúdas, de Natal, em volta do espelho. Fi e Carolyn me ajudaram a fazer a mudança há dois meses; pintamos o banheiro com spray prateado, depois pintamos nossos jeans com spray prateado também.

E agora tudo se foi. Vivo num lar conjugal. Com meu marido conjugal.

Pela milionésima vez olho a aliança e o diamante solitário. Então olho automaticamente para a mão de mamãe. Ela ainda usa o anel de papai, apesar do modo como ele se comportou com ela durante anos...

Papai. O enterro de papai.

É como se uma mão tivesse apertado meu estômago com força.

— Mamãe — tento cautelosamente. — Sinto muito ter perdido o enterro de papai. Foi... você sabe, tudo bem?

— Você não perdeu, querida. — Ela me olha como se eu estivesse maluca. — Você estava lá.

— Ah. — Encaro-a, confusa. — Certo. Claro. Só não me lembro de nada.

Com um suspiro, recosto-me nos travesseiros. Não me lembro de meu casamento nem do enterro de papai. Sinto que fiquei de fora de dois dos acontecimentos mais importantes da minha vida.

— Então, como foi?

— Ah, foi tudo bem, na medida em que essas coisas podem ir bem... — Mamãe está incomodada, como sempre fica quando surge o assunto "papai".

— Foram muitas pessoas?

Uma expressão dolorida surge em seu rosto.

— Não vamos *falar* sobre isso, querida. Já faz anos. — Ela se levanta, como se quisesse se afastar de minhas perguntas. — Bem, você já almoçou? Não tive tempo de comer *nada*, só belisquei um ovo cozido e uma torrada. Vou arranjar alguma coisa para nós duas. E não deixe de comer direito, Lexi. Nada dessa obsessão de ficar sem carboidratos. Uma batata não vai matar você.

Sem carboidratos? Foi assim que consegui este corpo? Olho para minhas pernas desconhecidas, bronzeadas. Devo dizer que elas parecem não saber o que é uma batata.

— Mudei um bocado de aparência, não foi? — não consigo deixar de dizer, meio sem graça. — Meu cabelo... os dentes...

— Acho que você está diferente. — Ela me olha um tanto distraída. — Foi tão gradual que eu nem notei direito.

Pelo amor de Deus. Como você nem nota quando sua filha se transforma de uma Dente Torto, desajeitada e acima do peso, numa pessoa magra, bronzeada, bem-cuidada?

— Não vou demorar. — Mamãe pega sua bolsa bordada e a pendura no ombro. — E Amy deve chegar a qualquer momento.

— Amy está aqui? — Meu ânimo melhora enquanto visualizo minha irmãzinha, com seus jeans cor-de-rosa bordados com flores e aqueles tênis bonitinhos que se acendem quando ela dança.

— Ela foi comprar uns chocolates lá embaixo. — Mamãe abre a porta. — Ela adora aqueles novos Kitkats de menta.

A porta se fecha atrás dela e fico olhando. Inventaram *Kitkats* de menta?

2007 é realmente um outro mundo.

Amy não é minha meia-irmã nem irmã de criação, como a maioria das pessoas presume. É minha irmã integral, cem por cento. Mas as pessoas ficam confusas porque, além de haver 12 anos de diferença entre nós, minha mãe e meu pai tinham se separado antes de ela nascer.

Talvez "se separado" seja forte demais. Não sei exatamente o que aconteceu — só sei que meu pai nunca esteve muito presente enquanto eu crescia. O motivo oficial era que trabalhava numa empresa estrangeira. O motivo *real* era que ele era um oportunista imprestável. Eu tinha apenas 8 anos quando ouvi uma de minhas tias descrevê-lo assim numa festa de Natal. Quando me viram, as pessoas ficaram sem graça e mudaram de assunto, por isso achei que "imprestável" era algum palavrão realmente terrível. Sempre ficou fixo na minha mente. *Imprestável.*

Na primeira vez em que ele saiu de casa eu tinha 7 anos. Mamãe disse que ele havia ido para os Estados Unidos numa viagem de negócios, de modo que quando Melanie, da escola, disse que o tinha visto no mercado comunitário com uma mulher de jeans vermelho, eu disse que ela era uma gorda mentirosa. Ele voltou para casa algumas semanas depois, parecendo cansado, e disse que era por causa do fuso horário. Quando enchi o saco dele pedindo um presente, papai pegou um chiclete Wrigleys. Eu disse que era meu chiclete americano e mostrei a todo mundo na escola — até que Melanie mostrou a etiqueta de preço do mercado comunitário. Eu nunca disse ao meu pai, ou à minha mãe que sabia a verdade. O tempo todo eu soube que ele não estava nos Estados Unidos, afinal de contas.

Alguns anos depois ele desapareceu de novo, desta vez por alguns meses. Ele havia aberto um negócio de imóveis na Espanha, que faliu. Em seguida se meteu num daqueles trambiques de pirâmide e tentou envolver todos os nossos amigos. Em algum momento virou alcoólatra... Depois foi morar um tempo com uma espanhola... Mas mamãe vivia convencendo-o a voltar. Até que finalmente, há cerca de três anos, ele se mudou de vez para Portugal, aparentemente para ficar longe dos fiscais do imposto de renda.

Mamãe teve vários outros "cavalheiros amigos" no decorrer dos anos, mas ela e papai nunca se divorciaram; nunca se desvencilharam totalmente. E, evidentemente, numa de suas alegres visitas natalinas do tipo "as bebidas são por minha conta, querida", devem ter...

Bem, não quero visualizar exatamente. Tivemos Amy, esse é o ponto. E ela é a coisinha mais adorável, sempre brincando em seu tapete de dança e querendo trançar meu cabelo um milhão de vezes.

O quarto estava calmo e sombrio desde que mamãe saíra. Peguei um copo d'água e bebi lentamente. Meus pensamentos estão nebulosos, como uma cidade após um bombardeio. Estou me sentindo como uma perita forense, procurando cada fiapo de lembrança, tentando entender a situação.

Há uma batida leve na porta e levanto a cabeça.

— Olá? Entre!

— Oi, Lexi!

Uma garota desconhecida, de cerca de 16 anos, entrou. É alta e magra, com jeans caindo dos quadris, piercing no umbigo, cabelo espetado com mechas azuis e usando umas cinco camadas de rímel. Não faço ideia de quem seja.

— Ah, meu Deus! — Ela aperta a boca com a mão, ao me ver. — Seu rosto está completamente fodido. Dói?

— Na verdade, não. — Dou um sorriso educado. Os olhos da garota se estreitam enquanto ela me examina.

— Lexi... sou eu. Você não sabe que sou eu, não é?

— Certo! — Faço uma expressão de desculpas. — Olhe, sinto muito, mesmo, mas sofri um acidente e estou tendo problemas com a memória. Quero dizer, tenho certeza de que nos conhecemos...

— Lexi? — Ela parece incrédula, quase magoada. — Sou eu! *Amy*.

Fico sem fala. Fico mais do que sem fala. Não pode ser minha irmãzinha.

Mas é. Amy virou uma adolescente alta e atrevida. Praticamente adulta. Enquanto ela anda pelo quarto, pegando coisas e pondo de volta no lugar, fico hipnotizada com sua altura. Com sua *confiança*.

— Tem alguma comida aí? Estou morrendo de fome. — Ela tem a mesma voz doce e rouca de sempre, apenas um pouco diferente. Mais descolada.

— Mamãe foi pegar meu almoço. Você pode dividir comigo.

— Fantástico. — Ela se senta e passa as pernas compridas por cima dos braços da poltrona, mostrando as botinhas de camurça cinza com saltos finos. — Então você não se lembra de nada? Que maneiro!

— Não é maneiro — retruco. — É horrível. Lembro até antes do enterro de papai... depois tudo fica turvo. Não me lembro dos meus primeiros dias no hospital, também. É como se eu tivesse acordado pela primeira vez ontem à noite.

— Sinistro. — Os olhos dela estão arregalados. — Então não lembra que eu visitei você antes?

— Não. Só me lembro de você aos 12 anos. Com rabo-de-cavalo e aparelho nos dentes. E aqueles prendedorezinhos lindos que você usava no cabelo.

— Nem me lembre. — Amy finge vomitar. Depois franze a testa, pensando. — Então... deixa eu entender direito. Os últimos três anos estão num vazio total.

— Como um grande buraco negro. E mesmo antes disso está um pouco confuso. Parece que eu me *casei*, não é? — rio nervosa. — Eu não fazia ideia! Você foi dama de honra ou algo assim?

— Claro — responde ela distraidamente. — Foi legal. Ei, Lexi, não quero falar disso quando você está tão doente e coisa e tal, mas... — Ela torce uma mecha de cabelo, parecendo sem jeito.

— O que é? — Olho-a, surpresa. — Diga.

— Bem, é só que você me deve setenta pratas. — Ela dá de ombros, como se pedisse desculpas. — Pegou emprestado na semana passada, quando seu cartão do banco não funcionou, e disse que me pagaria. Acho que você não iria lembrar...

— Ah — digo sem jeito. — Claro. Pegue. — Faço um gesto para a bolsa Louis Vuitton. — Não sei se tem algum dinheiro aí...

— Deve haver — diz Amy, rapidamente abrindo-a com um sorriso minúsculo. — Obrigada! — Ela enfia as notas no bolso e passa as pernas de novo sobre o braço da poltrona, brincando com sua coleção de pulseiras prateadas. Depois levanta os olhos, subitamente alerta. — Espere um minuto. Você sabe sobre... — E para.

— O quê?

Ela me examina com os olhos estreitos, incrédulos.

— Ninguém contou, não foi?

— O quê?

— *Meu Deus*. Acho que estão tentando dar as notícias gradualmente, mas, quero dizer... — Ela balança a cabeça, mordiscando as unhas. — Pessoalmente acho que, quanto antes você souber, melhor.

— Souber o quê? — Sinto uma pontada de medo. — O que é, Amy? Diga!

Por um momento Amy parece pensar consigo mesma, depois se levanta.

— Espere aí. — Ela desaparece do quarto por alguns instantes. Depois a porta se abre novamente e ela surge com um bebê de aparência asiática de cerca de um ano. O menino usa macacão e segura uma mamadeira de suco, e me dá um sorriso iluminado.

— Este é Lennon — diz ela, com a expressão se suavizando. — É seu filho.

Olho os dois, paralisada de terror. Do que ela está falando?

— Acho que você não se lembra, não é? — Amy acaricia o cabelo do menino, com carinho. — Você o adotou há seis meses, no Vietnã. Na verdade foi uma tremenda história. Você contrabandeou o garoto na sua mochila. Quase foi presa.

Eu adotei um bebê?

Sinto as entranhas geladas. Não posso ser mãe. Não estou pronta. Não sei nada sobre bebês.

— Diga olá ao seu filho! — Ela o traz para a cama, estalando os saltos altos. — Ele chama você de "Mumã", por sinal.

Mumã?

— Oi, Lennon — digo finalmente, a voz rígida de falta de jeito. — É... é a Mumã! — Tento fazer uma voz maternal. — Venha para a Mumã!

Levanto os olhos e vejo os lábios de Amy tremendo estranhamente. De súbito ela solta uma gargalhada e aperta a boca com a mão.

— Desculpe!

— Amy, o que está acontecendo? — Encaro-a, começando a suspeitar. — Este bebê é mesmo meu?

— Eu vi o menino no corredor, antes — diz ela, rindo. — Não pude resistir. A sua cara! — Ela não para de rir. — Venha para a Mumã!

Ouço gritos abafados vindos do lado de fora.

— Devem ser os pais dele! — digo, consternada. — Sua... *Devolva-o*!

Desmorono de volta nos travesseiros, aliviada, com o coração martelando. Graças a Deus! Não tenho filhos.

E não entendo Amy. Ela era doce e inocente. Assistia à *Barbie Bela Adormecida* repetidamente, com o polegar na boca. O que *aconteceu* com ela?

— Quase tive um ataque cardíaco — reprovo quando ela volta. — Se eu morresse, a culpa seria sua.

— Bem, você precisa se precaver — retruca ela com um sorriso sem arrependimento. — As pessoas podem jogar todo tipo de besteiras para cima de você.

Ela pega um chiclete e começa a desembrulhar. Depois se inclina para mim.

— Ei, Lexi — diz em voz baixa. — Você está mesmo com amnésia ou está só inventando? Eu não conto para ninguém.

— O *quê?* Por que eu inventaria?

— Achei que talvez você quisesse se livrar de alguma coisa. Tipo uma ida ao dentista.

— Não! Isso é de verdade!

— Certo. Tudo bem. — Ela dá de ombros e me oferece o chiclete.

— Não, obrigada. — Envolvo os joelhos com os braços, subitamente desanimada. Amy está certa. As pessoas podem se aproveitar totalmente de mim. Tenho muito a aprender e nem sei por onde começar.

Bem, poderia começar com o óbvio.

— Então. — Tento parecer casual. — Como é o meu marido? Como é... a aparência dele?

— Uau. — Os olhos de Amy se arregalam. — Claro! Você não faz ideia de como ele é!

— Mamãe disse que ele era bom. — Tento esconder a apreensão.

— Ele é uma graça. — Ela assente, séria. — Tem um ótimo senso de humor. E vão operar a corcunda dele.

— Bela tentativa, Amy. — Reviro os olhos.

— Lexi! Ele ficaria magoado de verdade se ouvisse isso! — Amy parece chocada. — Estamos em 2007. Não discriminamos as pessoas pela aparência. E Eric é um cara tão doce, amoroso! Não é culpa *dele* ter tido um problema na coluna quando era bebê. E ele realizou tanta coisa! Inspira admiração.

Agora estou fervendo, de tanta vergonha. Talvez meu marido tenha mesmo uma corcunda. Eu não deveria ser anticorcunda. Independentemente da aparência, tenho certeza de que o escolhi por um motivo muito bom.

— Ele consegue andar? — pergunto nervosa.

— Andou pela primeira vez no seu casamento — diz Amy, o olhar vago com a lembrança. — Saiu da cadeira de rodas para dizer os votos. Todo mundo chorou... O vigário mal podia falar... — Sua boca está tremendo de novo.

— Sua vaca! — exclamo. — Ele não tem nenhuma corcunda, não é?

— Desculpe. — Ela começa a rir incontrolavelmente. — Mas é uma brincadeira *tão* boa!

— Não é uma brincadeira! — Seguro meu cabelo, esquecendo os machucados, e me encolho. — É a minha vida. Não faço ideia de quem é meu marido, nem de como o conheci, nem nada...

— Ah. — Ela parece voltar atrás. — O que aconteceu foi que você começou a conversar com um mendigo velho na rua. E o nome dele era Eric...

— Cale a boca! Se não quer me contar, pergunto à mamãe.

— Certo! — Ela ergue as mãos num gesto de rendição. — Quer saber de verdade?

— Quero!

— Então está bem. Você o conheceu num programa de TV.

— Tente de novo. — Olho para cima.

— É verdade! Agora não estou de sacanagem. Foi naquele reality show, o *Ambição*. Aquele onde as pessoas querem chegar ao auge nos negócios. Ele era um dos jurados e você, uma candidata. Você não foi muito longe no programa, mas conheceu o Eric e se deu bem.

Silêncio. Estou esperando que ela comece a rir e termine aquela história ridícula, mas ela apenas toma um gole de Coca diet.

— Foi num reality show? — pergunto, incrédula.

— É. Foi bem maneiro. Todos os meus amigos assistiram, e nós votamos em você. Você deveria ter ganhado!

Encaro-a atentamente mas seu rosto está completamente sério. Ela está dizendo a verdade? Eu apareci mesmo na *televisão*?

— Por que, diabos, eu iria num programa desses?

— Para ser a chefe? — Amy dá de ombros. — Para subir na vida. Foi quando você consertou os dentes e o cabelo, para ficar bem na TV.

— Mas eu não sou ambiciosa. Quero dizer, não sou *tão* ambiciosa assim...

— Tá brincando? — Amy arregala os olhos. — Você é a pessoa mais ambiciosa do mundo! Assim que seu chefe pediu demissão você foi atrás do cargo dele. Todos os figurões da sua empresa a tinham visto na televisão e ficaram impressionados de verdade. Por isso deram o cargo a você.

Minha mente retorna aos cartões de visita dentro da agenda. *Lexi Smart. Diretora.*

— Você é a diretora mais jovem que eles já tiveram na empresa. Foi sensacional quando conseguiu o cargo — acrescenta Amy. — Todo mundo saiu para comemorar e você pagou champanhe para todos nós... — Ela tira o chiclete da boca num fio comprido. — Não lembra *nada* disso?

— Não! Nada!

A porta se abre e mamãe aparece, segurando uma bandeja com um prato coberto, um pote de musse de chocolate e um copo d'água.

— Voltei — diz ela. — Trouxe lasanha. E adivinhe só. O Eric está aqui!

— *Aqui*? — O sangue some do meu rosto. — Quer dizer... aqui no hospital?

Mamãe assente.

— Está subindo agora mesmo para ver você! Eu disse para ele lhe dar uns instantes para se preparar.

Uns *instantes*? Preciso de mais do que uns instantes. Isso tudo está acontecendo depressa demais. Ainda nem estou preparada para ter 28 anos. Quanto mais para conhecer um marido que eu supostamente tenho.

— Mamãe, não sei se posso fazer isso — digo em pânico. — Quero dizer... Ainda não estou me sentindo em condições de conhecê-lo. Talvez eu devesse falar com ele amanhã. Quando estiver mais adaptada.

— Lexi, querida! — censura mamãe. — Você não pode rejeitar seu marido. Ele veio correndo do trabalho para cá, especialmente para vê-la!

— Mas eu não o conheço! Não sei o que dizer nem o que fazer...

— Querida, ele é o seu *marido*. — Ela dá um tapinha tranquilizador na minha mão. — Não há com o que se preocupar.

— Ele pode estimular sua memória — diz Amy, pegando o pote de musse de chocolate e tirando a tampa. — Você pode vê-lo e dizer "Eric! Meu amor! Tudo está voltando!"

— Cale a boca — digo rispidamente. — E essa musse de chocolate é *minha*.

— Você não come carboidrato — retruca ela. — Esqueceu isso também? — Balança a colher, de modo hipnotizador, diante do meu rosto.

— Bela tentativa, Amy — digo revirando os olhos. — De jeito nenhum eu abriria mão de chocolate.

— Você *nunca* mais comeu chocolate. Não é, mamãe? Não comeu nem um pedaço do seu bolo de casamento por causa das calorias!

Ela só pode estar de sacanagem. Eu nunca desistiria do chocolate, nem em um milhão de anos. Vou mandar Amy se catar e me devolver a musse quando há uma batida na porta e uma voz masculina, abafada, diz:

— Olá?

— Ah, meu Deus. — Olho desesperada de um rosto para o outro. — Ah, meu Deus. É ele? Já?

— Espere um momento, Eric! — grita mamãe para o outro lado da porta, depois sussurra para mim: — Ajeite-se um pouquinho, querida! Parece que você se arrastou por uma cerca viva.

— Dá um tempo, mãe — diz Amy. — Ela foi arrastada pelos destroços de um *carro*, lembra?

— Vou apenas pentear seu cabelo rapidamente... — Mamãe vem com um pente minúsculo e começa a repuxar minha cabeça.

— Ai! — protesto. — Você vai piorar minha amnésia!

— Isso. — Ela dá um último puxão e limpa meu rosto com o canto de um lenço. — Está pronta?

— Abro a porta? — pergunta Amy.

— Não! Só... espere um segundo.

Meu estômago está se revirando de pavor. Não posso receber um estranho total que aparentemente é meu marido. É simplesmente... assustador demais.

— Mamãe. Por favor. — Viro-me para ela. — É cedo demais. Diga para ele voltar mais tarde. Amanhã. Ou podemos deixar para daqui a algumas semanas.

— Não seja boba, querida! — Mamãe ri. Como ela pode *rir*? — Ele é seu marido. Você acabou de sofrer um acidente de carro e ele está morrendo de preocupação, e nós o mantivemos esperando por tempo demais, coitadinho!

Enquanto mamãe vai para a porta aperto os lençóis com tanta força que o sangue some de meus dedos.

— E se eu o odiar? E se não houver química entre nós? — Minha voz dispara aterrorizada. — Quero dizer, ele espera que eu volte a *morar* com ele?

— Siga sua intuição — diz mamãe vagamente. — Verdade, Lexi, não há com o que se preocupar. Ele é *muito* bom.

— Desde que você não mencione o topete dele — intervém Amy. — Ou o passado nazista.

— Amy! — Mamãe estala a língua, censurando, e abre a porta. — Eric! Desculpe deixá-lo esperando. Entre.

Há uma pausa insuportavelmente longa, e então a porta se abre. E entra no quarto, carregando um enorme buquê de flores, o homem mais lindo que já vi na vida.

5

Não consigo falar. Só consigo olhar para ele, com uma bolha de incredulidade me subindo por dentro. Esse cara é realmente bonito, bonito de doer. Bonito tipo modelo Armani. Tem cabelos castanho-claros, encaracolados, curtos. Olhos azuis, ombros largos e um terno que parece caro. Queixo quadrado, impecavelmente barbeado.

Como é que eu consegui esse cara? Como? Como? *Como?*

— Oi — diz ele, e sua voz é profunda e redonda como a de um ator.

— Oi! — consigo responder sem fôlego.

Olha aquele peitoral. Ele deve malhar todo dia. E os sapatos engraxados, e o relógio de grife...

Meus olhos voltam ao cabelo dele. Nunca achei que me casaria com alguém de cabelos encaracolados. Engraçado. Não que eu tenha nada *contra* cabelos encaracolados. Quero dizer, nele fica ótimo.

— Querida. — Ele vem até a cama num farfalhar de flores caras. — Você está muito melhor do que ontem.

— Estou me sentindo bem. É... muito obrigada. — Pego o buquê. É o buquê mais incrível e elegante que já vi, todo em tons de branco e castanho. Onde, afinal, se conseguem rosas *castanhas*?

— Então... você é o Eric? — Acrescento, só para ter cem por cento de certeza.

Dá para ver o choque percorrer seu rosto, mas ele consegue sorrir.

— É. Isso mesmo. Sou Eric. Ainda não me reconhece?

— Não muito. Na verdade... nem um pouco.

— Eu lhe disse — arrulha mamãe, balançando a cabeça. — Sinto *tanto*, Eric! Mas tenho certeza de que ela vai lembrar logo, se fizer um esforço verdadeiro.

— O que isso significa? — lanço-lhe um olhar de afronta.

— Bem, querida — diz mamãe. — Essas coisas são todas uma questão de força de vontade, pelo que li. Da mente sobre a matéria.

— Estou *tentando* lembrar, certo? — replico indignada. — Você acha que eu *quero* ficar assim?

— Vamos devagar — diz Eric, ignorando mamãe. Ele se senta na cama. — Vejamos se conseguimos desencadear algumas lembranças. Posso? — Ele aponta minha mão.

— Ah... é. Certo — concordo e ele a segura. A mão dele é quente e firme. Mas é a mão de um estranho.

— Lexi, sou eu — diz ele em tom firme, vibrante. — Eric. Seu marido. Estamos casados há quase dois anos.

Estou hipnotizada demais para responder. De perto ele é ainda mais bonito. Sua pele é realmente lisa e bronzeada, e os dentes são de um branco perfeito e brilhante.

Ah, meu Deus, eu fiz sexo com esse homem — dispara na minha cabeça.

Ele me viu nua. Arrancou minhas calcinhas. Fizemos Deus sabe o quê juntos e eu nem o *conheço*. Pelo menos... presumo que ele tenha arrancado minha calcinha e que fizemos Deus sabe o quê. Não posso perguntar, exatamente, com mamãe no quarto.

Imagino como será ele na cama. Disfarçadamente examino seu corpo. Bem, eu me casei com ele. O cara deve ser bastante bom, sem dúvida...

— Há alguma coisa se passando na sua cabeça? — Eric nota meu olhar vagueando. — Querida, se tiver alguma pergunta, é só fazer...

— Nada! — fico vermelha. — Nada. Desculpe. Continue.

— Nós nos conhecemos há dois anos — continua Eric — numa festa na Pyramid TV. Eles fazem o *Ambição*, o reality show em que nós dois nos conhecemos. Ficamos instantaneamente atraídos um pelo outro. Casamos em junho e fomos em lua-de-mel para Paris. Ficamos numa suíte no George V. Foi maravilhoso. Fomos a Montmartre, visitamos o Louvre, tomamos *café au lait* toda manhã... — Ele pára. — Lembra-se de alguma coisa dessas?

— Não muito — digo sentindo-me culpada. — Desculpe.

Talvez mamãe esteja certa. Eu deveria me esforçar para lembrar. Qual é! Paris. A Mona Lisa. Homens de camisa listrada. *Pense.* Tento recordar, desesperadamente combinando o rosto dele com imagens de Paris, para disparar alguma lembrança...

— Nós fomos à Torre Eiffel? — pergunto finalmente.

— Fomos! — O rosto dele se ilumina. — Está começando a lembrar? Ficamos parados ao vento e tiramos fotos um do outro...

— Não — interrompo-o. — Era só um palpite. Você sabe, Paris... Torre Eiffel... parecia bem provável.

— Ah. — Ele concorda com desapontamento óbvio, e caímos no silêncio. Para meu ligeiro alívio, há uma batida na porta e eu grito: — Entre!

Nicole entra, segurando uma prancheta.

— Só preciso medir a pressão rapidinho... — começa ela. — Depois para ao ver Eric segurando minha mão. — Ah, desculpe. Não queria interromper.

— Não se preocupe! — digo. — Esta é Nicole, uma das enfermeiras que cuidam de mim. — Faço um gesto ao redor. — Esta é minha mãe, minha irmã... e meu marido, que se chama... — Encaro-o de modo significativo. — Eric.

— *Eric!* — Os olhos de Nicole se iluminam. — Muito prazer em conhecê-lo, Eric.

— O prazer é meu. — Eric a cumprimenta. — Fico eternamente grato por você cuidar da minha esposa.

Esposa. Meu estômago dá uma cambalhota ao ouvir a palavra. Sou a esposa dele. Isso tudo é tão adulto! Aposto que também temos uma hipoteca. E um alarme contra roubos.

— Prazer. — Nicole lhe dá um sorriso profissional. — Lexi é uma paciente fantástica. — Ela enrola o aparelho de pressão no meu braço e se vira para mim. — Só vou bombear isso... *Ele é lindíssimo!* — diz sem som, mostrando disfarçadamente o polegar para cima, e não consigo evitar um sorriso de volta.

É verdade. Meu marido é realmente lindíssimo. Nunca tive *um encontro* com alguém desse nível, antes. Quanto mais me casar. Quanto mais comer croissants no hotel George V.

— Eu gostaria muito de fazer uma doação para o hospital — diz Eric a Nicole em sua voz profunda, de ator, que preenche o quarto. — Se vocês tiverem um fundo especial...

— Seria maravilhoso! — exclama Nicole. — Neste momento estamos levantando verbas para uma máquina de tomografia nova.

— Talvez eu possa correr a maratona para divulgar isso — sugere ele. — Corro todo ano defendendo uma causa diferente.

Estou quase explodindo de orgulho. Nenhum dos meus outros namorados correu uma maratona. Dave Fracasso mal conseguia ir do sofá à TV.

— Bom! — diz Nicole, levantando as sobrancelhas enquanto deixa o aparelho de pressão desinflar. — É um verdadeiro prazer conhecê-lo, Eric. Lexi, está tudo ótimo... — Ela anota algo no prontuário. — Isso aí é seu almoço? — acrescenta notando a bandeja intocada.

— Ah, é. Esqueci.

— Você precisa comer. E vou pedir a todo mundo para não ficar *muito* tempo. — Ela se vira para mamãe e Amy. — Sei que vocês querem passar um tempo com Lexi, mas ela ainda está fragilizada. Precisa ir com calma.

— Farei o que for necessário. — Eric aperta minha mão. — Só quero que minha esposa fique boa.

Mamãe e Amy começam a juntar suas coisas, mas Eric fica onde está.

— Eu gostaria de ter alguns instantes a sós com ela — diz. — Se não tiver problema, Lexi.

— Ah — digo com uma pontada de apreensão. — É... tudo bem!

Mamãe e Amy vêm me dar um abraço de despedida, e mamãe faz outra tentativa rápida de ajeitar meu cabelo. Depois elas saem, a porta se fecha e fico sozinha com Eric, num silêncio estático, estranho.

— Então — diz Eric finalmente.

— Então. Isso é... esquisito. — Tento dar um risinho, que imediatamente se transforma em nada. Eric está me olhando, a testa franzida.

— Os médicos disseram se você vai recuperar a memória?

— Eles acham que sim. Mas não sabem quando.

Eric se levanta e vai até a janela, como se estivesse perdido em pensamentos.

— Então é um jogo de espera — diz finalmente. — Há algo que eu possa fazer para acelerar o processo?

— Não sei — digo, sem forças. — Talvez você pudesse falar mais um pouco sobre nós e nosso relacionamento, certo?

— Sem dúvida. Boa ideia. — Ele se vira. — O que você quer saber? Pergunte qualquer coisa.

— Bem... onde nós moramos?

— Em Kensington, num apartamento estilo loft. — Ele entoa as palavras como se fossem em maiúsculas. — É o meu negócio. Vida estilo loft. — Quando diz a expressão "vida estilo loft" faz um gesto amplo, com as mãos paralelas, como se estivesse transportando tijolos numa esteira.

Uau. Moramos em Kensington! Procuro outra pergunta para fazer, mas tudo parece sem sentido, como se eu estivesse tentando matar tempo num encontro.

— Que tipo de coisas nós fazemos juntos? — pergunto por fim.

— Frequentamos bons restaurantes, assistimos a filmes... semana passada fomos assistir a um balé. Depois jantamos no Ivy.

— No Ivy? — Não consigo deixar de ficar boquiaberta. Fui jantar no Ivy?

Por que não consigo me lembrar de nada disso? Fecho os olhos com força, tentando mentalmente chutar meu cérebro até que comece a funcionar. Mas... nada.

Por fim abro os olhos de novo, meio tonta, e vejo que Eric notou o anel e a aliança no criado-mudo.

— É o seu anel de casamento, não é? — Ele ergue os olhos, perplexo. — Por que está aqui?

— Tiraram para fazer as tomografias — explico.

— Posso? — Ele pega o anel e segura minha mão esquerda. Sinto uma súbita pontada de medo.

— Eu... ah... não... — Antes que possa me conter, puxo a mão e Eric se encolhe. — Desculpe — digo depois de uma pausa incômoda. — Sinto muito, mesmo. Só que... você é um estranho.

— Claro. — Eric se vira, ainda segurando o anel. — Claro. Idiotice minha.

Ah, meu Deus, ele parece mesmo magoado. Eu não deveria ter dito "estranho". Deveria ter dito "amigo que ainda não conheci".

— Sinto muito mesmo, Eric. — Mordo o lábio. — Realmente quero conhecer você e... amar, e coisa e tal. Você deve ser mesmo uma pessoa maravilhosa, caso contrário não teríamos nos casado. E parece realmente ótimo — acrescento para encorajá-lo. — Eu não esperava ninguém nem de longe tão bonito. Quero dizer, meu último namorado não era nem *um remendo* comparado a você.

Levanto os olhos e vejo Eric me encarando.

— Estranho — diz ele finalmente. — Você não é você. Os médicos me alertaram, mas eu não havia percebido que a coisa seria tão... extrema. — Por um instante ele parece quase arrasado. Então ele levanta os ombros. — Tudo bem. Vamos deixá-la boa de novo. Sei que vamos. — Ele recoloca o anel cuidadosamente no criado-mudo, senta-se na cama e segura minha mão. — E só para que saiba, Lexi... eu te amo.

— *Verdade*? — Dou um sorriso deliciado antes de conseguir me conter. — Quero dizer... fabuloso. Muito obrigada!

Nenhum dos meus namorados me disse "eu te amo" desse jeito: isto é, do modo adequado, no meio do dia, como um adulto, e não apenas bêbado ou fazendo sexo. Preciso retribuir. O que devo falar?

Te amo também?

Não.

Provavelmente te amo também.

Não.

— Eric, tenho certeza de que também te amo, em algum lugar bem no fundo — digo finalmente, apertando a mão dele. — E vou me lembrar. Talvez não hoje. E talvez não amanhã. Mas... sempre teremos Paris. — Paro, pensando nisso. — Pelo menos você terá. E pode me contar como foi.

Eric parece ligeiramente perplexo.

— Coma o seu almoço e descanse. — Ele dá um tapinha no meu ombro. — Vou deixá-la em paz.

— Talvez eu acorde amanhã lembrando de tudo — digo com esperança enquanto ele se levanta.

— Vamos esperar. — Ele examina meu rosto por um momento. — Mesmo que você não se lembre, querida, vamos resolver isso. Certo?

— Certo. — Concordo.

— Vejo você depois.

Ele sai em silêncio. Fico parada um momento. Minha cabeça está começando a latejar de novo e estou meio atordoada. É tudo demais. Amy tem cabelo azul e Brad Pitt tem uma filha com Angelina Jolie sem ser casado, e eu tenho um marido lindíssimo que acaba de dizer que me ama. Começo a achar que estou dormindo e vou acordar de volta em 2004, de ressaca no chão do apartamento de Carolyn, e que tudo isso terá sido um sonho.

6

Mas não estou sonhando. Acordo na manhã seguinte e ainda é 2007. Ainda tenho dentes perfeitos e brilhantes e cabelos castanhos luminosos. E ainda tenho um enorme buraco negro na memória. Estou comendo a terceira torrada e tomando um gole de chá quando a porta se abre e Nicole aparece, empurrando um carrinho cheio de flores. Olho boquiaberta, impressionada com a variedade. Deve haver uns vinte arranjos. Buquês amarrados... orquídeas em vasos... rosas de aparência grandiosa.

— Então... um desses é meu? — Não consigo evitar a pergunta.

Nicole parece surpresa.

— Todos.

— *Todos?* — Chego a cuspir no chá.

— Você é uma garota popular! Ficamos sem vasos! — Ela me entrega uma pilha de cartõezinhos. — Aqui estão seus recados.

— Uau. — Pego o primeiro cartão e leio.

Lexi — garota querida. Cuide-se, fique boa, vejo você em breve. Com todo o meu amor, Rosalie.

Rosalie? Não conheço ninguém chamada Rosalie. Perplexa, ponho o cartão de lado e leio o próximo.

Tudo de bom, fique boa logo.
Tim e Suki.

Também não conheço Tim e Suki.

Lexi, fique boa logo! Logo você estará de volta para trezentas repetições. De todos os seus amigos da academia.

Trezentas repetições? Eu?

Bem, acho que isso explica as pernas musculosas. Pego o cartão seguinte — e finalmente é de alguém conhecido.

Fique boa logo, Lexi. Tudo de bom, de Fi, Debs, Carolyn e todo mundo do Pisos.

Enquanto leio os nomes familiares, sinto um calor por dentro. É ridículo, mas eu quase havia achado que minhas amigas tinham se esquecido totalmente de mim.

— E aí, seu marido é um arraso! — Nicole interrompe meus pensamentos.

— Você acha? — Tento parecer casual. — É, ele é bem bonito, acho...

— Ele é incrível! E, sabe?, ele apareceu na enfermaria ontem, agradecendo a todos nós por cuidarmos de você. Não são muitas pessoas que fazem isso.

— Nunca saí com um cara como o Eric na vida! — Abandono toda a casualidade fingida. — Para ser honesta, ainda não acredito que ele é meu marido. Quero dizer, *eu*. E ele.

Há uma batida na porta e Nicole grita:

— Entre!

A porta se abre e mamãe e Amy entram, as duas parecendo com calor e suadas, carregando uma meia dúzia de sacolas cheias de álbuns de fotografias e envelopes.

— Bom-dia! — Nicole sorri enquanto mantém a porta aberta. — Vocês vão gostar de saber que Lexi está se sentindo muito melhor hoje.

— Ah, *não* me diga que ela se lembrou de tudo! — O rosto de mamãe despenca. — Depois de termos carregado todas essas fotos até aqui. Sabe como esses álbuns pesam? E não conseguimos vaga no estacionamento...

— Ela ainda está sofrendo de uma perda séria de memória — interrompe Nicole.

— Graças a Deus! — Mamãe nota subitamente a expressão de Nicole. — Quero dizer... Lexi, querida, trouxemos algumas fotos para mostrar. Talvez elas instiguem sua memória.

Olho a sacola de fotos com uma empolgação súbita. Aquelas imagens contarão minha história perdida. Mostrarão minha transformação de Dente Torto em... o que quer que eu seja agora.

— Manda ver! — Largo os cartões das flores e me sento. — Mostre-me minha vida!

Estou aprendendo um bocado nessa temporada no hospital. E uma coisa que aprendi é: se você conhece alguém com amnésia e quer avivar sua memória, *apenas mostre alguma foto antiga, não importa qual.* Já se passaram dez minutos e ainda não vi uma única foto, porque mamãe e Amy ficam discutindo por onde começar.

— Não queremos *assoberbá-la* — fica dizendo mamãe, enquanto as duas reviram a sacola de fotos. — Bem, vamos começar. — Ela pega uma foto emoldurada em cartolina.

— De jeito *nenhum* — Amy tira a foto de suas mãos. — Estou com uma espinha no queixo. Estou horrenda.

— Amy, é uma espinha minúscula. Mal dá para ver.

— Dá sim. E esta aqui é pior ainda! — Ela começa a rasgar as duas fotos em pedacinhos.

Aqui estou, esperando para descobrir sobre minha vida perdida há muito, e Amy está destruindo as provas?

— Não vou olhar para as suas espinhas! — grito. — Apenas me mostrem uma foto! Qualquer uma!

— Certo. — Mamãe avança para a cama, segurando uma foto sem moldura. — Vou segurá-la, Lexi. Apenas olhe atentamente a imagem e veja se ela provoca alguma coisa. Pronta? — Mamãe vira a foto.

É a imagem de um cachorro vestido de Papai Noel.

— Mamãe... — Tento controlar minha frustração. — Por que está me mostrando um cachorro?

— Querida, é a Tosca! — Mamãe parece magoada. — Ela devia ser muito diferente em 2004. E aqui está Raphael com Amy na semana passada, os dois lindos...

— Eu estou *horrenda*. — Amy agarra a foto e a rasga antes mesmo que eu veja.

— Pare de rasgar as fotos! — quase berro. — Mamãe, você trouxe fotos de mais alguma coisa? De pessoas, por exemplo?

— Ei, Lexi, você se lembra disso? — Amy avança, segurando um colar com uma rosa feita de jade. Faço força, tentando desesperadamente arrancar alguma lembrança.

— Não — respondo finalmente. — Não me diz nada.

— Legal. Posso ficar com ele, então?

— Amy! — protesta mamãe. Ela procura entre as fotos que estão em suas mãos, aborrecida. — Talvez devêssemos esperar Eric chegar com o DVD do casamento. Se isso não despertar sua memória, nada mais vai.

O DVD do casamento.

Meu casamento.

Toda vez que penso nisso, meu estômago se revira com uma espécie de ansiedade empolgada, nervosa. Tenho um DVD de casamento. Tive um casamento! A idéia é estranhíssima, nem consigo me imaginar como noiva. Usei um vestido bufante com cauda, véu e uma grinalda floral horrorosa? Nem consigo perguntar.

— Bem... ele parece legal — digo. — Eric, quero dizer. Meu marido.

— Ele é ótimo. — Mamãe concorda distraída, ainda examinando as fotos dos cachorros. — Faz um bocado de caridade, você sabe. Ou a empresa faz, deveria dizer. Mas a empresa é dele, de modo que dá no mesmo.

— Ele é dono de uma empresa? — contraio a testa, confusa. — Achei que ele fosse corretor de imóveis.

— Ele é dono de uma empresa que *vende imóveis*, querida. Grandes empreendimentos de lofts por toda Londres. Vendeu boa parte do negócio no ano passado, mas ainda detém o controle acionário.

— Ele ganhou 10 milhões de libras — diz Amy, agachada junto à sacola de fotos.

— Ele *o quê?* — Encaro-a.

— Ele é podre de rico. — Ela ergue os olhos. — Ah, qual é. Não me diga que você não tinha sacado.

— Amy! — diz mamãe. — Não seja tão vulgar!

Não consigo dizer nada. Na verdade estou meio tonta. Dez milhões de libras?

Alguém bate à porta.

— Lexi? Posso entrar?

Ah, meu Deus, é ele. Dou uma olhada rápida em meu reflexo e borrifo um pouco de perfume Chanel que encontrei na bolsa Louis Vuitton.

— Entre, Eric! — diz mamãe.

A porta se abre — e ali está ele, carregando duas sacolas, outro buquê de flores e um cesto cheio de frutas. Está usando camisa listada e calça marrom, suéter de cashmere e mocassins com franjas.

— Olá, querida. — Ele põe as coisas no chão, depois vem até a cama e me dá um beijo de leve na bochecha. — Como está indo?

— Muito melhor, obrigada. — Sorrio para ele.

— Mas ainda não sabe quem você é — intervém Amy. — Para ela, você é só um cara de suéter amarelo.

Eric não parece nem de longe se abalar. Talvez esteja acostumado às grosserias de Amy.

— Bem, vamos dar um jeito nisso hoje. — Ele suspende a bolsa, parecendo entusiasmado. — Trouxe fotos, DVDs, lembranças... vamos reapresentá-la à sua vida. Barbara, por que não coloca o DVD do casamento? — Ele entrega um disco brilhante a mamãe. — E para começar, Lexi... nosso álbum de casamento. — Ele põe um álbum encapado em pele de bezerro, de aparência cara, na cama, e sinto uma pontada de incredulidade ao ver as palavras em relevo:

ALEXIA E ERIC
3 DE JUNHO DE 2005

Abro-o e meu estômago afunda um quilômetro. Vejo uma foto em preto-e-branco: eu vestida de noiva. Estou usando um vestido branco longo e justo, o cabelo preso num coque lustroso, e seguro um buquê delicado de lírios. Nada bufante à vista.

Sem emitir nenhum som, viro a página. Ali está Eric a meu lado, de black tie. Na página seguinte estamos segurando taças de champanhe e sorrindo um para o outro. Estamos tão *chiques*! Parecemos pessoas numa revista.

Este é o meu casamento. Meu casamento de verdade, da vida real. Se eu precisava de uma prova... isto é uma prova.

Na tela da televisão surge de repente o som misturado de pessoas rindo e conversando. Levanto os olhos e sinto um novo choque. Ali na TV, Eric e eu estamos posando com as roupas do casamento. Estamos perto de um bolo gigantesco, segurando uma faca juntos, rindo de alguém fora da tela. Não consigo parar de me olhar.

— Optamos por não gravar a cerimônia — explica Eric. — Isto é a festa depois.

— Certo. — minha voz é um fiapo.

Nunca fui sentimental com relação a casamentos. Mas quando nos vejo cortando o bolo, sorrindo para as máquinas fotográficas, posando mais uma vez para alguém que perdeu a hora da foto... meu nariz começa a coçar. Este é o dia do meu casamento, o suposto dia mais feliz da minha vida. E não me lembro de absolutamente nada.

A câmera gira, captando os rostos de pessoas que não reconheço. Vejo mamãe, de conjunto azul-marinho, e Amy usando um vestido roxo de alcinhas. Estamos num espaço gigantesco, moderno, com paredes de vidro, cadeiras sofisticadas e arranjos de flores em toda parte, e as pessoas se derramam num amplo terraço, com taças de champanhe nas mãos.

— Que lugar é esse? — pergunto.

— Querida... — Eric dá um sorriso desconcertado. — É a nossa casa.

— Nossa *casa*? Mas é gigantesca! Olha só!

— É a cobertura. — Ele concorda. — É de bom tamanho.

— De "bom tamanho"? Parece um campo de futebol. Meu apartamentinho em Balham caberia num desses tapetes.

— E quem é aquela? — Aponto para uma mulher bonita com vestido tomara-que-caia rosa-bebê que está sussurrando no meu ouvido.

— Rosalie. Sua melhor amiga.

Minha *melhor amiga*? Nunca vi essa mulher na vida. É magra e bronzeada, com enormes olhos azuis, uma pulseira gigante e óculos empoleirados nos cabelos louros, tipo garota da Califórnia.

Ela me mandou flores, lembro de repente. *Querida. Com amor. Rosalie.*

— Ela trabalha na Deller Carpets?

— Não! — Eric sorri, como se eu tivesse contado uma piada. — Essa parte é engraçada. — Ele faz um gesto para a tela. A câmera está nos acompanhando enquanto saímos para o terraço, e posso me ouvir rindo e dizendo: "Eric, o que você está aprontando?" Todo mundo está olhando para cima por algum motivo, não tenho ideia do que...

E então a câmera focaliza e eu vejo. Escrito no céu: *Lexi, vou te amar para sempre*. Na tela, todo mundo está boquiaberto apontando, e eu me vejo olhando para cima, apontando, protegendo os olhos, depois beijando Eric.

Meu marido organizou uma coisas dessas para mim, no dia do meu casamento, e *não consigo lembrar, cacete?* Quero chorar.

— Bem, aqui somos nós de férias nas ilhas Maurício, no ano passado... — Eric avança o DVD e olho, incrédula, para a tela. Aquela garota andando na areia sou *eu*? Meu cabelo está trançado, estou bronzeada, magra e usando um biquíni de tirinhas vermelho. Pareço o tipo de garota para quem geralmente olho com inveja.

— E aqui somos nós num baile de caridade... — Eric avança o vídeo e lá estamos de novo. Estou usando um vestido de noite, justo, azul, dançando com Eric num salão de baile grandioso.

— Eric é um benfeitor *muito* generoso — diz mamãe, mas não reajo. Estou fascinada por um cara de cabelo escuro, parado perto da pista de dança. Espere um momento. Eu não... eu não o conheço de algum lugar?

Isso. Isso. Definitivamente reconheço alguém. Enfim!

— Lexi? — Eric nota minha expressão. — Isso está provocando sua memória?

— Está! — Não consigo evitar um sorriso de júbilo. — Lembro daquele cara à esquerda. — Aponto para a tela. — Não sei exatamente quem ele é, mas eu o *conheço*. Conheço mesmo. Ele é caloroso e engraçado, e acho que talvez seja médico... ou talvez eu o tenha conhecido num cassino...

— Lexi... — Eric me interrompe. — Aquele é George Clooney, o ator. Ele foi convidado para o baile.

— Ah. — Esfrego o nariz, sem graça. — Ah, certo.

George Clooney. Claro que é. Sou uma imbecil. Afundo de novo nos travesseiros, desanimada.

Quando penso em todas as coisas horrendas e infelizes que *consigo* lembrar. Quando fui obrigada a comer semolina na escola aos 7 anos e quase vomitei. Quando usei um maiô branco aos 15 anos, saí da piscina e ele era transparente e todos os garotos riram. Lembro-me dessa humilhação como se tivesse sido ontem.

Mas não consigo me lembrar de ter caminhado numa praia de areia perfeita nas ilhas Maurício. Não me lembro de ter dançado com meu marido num baile grandioso. Olá, cérebro? Você tem *alguma* prioridade?

— Ontem à noite andei lendo sobre amnésia — diz Amy, que está sentada de pernas cruzadas no chão. — Sabe qual sentido estimula mais a memória? O olfato. Talvez você devesse *cheirar* o Eric.

— É verdade — intervém mamãe inesperadamente. — Como aquele rapaz, o Proust. Bastou uma fungada naquele bolinho e tudo voltou à lembrança.

— Vamos — encoraja Amy. — Vale tentar, não é?

Olho para Eric, sem graça.

— Você se importaria se eu... o cheirasse, Eric?

— De jeito nenhum! Vale a pena tentar. — Ele se senta na cama e dá pausa no DVD. — Devo levantar os braços ou...

— Hum... acho que sim...

Solenemente, Eric levanta os braços. Inclino-me constrangida e cheiro suas axilas. Sinto perfume de sabonete, loção pós-barba e um leve odor masculino. Mas nada surge em minha memória.

A não ser visões de George Clooney em *Onze Homens e Um Segredo*.

Talvez seja melhor eu não mencionar isso.

— Alguma coisa? — Eric está rígido em sua posição, com os braços levantados.

— Nada, ainda — respondo depois de cheirar mais uma vez. — Quero dizer, nada muito intenso...

— Você deveria cheirar a virilha dele — diz Amy.

— *Querida* — reage mamãe, exausta.

Não consigo evitar uma olhada para a virilha de Eric. A virilha com a qual me casei. Parece bem generosa, se bem que nunca dá para saber. Será que...

Não. Não é hora para pensar nisso.

— O que vocês deveriam fazer é sexo — sugere Amy diante do silêncio constrangedor, e estala seu chiclete. — Vocês precisam do cheiro penetrante do corpo um do outro...

— Amy! — interrompe mamãe. — Querida! Já chega!

— Só estou falando! É a cura natural para amnésia.

— Então. — Eric abaixa os braços. — Não foi exatamente um sucesso.

— Não.

Talvez Amy esteja certa. Talvez devêssemos fazer sexo. Olho para Eric — e estou convencida de que ele pensa a mesma coisa.

— Não faz mal. Ainda é cedo. — Eric sorri enquanto fecha o álbum de casamento. Mas posso ver que ele também está desapontado.

— E se eu nunca me lembrar? — Olho ao redor. — E se todas essas memórias estiverem perdidas de uma vez por todas e eu nunca conseguir recuperá-las? *Nunca?*

Enquanto olho os rostos preocupados, sinto-me subitamente sem forças e vulnerável. É como aquela vez em que meu computador pifou e perdi todos os e-mails, só que um milhão de vezes pior. O técnico ficava dizendo que eu deveria ter feito um backup. Mas como se faz backup do cérebro?

À tarde me consulto com um neuropsicólogo. É um cara amável, de jeans, chamado Neil. Eu me sento a uma mesa, com ele, fazendo testes. E devo dizer que me saio muito bem! Consigo me lembrar de cinquenta palavras de uma lista; lembro-me de um conto; faço um desenho de memória.

— Você está funcionando extremamente bem, Lexi — diz Neil depois de verificar o último item. — Suas habilidades executivas estão aí, sua memória de curto prazo está ótima, você não tem grandes problemas cognitivos... mas está sofrendo de uma séria amnésia retrógrada focal. Isso é muito incomum.

— Mas *por quê?*

— Bem, tem a ver com o modo como você bateu a cabeça. — Ele se inclina, animado, desenha uma cabeça em seu bloco de anotações e começa a preencher o cérebro. — Você teve o que chamamos de ferimento por aceleração e desaceleração.

Quando bateu no para-brisa, seu cérebro foi jogado de um lado para o outro dentro do crânio, e uma pequena área foi... digamos... beliscada. Pode ser que você tenha danificado seu armazém de memórias... ou pode ser que tenha danificado o caminho neural, sua *capacidade* de recuperar memórias. O armazém está intacto, pode-se dizer, mas você não consegue abrir a porta.

Os olhos dele brilham como se tudo isso fosse realmente fabuloso e eu devesse estar impressionadíssima comigo mesma.

— Você não pode me dar um choque elétrico? — pergunto frustrada. — Uma cacetada na cabeça ou algo do tipo?

— Infelizmente, não. — Ele parece achar engraçado. — Contrariamente à crença popular, bater na cabeça de uma pessoa com amnésia não traz a memória de volta. Portanto não tente fazer isso em casa. — Ele empurra a cadeira para trás. — Deixe-me acompanhá-la ao seu quarto.

Chegamos ao meu quarto e encontramos mamãe e Amy ainda assistindo ao DVD enquanto Eric fala ao celular. Imediatamente ele encerra a conversa e fecha o telefone.

— Como foi?

— O que você lembrou, querida? — pergunta mamãe.

— Nada — admito.

— Quando Lexi voltar ao ambiente familiar, provavelmente verá a memória retornar naturalmente — diz Neil de modo tranquilizador. — Se bem que pode demorar um pouco.

— Certo. — Eric concorda, sério. — Então o que fazemos agora?

— Bem. — Neil folheia suas anotações. — Você está em boa forma, fisicamente, Lexi. Eu diria que vai receber alta amanhã. Vou marcar uma consulta para daqui a um mês. Até lá, o melhor lugar para estar é em casa. — Ele sorri. — Tenho certeza de que é onde você quer estar também.

— É! — digo depois de uma pausa. — Em casa. Fantástico.

Enquanto digo as palavras percebo que não sei o que quero dizer com “casa”. Minha casa era o apartamento em Balham. E isso não existe mais.

— Qual é o seu endereço? — Ele pega uma caneta. — Para meu registro.

— Eu... não sei.

— Eu anoto — diz Eric, solícito, e pega a caneta.

Isso é loucura. Não sei onde moro. Pareço uma velha confusa.

— Bem, boa sorte, Lexi. — Neil olha para Eric e mamãe. — Vocês podem ajudar, dando a Lexi o máximo de informações possíveis sobre a vida dela. Anotem coisas. Levem-na a lugares onde ela esteve. Qualquer problema, é só me ligar.

A porta se fecha atrás de Neil e tudo silencia, fora as conversas na televisão. Mamãe e Eric estão trocando olhares. Se eu fosse uma teórica da conspiração, diria que eles estão tramando um plano.

— O que foi?

— Querida, sua mãe e eu estávamos falando antes sobre como iríamos... — Eric hesita — lidar com sua saída.

Lidar com minha saída. Ele fala como se eu fosse uma prisioneira perigosa, psicótica.

— Estamos numa situação bastante estranha — continua ele. — Obviamente eu adoraria se você quisesse ir para casa e retomasse sua vida. Mas imagino que você possa achar isso desconfortável. Afinal de contas... você não me conhece.

— Bem, não. — Mordo o lábio. — Não o conheço.

— Eu disse a Eric que você poderia ficar comigo um tempo — diz mamãe. — Obviamente será *um pouquinho* incômodo, e você terá de dividir o quarto com Jake e Florian, mas eles são cachorros bonzinhos...

— Aquele quarto fede — diz Amy.

— Não *fede*, Amy. — Mamãe parece ofendida. — O empreiteiro disse que era simplesmente uma questão de... sei lá o quê. — Ela faz um gesto vago.

— Mofo — diz Amy sem afastar o olhar da TV. — E fede.

Mamãe pisca com força, chateada. Enquanto isso Eric se aproxima, preocupado.

— Lexi, por favor não pense que vou ficar ofendido. Entendo como isso é difícil. Sou um estranho para você, pelo amor de Deus. — Ele abre os braços. — Por que você quereria ir para casa comigo?

Sei que é minha deixa para responder — mas de repente me distraio com uma imagem na TV. Somos eu e Eric numa lancha veloz. Deus sabe onde estamos, mas o sol brilha e o mar é azul. Ambos usamos óculos escuros e Eric sorri para mim enquanto pilota o barco, e estamos totalmente glamourosos, como algo saído de um filme do James Bond.

Não consigo deixar de olhar, hipnotizada. *Quero esta vida*, é o pensamento que surge em meu cérebro. *Ela me pertence. Eu mereci. Não vou deixá-la escapar por entre os dedos.*

— A última coisa que quero é atrapalhar sua recuperação. — Eric continua falando. — Entenderei completamente o que você preferir.

— Certo. Está bem. — Tomo um gole d'água, tentando ganhar tempo. — Só vou... pensar alguns instantes.

Está bem. Vamos deixar minhas opções absolutamente claras:

1. Um quarto fedorento em Kent que tenho de dividir com dois whippets.

2. Um loft palaciano em Kensington com Eric, meu lindo marido que sabe pilotar lanchas.

— Sabe de uma coisa, Eric? — digo cautelosamente, medindo as palavras. — Acho que eu *deveria* ir morar com você.

— Está falando sério? — O rosto dele se ilumina, mas posso ver que está perplexo.

— Você é meu marido — respondo. — Devo ficar com você.

— Mas você não se lembra de mim — diz ele, inseguro. — Não me conhece.

— Vou conhecer de novo! — decido com entusiasmo crescente. — Sem dúvida a melhor chance que tenho de me lembrar da minha vida é vivê-la. Você pode me falar a seu respeito, e sobre mim, e sobre nosso casamento... Posso aprender tudo de novo! E aquele médico *disse* que circunstâncias familiares ajudariam. Elas vão disparar meu sistema de recuperação, ou algo assim.

Estou cada vez mais positiva com relação a isso. E daí se não sei nada sobre meu marido ou sobre minha vida? O ponto é que sou casada com um multimilionário lindo que me ama, tem uma cobertura gigantesca e me trouxe rosas-chá. Não vou jogar tudo isso fora só por causa do mísero detalhe de não me lembrar dele.

Todo mundo precisa se esforçar de um modo ou de outro para que o casamento funcione. Só precisarei trabalhar a parte de "lembrar do marido".

— Eric, realmente quero ir para casa com você — digo com o máximo de sinceridade que posso. — Tenho certeza de que temos um casamento fantástico e amoroso. Podemos dar um jeito.

— Seria maravilhoso tê-la de volta. — Eric ainda parece perturbado. — Mas, por favor, não sinta nenhuma obrigação...

— Não estou fazendo isso por obrigação! Estou fazendo porque... é o que parece certo.

— Bem, acho uma ideia *muito* boa — intervém mamãe.

— Então é isso — digo. — Está resolvido.

— Obviamente você não vai querer... — Eric hesita, sem jeito. — Quero dizer... eu fico na suíte de hóspedes.

— Eu agradeceria — digo, tentando imitar seu tom formal. — Obrigada, Eric.

— Bem, se você tem certeza... — Seu rosto se iluminou. — Vamos fazer do modo certo, está bem? — Ele olha interrogativamente para meu anel de casamento, ainda sobre o criado-mudo, e acompanho seu olhar.

— É, vamos! — concordo subitamente empolgada.

Ele pega o anel e a aliança e, sem graça, estendo a mão esquerda. Fico olhando hipnotizada enquanto Eric põe os dois em meu dedo. Primeiro a aliança, depois o enorme solitário. Há um silêncio no quarto enquanto olho para minha mão anelada.

Cacete, esse diamante é enorme.

— Você está confortável, Lexi? — pergunta Eric. — Isso parece certo?

— Parece... fantástico! Verdade. Certíssimo.

Um sorriso enorme lambe meu rosto enquanto viro a mão de um lado para o outro. Sinto-me como se alguém devesse jogar confetes ou cantar a "Marcha Nupcial". Há duas noites levei um bolo do Dave Fracasso numa boate vagabunda. E agora... estou casada!

7

Só pode ser carma.

Devo ter sido incrivelmente bondosa numa vida passada. Devo ter resgatado crianças de um prédio em chamas, ou dado a vida para ajudar os leprosos, inventado a roda ou algo assim. É a única explicação em que posso pensar para ter pousado nessa vida de sonhos.

Cá estou, zunindo pelo Embankment, com meu lindo marido, *em seu Mercedes conversível.*

Falei zunindo, mas na verdade vamos a uns trinta quilômetros por hora. Eric está todo solícito e dizendo que sabe como deve ser difícil para mim entrar de novo num carro, e que, se eu me sentir traumatizada, devo falar imediatamente. Mas na verdade estou ótima. Não me lembro de nada do acidente. É como uma história que me contaram e que aconteceu com outra pessoa, do tipo em que você inclina a cabeça educadamente e diz: "Ah, não, que horrível", mas não está prestando muita atenção.

Fico olhando para mim mesma, espantada. Estou usando jeans de bainha curta, *dois tamanhos* menor do que os que eu usava. E uma blusa Miu Miu, uma daquelas lojas que eu só conhecia pelas revistas. Eric me trouxe uma sacola de roupas para escolher, e eram todas tão chiques e de grife que mal ousei tocá-las, quanto mais vesti-las.

No banco de trás estão todos os buquês e presentes que recebi no hospital, inclusive um enorme cesto de frutas tropicais da Deller Carpets. Havia junto uma carta de alguém chamada Clare, dizendo que me mandaria minutas da última reunião da diretoria para eu ler quando quisesse, e esperando que eu estivesse melhor. E depois assinou: "Clare Abrahams, secretária de Lexi Smart."

Secretária de Lexi Smart. Eu tenho uma secretária pessoal. Sou da diretoria. Eu!

Meus cortes e hematomas estão muito melhores e o grampo de plástico foi tirado da cabeça. O cabelo foi lavado e está brilhante, e os dentes perfeitos como os de uma estrela de cinema. Não consigo deixar de sorrir para todas as superfícies brilhantes por onde passo. Na verdade não consigo parar de sorrir, ponto final.

Talvez numa vida passada eu tenha sido Joana d'Arc e tenha morrido sob torturas horrendas. Ou tenha sido aquele cara do *Titanic*. É. Eu me afoguei num mar cruel e gelado e não fiquei com a Kate Winslet, e esta é minha recompensa. Quero dizer, as pessoas não são agraciadas com uma vida perfeita sem que haja um bom motivo. Isso não acontece.

— Tudo certo, querida? — Eric pousa a mão brevemente sobre a minha. Seu cabelo encaracolado está todo revolto ao vento e os caros óculos escuros brilham ao sol. Ele parece o tipo de cara que o pessoal de relações públicas da Mercedes *quereria* ver dirigindo seus carros.

— Tudo! — sorrio de volta. — Estou ótima!

Sou Cinderela. Não: sou *melhor* do que Cinderela, porque ela só ganhou o príncipe, não foi? Sou Cinderela com dentes fabulosos e um emprego do cacete.

Eric liga a seta para a esquerda.

— Bem, chegamos... — Ele sai da rua para uma grande entrada com colunas, passa por um porteiro numa guarita de vidro, entra num estacionamento e desliga o motor. — Venha ver seu lar.

Você sabe como algumas coisas incríveis podem virar uma frustração total quando as conseguimos. Tipo: você economiza durante séculos para ir a um restaurante caro e os garçons são metidos a besta, a mesa é pequena demais e a comida tem gosto de congelado de supermercado.

Bem, minha casa nova é aproximadamente o oposto disso. É muito *melhor* do que eu havia imaginado. Enquanto ando por ela, fico aparvalhada. É gigantesca. É clara. Tem vista para o rio. Há um vasto sofá creme, em L, e um bar de granito preto sensacional. O banheiro é todo de mármore, grande o suficiente para acomodar umas cinco pessoas.

— Você se lembra de alguma dessas coisas? — Eric me olha atentamente. — Isso está provocando alguma lembrança?

— Não. Mas é absolutamente estonteante.

Devemos dar umas festas badaladas aqui. Posso *ver* Fi, Carolyn e Debs empoleiradas junto ao bar, tomando tequila, a música retumbando na aparelhagem de som. Paro perto do sofá e passo a mão pelo tecido macio. É tão impecável e fofo que acho que nunca ousarei me sentar nele. Talvez eu apenas fique pairando acima, sem encostar. Vai ser fantástico para os músculos da bunda.

— Esse sofá é incrível! — Olho para Eric. — Deve ter custado uma grana preta.

— Dez mil libras — responde ele.

Cacete. Tiro a mão na hora. Como um sofá pode custar isso tudo? É estofado com o quê, *caviar*? Esgueiro-me para longe, agradecendo a Deus por não ter me sentado. Um lembrete para mim mesma: jamais tomar vinho tinto nele/comer pizza nele/ nunca chegar perto do sofá caro e chique.

— Realmente adorei esta... hum... luminária. — Indico uma peça de metal ondulada.

— Isso é um aquecedor. — Eric sorri.

— Ah, certo — digo confusa. — Achei que *aquilo* era o aquecedor. — Aponto para um antiquado aquecedor de ferro que foi pintado de preto e pendurado na parede oposta.

— Aquilo é uma obra de arte — corrige Eric. — De Hector James-Hohn. *Cataratas da Desintegração.*

Vou até lá, inclino a cabeça e olho, ao lado de Eric, com o que espero que seja uma expressão inteligente, de amante da arte.

Cataratas da Desintegração. Aquecedor preto. Não, não entendi.

— É tão... estrutural — aventuro-me depois de uma pausa.

— Tivemos sorte de conseguir — diz Eric, admirando a obra. — Costumamos investir numa peça de arte não-figurativa a cada oito meses, aproximadamente. O loft admite isso. E tem a ver tanto com a carteira de investimentos quanto com qualquer outra coisa. — Ele dá de ombros, como se isso fosse óbvio.

— Claro! — concordo. — Eu imaginaria que o aspecto da... carteira... seria... absolutamente... — Pigarreio e me viro na direção oposta.

Boca fechada, Lexi. Você não sabe porra nenhuma de arte moderna nem de carteiras de investimento nem basicamente o que é ser rica, e está dando bandeira de tudo isso.

Afasto-me da coisa-arte-aquecedor e me concentro numa tela gigantesca, que quase cobre a parede em frente. Há uma segunda tela do outro lado do cômodo, junto à mesa de jantar, e notei outra no quarto. Eric obviamente gosta de televisão.

— De quê você gostaria? — Ele me nota olhando. — Experimente isto. — Ele pega um controle remoto e aponta para a tela. No segundo seguinte vejo um enorme incêndio crepitante.

— Uau! — Olho, surpresa.

— Ou isto. — A imagem muda para peixes tropicais multicoloridos nadando em meio a algas. — É a última tecnologia de tela doméstica — diz ele com orgulho. — É arte, é diversão, é comunicação. Você pode enviar e-mails com essas coisas, pode ouvir música, ler livros... tenho mil obras de literatura armazenadas no sistema. Você pode até ter um bichinho de estimação virtual.

— Um bichinho? — Ainda estou olhando a tela, atônita.

— Cada um de nós tem um. — Eric sorri. — Este é o meu, Titan. — Ele aperta o controle remoto e surge na tela a imagem de uma enorme aranha listada, andando numa caixa de vidro.

— Ah, meu *Deus*! — Recuo enjoada. Nunca fui boa com aranhas, e esta tem uns três metros de altura. Dá para ver os pelos das patas horríveis. Dá para ver o *rosto*. — Será que você poderia... desligar isso, por favor?

— O que há de errado? — Eric parece surpreso. — Eu mostrei Titan a você na primeira vez que viemos aqui. Você disse que ele era adorável.

Fantástico. Era o nosso primeiro encontro. Eu disse que gostava da aranha para ser educada... e agora não tenho como sair dessa.

— Sabe de uma coisa? — digo tentando manter o olhar longe de Titan. — O acidente pode ter me provocado uma fobia de aranhas. — Tento parecer séria, como se tivesse ouvido um médico dizer isso, ou algo assim.

— Talvez. — Eric franze a testa ligeiramente, como se pudesse encontrar falhas nesta teoria. E pode ser que encontre.

— Então eu também tenho um bichinho de estimação? — digo rapidamente, para distraí-lo. — O que é?

— Aí está. — Ele aponta o controle para a tela. — Aí está o Arthur. — Um gatinho branco e fofo aparece na tela, e dou um gritinho de alegria.

— Ele é tão *bonitinho*! — Olho-o brincando com uma bola de barbante, batendo nela e fazendo-a girar. — Ele cresce até virar um gato grande?

— Não. — Eric sorri. — Ele continua sendo um gatinho indefinidamente. Por toda a sua vida, se você quiser. Eles têm uma capacidade de vida de cem mil anos.

— Ah, certo — digo depois de uma pausa. Na verdade isso é esquisitíssimo. Um gatinho virtual de cem mil anos.

O telefone de Eric solta um bip e ele o abre, depois aponta o controle de novo para a tela, trazendo os peixes de volta.

— Querida, meu chofer está aqui. Como falei, preciso ir rapidamente ao escritório. Mas Rosalie está vindo para lhe fazer companhia. Até lá, se tiver algum problema, me ligue imediatamente, ou pode enviar um e-mail pelo sistema. — Ele me entrega um treco branco e retangular, com uma tela. — Aqui está o seu controle remoto. Controla calor, ventilação, luzes, portas, persianas... tudo aqui é inteligente. Mas talvez você não precise usar. Todos os ajustes estão feitos.

— Nós temos uma *casa* que funciona por controle remoto? — Sinto vontade de gargalhar.

— Tudo isso faz parte do estilo de vida loft! — Ele faz de novo o gesto com as mãos paralelas, e eu concordo com a cabeça, tentando não revelar como estou espantada.

Fico olhando enquanto ele veste o paletó.

— Então... quem é exatamente, Rosalie?

— Ela é esposa do meu sócio Clive. Vocês duas se adoram.

— Ela costuma sair comigo e as garotas do escritório? Tipo Fi e Carolyn? Nós todas saímos juntas?

— Quem? — A expressão de Eric é vazia. Talvez ele seja um daqueles caras que não acompanham a vida social da mulher.

— Não faz mal — digo rapidamente. — Vou descobrir.

— Gianna também vai voltar mais tarde. Nossa governanta. Qualquer problema, ela irá ajudá-la. — Ele se aproxima, hesita, depois segura minha mão. Sua pele é lisa e imaculada, mesmo de perto, e eu sinto cheiro de uma loção pós-barba estupenda, de sândalo.

— Obrigada, Eric. — Ponho a mão sobre a dele e aperto. — Agradeço de verdade.

— Bem-vinda de volta, querida — diz ele, meio rouco. Depois solta a mão, vai para a porta, que se fecha um instante depois que ele sai.

Estou sozinha. Sozinha em meu lar conjugal. Enquanto examino mais uma vez o espaço gigantesco, tentando entender a mesinha de centro que é um cubo de acrílico, a *chaise* de couro e os livros de arte, percebo que não consigo encontrar muitos sinais de *mim*. Não há vasos de cerâmica multicoloridos, luzinhas miúdas nem pilhas de livros de bolso.

Tudo bem. Eric e eu provavelmente quisemos começar de novo, escolhendo as coisas juntos. E provavelmente ganhamos montes de presentes de casamento. Aqueles vasos de vidro azul sobre a lareira parecem ter custado uma fortuna.

Vou até as janelas enormes e espio a rua lá embaixo. Não há barulho nem corrente de ar. Vejo um homem levar um pacote para um táxi e uma mulher lutando para puxar um cachorro pela coleira. Depois pego o telefone e começo a mandar uma mensagem de texto para Fi. *Preciso* falar com ela sobre tudo isso. Vou pedir que ela venha mais tarde, vamos nos enrolar no sofá e ela pode me colocar a par da minha vida, a começar pelo Eric. Não consigo deixar de sorrir enquanto aperto os botões.

Oi! Voltei pra casa — me liga! Quero ver vc!!! Lxxx

Mando o mesmo texto para Carolyn e Debs. Depois guardo o telefone e giro sobre o piso de madeira brilhante. Tentei manter um ar blasé diante de Eric, mas agora que estou sozinha sinto um choque de empolgação. Nunca pensei que moraria num lugar assim, jamais.

Um riso súbito brota em meus lábios. Quero dizer, é loucura. Eu. Neste lugar!

Giro de novo, depois começo a dar piruetas, de braços abertos, rindo loucamente. Eu, Lexi Smart, moro aqui neste palácio moderníssimo, que funciona com controle remoto!

Desculpe, Lexi Gardiner.

A ideia me faz rir mais ainda. Eu nem sabia meu *nome* quando acordei. E se fosse Pratt-Bottom? "Desculpe, Eric, você parece um cara ótimo, mas de jeito nenhum eu..."

Crack. O som de vidro se quebrando interrompe meus pensamentos. Paro de girar, aterrorizada. De algum modo bati com a mão num leopardo de vidro que saltava no ar, sobre uma prateleira. Agora está caído no chão, partido em dois.

Quebrei um enfeite caríssimo, e só estou aqui há uns três minutos.

Merda.

Abaixo-me cautelosamente e toco o pedaço maior, o do traseiro. Há uma borda serrilhada, horrorosa, e uns cacos de vidro no chão. Não há jeito de isso ser consertado.

Estou quente de pânico. O que vou fazer? E se isso valesse 10 mil pratas, que nem o sofá? E se for herança da família de Eric? O que eu estava *pensando*, fazendo piruetas por aí?

Com cuidado, pego o primeiro pedaço, depois o segundo. Terei de varrer os cacos de vidro e depois...

Um bip eletrônico me interrompe e minha cabeça se levanta bruscamente. A tela gigante à minha frente ficou de um azul luminoso com uma mensagem em letras verdes.

"OI, LEXI — COMO VOCÊ ESTÁ?"

Porra! Ele pode me ver. Está me vigiando. É o Grande Irmão!

Aterrorizada, fico de pé e enfio os dois pedaços de vidro sob uma almofada do sofá.

— Olá — digo para a tela, com o coração martelando. — Não queria fazer isso, foi um acidente...

Silêncio. A tela não se move nem reage de modo nenhum.

— Eric? — tento de novo.

Não há resposta.

Certo... talvez ele não consiga me ver, afinal de contas. Deve estar digitando isso, do carro. Cautelosamente vou até a tela e noto um teclado na parede, além de um minúsculo mouse prateado, discretamente ao lado. Clico em "responder" e digito lentamente "BEM, OBRIGADA!".

Eu poderia deixar a coisa por aí. Poderia arranjar um modo de consertar o leopardo... ou substituí-lo de algum modo.

Não. Qual é. Não posso começar meu casamento novo em folha escondendo segredos do meu marido. Preciso ser corajosa e dona de mim. "QUEBREI O LEOPARDO DE VIDRO SEM QUERER", digito. "SINTO MUITO. ESPERO QUE NÃO SEJA INSUBSTITUÍVEL."

Aperto "enviar" e fico andando enquanto espero a resposta, dizendo a mim mesma, repetidamente, para não me preocupar. Quero dizer, não tenho certeza de que é um enfeite caríssimo, tenho? Talvez tenhamos ganhado numa rifa. Talvez ele seja meu e Eric sempre o tenha odiado. Como é que vou saber?

Como é que vou saber qualquer coisa?

Afundo-me numa poltrona, subitamente estarrecida ao ver como sei pouco sobre minha própria vida. Se eu soubesse que iria ter amnésia, pelo menos teria escrito um bilhete para mim mesma. Dado umas dicas. *Tenha cuidado com o leopardo de vidro, vale uma fortuna. PS. Você gosta de aranhas.*

Há um bip na tela. Prendo o fôlego e levanto a cabeça. "CLARO QUE NÃO É INSUBSTITUÍVEL! NÃO SE PREOCUPE."

Sinto uma imensa onda de alívio. Está tudo bem.

"OBRIGADA!", digito, sorrindo. "NÃO VOU QUEBRAR MAIS NADA, PROMETO!"

Não acredito que reagi com tanto exagero. Não acredito que escondi os pedaços embaixo de uma almofada. Quantos anos eu tenho, 5? Esta é a minha casa. Sou uma mulher casada. Preciso começar a me comportar como tal. Ainda sorrindo para mim mesma, levanto a almofada e pego os pedaços. E congelo.

Porra.

A porcaria do vidro rasgou a porcaria do sofá creme. Devo ter feito isso quando enfiei os pedaços embaixo da almofada. O tecido fofo está todo esgarçado.

O sofá de 10 mil libras.

Espio a tela automaticamente — e afasto o olhar rapidamente, oca de medo. Não posso dizer ao Eric que estraguei o sofá também. *Não posso.*

Certo. O que vou fazer é... é... não vou contar hoje. Vou esperar um momento melhor. Abalada, arrumo as almofadas de modo que o rasgo não fique visível. Pronto. Novinho em folha. Ninguém olha embaixo das almofadas, não é?

Pego os pedaços do leopardo de vidro e vou para a cozinha, que é toda de armários de laca cinza brilhante e piso de borracha. Encontro um rolo de papel-toalha, enrolo o leopardo, consigo encontrar a lixeira atrás da porta de um armário elegante e jogo os pedaços dentro. Certo. É isso. Não vou estragar mais nada.

Uma campainha soa e eu levanto a cabeça, com o ânimo melhorando. Deve ser Rosalie, minha nova melhor amiga. Mal posso esperar para conhecê-la.

Por acaso Rosalie é mais magra ainda do que parecia no DVD do casamento. Está usando calça capri preta, um cashmere cor-de-rosa com gola em V e enormes óculos Chanel prendendo o cabelo preto. Quando abro a porta ela dá um gritinho e larga a sacola de presente Jo Malone que está segurando.

— *Ah*, meu Deus, Lexi. Olhe o pobrezinho do seu rosto.

— Tudo bem! — digo em tom tranquilizador. — Você deveria ter me visto há seis dias. Eu tinha um grampo de plástico na cabeça.

— Coitadinha. Que pesadelo! — Ela pega a sacola e me beija nas bochechas. — Eu teria vindo antes, mas você *sabe* o quanto esperei para conseguir aquela vaga no Spa Cheriton.

— Entre. — Faço um gesto para a cozinha. — Quer um café?

— Querida... — Ela parece perplexa. — Não bebo café. O Dr. André proibiu. Você sabe.

— Ah, certo. — Faço uma pausa. — O negócio é que... eu não lembro. Estou com amnésia.

Rosalie me olha com uma expressão educadamente vazia. Ela não sabe? Eric não contou?

— Não me lembro de nada dos últimos três anos — tento de novo. — Bati com a cabeça e tudo foi apagado da memória.

— *Ah*, meu Deus. — A mão de Rosalie vai até sua boca. — Eric ficou dizendo coisas sobre amnésia e que você não iria me reconhecer. Achei que ele estava brincando.

Sinto vontade de rir de sua expressão horrorizada.

— Não, ele não estava brincando. Para mim você é... uma estranha.

— Eu sou uma estranha? — ela parece magoada.

— Eric também era um estranho — acrescento depressa. — Acordei e não sabia quem ele era. Na verdade ainda não sei.

Há um curto silêncio em que posso ver Rosalie processando a informação. Seus olhos se arregalam e as bochechas se estufam enquanto ela morde o lábio.

— *Ah*, meu Deus — diz finalmente. — Pesadelo.

— Não conheço este lugar. — Abro os braços. — Não conheço minha própria casa. Não sei como é minha vida. Se você puder me ajudar ou... contar algumas coisas...

— Sem dúvida! Vamos nos sentar... — Ela vai à frente, até a cozinha. Larga a bolsa Jo Malone na bancada e se senta à elegante mesa de aço, do café-da-manhã. Eu a acompanho, imaginando se escolhi essa mesa, se Eric a escolheu ou se escolhemos juntos.

Vejo Rosalie me encarando. E ela sorri imediatamente, mas posso ver que está completamente apavorada.

— Eu sei — digo. — É uma situação estranha.

— Então, é *permanente*?

— Parece que minha memória pode voltar, mas ninguém sabe se isso vai acontecer. Ou quando vai voltar, ou o quanto vai voltar.

— E, fora isso, você está bem?

— Estou, a não ser por uma das minhas mãos, que está meio lenta. — Levanto a mão esquerda para mostrar. — Preciso de fisioterapia. — Flexiono a mão, como o fisioterapeuta ensinou, e Rosalie olha num horror fascinado.

— Pesadelo — ofega ela.

— Mas o verdadeiro problema é que... não sei nada da minha vida desde 2004. É um enorme buraco negro. Os médicos disseram que devo tentar conversar com meus amigos e montar uma imagem, e que talvez isso instigue alguma coisa.

— *Claro*. — Rosalie assente. — Deixe-me colocá-la em dia. O que você quer saber? — Ela se inclina, cheia de expectativa.

— Bem... — penso um momento. — Como nós duas nos conhecemos?

— Foi há uns dois anos e meio. — Rosalie diz com firmeza. — Foi numa festa com bebidas, e Eric disse: "Esta é Lexi." E eu disse: "Oi!" E foi assim que nos conhecemos! — Ela ri de orelha a orelha.

— Certo. — Encolho os ombros, num pedido de desculpas. — Não lembro.

— Nós estávamos na casa de Trudy Swinson. Sabe? Ela era comissária de bordo, mas conheceu Adrian num voo para Nova York e todo mundo diz que ela mirou direto quando viu o American Express preto dele... — Ela para, como se a enormidade da situação a golpeasse pela primeira vez. — Então você não se lembra de nenhuma *fofoca*?

— Bem... não.

— *Ah*, meu Deus. — Ela solta o ar com força. — Tenho muita coisa para contar. Por onde começo? Certo, vejamos. — Ela pega uma caneta na bolsa e começa a escrever. — E meu marido, Clive, e a vaca da ex dele, Davina. *Espere* só até saber sobre ela. E tem a Jenna e o Petey...

— Nós costumamos sair com minhas outras amigas? — interrompo. — Tipo Fi e Carolyn? Ou Debs? Você as conhece?

— Carolyn. Carolyn. — Rosalie bate com a caneta nos dentes, franzindo a testa, pensativa. — É aquela francesa boazinha da academia?

— Não. Carolyn é minha amiga do trabalho. E Fi. Certamente devo ter falado delas. Sou amiga de Fi há séculos... A gente sai toda sexta à noite...

A expressão de Rosalie é vazia.

— Querida, para ser honesta, nunca ouvi você falar nelas. Pelo que sei, você nunca sai com colegas do trabalho.

— O quê? — Encaro-a. — Mas... é a nossa noite! A gente vai a boates, se arruma toda e toma coquetéis...

Rosalie ri.

— Lexi, nunca *vi* você com um coquetel! Você e Eric são sérios demais com relação ao vinho.

Vinho? Não pode ser. A única coisa que sei sobre vinho é que vem da Oddbins.

— Você parece confusa — diz Rosalie, ansiosa. — Estou bombardeando você com informações demais. Esqueça as fofocas. — Ela empurra o pedaço de papel, no qual posso ver que anotou uma lista de nomes com "vaca" e "queridinha" ao lado. — O que você gostaria de fazer?

— Talvez pudéssemos fazer o que fazemos normalmente juntas, não é?

— Sem dúvida! — Rosalie pondera um momento. Depois sua testa se alisa. — Devíamos ir malhar.

— Malhar — ecoo tentando parecer entusiasmada. — Claro. Então... eu malho muito?

— Queridinha, você é viciada! Corre durante uma hora, dia sim, dia não, às 6h.

Seis da manhã? Correr?

Eu nunca corro. Dói e faz os peitos balançarem. Uma vez participei de uma corrida de um quilômetro e meio, de curtição, com Fi e Carolyn, e quase morri. Se bem que pelo menos fui melhor do que Fi, que desistiu de correr depois de dois minutos e andou o resto do caminho, fumando um cigarro, e depois entrou numa briga com os organizadores e foi banida de qualquer evento para levantar verbas para o Instituto de Pesquisa contra o Câncer.

— Mas não se preocupe, vamos fazer alguma coisa ótima e calma hoje — diz Rosalie, tranquilizando-me. — Uma massagem, ou uma bela aula de alongamento. Pegue suas roupas de malhação e vamos!

— Certo! — Hesito. — Na verdade isso é meio embaraçoso... mas não sei onde ficam minhas roupas. Os armários no nosso quarto estão todos cheios com os ternos de Eric. Não acho nada meu.

Rosalie parece absolutamente chocada.

— Você não sabe onde estão suas *roupas*? — Lágrimas brotam subitamente de seus enormes olhos azuis e ela abana a mão diante do rosto. — Desculpe. — E engole em seco. — Mas acabo de perceber como isso deve ser horrendo e apavorante para você. Ter esquecido todo o seu guarda-roupa. — Ela respira fundo, recompondo-se, e aperta minha mão. — Venha, querida. Vou lhe mostrar.

Certo. O motivo para eu não ter encontrado minhas roupas é que elas não estão num armário: elas ficam num outro cômodo, atrás de uma porta escondida que parece um espelho. E o motivo para elas precisarem de um outro cômodo inteiro é porque *existe uma porrada delas*.

Enquanto olho as araras, acho que vou desmaiar. Nunca vi tantas roupas, pelo menos fora de uma loja. Blusas brancas impecáveis, calças pretas de alfaiataria, conjuntos em tons de cogumelo e castanho. Roupas de inverno, de chiffon. Meias-calças enroladas em uma gaveta especial. Calcinhas de seda dobradas, com etiquetas La Perla. Não vejo nada que não pareça novo em folha e imaculado. Não há jeans largos, nem moletons frouxos, nem pijamas velhos e confortáveis.

Examino uma fileira de terninhos, todos praticamente idênticos, a não ser pelos botões. Não acredito que gastei tanto dinheiro em roupas que são todas em versões de bege.

— O que acha? — Rosalie está me espiando com os olhos brilhantes.

— Incrível!

— Ann tem um olho fantástico. — Ela diz como quem sabe das coisas. — Ann, sua *personal shopper.*

— Eu tenho uma *personal shopper*?

— Só para as peças principais de cada estação... — Rosalie pega um vestido azul-escuro com alças fininhas e um babado minúsculo na bainha. — Olhe, este é o vestido que você usava quando nós nos conhecemos. Lembro-me de ter pensado: "Ah, *esta* é a garota por quem o Eric está fascinado." Foi o assunto da festa! E vou lhe contar, Lexi, houve um *monte* de garotas desapontadas quando vocês se casaram... — Ela pega um vestido de noite preto. — Este é o vestido que você usou na minha noite do mistério. — Ela o encosta em mim. — Com um pequeno boá de plumas e pérolas... não lembra?

— Na verdade, não.

— E este Catherine Walker? Você *tem* de lembrar... ou o seu Roland Mouret... — Rosalie pega um vestido depois do outro, e nenhum é sequer remotamente familiar. Em seguida ela pega um protetor de roupas claro e para, ofegando. — Seu vestido de casamento! — Devagar, com reverência, ela abre o zíper do protetor de roupa e tira um vestido de seda branco que reconheço por causa do DVD. — Isso não traz tudo de volta?

Olho o vestido, me esforçando ao máximo para a memória voltar... mas nada.

— *Ah*, meu Deus. — De repente Rosalie aperta a boca com a mão. — Você e Eric deveriam fazer uma renovação dos votos! Vou planejar tudo! Poderíamos fazer um tema japonês, você usaria um quimono...

— Talvez! — interrompo-a. — Ainda é cedo. Vou... vou pensar nisso.

— Hum — Rosalie parece desapontada enquanto guarda o vestido de noiva. Depois seu rosto se ilumina. — Experimente os sapatos. Você *tem* de se lembrar dos sapatos.

Ela vai até o outro lado do cômodo e abre uma porta do armário. Fico olhando incrédula. Nunca vi tantos sapatos. Todos em fileiras arrumadas, a maioria de salto alto. O que estou fazendo com sapatos altos?

— Isso é inacreditável. — Viro-me para Rosalie. — Eu nem sei *andar* de salto alto, Deus sabe por que comprei isso.

— Sabe sim. — Rosalie fica perplexa. — Claro que sabe.

— Não. — Balanço a cabeça. — Nunca consegui andar de salto. Caio, torço o tornozelo, pareço idiota...

— Querida. — Os olhos de Rosalie estão arregalados. — Você *vive* de salto. Estava usando este quando almoçamos juntas pela última vez. — Ela pega um par de escarpins pretos com salto agulha de dez centímetros. Do tipo que eu nem mesmo olhava nas lojas.

As solas estão arranhadas. A etiqueta de dentro saiu. Alguém andou usando esses sapatos.

Eu?

— Calce! — ordena Rosalie.

Cautelosamente tiro os mocassins baixos e enfio os sapatos de bico fino. Quase imediatamente tombo e me agarro a Rosalie.

— Está vendo? Não consigo me equilibrar.

— Lexi, você consegue andar com eles — diz Rosalie com firmeza. — Já vi você fazendo isso.

— Não consigo. — Faço menção de tirá-los, mas Rosalie agarra meu braço.

— Não! Não desista, querida. Isso está *dentro* de você, sei que está! Você precisa... destravar!

Tento dar outro passo mas meu tornozelo se dobra como se fosse de massa de modelar.

— Não adianta. — Solto o ar, frustrada. — Não fui feita para isso.

— Foi sim. Tente de novo! Encontre o ponto! — Rosalie parece estar me treinando para a Olimpíada. — Você consegue, Lexi.

Cambaleio até o outro lado do cômodo e me agarro à cortina.

— Nunca vou conseguir — digo desanimando.

— Claro que vai. Só não pense nisso. Distraia-se. Já sei! Vamos cantar uma música! Terra de esperança e glóóóó-ria... Ande, Lexi, *cante*!

Acompanho-a com relutância. Realmente espero que Eric não tenha uma câmera de circuito interno apontada para nós neste momento.

— Agora ande! — Rosalie me dá um empurrãozinho. — Vá!

— Terra de esperança e glóóóó-ria... — Tentando manter a mente concentrada na música, dou um passo adiante. Depois outro. Depois outro.

Ah, meu Deus. Estou conseguindo. Estou andando de salto alto!

— Está vendo? — grasna Rosalie em triunfo. — Eu disse! Você *é* uma garota tipo salto alto.

Chego ao outro lado do cômodo, giro cheia de confiança e volto com um sorriso empolgado. Estou me sentindo uma modelo!

— Eu consigo! É fácil!

— Isso! — Rosalie levanta a mão e dá um tapa na minha. Abre uma gaveta, pega umas roupas de ginástica e joga numa sacola enorme. — Ande, vamos indo.

Fomos à academia no carro de Rosalie. É um Range Rover suntuoso com placa especial e sacolas de grifes espalhadas em todo o banco de trás.

— Então, o que você faz? — pergunto enquanto ela serpenteia entre duas pistas de tráfego.

— Faço trabalho voluntário — responde, séria.

— Uau. — Fico um pouco envergonhada. Rosalie não me parecia uma pessoa tipo trabalho voluntário, o que mostra como sou preconceituosa. — De que tipo?

— Principalmente planejamento de eventos.

— Para alguma instituição de caridade em especial?

— Não, na maioria para amigos. Você sabe, se eles precisam de uma mãozinha com as flores, favores para festas ou qualquer coisa... — Rosalie dá um sorriso cativante para um motorista de caminhão. — *Por favor*, deixe-me passar, Sr. Motorista... obrigada! — Ela passa para a outra pista e joga um beijo para ele.

— Faço uma coisinha ou outra para a empresa também — acrescenta. — Eric é tão doce, sempre me envolve nos almoços, esse tipo de coisa. Ah, merda, operários trabalhando na pista! — Ela desvia diante de uma cacofonia de vaias e aumenta o volume do rádio.

— Então você gosta do Eric? — Tento parecer casual, mas estou louca para ouvir o que ela acha dele.

— Ah, ele é o marido perfeito. Absolutamente perfeito. — Ela para num cruzamento. — O meu é um *monstro*.

— Verdade? — Encaro-a.

— Veja bem, eu também sou um monstro. — Ela se vira para me encarar, os olhos azuis mortalmente sérios. — Somos estourados demais. É um relacionamento totalmente tipo amor e ódio. Pronto! — Rosalie acelera de novo e entra num estacionamento minúsculo, para perto de um Porsche e desliga o motor.

— Bem, não se preocupe — diz ela enquanto me leva até a porta dupla de vidro. — Sei que vai ser bem difícil para você, portanto deixe que eu falo... Olá! — Ela entra numa elegante área de recepção mobiliada com assentos de couro marrom e uma fonte cheia de pedrinhas.

— Olá, senhoras... — O rosto da recepcionista despenca ao me ver. — Lexi! Coitadinha! Soubemos do acidente. Você está bem?

— Estou bem, obrigada. — Experimento um sorriso. — Muito obrigada pelas flores...

— A coitada da Lexi está com amnésia — diz Rosalie de modo comovente. — Não se lembra deste lugar. Não se lembra de *nada*. — Ela gira como se procurasse um modo de ilustrar. — Tipo: ela não se lembra desta porta... nem... desta planta... — Rosalie indica uma enorme samambaia.

— Minha nossa!

— Eu sei. — Rosalie assente com solenidade. — É um pesadelo para ela. — Em seguida se vira para mim. — Isso está trazendo de volta alguma lembrança, Lexi?

— Hum... na verdade, não.

Todo mundo na área de recepção me olha de boca aberta. Estou me sentindo um membro do Show de Horrores da Amnésia.

— Venha! — Rosalie segura meu braço com firmeza. — Vamos nos trocar. Talvez você se lembre quando estiver com a roupa de ginástica.

Os vestiários são os mais lindos que já vi, de madeira lisa com chuveiros em mosaico e música suave nos alto-falantes. Desapareço num reservado e visto uma legging, depois o maiô por cima.

É fio dental, percebo horrorizada. Minha bunda vai parecer *gigantesca*. Não posso usar esse negócio.

Mas não tenho nada além disso. Com relutância, visto, depois me esgueiro para fora do cubículo com as mãos sobre os olhos. Isso pode ser realmente assustador, realmente. Conto até cinco — e me obrigo a dar uma espiada.

Na verdade... não estou tão mal. Tiro as mãos completamente e me olho. Pareço esguia, magra e... diferente. Experimento flexionar o braço — e bíceps que eu nunca vi saltam. Olho atônita.

— E então! — Rosalie vem até mim, vestindo legging e um top curto. — Por aqui... — Ela me leva até uma sala de ginástica ampla e arejada, onde fileiras de mulheres bem-cuidadas estão posicionadas em colchonetes de ioga.

— Desculpe o atraso — diz ela em tom portentoso, olhando ao redor. — Mas Lexi está com amnésia. Não se lembra de *nada*. De *nenhuma* de vocês.

Tenho a sensação de que Rosalie está gostando disso.

— Olá. — Dou um aceno tímido para as pessoas.

— Ouvi falar do seu acidente, Lexi. — A professora se aproxima com um sorriso simpático. É uma mulher magra, de cabelos louros curtos e fone de ouvido com microfone. — Por favor, pegue leve hoje. Sente-se onde quiser. Vamos começar com um exercício de chão...

— Certo. Obrigada.

— Estamos tentando estimular a memória dela — diz Rosalie. — Portanto todo mundo *aja de modo normal.*

Enquanto todas as outras levantam os braços eu pego nervosamente um colchonete e me sento. Fazer ginástica nunca foi exatamente meu ponto forte. Acho que só vou acompanhar do melhor modo que puder. Estico as pernas diante do corpo e tento alcançar os dedos dos pés, se bem que de jeito nenhum eu vá...

Diabo. Consigo tocar os dedos dos pés. Na verdade... consigo encostar a cabeça nos joelhos. O que *aconteceu* comigo?

Incrédula, acompanho a manobra seguinte... e consigo fazer também! Meu corpo está se movendo para cada postura como se pudesse se lembrar de tudo perfeitamente, mesmo que eu não consiga.

— E agora, para as que estiverem a fim — diz a professora —, a posição avançada do dançarino...

Cautelosamente começo a puxar meu tornozelo... e ele obedece! Estou puxando a perna direita acima da cabeça! Sinto vontade de gritar "Olhem para mim, pessoal!".

— Não exagere, Lexi. — A professora parece preocupada. — É melhor pegar leve. Eu não faria abertura total esta semana.

Não pode ser. Eu consigo fazer *abertura total*?

Depois, no vestiário, estou extasiada. Sento-me diante do espelho, secando o cabelo, olhando enquanto ele se transforma de rato úmido de volta em castanho luzidio.

— Não consigo entender — fico dizendo a Rosalie. — Sempre fui péssima em atividades físicas!

— Queridinha, você tem talento natural! — Rosalie está espalhando montes de hidratante sobre o corpo todo. — Você é a melhor da turma.

Desligo o secador, passo as mãos pelo cabelo seco e examino meu reflexo. Pela milionésima vez, meu olhar é atraído para os dentes brancos e brilhantes — e para os lábios rosados e cheios. Minha boca nunca foi assim em 2004, eu *sei* que não.

— Rosalie. — Baixo a voz. — Posso fazer uma pergunta... pessoal?

— Claro! — sussurra ela de volta.

— Eu fiz alguma coisa? No rosto? Tipo botox? Ou... — Baixo a voz ainda mais, mal conseguindo acreditar que estou dizendo isso. — *Plástica*?

— Queridinha! — Rosalie parece perturbada. — Sssh! — Ela põe os dedos nos lábios.

— Mas...

— Sssh! Claro que não fizemos nada! Somos totalmente, cem por cento, naturais. — Ela pisca.

O que essa piscadela significa?

— Rosalie, você *tem* de dizer o que eu fiz... — Paro de repente, distraída com meu reflexo no espelho. Sem notar o que estive fazendo, peguei grampos no pote à minha frente e arrumei o cabelo no piloto automático. Em meio minuto fiz um coque perfeito.

Como fiz isso, porra?

Enquanto examino as mãos, sinto uma leve histeria subindo por dentro. O que mais consigo fazer? Desarmar uma bomba? Assassinar alguém com um golpe?

— O que foi? — Rosalie nota minha expressão.

— Acabei de prender meu cabelo. — Faço um gesto para o espelho. — Olhe. É incrível. Nunca fiz isso antes na vida.

— Fez sim. — Ela parece perplexa. — Você usa assim para trabalhar, todo dia.

— Mas eu não *lembro*. É como... é como se a Supermulher tivesse tomado conta do meu corpo, ou algo assim. Consigo andar de salto alto, consigo prender o cabelo, consigo fazer abertura total... Sou tipo uma *über*-mulher! Essa não sou *eu*.

— Queridinha, *é* você. — Rosalie aperta meu braço. — É melhor ir se acostumando!

Almoçamos na loja de sucos e conversamos com duas garotas que parecem me conhecer, depois Rosalie me levou para casa. Enquanto subíamos pelo elevador, fiquei subitamente exausta.

— Então! — diz Rosalie quando entramos no apartamento. — Quer dar outra olhada em suas roupas? Quem sabe as roupas de banho?

— Na verdade estou me sentindo morta — digo em tom de desculpas. — Você se incomoda se eu descansar um pouco?

— Claro que não! — Ela me dá um tapinha no braço. — Vou esperar aqui, para me certificar de que você está bem...

— Não seja boba. — Sorrio. — Vou ficar bem até que o Eric venha para casa. Verdade. E... obrigada, Rosalie. Você foi muito gentil.

— Queridinha. — Ela me dá um abraço e pega sua bolsa. — Ligo mais tarde. Cuide-se! — Ela já está passando pela porta quando algo me ocorre.

— Rosalie! — grito. — O que devo fazer para o Eric jantar esta noite?

Ela se vira e olha, sem entender. Acho que é uma pergunta bem estranha, sem sentido.

— Só pensei que talvez você saiba de que tipo de coisa ele gosta. — Rio sem jeito.

— Queridinha... — Rosalie pisca várias vezes. — Queridinha, *você* não faz o jantar. Gianna faz o jantar. Sua governanta, sabe? Ela deve estar fazendo compras agora, depois vai voltar, fazer o jantar, arrumar sua cama...

— Ah, certo. Claro! — Confirmo com a cabeça, tentando rapidamente parecer que sabia disso o tempo todo.

Mas que diabo! Isso é mesmo uma vida diferente. Nunca tive sequer uma *faxineira*, quanto mais uma governanta tipo hotel cinco estrelas.

— Bem, então acho que vou para a cama — digo. — Tchau.

Rosalie me joga um beijo e sai fechando a porta, e vou para o quarto, que é todo em creme e uma luxuosa madeira escura, com uma enorme cama com cabeceira estofada em camurça. Eric insistiu em que eu ficasse com o quarto principal, o que é muito gentil da parte dele. Veja bem, o quarto de hóspedes é bastante confortável também. Na verdade creio que tem até uma hidromassagem, de modo que ele não pode reclamar.

Chuto longe os sapatos altos, entro embaixo do edredom e me sinto relaxar instantaneamente. É a cama mais confortável em que já estive na vida. Remexo-me um pouco, adorando os lençóis lisos e os travesseiros perfeitos e macios. Hum, isso é bom. Vou fechar os olhos e tirar um cochilinho...

Acordo com uma luz fraca e som de panelas.

— Querida? — diz uma voz do lado de fora do quarto. — Está acordada?

— Ah. — Luto para me sentar e esfrego os olhos. — É... oi.

A porta se abre e Eric entra segurando uma bandeja e uma sacola.

— Você dormiu durante horas. Eu trouxe o jantar. — Ele vem até a cama, pousa a bandeja e acende a luz da mesinha-de-cabeceira. — É sopa de frango tailandesa.

— Adoro sopa de frango tailandesa! — digo deliciada. — Obrigada!

Eric sorri e me entrega uma colher.

— Rosalie disse que vocês foram à academia.

— É. Foi ótimo. — Tomo uma colherada de sopa e é absolutamente deliciosa. Meu Deus, estou morrendo de fome. — Eric, pode me arranjar um pedaço de pão? — Levanto a cabeça. — Só para limpar a tigela?

— Pão? — Eric franze a testa, perplexo. — Querida, não temos pão em casa. Somos adeptos de baixo teor de carboidratos.

Ah, certo. Tinha me esquecido do lance de baixo teor de carboidratos.

— Não faz mal! — Sorrio para ele e tomo outro bocado de sopa. Posso ser adepta de baixo teor de carboidratos. Moleza.

— O que me conduz ao meu presentinho — diz Eric. — Ou, na verdade, dois presentes. Este é o primeiro...

Ele enfia a mão na sacola e pega um livreto espiral, que me entrega com um floreio. A capa é uma foto em cores minha e de Eric com as roupas do casamento e o título é:

Eric e Lexi Gardiner: Manual do Casamento

— Você se lembra de que o médico sugeriu anotar todos os detalhes da nossa vida juntos? — Eric parece orgulhoso. — Bem, eu compilei este livreto para você. Qualquer dúvida que você tenha sobre nosso casamento e nossa vida a dois, a resposta deve estar aí.

Viro a primeira página — e há um frontispício:

Eric e Lexi
Um casamento melhor para um mundo melhor

— Nós temos um lema? — estou ligeiramente pasma.

— Acabei de inventar. — Eric dá de ombros, modesto. — O que você acha?

— Fantástico! — Folheio o livreto. Há páginas de texto impresso intercaladas com títulos, fotografias e diagramas desenhados à mão. Vejo capítulos sobre férias, família, roupa lavada, fins de semana...

— Organizei os títulos em ordem alfabética — explica Eric. — E fiz um índice. É bastante fácil de usar.

Vou até o índice e passo os olhos ao acaso pela página.

Lavanda — pp. 5, 23
Leite — ver "café-da-manhã"
Língua — p. 24

Língua? Começo imediatamente a folhear procurando a página 24.

— Não tente ler agora. — Eric fecha gentilmente o manual. — Você precisa comer e dormir.

Procurarei "Língua" mais tarde. Quando ele tiver saído.

Acabo a sopa e me recosto com um suspiro contente.

— Muito obrigada, Eric. Estava ótimo.

— Sem problema, querida. — Eric retira a bandeja e a coloca sobre a penteadeira. Enquanto faz isso, ele nota meus sapatos no chão. — Lexi. — Ele me lança um sorriso. — Os sapatos vão para seu quarto de vestir.

— Ah — digo. — Desculpe.

— Não faz mal. Há muito a aprender. — Ele volta à cama e enfia a mão no bolso. — E este é o meu outro presente... — Eric pega uma pequena caixa de joia, feita de couro.

Meu coração começa a pinicar, incrédulo, enquanto olho aquilo. Meu marido está me dando um presente numa caixa de joia chiquérrima. Como as pessoas adultas nos filmes.

— Eu gostaria que você tivesse alguma coisa da qual realmente se *lembrasse* de eu ter lhe dado — diz Eric com um sorriso maroto, e faz um gesto para a caixa. — Abra.

Abro — e encontro um diamante preso num cordão de ouro.

— Gosta?

— É... é incrível! — gaguejo. — Adorei! Muito obrigada!

Eric estende a mão e acaricia meu cabelo.

— É bom ter você em casa, Lexi.

— É bom *estar* em casa — respondo arrebatada.

O que é quase verdade. Não posso dizer honestamente que este lugar já se pareça com minha casa. Mas parece um hotel cinco estrelas elegantésimo, o que é *melhor* ainda. Pego o diamante e olho espantada. Enquanto isso Eric está brincando distraidamente com uma mecha do meu cabelo, uma expressão terna no rosto.

— Eric — digo meio timidamente. — Quando nós nos conhecemos, o que você viu em mim? Por que se apaixonou por mim?

Um sorriso de reminiscência tremula no rosto de Eric.

— Eu me apaixonei por você, Lexi, porque você é dinâmica. É eficiente. Tem fome de sucesso, como eu. As pessoas dizem que somos duros, mas não somos. Somos apenas intensamente competitivos.

— Certo — digo depois de uma ligeira pausa.

Para ser honesta, nunca pensei em mim como sendo *tão* intensamente competitiva. Mas, afinal de contas, talvez eu seja, em 2007.

— E me apaixonei por sua boca linda. — Eric toca gentilmente meu lábio superior. — E suas pernas longas. E o modo como você balança sua pasta de executiva.

Ele me chamou de linda.

Estou ouvindo em transe. Quero que ele continue para sempre. Ninguém nunca falou comigo assim em toda a minha vida.

— Vou deixá-la agora. — Ele me beija na testa e pega a bandeja. — Durma bem. Vejo você de manhã.

— Vejo você — murmuro. — Boa-noite, Eric. E... obrigada!

Ele fecha a porta e fico sozinha com meu colar, meu Manual do Casamento e meu brilho de euforia. Tenho o marido dos sonhos. Não, tenho o marido *melhor* do que um sonho. Ele me trouxe sopa de frango, me deu um diamante e se apaixonou pelo modo como balanço minha pasta.

Devo ter sido Gandhi.

8

Panelas — p. 19
Peixe, ver também Refeições diárias, Cozinha;
Comer fora — p. 20
Preliminares — p. 21

Fala sério. Ele fez uma seção sobre *preliminares*?

Estou folheando o Manual do Casamento desde que acordei hoje cedo — e é totalmente, absolutamente fascinante. Sinto como se estivesse espionando minha própria vida. Para não mencionar a do Eric. Sei de tudo, desde onde ele compra suas abotoaduras até o que ele pensa do governo e o fato de que todo mês examina o próprio saco em busca de calombos. (O que é muito mais do que eu havia pedido. Será que ele precisava mesmo mencionar o saco?)

É hora do café-da-manhã, e estamos os dois sentados na cozinha. Eric lê o *Financial Times* e eu estava consultando o índice para ver o que como normalmente. Mas *Preliminares* parece muito mais interessante do que *Peixe*. Disfarçadamente vou à página 21.

Ah, meu Deus. Ele escreveu mesmo três parágrafos sobre preliminares! No capítulo "rotina geral": "*... movimentos amplos e regulares... normalmente no sentido horário... estimulação suave da parte interna das coxas...*"

Engasgo com o café e Eric levanta os olhos.

— Tudo bem, querida? — Ele sorri. — O manual está ajudando? Está encontrando tudo de que você precisa?

— Estou! — passo rapidamente para outro capítulo, sentindo-me como uma criança que procura palavrões no dicionário. — Só estava tentando descobrir o que eu como normalmente no café-da-manhã.

— Gianna deixou um pouco de ovos mexidos e bacon no fogão — diz Eric. — E geralmente você toma um pouco de suco verde. — Ele indica uma jarra do que parece água de lodo, gosmenta, na bancada. — É vitamina e moderador natural de apetite.

Contenho um tremor.

— Acho que vou passar por hoje. — Pego um pouco de ovos e bacon no fogão e tento aplacar meu desejo de três fatias de torrada para acompanhar.

— Seu carro novo deve ser entregue mais tarde. — Eric toma um gole de café. — Para substituir o que foi danificado. Mas imagino que você não queira dirigir tão cedo.

— Na verdade eu não havia pensado nisso — digo, surpresa.

— Bem, veremos. De qualquer modo, por enquanto você ainda não pode dirigir, até ter feito um novo teste de direção. — Ele limpa a boca com um guardanapo de linho e se levanta. — Outra coisa, Lexi. Se não se importa, eu gostaria de marcar um pequeno jantar para a semana que vem. Só com alguns velhos amigos.

— Um jantar? — pergunto apreensiva. Nunca fui do tipo que dá jantares. A não ser que você considere "macarrão no sofá diante de *Will and Grace*" um jantar.

— Não se preocupe. — Ele põe as mãos gentilmente em meus ombros. — Gianna cuida do cardápio. Você só precisa estar linda. Mas se não estiver a fim, podemos esquecer a ideia...

— Claro que estou a fim! — digo rapidamente. — Estou cansada de todo mundo me tratar como uma inválida. Estou me sentindo ótima!

— Nesse caso, isso traz o outro assunto: trabalho. — Eric veste o paletó. — Obviamente você ainda não está em condições de retornar em tempo integral, mas Simon estava pensando se você não gostaria de fazer uma visita ao escritório. Simon Johnson — esclarece ele. — Você se lembra?

— Simon Johnson? O diretor-geral?

— Isso. — Eric assente. — Ele ligou ontem à noite. Batemos um bom papo. Sujeito legal.

— Eu nem imaginava que ele tivesse *ouvido falar* de mim! — digo incrédula.

— Lexi, você é um membro importante da diretoria — explica Eric, paciente. — Claro que ele ouviu falar de você.

— Ah, certo. Claro.

Mastigo meu bacon, tentando parecer à vontade, mas por dentro quero dar pulinhos de comemoração. Essa minha vida nova está ficando cada vez melhor. Sou um membro importante da diretoria! Simon Johnson sabe quem eu sou!

— Concordamos que seria bom, para você, ir ao escritório — continua Eric. — Pode ajudar a trazer sua memória de volta, além de tranquilizar seu departamento.

— Acho uma ideia fantástica — digo entusiasmada. — Posso conhecer meu cargo novo, ver as meninas, podemos todas almoçar...

— Seu vice está substituindo você no momento — diz Eric, consultando um bloco de anotações na bancada da cozinha. — Byron Foster. Só até você voltar, claro.

— Byron é meu vice agora? — pergunto incrédula. — Mas Byron era meu chefe!

Tudo está de cabeça para baixo. Tudo está irreconhecível. Mal posso *esperar* para chegar ao escritório e ver o que acontece.

Eric digita alguma coisa em seu BlackBerry. Em seguida, guarda-o e pega a pasta.

— Tenha um bom-dia, querida.

— Você também... hum... querido! — Levanto-me enquanto ele se vira em minha direção. E há um frisson súbito entre nós. Eric está apenas a centímetros de mim. Consigo sentir o cheiro de sua loção e ver um talho minúsculo em seu pescoço, que ele fez ao se barbear.

— Não li o manual inteiro, ainda. — Subitamente fico sem jeito. — Eu normalmente... lhe daria um beijo de despedida nesse momento?

— Normalmente, sim. — Eric também parece tenso. — Mas, por favor, não sinta que...

— Não! Eu quero! Quero dizer... nós deveríamos fazer tudo como costumávamos fazer. — Estou ficando meio vermelha. — Então, eu beijaria seu rosto ou... os lábios...?

— Os lábios. — Eric pigarreia. — Isso seria o usual.

— Certo — assinto. — Então... hum... — Estendo a mão para sua cintura, tentando parecer natural. — Assim? Diga se não é como eu faço normalmente...

— Provavelmente só uma das mãos — diz Eric depois de pensar um momento. — E em geral um pouco mais alto.

— Certo! — Levo uma das mãos ao seu ombro e baixo a outra, sentindo-me como se estivesse fazendo dança de salão. Depois, mantendo-me na posição do melhor modo que posso, inclino o rosto para cima.

Eric tem um estranho nódulo na ponta da língua, noto de repente. Certo... não vou olhar para isso. Concentre-se no beijo.

Ele se inclina para a frente e sua boca roça brevemente na minha, e eu sinto... nada.

Esperava que nosso primeiro beijo fosse disparar todo tipo de lembranças ou sensações, talvez uma imagem súbita de Paris ou de nosso casamento, de nossa primeira transa... Mas quando ele se afasta sinto-me totalmente, cem por cento, vazia. Posso ver a ansiedade no rosto de Eric e procuro rapidamente algo encorajador para dizer.

— Foi lindo! Muito...

Paro, incapaz de pensar em qualquer outra palavra além de "rápido", que não tenho certeza se vai soar bem.

— Não trouxe nenhuma lembrança? — Eric examina meu rosto.

— Bem... não — digo em tom de desculpas. — Mas, quero dizer, isso não significa que não tenha sido realmente... Quero dizer que foi... Eu me senti bem excitada! — As palavras saem antes que eu possa impedir.

Por que, diabos, falei isso? Não estou excitada.

— Verdade? — Eric se anima e põe a pasta no chão.

Ah, não. Não, não, não. Nããããão.

Não posso fazer sexo com Eric ainda. Em primeiro lugar, nem o conheço direito. Em segundo, não li o que acontece depois da estimulação suave da parte interna das coxas.

— Não *tão* excitada assim — emendo rapidamente. — Quero dizer, só o bastante para saber... para perceber... Quero dizer, obviamente temos um fantástico... Quando se trata... hum... do quarto.

Pare. De falar. Lexi. Agora.

— Pois é. — Dou o sorriso mais luminoso que consigo. — Tenha um ótimo dia.

— Você também. — Eric toca meu rosto gentilmente, depois se vira e sai. Ouço a porta se fechar e me deixo cair numa cadeira. Essa foi por pouco. Pego o Manual do Casamento e vou rapidamente para o "P". Preciso ler mais sobre Preliminares.

Para não mencionar a letra "F": Felação, noto de repente. E Frequência (sexual).

Isso pode me tomar um bom tempo.

Duas horas e três xícaras de café mais tarde, fecho o manual e me recosto, a cabeça estourando de informações. Li de cabo a rabo e captei o quadro geral.

Fiquei sabendo que Eric e eu costumamos passar fins de semana juntos em "hotéis-butique de luxo". Descobri que gostamos de assistir a documentários sobre empresas e a *The West Wing*, e que tivemos opiniões diferentes sobre *O segredo de Brokeback Mountain*. Que também fiquei sabendo que era um filme sobre caubóis gays. (*Caubóis gays*?)

Aprendi também que Eric e eu compartilhamos o amor pelo vinho da região de Bordeaux. Fiquei sabendo que sou "incisiva", "focada" e que "trabalho 24 horas por dia, 7 dias por semana para cumprir meu dever". Descobri também que "não suporto idiotas", "desprezo quem desperdiça tempo" e sou "alguém que aprecia as coisas boas da vida".

O que é meio novidade para mim.

Levanto-me e vou até a janela, tentando digerir tudo que li. Quanto mais fico sabendo sobre a Lexi de 28 anos, mais sinto que ela é uma pessoa diferente de mim. Não apenas parece diferente. Ela *é* diferente. É uma chefe. Usa roupas de grife bege e calcinhas La Perla. Conhece vinho. Jamais come pão.

É adulta. É o que ela é. Olho o espelho e meu rosto de 28 anos me encara de volta.

Como, diabos, passei de mim... para ela?

Num impulso súbito levanto-me e vou ao quarto, depois entro no quarto de vestir. Tem de haver alguma pista em algum lugar. Sento-me em minha penteadeira elegante, minimalista, e olho-a em silêncio.

Olhe só isso. Minha antiga penteadeira era pintada de rosa e uma bagunça total: cheia de echarpes e colares pendurados no espelho e com potes de maquiagem em toda parte. Mas esta é imaculada. Frascos prateados em fileiras, um único prato contendo um par de brincos e um espelho de mão *art déco*.

Abro uma gaveta ao acaso e encontro uma pilha de echarpes muito bem dobradas, sobre a qual há um brilhante DVD onde está escrito com marcador: *Ambição: EP1*. Pego-o, perplexa, e percebo de repente o que é. É o tal programa do qual Amy falou. Sou eu na TV!

Ah, meu Deus, *preciso* ver isso. Primeiro porque estou morrendo de vontade de saber como eu estava. E segundo porque é outra peça do quebra-cabeça. Foi nesse reality show que o Eric me viu pela primeira vez. Foi esse programa que me deu minha grande oportunidade no trabalho. Na época eu provavelmente não fazia ideia de como isso seria crucial.

Entro correndo na sala de estar, com esforço consigo encontrar o aparelho de DVD atrás de um painel translúcido e coloco o disco. Logo a abertura do programa está passando em todas as telas espalhadas nas paredes do apartamento. Avanço o vídeo até meu rosto aparecer na tela — então aperto o Play.

Estou preparada para me encolher de vergonha e me esconder atrás do sofá. Mas na verdade... não estou tão mal assim! Meus dentes já foram envernizados, encapados ou sei lá o quê, mas minha boca parece muito mais fina do que agora. (*Definitivamente* fiz implante de colágeno.) Meu cabelo castanho foi escovado com secador e preso num rabo-de-cavalo. Estou usando tailleur preto e blusa azul-piscina, e pareço totalmente profissional.

— Preciso do sucesso — estou dizendo para um entrevistador fora de enquadramento. — Preciso vencer isto.

Nossa! Estou tão *séria*! Não entendo. Por que de repente quero vencer um reality show empresarial?

— Bom-dia, Lexi! — Uma voz me faz pular de susto. Aperto o botão de pausa, no controle remoto, e me viro encontrando uma mulher de cerca de 50 anos. Tem cabelo escuro com riscas grisalhas, preso atrás, um avental florido e está segurando um balde cheio de materiais de limpeza. Um iPod está preso no bolso do avental e pelos fones de ouvido posso entreouvir fiapos de ópera.

— Você está de pé! — diz ela numa voz aguda. — Como está se sentindo? Melhor, hoje? — Seu sotaque é difícil de situar, meio *cockney* misturado com italiano.

— Você é Gianna? — pergunto cautelosamente.

— Ah, santo Deus dos céus. — Ela faz o sinal-da-cruz e beija os dedos. — Eric me avisou. Você não está boa da cabeça, coitadinha.

— Na verdade estou bem — digo depressa. — Só perdi um pouco da memória. Preciso apenas aprender de novo tudo sobre minha vida.

— Bom, eu sou Gianna.

— Fantástico! Hum... obrigada. — Fico de lado e Gianna passa por mim e começa a espanar a superfície de vidro da mesinha de centro com um espanador de penas, cantarolando junto com o iPod.

— Assistindo ao seu programa de TV? — pergunta ela, olhando para a tela enorme.

— Ah. É... estava. Só para me lembrar. — Desligo rapidamente. Enquanto isso Gianna começa a polir os porta-retratos.

Torço os dedos, sem jeito. Como posso simplesmente ficar *parada*, olhando outra mulher limpar minha casa? Devo me oferecer para ajudar?

— O que você gostaria que eu fizesse para o jantar de hoje? — pergunta ela, começando a afofar as almofadas do sofá.

— Ah — digo, horrorizada. — Nada! Verdade!

Sei que Eric e eu somos ricos e coisa e tal. Mas não posso pedir para outra pessoa fazer o jantar. É obsceno.

— Nada? — Ela faz uma pausa. — Vocês vão sair?

— Não. Só pensei... que talvez eu mesma pudesse cozinhar esta noite.

— Ah, sei. Bem, você é que sabe. — Com o rosto sério, ela pega uma almofada e bate com mais vigor. — Espero que tenha gostado da sopa de ontem à noite — diz sem me olhar.

— Estava deliciosa! — digo rapidamente. — Obrigada! Uma delícia... de sabores.

— Que bom — responde ela com voz rígida. — Faço o máximo que posso.

Ah, meu Deus. Ela não está ofendida, está?

— Avise o que vai querer que eu compre para você cozinhar — continua ela, batendo com a almofada. — Se estiver a fim de alguma coisa nova, ou diferente...

Merda. Ela *está* ofendida.

— Ah... é... bem. — Minha voz está áspera de nervosismo. — Na verdade, pensando bem... talvez você pudesse fazer alguma coisinha. Mas, quero dizer, não precisa ter muito trabalho. Um sanduíche seria bom.

— Um sanduíche. — Ela levanta a cabeça, incrédula. — Para o seu jantar?

— Ou... o que você quiser! Faça o que *você* gosta de cozinhar! — Enquanto digo as palavras sei como isso parece idiota. Recuo, pegando uma revista sobre imóveis, que está numa mesinha de canto, e abro numa matéria sobre fontes decorativas.

Como vou conseguir me acostumar com isso? Como me transformei em uma pessoa que tem empregada, pelo amor de Deus?

— Aaaiii! O sofá foi estragado! — subitamente a voz de Gianna parece mais italiana do que *cockney*. Ela arranca os fones dos ouvidos e indica horrorizada o tecido rasgado. — Olhe! Rasgado! Ontem de manhã estava perfeito. — Ela me olha na defensiva. — Vou dizer. Deixei em boas condições, sem rasgos, sem marcas...

O sangue sobe à minha cabeça.

— Isso... fui eu — gaguejo. — Fui eu que fiz.

— *Você?*

— Foi sem querer — continuo. — Quebrei um leopardo de vidro e... — Estou ofegando. — Vou encomendar outra capa para o sofá, prometo. Mas, por favor, não conte ao Eric. Ele não sabe.

— Ele não sabe? — Gianna parece perplexa.

— Eu pus a almofada sobre o rasgo. — Engulo em seco. — Para esconder.

Gianna me olha durante alguns instantes inacreditáveis. Eu a encaro de volta, implorando, incapaz de respirar. Então seu rosto severo se franze num sorriso. Ela pousa a almofada que está segurando e me dá um tapinha no braço.

— Eu costuro. Pontinhos pequenininhos. Ele nunca vai saber.

— Verdade? — Sinto uma onda de alívio. — Ah, graças a Deus. Seria maravilhoso. Eu ficaria muito grata.

Gianna está me olhando com a testa franzida, perplexa, os braços amplos cruzados no peito.

— Tem certeza de que não aconteceu nada quando você bateu a cabeça? — pergunta finalmente. — Tipo... transplante de personalidade?

— O quê? — dou um sorriso inseguro. — Acho que não... — A campainha soa. — Ah. É melhor eu atender. — Corro até a porta e levanto o interfone. — Alô?

— Alô? — responde uma voz gutural. — Entrega de carro para Gardiner.

Meu carro novo está estacionado numa vaga diante do prédio, que, segundo o porteiro, é minha vaga particular. É um Mercedes prateado, sei por causa do negocinho da marca na frente. E é conversível. Fora isso eu não poderia dizer muita coisa — a não ser que imagino que tenha custado uma fortuna.

— Assine aqui... e aqui... — O homem da entrega estende uma prancheta.

— Certo. — Rabisco no papel.

— Aqui estão as chaves... os documentos... toda a papelada... Parabéns. — O sujeito pega a caneta da minha mão e vai para o portão, deixando-me sozinha com o carro, um maço de papéis e um jogo de chaves brilhantes. Balanço-as nos dedos, sentindo um frisson de empolgação.

Nunca liguei para carros.

Mas, afinal de contas, nunca tinha estado tão perto de um Mercedes brilhante, novo em folha. Um Mercedes novo em folha que é todo *meu*.

Talvez eu devesse dar uma olhada por dentro. Num gesto instintivo estendo o chaveiro e aperto o botãozinho — e pulo quando o carro solta um bip e todas as luzes se acendem.

Bem, obviamente já fiz isso antes. Abro a porta, sento-me atrás do volante e respiro profundamente.

Uau. *Isto* é um carro. Isto chuta o Renault vagabundo do Dave Fracasso para fora de campo. Tem o cheiro mais maravilhoso e inebriante de couro novo. Os bancos são amplos e confortáveis. O painel é de madeira envernizada. Cautelosamente ponho as mãos no volante. Elas parecem segurá-lo de modo bem natural — na verdade este parece ser o lugar delas. Não sinto vontade de tirá-las.

Fico ali durante alguns instantes, olhando o portão subir e descer enquanto um BMW sai.

O negócio é que... eu *sei* dirigir. Em algum momento devo ter passado na prova, mesmo que não me lembre disso.

E é um carro tão maneiro! Seria uma pena não experimentar.

Hesitando, ponho a chave na fenda ao lado do volante — e ela se encaixa! Giro-a, como vi pessoas fazendo, e há uma espécie de rugido de protesto vindo do motor. Merda. O que foi que eu fiz? Giro-a de novo, com mais cautela, e desta vez não há rugidos, mas algumas luzes se acendem no painel.

E agora? Examino os controles, esperando uma orientação, mas não vejo nenhuma. Não tenho ideia de como fazer essa coisa funcionar, a verdade é essa. Não tenho nenhuma lembrança de já ter dirigido um carro.

Mas o fato é que... *já fiz* isso. É como andar de salto alto, uma habilidade que está trancada dentro de mim. O que preciso é deixar que o corpo me leve. Se eu me distrair o bastante, talvez me descubra dirigindo automaticamente.

Ponho as mãos com firmeza no volante. Vamos lá. Pense em outras coisas. Lá lá lá. Não pense em dirigir. Deixe seu corpo agir naturalmente. Talvez eu devesse cantar uma música, funcionou antes.

— Terra de esperança e glóóó-riaaaa — começo desafinada. — Mãe dos liii-vreees...

Ah, meu Deus. Está dando certo. Minhas mãos e meus pés se movem em sincronia. Não ouso olhar para eles; não ouso registrar o que eles estão fazendo. Só sei que liguei o motor e pisei em um dos pedais, houve uma espécie de murmúrio e... consegui! Liguei o carro!

Ouço o motor latejando, como se quisesse ir em frente. Certo. Fique calma. Respiro fundo — mas por dentro já estou meio em pânico. Estou sentada diante dos controles de um Mercedes, o motor está ligado e eu nem sei como isso aconteceu.

Certo. Controle-se, Lexi.

Freio de mão. Sei o que é. E a alavanca de câmbio. Cautelosamente solto os dois — e imediatamente o carro se move para a frente.

Rapidamente piso em um dos pedais, para fazê-lo parar, e o carro corcoveia com um ruído áspero. Merda. Não foi um bom som. Solto o pé — e o carro se esgueira para a frente de novo. Não sei se quero que ele faça isso. Tentando ficar calma, aperto o pé de novo, com força. Mas desta vez ele nem para, só fica indo inexoravelmente adiante. Piso de novo — e ele acelera como um carro de corrida.

— Merda! — digo quase trêmula de medo. — Certo, apenas... pare. Puxo o volante para trás, mas não faz diferença. Não sei como controlar essa coisa. Estou indo lentamente em direção a um carro esportivo de aparência cara, estacionado do outro lado, e não sei como parar. Desesperada, empurro os dois pés de novo, apertando os dois pedais ao mesmo tempo com um guincho que parece arrebentar o motor.

Ah, meu Deus, ah, meu Deus... Meu rosto está quente, as mãos suando. Nunca deveria ter entrado nesse carro. Se eu bater, Eric vai se divorciar de mim e não poderei culpá-lo...

— Pare! — grito novamente.

De repente noto um homem de cabelos escuros e jeans chegando ao portão. Ele me vê deslizando na direção do carro esportivo e uma expressão de pânico toma seu rosto.

— Pare! — grita ele, a voz fraca através da janela.

— Não consigo parar! — grito de volta em desespero.

— Gire o volante! — Ele gesticula.

O *volante*. Claro. Sou uma imbecil. Giro-o para a direita, quase arrancando os braços dos ombros, e consigo tirar o carro do rumo. Só que agora estou indo direto para uma parede.

— Freie! — O cara está correndo ao meu lado. — Freie, Lexi!

— Mas eu não...

— Pelo amor de Deus, freie! — berra ele.

O freio de mão, lembro de repente. Depressa. Puxo-o para trás com as mãos e o carro para com um tremor. O motor ainda está ligado, mas pelo menos o carro parou. E pelo menos não bati em nada.

Minha respiração está rápida e ofegante; minhas mãos ainda estão agarrando o freio de mão. Nunca mais vou dirigir. Nunca.

— Você está bem? — O cara parou junto à minha janela. Depois de alguns instantes consigo arrancar uma das mãos do freio de mão. Aperto aleatoriamente os botões na porta do carro até que a janela desce. — O que *aconteceu*?

— Eu... me apavorei. Na verdade não sei dirigir. Achei que iria lembrar como se faz, mas tive um ataque de pânico... — De repente, do nada, sinto uma lágrima escorrendo pelo rosto. — Desculpe. — Engulo em seco. — Estou meio fora de mim. Tive amnésia, veja só...

Levanto os olhos e vejo o homem me encarando como se eu estivesse falando em outro idioma. Ele tem um rosto marcante, agora noto. Malares altos, olhos cinza-escuros e sobrancelhas inclinadas que se juntaram devido à testa franzida, cabelos castanho-escuros e desalinhados. Está usando uma camiseta cinza simples sobre os jeans, e parece um pouco mais velho do que eu, talvez tenha uns 30 anos.

Também parece totalmente perplexo. O que não acho surpreendente, tendo em vista que ele acabou de chegar a um estacionamento e encontrou uma mulher quase batendo o carro e dizendo que está com amnésia.

Talvez ele não acredite em mim, penso subitamente preocupada. Talvez ache que estou dirigindo bêbada e que tudo isso é uma desculpa inventada.

— Sofri um acidente de carro há uns dias — explico rapidamente. — De verdade. Bati a cabeça, olhe. — Aponto para os cortes que restam em meu rosto.

— Sei que você sofreu um acidente — diz ele enfim. Tem uma voz característica, seca e intensa. Como se cada palavra dita fosse realmente importante. — Ouvi dizer.

— Espere um minuto! — Estalo a língua, percebendo de súbito. — Você gritou meu nome. Nós nos conhecemos?

Um choque passa pelo rosto do sujeito. Noto seus olhos me examinando quase como se ele não acreditasse; como se estivesse procurando alguma coisa.

— Você não se lembra de mim? — pergunta finalmente.

— Ah, não — respondo em tom de desculpas. — Sinto muito, não estou sendo grosseira, não me lembro de ninguém que conheci nos últimos três anos. Meus amigos... até meu marido. Ele era totalmente estranho para mim! Meu próprio marido! Dá para acreditar? — Sorrio, mas o sujeito não sorri de volta nem exprime simpatia. Na verdade sua expressão quase me deixa nervosa.

— Quer que eu estacione o carro para você? — pergunta ele abruptamente.

— Ah, sim, por favor. — Olho ansiosa para a mão esquerda, ainda segurando o freio de mão. — Posso soltar isso? O carro não vai sair correndo?

Um sorriso minúsculo surge em seu rosto.

— Não. Não vai sair correndo. Pode soltar.

Cautelosamente afrouxo a mão, que praticamente teve um espasmo, e sacudo-a para afastar a rigidez.

— Muito obrigada — digo saindo. — Este é meu carro novo em folha. Se eu batesse, nem consigo *pensar*... — Encolho-me diante da ideia. — Meu marido comprou, para substituir o outro. Você o conhece? Eric Gardiner?

— Sim — responde ele depois de uma pausa. — Conheço.

Ele entra no carro, fecha a porta e sinaliza para eu sair do caminho. No instante seguinte dá marcha a ré habilmente e o recoloca na vaga.

— Obrigada — digo agradecida quando ele sai. — Muitíssimo obrigada.

Espero que o cara diga "de nada" ou "não há de quê", mas ele parece perdido em pensamentos.

— O que disseram sobre a amnésia? — pergunta, subitamente levantando os olhos. — Suas memórias se foram para sempre?

— Elas podem voltar a qualquer momento — explico. — Ou talvez não. Ninguém sabe. Estou tentando aprender sobre minha vida. Eric está sendo muito solícito e me ensinando sobre nosso casamento e tudo o mais. É o marido perfeito! — Sorrio de novo, tentando suavizar o clima. — E então... onde você se encaixa no quadro geral?

Não há absolutamente nenhuma reação por parte do sujeito de cabelos escuros. Ele enfia as mãos nos bolsos e olha para o céu. *Realmente* não sei qual é o problema dele.

Por fim ele abaixa a cabeça e me examina de novo, o rosto todo franzido, como se sentisse dor. Talvez esteja sentindo. Talvez tenha uma dor de cabeça, ou algo assim.

— Preciso ir — diz ele.

— Ah, certo. Bom, obrigada mais uma vez — respondo educadamente. — E prazer em conhecê-lo. Quero dizer, sei que já nos conhecemos na minha vida anterior, mas... você sabe o que eu quis dizer! — Estendo a mão para apertar a dele, mas parece que isso não faz absolutamente nenhum sentido para ele.

— Tchau, Lexi. — Ele gira nos calcanhares.

— Tchau... — respondo, e fico parada. Que sujeito estranho! Nem me disse seu nome.

9

Fi é uma das pessoas mais francas que conheço. Nós nos conhecemos aos 6 anos, quando eu era a aluna nova na escola. Ela já era uma cabeça mais alta do que eu, com cabelo escuro aos montes, a voz intensa e confiante. Disse que minha corda de pular, de plástico, era um lixo, e citou todos os defeitos. Depois, quando eu ia começar a chorar, ofereceu a dela para eu brincar.

Assim é Fi. Pode chatear as pessoas com os modos bruscos, e sabe disso. Quando diz a coisa errada, revira os olhos e aperta a boca com a mão. Mas por baixo disso tudo é calorosa e gentil. E é fantástica nas reuniões. Quando as outras pessoas embromam ela vai direto ao ponto, sem conversa mole.

Foi Fi que me deu a ideia de me candidatar a um emprego na Deller Carpets. Ela trabalhava lá havia dois anos quando a Frenshaws, a empresa em que eu estava antes, foi comprada por um grupo espanhol e vários dos funcionários entraram em programas de demissão voluntária. Havia uma vaga no Departamento de Pisos, e Fi sugeriu que eu levasse o currículo para mostrar ao Gavin, o chefe dela... e foi isso. Eu tinha um novo emprego.

Desde que passamos a trabalhar juntas, Fi e eu nos tornamos mais íntimas ainda. Almoçávamos juntas, íamos ao cinema no fim de semana, mandávamos mensagens de texto uma para a outra enquanto Gavin tentava dar um de seus "blablablás de equipe", como ele diz. Também sou chegada a Carolyn e Debs, — mas Fi é a primeira para quem ligo contando as novidades; é nela que penso quando acontece alguma coisa engraçada.

Por isso acho tão estranho ela não ter me ligado. Mandei várias outras mensagens para ela desde que saí do hospital. Deixei dois recados na secretária eletrônica. Mandei alguns e-mails brincalhões e escrevi um cartão agradecendo pelas flores. Mas não recebi uma palavra de volta. Talvez ela esteja simplesmente ocupada, fico dizendo a mim mesma. Ou se dedicando a algum grupo de estudos, ou pegou gripe... Há um milhão de bons motivos.

Pois é. Vou ao trabalho hoje, então vou vê-la. E todo mundo.

Olho-me no enorme espelho do quarto de vestir. A Lexi 2004 costumava aparecer no escritório usando calça preta da Next, uma blusa do balcão de descontos da New Look e um par de sapatos com saltos carcomidos.

Não mais. Estou com a blusa mais bem-passada que já usei na vida, caras abotoaduras Prada e um tailleur preto com saia justa e cintura marcada. Minhas pernas brilham com a meia-calça Charnos reluzente. Os sapatos são de verniz e bico fino. O cabelo está escovado e torcido num coque. Pareço uma ilustração de um livro infantil. A chefona.

Eric entra no quarto e eu dou um giro.

— Como estou?

— Fantástica! — Ele diz, mas não parece surpreso com minha aparência. Acho que para ele esse tipo de roupa é normal. Mas não consigo imaginar que ela possa ser algo além de uma fantasia.

— Tudo pronto?

— Acho que sim! — Pego minha bolsa, uma Bottega Veneta preta que encontrei no armário.

Ontem, tentei perguntar a Eric sobre Fi, mas ele mal parecia saber quem ela era, mesmo que seja minha amiga mais antiga e que estivesse em nosso casamento, e coisa e tal. A única amiga de quem ele parece saber é Rosalie, porque ela é casada com Clive.

Pois é. Tudo bem. Vou ver Fi hoje e haverá alguma explicação, e tudo vai se encaixar. Imagino que vamos sair para um drinque na hora do almoço e bater um bom papo.

— Não esqueça isto! — Eric abre um armário no canto. Pega uma pasta executiva, preta e elegante, e me entrega. — Eu lhe dei quando nos casamos.

— Uau, é linda! — É feita de pele de bezerro finíssima, e na frente há iniciais ligeiramente em relevo: L.G.

— Sei que você ainda usa o nome de solteira para trabalhar — diz Eric —, mas eu queria que você levasse um pedacinho de mim para o escritório todo dia.

Ele é *tão* romântico! Ele é *tão* perfeito!

— Preciso ir. O carro estará aqui para pegá-la em cinco minutos. Divirta-se. — Ele me beija e sai.

Enquanto ouço a porta da frente se fechar, pego minha pasta e a olho, imaginando o que devo colocar dentro. Nunca usei pasta antes, sempre enfiei as coisas na bolsa. Pego uma caixa de lenços de papel e umas pastilhas na bolsa e ponho na pasta. Depois acrescento uma caneta. Sinto-me como se estivesse me preparando para o primeiro dia numa escola nova. Enquanto enfio a caneta num bolso interno, de seda, meus dedos batem em alguma coisa fina como um cartão, e eu a pego.

Não é um cartão, é uma foto antiga de mim, Fi, Debs e Carolyn. Antes de eu ajeitar o cabelo. Quando meus dentes ainda eram tortos. Estamos num bar, todas vestindo blusas brilhantes, com bochechas rosadas e tiras de serpentina em spray na cabeça. Fi está com o braço em volta do meu pescoço e eu tenho um coquetel com guarda-chuva na boca, e estamos todas histéricas. Não posso deixar de rir.

Lembro-me bem daquela noite. Debs tinha dado o fora em seu namorado bancário idiota e estávamos numa missão de ajudá-la a esquecer. No meio da noitada, quando Mitchell ligou para o celular de Debs, Carolyn atendeu e fingiu ser uma garota de programa russa que cobrava mil libras e achava que estava sendo contratada. Carolyn estudou russo avançado, de modo que foi bastante convincente, e Mitchell ficou genuinamente abalado, independentemente do que dissesse depois. Estávamos todas escutando pelo viva-voz, e eu achei que iria *morrer* de rir.

Ainda sorrindo, enfio a foto de volta no bolso interno e fecho a pasta. Pego-a e me olho no espelho. A chefona vai ao trabalho.

— Oi — digo ao meu reflexo, tentando adotar um tom profissional. — Olá. Lexi Smart, diretora de Pisos. É, oi. Sou a chefe.

Ah, meu Deus. Não me sinto uma chefe. Talvez eu me sinta quando chegar lá.

A Deller Carpets é a empresa de que todo mundo se lembra dos anúncios nos anos 1980. O primeiro mostrava uma mulher deitada num tapete com estampa azul ondulada, numa loja, fingindo que era tão macio e luxuriante que ela precisava imediatamente fazer sexo nele com o vendedor com cara de nerd. No anúncio seguinte, ela se casava com o vendedor nerd e mandava acarpetar todo o corredor da igreja num florido carpete Deller. E depois eles tinham gêmeos, que só conseguiam dormir se tivessem tapetes Deller azuis e rosa nos berços.

Eram anúncios bem cafonas, mas tornaram a Deller Carpets um nome conhecido. O que é parte do problema. A empresa tentou mudar de nome há alguns anos, para simplesmente Deller. Havia um novo logotipo, um slogan e coisa e tal. Mas ninguém liga para isso. Você diz que trabalha na Deller e as pessoas franzem a testa, depois perguntam: "Na Deller Carpets?"

É mais irônico ainda porque os carpetes são apenas uma fração da empresa hoje em dia. Há cerca de dez anos o departamento de manutenção começou a produzir um produto para limpeza de tapetes que era vendido pelo correio e ficou incrivelmente popular. A empresa se expandiu para todo tipo de produtos e equipamentos de limpeza, e agora o negócio de vendas pelo correio é gigantesco. Assim como acessórios de cama e mesa e tecidos. Os pobres e velhos tapetes e carpetes ficaram de lado. O problema é que hoje em dia carpete não é chique. O chique é piso de ardósia e madeira laminada. Nós vendemos pisos laminados — mas praticamente ninguém sabe, porque acham que ainda nos chamamos Deller Carpets. É como um grande círculo vicioso em que tudo leva de volta aos carpetes fofos.

Sei que carpete não é chique. E sei que os carpetes estampados são menos chiques ainda. Mas, em segredo, adoro. Especialmente as velhas estampas retrô dos anos 1970. Tenho na minha mesa um velho livro de estampas que sempre folheio quando estou no meio de uma conversa telefônica longa e tediosa. E uma vez encontrei uma caixa de amostras antigas no depósito. Ninguém queria, por isso levei para o escritório e prendi na parede ao lado da minha mesa.

Quero dizer, minha antiga mesa. Acho que mudei de mesa, agora. Enquanto sigo para o prédio familiar na Victoria Palace road, sinto um tremor de ansiedade no estômago. O local está como sempre: um bloco alto, cinza-claro, com colunas de granito na entrada. Empurro a porta de vidro da recepção — e paro, surpresa. O saguão está diferente. Está lindo! Mudaram a mesa de lugar, e há divisórias de vidro onde existia uma parede... e o piso é de vinil azul-metálico. Deve ter saído uma linha nova.

— Lexi! — Uma mulher gorducha, de blusa cor-de-rosa e calça preta justa vem rapidamente na minha direção. Tem luzes nos cabelos, batom fúcsia, sapatos de salto grosso e se chama... eu conheço... é chefe de recursos humanos...

— Dana. — Ofego o nome, aliviada. — Olá.

— Lexi. — Ela estende a mão para apertar a minha. — Bem-vinda! Coitadinha! Ficamos *tão* chateados em saber do que aconteceu...

— Estou bem, obrigada. Muito melhor. — Acompanho-a pelo piso de vinil brilhante, pego um crachá com ela e passo pela entrada. Isso é totalmente novo, também. Não tínhamos catracas, apenas um guarda chamado Reg.

— Bem, venha por aqui... — Dana está me guiando. — Achei que poderíamos bater um papinho na minha sala, dar um pulo na reunião de orçamento e depois você vai querer ver seu departamento!

— Ótimo! Boa ideia.

Meu departamento. Eu só tinha uma mesa e um grampeador.

Entramos no elevador, saímos no segundo andar e Dana me leva para a sua sala.

— Sente-se. — Ela puxa uma cadeira estofada e senta-se atrás da mesa. — Então, agora, obviamente, precisamos conversar sobre sua... *situação*. — Ela baixa a voz discretamente como se eu tivesse alguma doença. — Você está com amnésia.

— É mesmo. Fora isso, estou bastante bem.

— Ótimo! — Ela rabisca alguma coisa em seu bloco. — E essa amnésia é permanente ou temporária?

— Bem... os médicos dizem que posso começar a me lembrar das coisas a qualquer momento.

— Maravilhoso! — Seu rosto se ilumina. — Obviamente, do *nosso* ponto de vista, seria ótimo se você pudesse se lembrar de tudo antes do dia 21. É quando acontece nossa reunião de vendas — acrescenta ela, olhando-me cheia de expectativa.

— Certo — digo depois de uma pausa. — Vou me esforçar ao máximo.

— Você pode fazer mais do que isso! — Ela ri e empurra a cadeira para trás. — Agora vamos dizer olá ao Simon e aos outros. Você se lembra de Simon Johnson, o diretor-geral?

— Claro!

Como eu não poderia me lembrar do chefe de toda a empresa? Lembro-me dele fazendo um discurso na festa de Natal. Lembro-me de ele ter aparecido em nossa sala e perguntado nossos nomes enquanto Gavin o acompanhava como um lacaio. E agora tenho reuniões com ele!

Tentando esconder o nervosismo, sigo Dana pelo corredor e pegamos o elevador até o oitavo andar. Ela me guia rapidamente até a sala da diretoria, bate à porta pesada e a empurra.

— Desculpe interromper! Lexi veio fazer uma visita.

— Lexi! Nossa estrela! — Simon Johnson se levanta de seu lugar à cabeceira da mesa. É alto, com ombros largos de ex-oficial do exército e cabelo castanho ralo. Aproxima-se, aperta minha mão como se fôssemos velhos amigos e beija meu rosto. — Como está, minha querida?

Simon Johnson acaba de me beijar. O diretor-geral da empresa *me beijou*.

— É... bem, obrigada. — Tento manter a compostura. — Muito melhor.

Olho ao redor, vendo um punhado de outras pessoas poderosas da empresa, todas de terno. Byron, que era meu chefe direto, está sentado do outro lado da mesa de reuniões. É pálido e magro, de cabelos escuros, e está usando uma de suas típicas gravatas de estampa retrô. Ele me dá um sorriso sem graça e rio de volta, aliviada por reconhecer alguém.

— Soubemos que você levou uma tremenda pancada na cabeça — está dizendo Simon Johnson em sua voz doce, de quem estudou em escola particular.

— Isso mesmo.

— Bem, volte correndo! — exclama ele fingindo urgência. — O Byron aqui está substituindo você muito bem. — Ele faz um gesto para Byron. — Mas se você confiar nele para zelar pelo orçamento do seu departamento...

— Não sei. — Levanto as sobrancelhas. — Eu *deveria* estar preocupada?

Todos riem, e noto Byron me lançando um olhar de ódio. Na boa, eu só estava fazendo uma piada.

— Mas sério, Lexi. Preciso falar com você sobre nossas... discussões recentes. — Simon Johnson me dá um olhar significativo. — Vamos almoçar quando você tiver voltado de vez.

— Sem dúvida. — Imito seu tom confidencial, mesmo não tendo ideia do que ele está falando.

— Simon. — Dana avança discretamente. — Os médicos não sabem se a amnésia de Lexi é permanente ou temporária. De modo que ela pode ter alguns problemas de memória...

— O que provavelmente é uma vantagem neste negócio — sugere um careca do outro lado, e há mais risos ao redor da mesa.

— Lexi, tenho plena confiança em você — diz Simon Johnson com firmeza. Em seguida se vira para um homem ruivo sentado ali perto. — Daniel, vocês dois ainda não se conhecem, não é? Daniel é nosso novo controlador de finanças. Daniel, talvez você tenha visto Lexi na televisão.

— Isso mesmo! — Posso ver o reconhecimento tomando o rosto do sujeito enquanto nos cumprimentamos. — Então você é a garota-prodígio de quem ouvi falar.

Garota-prodígio?

— Hum... não creio — digo insegura, e todos riem novamente.

— Não seja modesta! — Simon me dá um sorriso caloroso, depois se vira para Daniel. — Esta jovem teve a ascensão mais meteórica desta empresa. De vendedora júnior para diretora de departamento em 18 meses. Como eu disse muitas vezes à própria Lexi, foi uma aposta dar-lhe o cargo, mas nunca me arrependi de ter corrido esse risco, nem por um momento. Ela é inspiradora. Trabalha 24 horas por dia, tem visões estratégicas para o futuro... É um membro muito, *muito* talentoso da empresa.

Ao falar, Simon ri de orelha a orelha para mim; assim como o careca e mais alguns outros.

Estou em choque total. Meu rosto é feito de massa, minhas pernas estão bambas. Jamais alguém falou de mim assim. Nunca, em toda a minha vida.

— Bem... obrigada! — gaguejo finalmente.

— Lexi. — Simon indica uma cadeira vazia. — Podemos convencê-la a ficar para a reunião de orçamento?

— Hum... — Olho para Dana, pedindo ajuda.

— Ela não vai ficar muito tempo hoje, Simon — responde Dana. — Vamos descer para o Pisos agora.

— Claro. — Simon Johnson concorda . — Bem, você está perdendo uma boa. Todo mundo adora uma reunião de orçamento. — Seus olhos se apertam, bem-humorados.

— Você não percebeu que eu fiz *isso* para evitar a reunião de orçamento? — Indico o resto de gaze na cabeça e há outra gargalhada estrondosa na sala.

— Vejo você logo, Lexi — diz Simon Johnson. — Cuide-se.

Enquanto Dana e eu saímos da sala da diretoria, estou tonta de empolgação. Não acredito que isso tudo acaba de acontecer.

Brinquei com Simon Johnson. Sou uma garota-prodígio! Tenho visões estratégicas de futuro!

Só espero que as tenha anotado em algum lugar.

— Então, você se lembra de onde fica o Departamento de Pisos? — pergunta Dana enquanto descemos pelo elevador. — Sei que todo mundo está ansioso para vê-la.

— Eu também! — digo com confiança crescente. Saímos do elevador e o telefone de Dana tilinta baixinho. — Minha nossa! — diz ela ao olhá-lo. — Preciso atender. Quer ir para sua sala, eu a encontro lá?

— Sem dúvida! — Sigo pelo corredor. Parece o mesmo de sempre, com o mesmo carpete marrom, placas de orientação sobre incêndio e plantas de plástico. O Departamento de Pisos fica adiante, à esquerda. E à direita fica a sala de Gavin.

Quero dizer, a *minha* sala.

Minha própria sala.

Fico diante da porta um momento, preparando-me para entrar. Ainda não acredito que seja a minha sala. O meu emprego.

Qual é! Não há do que ter medo. Posso fazer esse trabalho, Simon Johnson disse. Enquanto estendo a mão para a maçaneta, vejo uma garota de cerca de 20 anos saindo da sala principal. Suas mãos vão até a boca.

— Ah! — diz ela. — Lexi! Você voltou!

— É. — Olho-a, hesitante. — Você vai ter de me perdoar. Sofri um acidente, minha memória se foi...

— É, disseram. — Ela parece nervosa. — Sou Clare. Sua secretária.

— Ah, oi! Prazer em conhecê-la! Então eu fico aqui? — Indico com a cabeça a porta de Gavin.

— Isso mesmo. Posso lhe trazer um café?

— Sim, por favor! — Tento esconder o deleite. — Seria ótimo.

Tenho uma secretária que me traz café. Cheguei lá, cheguei mesmo. Entro na sala e deixo a porta se fechar com um estalo confortador.

Uau. Tinha esquecido como essa sala era grande. Tem uma mesa enorme, uma planta e um sofá... e tudo o mais. Ponho a pasta sobre a mesa e vou até a janela. Tenho até uma vista! De outro prédio alto, certo, mas mesmo assim. É minha! Sou a chefe! Não consigo evitar uma gargalhada de euforia enquanto giro e pulo no sofá. Dou vários pulos — e paro abruptamente quando ouço uma batida na porta.

Merda. Se alguém entrasse agora e me visse... Prendendo o fôlego, vou rapidamente até a mesa, pego um pedaço de papel ao acaso e começo a examiná-lo com a testa franzida de modo profissional.

— Entre!

— Lexi! — Dana entra rapidamente. — Está se sentindo à vontade? Clare disse que você nem a reconheceu! Vai ser complicado, não é? Eu não tinha avaliado bem... — Ela balança a cabeça, preocupada. — Então você não se lembra *de nada*?

— Bem... não — admito. — Mas tenho certeza de que tudo vai voltar, cedo ou tarde.

— Tomara que sim! — Ela ainda parece ansiosa — Bem, vamos percorrer o departamento, para você se familiarizar de novo com todo mundo...

Saímos — e de repente vejo Fi saindo do Departamento de Pisos, com uma saia preta curta, botas e uma blusa verde sem mangas. Ela parece diferente de como me lembro, com uma nova mecha vermelha no cabelo e o rosto mais magro, de algum modo. Mas é ela. Até está usando as mesmas pulseiras de tartaruga de sempre.

— Fi! — exclamo empolgada, quase largando a bolsa. — Ah, meu Deus! Sou eu, Lexi! Oi! Voltei!

Fi leva um susto, visivelmente. Vira-se, e por alguns segundos apenas me olha boquiaberta como se eu fosse uma maluca. Acho que pareci meio agitada demais. Mas é que estou feliz em vê-la.

— Oi, Lexi — diz ela finalmente, olhando-me. — Como vai?

— Estou bem! — digo, com as palavras despencando ansiosas. — E você? Você está fantástica! Adorei o cabelo novo.

Agora todo mundo está me olhando.

— Pois é. — Obrigo-me a parecer mais composta. — Quem sabe podemos pôr as coisas em dia mais tarde? Com as outras?

— Ah... é. — Fi assente sem me olhar nos olhos.

Por que ela está tão evasiva? O que há de errado? Sinto um aperto no peito. Talvez por isso ela não tenha respondido a nenhuma das minhas mensagens. Tivemos alguma briga enorme. E as outras ficaram do lado dela. E simplesmente não lembro...

— Você na frente, Lexi! — Dana me leva para o escritório principal. Quinze rostos me olham e tento não parecer perplexa.

Isso é esquisito demais.

Vejo Carolyn, Debs, Melanie e vários outros que conheço. Todos parecem familiares... mas três anos depois. Os cabelos, as maquiagens e as roupas parecem diferentes. Debs está com braços superbronzeados e morena como se tivesse acabado de voltar de férias exóticas; Carolyn está usando óculos novos, sem aro, e o cabelo mais curto do que antes...

Ali está minha mesa. Uma garota de cabelo descolorido, com tranças, está sentada atrás dela, parecendo totalmente à vontade.

— Todos vocês sabem que Lexi esteve doente depois do acidente — anuncia Dana. — Ficamos felicíssimos porque ela voltou hoje para uma visita. Ela ficou com algumas sequelas, mais especificamente amnésia. Mas tenho certeza de que todos vocês vão ajudá-la a se lembrar de tudo e vão lhe dar boas-vindas. — Ela se vira para mim e murmura: — Lexi, quer dizer algumas palavras de motivação ao seu departamento?

— Palavras de motivação? — pergunto insegura.

— Apenas algo inspirador. — Dana ri de orelha a orelha. — Para estimular as tropas. — Seu telefone tilinta de novo. — Desculpe. Com licença! — Ela sai para o corredor e sou deixada sozinha, encarando meu departamento.

Qual é. Simon Johnson diz que eu sou uma líder natural. Posso fazer isso.

— Ah... olá, pessoal! — Dou um pequeno aceno para as pessoas ao redor, que ninguém devolve. — Só queria dizer que vou voltar logo e... hum... mantenham o bom trabalho... — Tento encontrar algo motivador. — Qual é o melhor departamento da empresa? Nós! Quem está com tudo? Pisos! — Dou um pequeno soco no ar, como uma líder de torcida. — P! I! S! S! O!

— Tem um S a mais — interrompe uma garota que não reconheço. Ela está parada, de braços cruzados, parecendo não se impressionar nem um pouco.

— Perdão — paro, sem fôlego.

— "Pisos" só tem um S antes do O. — Ela revira os olhos. Duas garotas perto dela tentam esconder as gargalhadas, enquanto Carolyn e Debs simplesmente me olham boquiabertas.

— Certo — digo sem graça. — Pois é... muito bem, pessoal... vocês todos fizeram um ótimo trabalho...

— Então você voltou, Lexi? — pergunta uma garota de vermelho.

— Não exatamente...

— É que eu preciso que meu formulário de despesas seja assinado com urgência.

— Eu também! — dizem umas seis pessoas.

— Você falou com Simon sobre nossas metas? — Melanie está vindo para perto, com a testa franzida. — Elas são totalmente impraticáveis como estão...

— O que está acontecendo com os novos computadores?

— Você leu meu e-mail?

— Nós solucionamos o pedido do Grupo Thorne.

De repente todo mundo parece estar vindo num enxame para cima de mim, fazendo perguntas. Mal posso acompanhar cada uma delas, quanto mais saber o que significam.

— Não sei! — Digo desesperada. — Desculpem, não lembro... Vejo vocês mais tarde!

Ofegando, recuo pelo corredor, entro na minha sala e bato a porta.

Merda. O que foi aquilo?

Há uma batida na porta.

— Olá? — respondo com a voz sufocada.

— Oi! — diz Clare, entrando sob uma enorme pilha de cartas e documentos. — Desculpe incomodar, Lexi, mas já que você está aqui, será que poderia dar uma olhadinha nisso? Você precisa falar com Tony Dukes, da Biltons, e autorizar o pagamento à Sixpack, e assinar esses vales. E um cara chamado Jeremy Northpool ligou várias vezes, dizendo que espera que você possa retomar as negociações...

Ela está segurando uma caneta. Espera que eu entre em ação.

— Não posso autorizar nada — digo em pânico. — Não posso assinar nada. Nunca ouvi falar em Tony Dukes. Não me lembro de nada disso!

— Ah. — A pilha de papéis de Clare baixa ligeiramente enquanto ela me examina, perplexa. — Bem... quem vai comandar o departamento?

— Não sei. Quero dizer... eu. É o meu trabalho. Eu farei isso. Só preciso de um pouco de tempo... Olhe, deixe isso tudo comigo. — Tento me recompor. — Vou dar uma examinada. Talvez as lembranças retornem.

— Certo — diz Clare, claramente aliviada. Ela larga a pilha de papéis na mesa. — Vou trazer o seu café.

Com a cabeça girando, sento-me à mesa e pego a primeira carta. Tem a ver com alguma reclamação. "Como a senhora deve ter conhecimento... Esperamos sua resposta imediata..."

Passo para o documento seguinte. É uma previsão de orçamento mensal para todos os departamentos da empresa. Há seis gráficos e um post-it em que alguém rabiscou. "Posso ter sua opinião, Lexi?"

— Seu café... — Clare bate à porta.

— Ah, sim — digo tentando um tom de chefe. — Obrigada, Clare. — Enquanto ela pousa a xícara, indico os gráficos. — Muito interessante. Vou... formular minhas respostas mais tarde.

No minuto em que ela sai, baixo a cabeça na mesa, em desespero. O que vou fazer? Esse trabalho é muito difícil. Quero dizer... é muito, *muito* difícil.

O que vou fazer? Como sei o que dizer e que decisões tomar? Há outra batida à porta e eu me empertigo rapidamente, pegando um papel ao acaso.

— Tudo bem, Lexi? — É Byron, segurando uma garrafa d'água e um maço de papéis. Ele se encosta no portal, os punhos ossudos se projetando da camisa branca. Num deles há um enorme relógio, que tenho certeza de que custou caro, mas é ridículo.

— Ótimo! Fantástico! Achei que você estava na reunião de orçamento.

— Paramos para o almoço.

Ele tem um modo sarcástico, meio arrastado de falar, como se eu fosse uma completa imbecil. Para dizer a verdade, nunca me dei bem com Byron. Agora seu olhar está passando pela pilha de papéis sobre minha mesa.

— Vejo que já voltou à ativa, não é?

— Na verdade, não — sorrio. Mas ele não devolve o sorriso.

— Decidiu o que vai fazer com relação a Tony Dukes? Porque a contabilidade pegou no meu pé ontem.

— Bem — hesito. — Na verdade eu não... não exatamente... — Engulo em seco, sentindo o sangue me subir ao rosto. — O negócio é que estou com amnésia desde o acidente e... — Paro, torcendo os dedos.

De repente o rosto de Byron se transforma.

— Meu Deus — diz ele depois de me examinar por um momento. — Você não sabe quem *é* Tony Dukes, sabe?

Tony Dukes. Tony Dukes. Reviro o cérebro freneticamente. Mas nada.

— Eu... hum... bem... não. Mas se você puder me ajudar...

Byron me ignora. Entra mais na sala, batendo a garrafa d'água na palma da mão, a testa franzida, avaliando.

— Deixe-me entender direito — diz ele devagar. — Você não se lembra absolutamente... de nada?

Meus instintos começam a despertar. Ele é como um gato cutucando um camundongo, tentando deduzir até que ponto, exatamente, sua presa é fraca...

Ele quer o meu cargo.

Assim que percebo, sinto-me uma completa idiota por não ter percebido isso antes. Claro que quer. Eu passei por cima dele. Ele deve me desprezar totalmente por baixo daquele verniz educado, agradável.

— Não é que não me lembre de *nada*! — exclamo rapidamente, como se a simples ideia fosse ridícula. — Só que... os últimos três anos estão meio nebulosos.

— Os últimos três anos? — Byron joga a cabeça para trás e gargalha incrédulo. — Desculpe, Lexi. Mas você sabe tanto quanto eu que, neste negócio, três anos são uma vida!

— Bem, logo vou recuperar tudo de novo — digo tentando parecer confiante. — E os médicos dizem que posso me lembrar de tudo a qualquer momento.

— Ou talvez não. — Ele adota uma expressão preocupada, simpática. — Deve ser um enorme transtorno para você, Lexi. A possibilidade de sua cabeça ficar vazia para sempre.

Encaro seu olhar com o máximo de força que consigo.

Bela tentativa. Mas você não vai conseguir com tanta facilidade.

— Tenho certeza de que voltarei ao normal em pouco tempo — digo rapidamente. — De volta ao trabalho, comandando o departamento... Tive uma conversa fantástica com Simon Johnson — digo para completar.

— Ahã. — Ele bate na garrafa d'água, pensativo. — Então... o que você quer fazer com relação a Tony Dukes?

Porra. Ele me pegou. Não há nada que eu possa falar sobre Tony Dukes e ele sabe disso. Folheio os papéis sobre a mesa, tentando ganhar tempo.

— Talvez... você pudesse tomar uma decisão sobre isso? — digo finalmente.

— Eu teria o maior prazer. — Ele me dá um sorriso arrogante. — Vou resolver tudo. Cuide-se, Lexi. Melhore, demore o quanto precisar. Não se preocupe!

— Bem... obrigada. — Forço um sorriso agradável. — Agradeço, Byron.

— E então! — Dana aparece à porta. — Vocês dois estão tendo um papo agradável? Está se atualizando, Lexi?

— Sem dúvida. — Sorrio com os dentes trincados. — Byron está sendo muito solícito.

— Farei todo o possível para ajudar... — Ele abre os braços, num gesto autodepreciativo. — Estou aqui. Com a memória intacta!

— Ótimo! — Dana olha seu relógio. — Agora, Lexi, preciso ir almoçar, mas posso levá-la até a saída, se formos agora...

— Não se preocupe, Dana — digo rapidamente. — Vou ficar aqui mais um pouquinho e ler uns papéis.

Não vou sair deste prédio sem falar com Fi. De jeito nenhum.

— Tchauzinho. — Ela dá um sorriso largo. — Foi ótimo ver você, Lexi, e vamos falar ao telefone sobre quando você vai querer voltar de verdade. — Ela faz o gesto de telefone sob o queixo, e eu me pego fazendo a mesma coisa.

— A gente se fala!

Os dois saem, e ouço Byron dizendo:

— Dana, posso trocar uma palavrinha? Precisamos discutir essa situação. Com todo o respeito que tenho pela Lexi...

A porta da minha sala se fecha e eu vou até lá na ponta dos pés. Abro uma fresta e ponho a cabeça para fora.

— ... ela *claramente* não está em condições de chefiar este departamento... — A voz de Byron é clara enquanto ele e Dana viram a esquina para os elevadores.

Filho-da-mãe. Nem se incomodou em esperar até estar fora do alcance da audição. Volto para a sala, afundo na cadeira e enterro a cabeça nas mãos. Toda a minha euforia desapareceu. Não faço ideia de como consegui esse cargo. Levanto um papel da pilha, ao acaso, e olho. É algo sobre prêmios de seguros. Como é que eu *sei* essas coisas, afinal? Quando foi que aprendi? Parece que acordei grudada no topo do monte Everest e nem sei o que é um grampo de alpinismo.

Com um suspiro enorme, pouso a folha. Preciso falar com alguém. Fi. Levanto o telefone e digito 352, o ramal dela, a não ser que tenham mudado o sistema.

— Departamento de Pisos, Fiona Roper.

— Fi, sou eu! Lexi — digo. — Escuta, a gente pode conversar?

— Claro — diz Fi em tom formal. — Quer que eu vá aí agora? Ou devo marcar hora com Clare?

Meu coração se aperta. Ela parece tão... distante!

— Eu só queria bater um papo! A não ser que você esteja ocupada...

— Na verdade eu ia sair para almoçar.

— Bem, eu vou com você! — digo ansiosa. — Como nos velhos tempos! Estou morrendo de vontade de tomar um chocolate quente. A Morellis ainda tem aqueles paninis fantásticos?

— Lexi...

— Fi, eu preciso mesmo falar com você, certo? — Aperto o telefone com mais força. — Eu... não me lembro de nada. E isso está me enlouquecendo. A situação toda. — Tento rir. — Só espere aí, já estou saindo.

Pouso o fone e pego um pedaço de papel. Hesito, depois rabisco: "Por favor, cuide de tudo isso, Byron. Muito obrigada, Lexi."

Sei que estou me colocando nas mãos dele. Mas neste momento tudo que me importa é ver minhas amigas. Pego a bolsa e a pasta, saio correndo da sala, passo pela mesa de Clare e entro na área principal do Departamento de Pisos.

— Oi, Lexi — diz uma garota ali perto. — Quer alguma coisa?

— Não, tudo bem, obrigada. Só vim buscar a Fi para o almoço... — Paro. Não vejo Fi em lugar nenhum. Nem Carolyn. Nem Debs.

— Acho que elas já saíram. — A garota parece surpresa. — Você se desencontrou por pouco.

— Ah, certo. — Tendo esconder minha frustração. — Obrigada. Acho que elas vão me esperar no saguão.

Giro nos calcanhares e ando o mais rápido que posso em meus saltos altos pelo corredor — bem a tempo de ver Debs desaparecendo num elevador.

— Espere! — grito, começando a correr. — Estou aqui! Debs! — Mas a porta do elevador já está se fechando.

Ela me ouviu. Sei que ouviu.

Os pensamentos giram na minha cabeça enquanto abro a porta para a escada e desço ruidosamente. Elas sabiam que eu estava indo. Será que estão me evitando? Que porra aconteceu nestes últimos três anos? Nós somos *amigas*. Certo, eu sei, agora eu sou a chefe... mas dá para ser amiga da chefe, não dá?

Não dá?

Chego ao térreo e quase tropeço ao entrar no saguão. A primeira coisa que vejo é Carolyn e Debs saindo pela porta de vidro, com Fi logo à frente.

— Ei! — grito quase em desespero. — Esperem! — Corro até a porta de vidro e finalmente as alcanço na escadaria da frente do prédio.

— Ah. Oi, Lexi. — Fi dá uma fungadela que sei que significa que ela está tentando não rir.

Acho que pareço meio ridícula, correndo esbaforida com meu tailleur preto e o coque no cabelo.

— Achei que íamos almoçar juntas! — digo ofegante. — Eu disse que queria ir com vocês!

Há um silêncio. Ninguém me encara. Debs está brincando com seu comprido pingente de prata, o cabelo louro subindo ao vento. Carolyn tirou os óculos e os está limpando na blusa.

— O que está acontecendo? — tento parecer tranquila, mas dá para ouvir a mágoa em minha voz. — Fi, por que você não respondeu a nenhum dos meus recados? Há algum tipo de... problema?

Nenhuma delas fala. Quase posso ver os balões de pensamento viajando entre elas. Mas não consigo mais ler os balões; estou fora do grupo.

— Pessoal. — Tento dar um sorriso. — Por favor. Vocês precisam me ajudar. Eu estou com amnésia. Não me lembro de nada. A gente... brigou, ou algo assim?

— Não. — Fi encolhe os ombros.

— Bem, não entendo. — Olho-as, em súplica. — Pela última coisa de que me lembro, nós éramos melhores amigas! Estávamos saindo numa sexta à noite. Tomamos coquetel de banana, Dave Fracasso me deu um bolo e nós fomos ao caraoquê... lembram?

Fi solta o ar com força e levanta as sobrancelhas para Carolyn.

— Isso foi há *muito* tempo.

— Então o que aconteceu de lá para cá?

— Olhe. — Fi suspira. — Vamos deixar para lá. Você sofreu um acidente, está doente, não queremos incomodar...

— É, vamos todas comer um sanduíche juntas. — Debs olha para Fi como se dissesse "não seja má com ela".

— Não me tratem com *condescendência*! — Minha voz sai com mais força do que eu queria. — Esqueçam o acidente! Não sou uma inválida, estou bem. Mas preciso que vocês me digam a verdade. — Olho-as desesperada. — Se não brigamos, o que há de errado? O que aconteceu?

— Lexi, não aconteceu nada. — Fi parece sem jeito. — É só que... não saímos mais com você. Não somos mais amigas.

— Mas por quê? — Meu coração está martelando, mas tento ficar calma. — É porque agora eu sou a chefe?

— Não é porque você é a *chefe*. Isso não importaria se você não fosse... — Fi para. Enfia as mãos nos bolsos, sem me encarar. — Para ser franca, é porque você é meio...

— O quê? — Estou olhando de rosto em rosto, perplexa. — Digam!

Fi dá de ombros.

— Uma vaca metida a besta.

— Ou melhor, a vaca-chefe-do-inferno — murmura Carolyn.

O ar parece congelar, sólido em meus pulmões. Vaca-chefe-do-inferno? Eu?

— Eu... não entendo — gaguejo finalmente. — Não sou uma boa chefe?

— Ah, é fantástica. — A voz de Carolyn pinga sarcasmo. — Você pune quem chega atrasado. Dita o horário do nosso almoço, faz verificações de surpresa nas nossas despesas... é, a coisa é bem divertida no Departamento de Pisos!

Minhas bochechas estão latejando como se ela tivesse me dado um tapa.

— Mas eu nunca faria... Eu não sou desse jeito...

— É. — Carolyn me interrompe. — É sim.

— Lexi, você perguntou. — Fi está revirando os olhos, como sempre faz quando fica desconfortável. — Por isso não andamos mais juntas. Você faz suas coisas e nós fazemos as nossas.

— Não posso ser uma vaca — consigo dizer finalmente, com a voz trêmula. — Não posso. Sou sua amiga! A Lexi! Nos divertimos juntas, dançamos juntas, enchemos a cara... — Lágrimas estão pinicando meus olhos. Olho os rostos que conheço tão bem, mas que quase não conheço, tentando desesperadamente provocar uma fagulha de reconhecimento. — Sou eu! Lexi. Dente Torto. Se lembram de *mim*?

Fi e Carolyn trocam olhares.

— Lexi... — diz Fi, quase com gentileza. — Você é nossa chefe. Fazemos o que você manda. Mas não almoçamos juntas. E não saímos. — Ela pendura a bolsa no ombro, depois suspira. — Olhe, venha junto hoje, se quiser...

— Não — respondo, desfalecida. — Tudo bem, obrigada. — E com pernas trêmulas me viro e vou andando.

10

Estou entorpecida de choque.

Do escritório até em casa fiquei sentada no táxi numa espécie de transe. De algum modo consegui falar com Gianna sobre os preparativos do jantar para os convidados e ouvi mamãe quando ela ligou para reclamar de seu último entrevero com a prefeitura. E agora é o fim da tarde e estou na banheira. Mas o tempo todo meus pensamentos deram voltas, girando e girando.

Sou uma vaca-chefe-do-inferno. Todas as minhas amigas me odeiam. O que aconteceu?

Toda vez que me lembro da voz cheia de desprezo de Carolyn, encolho-me. Deus sabe o que fiz com ela, mas ela obviamente não se preocupa comigo.

Será que realmente virei uma vaca nestes três anos? Mas... como? *Por quê?*

A água está esfriando e finalmente saio. Esfrego-me rapidamente, tentando me dar energia. Não posso ficar obcecada com isso. Já são 18h, e daqui a uma hora tenho de receber convidados para o jantar.

Pelo menos não preciso fazer a comida. Quando cheguei em casa, Gianna estava na cozinha com duas de suas sobrinhas — todas cantando junto com a ópera que estrondeava nas caixas de som. Havia pratos de sushi e canapés em todas as prateleiras da geladeira e o cheiro mais incrível de carne assada. Tentei participar — faço um pão de alho ótimo — mas elas me expulsaram. Decidi que estaria mais segura no banho.

Enrolo uma toalha nova no corpo e vou chapinhando até o quarto — e recuo para o closet para pegar minhas roupas. Minha nossa. Sei por que os ricos são magros: é de tanto andar nas casas gigantescas o tempo todo. No meu apartamento em Balham eu podia alcançar o guarda-roupa da cama. E a TV. E a torradeira.

Pego um vestidinho preto, calcinha e sutiã pretos e um sapato de cetim preto minúsculo. Não há nada no meu guarda-roupa de 2007 que seja *grande*. Nenhum moletom aconchegante, nem sapatos confortáveis. Tudo é pequeno e feito sob medida, para combinar comigo.

Enquanto volto para o quarto, deixo a toalha cair no chão.

— Oi, Lexi!

— *Aaarah!* — Pulo apavorada. A tela grande na base da cama se iluminou com uma imagem enorme do rosto de Eric. Aperto as mãos no peito e me escondo atrás de uma cadeira.

Estou nua. E ele pode me ver.

Ele é meu marido, lembro de repente. Já viu tudo isso antes, está tudo certo.

Mas não *parece* certo.

— Eric, você pode me ver? — pergunto numa voz aguda, esganiçada.

— Agora não. — Ele ri. — Selecione "Câmera".

— Certo! Certo! — digo aliviada. — Só me dê um segundo...

Enfio um roupão, depois começo a juntar rapidamente as roupas que larguei pelo quarto. Algo que aprendi rapidamente foi que Eric não gosta de coisas espalhadas pelo chão. Ou nas cadeiras. Ou basicamente qualquer tipo de bagunça. Enfio tudo embaixo do edredom o mais rapidamente possível, jogo uma almofada em cima e aliso-a do melhor modo que consigo.

— Pronto! — Vou até a tela e giro o botão para "Câmera".

— Recue — instrui Eric, e eu recuo da tela. — Agora posso vê-la! Bem, tenho mais uma reunião, depois vou para casa. Está tudo acertado para o jantar?

— Acho que sim!

— Excelente. — Sua enorme boca em pixels se abre num riso espasmódico. — E como foi no trabalho?

— Fantástico! — De algum modo consigo um tom animado. — Vi Simon Johnson e todo o meu departamento, e minhas amigas...

Paro, sentindo uma súbita ardência de humilhação. Será que ao menos posso descrevê-las como amigas, ainda?

— Maravilhoso. — Nem sei se Eric está ouvindo. — Você deveria se arrumar. Vejo-a mais tarde, querida...

— Espere — digo num impulso. — Eric.

Ele é o meu marido. Posso mal conhecê-lo, mas ele me conhece. Ele me ama. Se há alguém a quem devo confiar meus problemas, se alguém pode me tranquilizar, é ele.

— Pode falar — diz Eric. Seus movimentos na tela estão lentos e espasmódicos.

— Hoje a Fi disse... — mal consigo me obrigar a dizer as palavras. — Disse que eu era uma vaca. É verdade?

— Claro que você não é uma vaca.

— Verdade? — Sinto um fiapo de esperança. — Então não sou uma horrível vaca-chefe-do-inferno?

— Querida, de jeito nenhum você é horrível. Nem vaca-chefe-do-inferno.

Eric parece tão seguro que relaxo aliviada. Deve haver uma explicação. Talvez alguns fios tenham se cruzado, tenha havido algum desentendimento, tudo vai ficar bem...

— Eu diria que você é... dura — acrescenta ele.

Meu sorriso aliviado se congela no rosto. Dura? Não gostei disso.

— Quer dizer, dura no bom sentido? — Tento parecer tranquila. — Tipo dura mas realmente amigável e gentil?

— Querida, você é concentrada. É exigente. Você dirige seu departamento com firmeza. É uma grande chefe. — Ele sorri. — Agora preciso ir. Vejo você mais tarde.

A tela fica escura e eu olho para ela, totalmente perturbada. Na verdade, estou mais preocupada do que nunca.

Dura. Isso não é só outro modo de dizer "vaca-chefe-do-inferno"?

Qualquer que seja a verdade, não posso deixar que isso me domine. Preciso manter tudo em perspectiva. Uma hora mais tarde e meu ânimo melhorou um pouquinho. Coloquei o colar de diamante novo. Me borrifei com um monte de perfume caro. E tomei uma tacinha de vinho, que fez tudo parecer muito melhor.

Então talvez as coisas não sejam tão perfeitas quanto pensei. Talvez eu tenha me desentendido com minhas amigas; talvez Byron queira meu cargo; talvez eu não faça a mínima ideia de quem é Tony Dukes. Mas posso consertar tudo. Posso aprender meu trabalho. Posso me entender com Fi e as outras. Posso procurar Tony Dukes no Google.

E a verdade é que ainda sou a mulher mais sortuda do mundo. Tenho um marido lindíssimo, um casamento maravilhoso e um apartamento estonteante. É só olhar em volta! Esta noite esse lugar parece mais estupendo do que nunca. O florista veio — e há arranjos de lírios e rosas por toda parte. A mesa de jantar foi posta e arrumada com pratarias reluzentes, cristais e um arranjo central como nos casamentos. Há até cartões marcando os lugares, escritos com caligrafia artística!

Eric disse que era um "jantarzinho casual". Deus sabe o que fazemos quando é formal. Talvez tenhamos dez mordomos com luvas brancas ou algo assim.

Aplico cuidadosamente meu batom Lancôme e tiro o excesso. Quando termino não consigo deixar de me olhar no espelho. Meu cabelo está preso, o vestido cai com perfeição e há diamantes em minhas orelhas. Pareço uma mulher elegante num anúncio. Como se a qualquer minuto fosse aparecer uma legenda na tela abaixo de mim.

Ferrero Rocher. Para as coisas boas da vida.

Companhia Britânica de Gás. Mantendo você aquecido em seu apartamento loft *chique de um trilhão de libras.*

Recuo e automaticamente as luzes mudam dos refletores dos espelhos para um brilho mais difuso. A "iluminação inteligente" neste quarto parece magia: deduz onde você está, a partir de sensores de calor, e depois se ajusta de acordo.

Sinto vontade de atrapalhá-la correndo pelo quarto e gritando "Rá! *Agora* não está tão inteligente, não é?"

Quando Eric não estiver em casa, óbvio.

— Querida! — Dou um pulo e me viro. Ele está parado junto à porta, com seu terno de trabalho. — Você está maravilhosa.

— Obrigada! — Fico reluzente de prazer e dou um tapinha no cabelo.

— Só uma coisinha de nada. A pasta no corredor. É boa ideia? — Seu sorriso não se abala, mas posso ouvir a irritação na voz.

Merda. Devo ter esquecido lá. Estava tão preocupada quando cheguei em casa que nem pensei.

— Vou pegar — digo depressa. — Desculpe.

— Ótimo. Mas primeiro prove isto. — E me entrega uma taça de vinho tinto rubi. — É o Château Branaire Ducru. Compramos em nossa última viagem à França. Gostaria de ouvir sua opinião.

— Certo. — Tento parecer confiante. — Sem dúvida.

Ah, não. O que vou dizer? Cautelosamente tomo um gole e o sinto na boca, revirando o cérebro em busca de todas as palavras dos fanáticos por vinhos em que posso pensar. Frutado. Acarvalhado. Bela safra.

Pensando bem, é tudo papo furado, não é? Certo, vou dizer que é uma safra encorpada com sugestões de morango. Não, groselha preta. Engulo o bocado e assinto para Eric como quem sabe das coisas.

— Sabe, acho que é um div...

— É chocante, não é? — interrompe Eric. — Gosto de rolha. Totalmente estragado.

Estragado?

— Ah!... É! — recupero a compostura. — Passou muito o prazo de validade. Arggh. — Faço uma careta. — Revoltante!

Essa foi por pouco. Pouso a taça numa mesinha lateral e a luz inteligente se ajusta.

— Eric — digo tentando não revelar minha exasperação. — Podemos ter uma iluminação que permaneça a mesma a noite toda? Não sei se isso é possível...

— *Qualquer coisa* é possível. — Eric parece meio ofendido. — Temos escolhas infinitas. É disso que se trata o estilo de vida loft. — Ele me entrega um controle remoto. — Aqui. Você pode escolher. Vou pegar outro vinho.

Vou para a sala de estar, encontro "Iluminação" no controle e começo a experimentar. "Luz do dia" é forte demais. "Cinema" é escuro demais. "Relax" é chato demais... Vou mais para baixo. "Leitura"... "Discoteca"...

Ei, temos luzes de discoteca? Aperto o controle — e rio alto enquanto a sala se enche subitamente de fachos de luzes pulsantes, multicoloridos. Agora vamos tentar "Estrobo". Um instante depois a sala pisca em preto-e-branco e começo, toda animada, a dançar feito robô ao redor da mesinha-de-centro. Parece uma boate! Por que Eric não disse antes que tínhamos isso? Talvez tenhamos gelo seco também, e uma bola de espelhos...

— Meu Deus, Lexi, o que você está *fazendo*? — A voz de Eric rasga a sala piscante. — Você pôs o apartamento inteiro em luz estrobo! Gianna quase decepou o braço!

— Ah, não! Desculpe. — Culpada, procuro o controle e aperto até voltarmos para discoteca. — Você não me disse que tínhamos luzes de discoteca e estroboscópicas! É fantástico!

— Nós nunca usamos. — O rosto de Eric é um redemoinho multicolorido. — Agora encontre algo sensato, pelo amor de Deus. — Ele se vira e desaparece.

Como podemos ter luzes de discoteca e nunca usar? Que desperdício! *Preciso* trazer Fi e as meninas para uma festa. Vamos pegar uns vinhos e uns belisquetes, podemos afastar os móveis e aumentar o volume...

E então meu coração se aperta quando lembro. Isso não vai acontecer tão cedo. Talvez nunca.

Frustrada, mudo a iluminação para "Área de Recepção 1", que é tão boa quanto qualquer outra coisa. Pouso o controle, vou até a janela e olho a rua lá embaixo, subitamente decidida. Não vou desistir. Elas são minhas *amigas*. Vou descobrir o que aconteceu. E fazer as pazes com elas.

Meu plano para o jantar era memorizar o rosto e o nome de cada convidado usando técnicas de visualização. Mas esse esquema se desintegra quase imediatamente quando três colegas de golfe do Eric chegam juntos usando ternos idênticos, com rostos idênticos e mulheres mais idênticas ainda. Os nomes são coisas como Greg, Mick, Suki e Pooky, e eles começam imediatamente a falar sobre uma viagem em que aparentemente todos fomos esquiar.

Tomo goles da minha bebida e sorrio um bocado, e depois chegam mais uns dez convidados ao mesmo tempo e não faço ideia de quem é quem, a não ser Rosalie, que chegou, apresentou o marido Clive (que não parece um monstro, afinal de contas, apenas um sujeito simpático de terno) e se afastou.

Depois de um tempo meus ouvidos estão zumbindo e me sinto tonta. Gianna está servindo bebidas e sua sobrinha distribui canapés, e tudo parece sob controle. Murmuro uma desculpa para o careca que está me falando da guitarra elétrica do Mick Jagger que ele acaba de comprar num leilão de caridade, me esgueiro e vou para o terraço.

Respiro o ar puro algumas vezes, com a cabeça ainda girando. Um crepúsculo azul-cinzento está caindo e as luzes das ruas começam a se acender. Enquanto olho para Londres não me sinto real. Pareço alguém que representa o papel de uma mulher de vestido parada numa varanda chique com uma taça de champanha na mão.

— Querida! Aí está você!

Viro-me e vejo Eric abrindo as portas deslizantes.

— Oi! — respondo. — Só estava tomando um pouco de ar.

— Deixe-me apresentar o Jon, meu arquiteto. — Eric empurra um homem moreno, de jeans pretos e paletó de linho cor de carvão.

— Olá — começo automaticamente, e paro. — Ei, nós nos conhecemos! — exclamo, aliviada por encontrar um rosto familiar. — Não é? Você é o cara do carro.

Uma expressão estranha surge no rosto do sujeito. Quase como um desapontamento. Depois confirma com a cabeça.

— Isso mesmo. Sou o cara do carro.

— Jon é o nosso espírito criativo — diz Eric, dando-lhe um tapinha nas costas. — É o talento. Eu posso ter senso financeiro, mas este é o homem que *traz* ao mundo... — Ele faz uma pausa portentosa. — O estilo de vida loft. — Enquanto diz as palavras, faz de novo o gesto com as mãos paralelas.

— Fantástico! — tento parecer entusiasmada. Sei que é o negócio de Eric e coisa e tal, mas essa expressão "estilo de vida loft" está começando realmente a me incomodar.

— Obrigada pelo outro dia. — Dou um sorriso educado para Jon. — Você realmente salvou minha vida! — Viro-me para Eric. — Não contei, querido, mas eu tentei dirigir o carro e quase bati num muro. Jon me ajudou.

— O prazer foi meu. — Jon toma um gole de sua bebida. — Então, ainda não se lembra de nada?

— Nada. — Balanço a cabeça.

— Deve ser estranho para você.

— É... mas estou me acostumando. E o Eric ajuda muito. Ele fez um livrinho para me ajudar a lembrar. É um Manual do Casamento. Com capítulos e tudo.

— Um manual? — pergunta Jon, e seu nariz começa a se franzir. — Você está falando sério? Um manual?

— É, um manual. — Olho-o, cheia de suspeitas.

— Ah, veja só o Graham. — Eric nem está ouvindo a conversa. — Preciso dar uma palavrinha, com licença... — Ele entra de novo, deixando-me sozinha com Jon, o arquiteto.

Não sei o que há com esse sujeito. Quero dizer, eu nem o *conheço*, mas ele me irrita.

— O que há de errado com um Manual do Casamento? — Ouço-me perguntando.

— Não, nada. Absolutamente nada. — Ele balança a cabeça, sério. — É um gesto muito sensato. Porque caso contrário vocês poderiam não saber quando deveriam se beijar.

— Exatamente! Eric fez um capítulo inteiro sobre... — Paro. A boca de Jon está franzida como se ele tentasse não gargalhar. Será que ele acha isso *engraçado*? — O manual aborda todo tipo de aspecto — digo bastante séria. — E tem sido muito útil para nós dois. Você sabe, é difícil também para o Eric, ter uma esposa que não lembra nada dele! Ou talvez você não tenha pensado nisso?

Silêncio. Todo o divertimento se derreteu em seu rosto.

— Acredite — diz ele finalmente. — Eu penso. — Em seguida engole o resto da bebida e olha para o fundo da taça por um tempo. Levanta os olhos e parece que vai falar. Depois, quando a porta deslizante se abre, muda de ideia.

— Lexi! — Rosalie vem cambaleando até nós, com uma taça na mão. — Que canapés *maravilhosos*!

— Ah, bem... obrigada! — digo, sem graça por estar recebendo elogios por algo com o qual não tive absolutamente nada a ver. — Ainda não comi nenhum. Estão bons?

Rosalie parece perplexa.

— Não faço ideia, querida. Mas a *aparência* está maravilhosa. E Eric diz que o jantar será servido.

— Ah, meu Deus — digo cheia de culpa. — Deixei-o sozinho. É melhor entrarmos. Vocês dois se conhecem? — acrescento enquanto começamos a entrar.

— Claro — diz Jon.

— Jon e eu somos *velhos* amigos — diz Rosalie com doçura. — Não é, querido?

— Vejo vocês mais tarde — Jon acelera o passo e desaparece pela porta de vidro.

— Sujeito medonho. — Rosalie faz uma careta para as costas dele.

— Medonho? — Estou surpresa. — Eric parece gostar dele.

— Ah, Eric gosta dele — diz ela com desdém. — E Clive o acha genial. É criativo e ganha prêmios, blá, blá, blá... — Ela balança a cabeça. — Mas é o homem mais grosseiro que já conheci. Quando pedi que fizesse uma doação para minha obra de caridade no ano passado ele recusou. Na verdade, ele riu.

— Ele *riu*? — pergunto chocada. — Isso é terrível! Qual era a obra de caridade?

— Chamava-se Uma Maçã Por Dia — diz ela com orgulho. — Eu mesma bolei tudo. A ideia era uma vez por ano darmos uma maçã a cada criança de escola num bairro da cidade. Cheia de nutrientes maravilhosos! Não é brilhante de tão simples?

— É... Grande ideia — digo com cautela. — E deu certo?

— Começou bem — responde Rosalie, meio chateada. — Demos *milhares* de maçãs, tínhamos camisetas especiais e uma van com um logotipo de maçã para andarmos. Foi tão divertido! Até que o conselho municipal começou a mandar cartas idiotas dizendo que as frutas eram abandonadas nas ruas e provocavam o surgimento de bichos.

— Minha nossa! — Mordo o lábio. A verdade é que agora quero rir.

— Você sabe, esse é o problema com as obras de caridade — diz ela em tom sombrio, baixando a voz. — Os burocratas não *querem* que você ajude.

Chegamos às portas deslizantes e olho para as pessoas. Vinte rostos que não reconheço estão rindo e conversando entre si. Posso ver joias faiscando e ouvir as gargalhadas dos homens.

— Não se preocupe. — A mão de Rosalie está em meu braço. — Eric e eu temos um plano. Todo mundo vai se levantar e se apresentar a você durante o jantar. — Sua testa se franze. — Querida, você parece assustada.

— Não! — Consigo dar um sorriso. — Assustada, não.

É mentira. Estou apavorada. Enquanto encontro meu lugar na comprida mesa de vidro, sorrindo à medida que as pessoas me cumprimentam, me sinto num sonho estranho. Essas pessoas são supostamente minhas amigas. Todas me conhecem. E eu nunca as *vi* antes.

— Lexi, *querida*. — Uma mulher morena me puxa de lado enquanto me aproximo da minha cadeira. — Posso dar uma palavrinha? — Ela baixa a voz quase até um sussurro. — Eu estava com você o dia inteiro no dia 15 e no dia 21. Certo?

— Estava? — pergunto, confusa.

— Estava. Se o Christian perguntar. Christian, o meu marido. — Ela indica o careca da guitarra do Mick Jagger que está sentado do outro lado.

— Ah, certo. — Processo isso por um momento. — Estávamos mesmo juntas?

— Claro! — diz ela depois de uma pausa breve. — Claro que estávamos, querida! — Ela aperta minha mão e se afasta.

— Senhoras e senhores. — Eric está de pé na outra ponta da mesa reluzente, e a conversa morre deixando um silêncio enquanto todos se sentam. — Bem-vindos à nossa casa. Lexi e eu estamos felicíssimos porque vocês puderam vir.

Todos os olhares giram para mim e dou um sorriso sem graça.

— Como vocês sabem, Lexi está sofrendo efeitos do acidente ocorrido há pouco, o que significa que sua memória não está tão bem assim. — Eric dá um sorriso triste. Um homem do outro lado ri, e é silenciado pela esposa. — Então o que proponho é que cada um de vocês se apresente de novo a Lexi. Levante-se diga o nome, e talvez algum acontecimento memorável que possa fazê-la se lembrar de algo.

— Os médicos acreditam que isso vai estimular a memória de Lexi? — pergunta um sujeito à minha direita.

— Ninguém sabe — responde Eric, sério. — Mas precisamos tentar. Então... quem quer ser o primeiro?

— Eu! Eu começo! — diz Rosalie, saltando de pé. — Lexi, sou sua melhor amiga, Rosalie, que você já conhece. E nosso momento memorável foi aquela vez em que fomos fazer depilação com cera, e a garota se empolgou um pouco demais... — Ela ri. — A sua *cara*...

— O que aconteceu? — pergunta uma mulher de preto.

— Não vou dizer em público! — Rosalie parece ofendida. — Mas, honestamente, foi *totalmente* memorável. — Ela sorri para todos ao redor da mesa e se senta.

— Certo — diz Eric, parecendo um pouco constrangido. — Quem é o próximo? Charlie?

— Sou Charlie Mancroft. — Um homem rouco, ao lado de Rosalie, se levanta e balança a cabeça para mim. — Acho que nosso acontecimento memorável deve ter sido a vez em que estávamos todos em Wentworth para aquele jogo corporativo. Montgomerie fez um *birdie* no décimo oitavo buraco. Jogo incrível! — Ele me olha cheio de expectativa.

— Claro! — Não faço ideia do que ele está falando. Golfe? Ou sinuca? — Hum... obrigada.

Ele se senta e uma mulher magra, ao lado, fica de pé.

— Oi, Lexi. — Ela me dá um aceno. — Sou Natalie. E meu evento mais memorável deve ter sido o dia do seu casamento.

— Verdade? — digo surpresa e tocada. — Uau.

— Foi um dia tão feliz! — Ela morde o lábio. — E você estava tão linda, e eu pensei: "É assim que quero estar quando me casar." Na verdade achei que Matthew me faria o pedido naquele dia, mas... não fez. — Seu sorriso fica tenso.

— Meu Deus, Natalie — murmura um homem do outro lado da mesa. — Isso de novo, não.

— Não! Tudo bem! — diz ela, animada. — Agora estamos noivos! Só demorou três anos! — Ela me mostra seu diamante. — Vou ter o seu vestido! Exatamente o mesmo Vera Wang, em branco...

— Muito bem, Natalie! — interrompe Eric, caloroso. — Acho que devemos ir em frente... Jon? Sua vez.

À minha frente, na mesa, Jon se levanta.

— Sou Jon. Nós nos conhecemos antes. — Ele fica em silêncio.

— E então, Jon? — instiga Eric. — Qual é o seu evento memorável com Lexi?

Jon me examina um momento com aqueles olhos escuros, intensos, e eu me pego imaginando o que ele vai dizer. Ele coça o pescoço, franze a testa e toma um gole de vinho, como se pensasse muito. Por fim abre os braços.

— Nada me vem à mente.

— Nada? — Estou ligeiramente ofendida, mesmo contra minha vontade.

— Qualquer coisa! — encoraja Eric. — Apenas algum momento especial que vocês dois compartilharam...

Todo mundo olha para Jon. Ele franze a testa de novo, depois encolhe os ombros, parecendo aborrecido.

— Não me lembro de nada — diz ele finalmente. — Nada que eu pudesse descrever.

— Deve haver *alguma coisa*, Jon — diz ansiosa uma mulher do outro lado. — Isso poderia estimular a memória dela!

— Duvido. — Ele dá um breve meio sorriso.

— Bem, certo — diz Eric, parecendo um pouco irritado — Não importa. Vamos continuar.

Quando todo mundo em volta da mesa se levantou e contou seu evento, esqueci quem eram as primeiras pessoas. Mas é um começo, acho. Gianna e sua ajudante servem carpaccio de atum, salada de rúcula e peras assadas, e eu converso com alguém chamado Ralph sobre seu acordo de divórcio. Então os pratos são retirados e Gianna está andando ao redor da mesa, anotando os pedidos de café.

— Eu faço o café — digo pulando. — Você já fez muita coisa hoje, Gianna. Descanse um pouco.

Fui ficando cada vez mais desconfortável ao vê-la com a sobrinha correndo ao redor da mesa com pratos pesados. E com o fato de ninguém ao menos olhar para ela enquanto pegava a comida. E o modo como aquele homem medonho, o Charlie, rosnou com ela quando quis mais água. É tão *grosseiro*.

— Lexi! — diz Eric rindo. — Não é necessário.

— Eu quero — digo teimosa. — Gianna, sente-se. Coma um biscoito ou sei lá o quê. Eu posso fazer algumas xícaras de café. Verdade, insisto.

Gianna parece perplexa.

— Vou fazer sua cama — diz finalmente e vai para o quarto, seguida pela sobrinha.

Não era exatamente isso que eu queria dizer com descansar um pouco, mas tudo bem.

— Pronto. — Sorrio para as pessoas ao redor da mesa. — Bem, quem vai querer café? Levantem as mãos... — Começo a contar as mãos. — E alguém quer chá de hortelã?

— Eu ajudo — diz Jon de repente, empurrando a cadeira para trás.

— Ah — digo, surpresa. — Bem... está certo. Obrigada.

Entro na cozinha, encho a chaleira e acendo o fogo. Depois começo a procurar xícaras nos armários. Talvez tenhamos algumas xícaras chiques especiais para café nos jantares com convidados. Consulto brevemente o Manual do Casamento, mas não encontro nada.

Enquanto isso Jon não para de andar de um lado para o outro na cozinha, o rosto franzido como em algum devaneio antigo, sem ajudar em nada.

— Você está bem? — pergunto finalmente, num rompante de irritação. — Acho que não sabe onde ficam as xícaras, não é?

Jon nem ouve a pergunta.

— Olá? — Aceno para ele. — Você não deveria ajudar?

Por fim ele para de andar e me olha, com uma expressão ainda mais estranha.

— Não sei como dizer isso — começa ele. — Portanto vou simplesmente dizer. — Ele respira fundo, depois parece mudar de ideia de novo e chega perto, examinando meu rosto. — Não se lembra mesmo? Isso não é algum tipo de jogo que você está fazendo comigo?

— Lembro do *quê*? — pergunto completamente perplexa.

— Certo. Certo. — Ele se vira e recomeça a andar, enfiando as mãos no cabelo escuro, deixando-o espetado em cima. Por fim ele se vira para me encarar de novo. — O negócio é o seguinte: eu te amo.

— O quê? — Olho-o, confusa.

— E você me ama — continua ele sem me dar tempo para dizer mais nada. — Somos amantes.

— Queridinha! — A porta se abre e o rosto de Rosalie aparece. — Mais dois pedidos de chá de hortelã e um descafeinado para o Clive.

— Já está saindo! — digo com a voz esganiçada.

Rosalie desaparece e a porta da cozinha se fecha. Há silêncio entre nós, o silêncio mais perturbador que já experimentei. Não consigo me mexer nem falar. Meus olhos ficam saltando ridiculamente para o Manual do Casamento ainda na bancada, como se a resposta pudesse estar ali.

Jon segue meu olhar.

— Acho — diz ele num tom seco, de confidência — que eu não estou no manual.

Certo. Preciso me recompor.

— Eu... não entendo — digo tentando me acalmar. — Como assim, amantes? Está tentando dizer que nós temos um *caso*?

— Temos nos encontrado há oito meses. — Seu olhar escuro se fixa no meu. — Você está tentando largar o Eric e ficar comigo.

Não consigo evitar uma gargalhada. Imediatamente aperto a boca com a mão.

— Desculpe. Não queria ser grosseira, mas... deixar o Eric? Para ficar com *você*?

Antes que Jon possa reagir, a porta se abre de novo.

— Oi, Lexi! — Um homem de rosto vermelho entra. — Posso pegar um pouco de água com gás?

— Aqui. — Empurro duas garrafas nos braços dele. A porta se fecha de novo e Jon enfia as mãos nos bolsos.

— Você ia contar ao Eric que não podia mais ficar com ele — diz Jon, falando mais depressa. — Ia abandoná-lo. Tínhamos feito planos... — Ele para e solta o ar. — Então você sofreu o acidente.

Seu rosto está numa seriedade mortal. Está falando sério, mesmo.

— Mas... isso é ridículo!

Por um instante parece que dei um tapa em Jon.

— Ridículo?

— É, ridículo! Não sou do tipo infiel. Além disso, tenho um casamento ótimo, um marido fantástico, sou feliz...

— Você não é feliz com o Eric — interrompe Jon. — Acredite.

— Claro que sou feliz com o Eric! — digo atônita. — Ele é adorável! É perfeito!

— *Perfeito?* — Parece que Jon está tentando se conter para não dizer mais nada. — Lexi, ele não é perfeito.

— Bem, é quase — respondo, subitamente irritada. Quem esse cara acha que é, interrompendo meu jantar para dizer que é meu amante? — Escute, Jon... quem quer que você seja. Não acredito. Eu nunca teria um caso, certo? Tenho o casamento dos sonhos. Tenho a vida dos sonhos!

— A vida dos sonhos? — Jon coça a testa como se tentasse entender. — É o que você acha?

Algo nesse cara está me irritando demais.

— Claro! — Balanço os braços indicando a cozinha. — Olhe este lugar! Olhe o Eric! É tudo fantástico! Por que eu jogaria tudo fora por causa de uma...

Paro abruptamente quando a porta da cozinha se abre.

— Querida. — Eric sorri da porta. — Como estão esses cafés?

— Estão... saindo — digo perturbada. — Desculpe, querido. — Viro-me para esconder o sangue que percorre minhas bochechas e começo a jogar café de qualquer jeito na cafeteira. Só quero que esse sujeito *vá embora*.

— Eric, acho que preciso ir — diz Jon atrás de mim, como se lesse minha mente. — Obrigado pela noite fantástica.

— Jon! Amigão. — Posso ouvir Eric dando um tapinha nas costas de Jon. — A gente precisa se ver amanhã, falar da reunião de planejamento.

— Vamos fazer isso. Tchau, Lexi. Foi um prazer conhecê-la de novo.

— Tchau, Jon. — De algum modo me obrigo a me virar e apresentar um sorriso de anfitriã. — Foi ótimo ver você. — Ele se inclina e me beija de leve no rosto.

— Você não sabe nada da sua vida — murmura ele no meu ouvido, e sai da cozinha sem olhar para trás.

11

Não pode ser verdade.

A luz da manhã está se esgueirando pelas persianas e estou acordada há um tempo, mas não saí da cama. Olho para o teto, inspirando e expirando devagar. Minha teoria é que se eu ficar suficientemente parada, talvez a tempestade da minha mente se acalme e tudo se encaixe.

Até agora é uma droga de teoria.

Toda vez que repasso os acontecimentos da noite anterior, fico tonta. Pensei que estava começando a me encaixar nessa vida nova. Achava que tudo ia se ajustar. Mas agora é como se tudo estivesse escorregando para longe. Fi diz que sou uma vaca-chefe-do-inferno. Um cara diz que sou a amante secreta dele. O que virá em seguida? Descubro que sou agente do FBI?

Não pode ser verdade. Fim da história. Por que eu trairia Eric? Ele é bonito, interessado, multimilionário e sabe pilotar lancha. E Jon é desalinhado. E meio... agressivo.

Quanto a dizer "Você não sabe nada da sua vida". Que desplante! Eu sei *bastante* sobre minha vida, obrigada. Sei onde faço o cabelo, sei que sobremesa comi no meu casamento, sei com que frequência Eric e eu fazemos sexo... Está tudo no manual.

Além disso, que coisa mais grosseira! Você não aparece simplesmente na casa de alguém e diz "Nós somos amantes" quando a pessoa está oferecendo um jantar para convidados com o marido. Você... você escolhe outro momento. Escreve um bilhete.

Não, não escreve um bilhete. Você...

Tanto faz. Pare de pensar nisso.

Sento-me, aperto o botão para as persianas se levantarem e passo os dedos pelo cabelo, encolhendo-me ao sentir os nós. A tela à minha frente está vazia e o quarto num silêncio fantasmagórico. Ainda acho estranho, depois de dormir em meu quarto com corrente de ar em Balham, estar numa caixa lacrada de modo tão hermético. Segundo o manual, não devemos abrir as janelas porque isso atrapalha o sistema de ar condicionado.

Esse Jon deve ser um psicopata. Provavelmente tem o hábito de assediar pessoas com amnésia e dizer que é amante delas. Não há qualquer prova de que tenhamos um caso. Nenhuma. Não vi nenhuma menção a ele, nem bilhetes rabiscados, nem fotos, nem lembranças.

Mas, afinal de contas... eu não deixaria isso para Eric encontrar, não é?, diz uma vozinha no fundo do meu cérebro.

Fico sentada completamente imóvel por um momento, deixando os pensamentos darem voltas. Então, num impulso, levanto-me e vou para o quarto de vestir. Vou rapidamente até a penteadeira e abro a gaveta de cima. Está cheia de maquiagem Chanel, arrumada em fileiras organizadas por Gianna. Fecho a gaveta e abro a próxima, cheia de echarpes dobradas. A seguinte contém joias e um álbum de fotos de camurça, vazio.

Lentamente fecho a gaveta. Mesmo aqui, em meu santuário particular, tudo é muito arrumado, estéril e meio "nada". Onde está a bagunça? Onde estão as coisas? Onde estão as cartas e fotos? Onde estão meus cintos de tachinhas, as amostras grátis de batom de revistas vagabundas? Onde está... *eu*?

Apoio-me nos cotovelos, roendo a unha por um momento. Então a inspiração me vem. Gaveta de calcinhas. Se eu fosse esconder alguma coisa, seria lá. Abro o armário e puxo minha gaveta de calcinhas. Enfio a mão no meio do mar acetinado de La Perla — mas não sinto nada. Nem na gaveta de sutiãs...

— Procurando alguma coisa? — A voz de Eric me faz pular. Viro a cabeça e o vejo parado junto à porta, olhando minha busca, e imediatamente minhas bochechas se mancham de cor-de-rosa.

Ele sabe.

Não, não sabe. Não seja idiota. Não há nada *para* saber.

— Oi, Eric! — Tiro as mãos do armário do modo mais casual que posso. — Só pensei em procurar... uns sutiãs!

Certo, esse é o principal motivo pelo qual não posso estar tendo um caso. Sou a pior mentirosa do mundo. Por que eu precisaria de "uns sutiãs"? Subitamente tenho seis peitos?

— Na verdade eu estava pensando — continuo rapidamente. — Há mais coisas minhas em algum lugar?

— Coisas? — Eric franze a testa.

— Cartas, diários, esse tipo de coisa?

— Há a sua mesa no escritório. É onde você mantém todos os seus arquivos de trabalho.

— Claro. — Eu tinha esquecido o escritório. Ou melhor, achava que lá era mais domínio de Eric do que meu.

— Ontem foi uma noite maravilhosa. — Eric dá dois passos para dentro do cômodo. — Bravo, querida. Não deve ter sido fácil para você.

— Foi divertido. — Sento-me nos calcanhares, brincando com a correia do relógio. — Havia pessoas... interessantes.

— Você não ficou sobrecarregada demais?

— Um pouquinho. — Lanço-lhe um sorriso luminoso. — Ainda há muito a aprender.

— Você sabe que pode me perguntar qualquer coisa sobre sua vida. Absolutamente qualquer coisa. — Eric abre os braços. — É para isso que estou aqui.

Encaro-o sem fala por um momento.

Eu andei trepando com seu arquiteto, por acaso você sabia?

— Bem. — Pigarreio. — Já que você diz, eu estava imaginando. Nós somos felizes juntos, não é? Temos um casamento... feliz... fiel?

Achei que tinha mencionado "fiel" bem sutilmente, mas as orelhas de Eric se eriçaram imediatamente.

— Fiel? — Ele franze a testa. — Lexi, nunca fui infiel a você. Nunca *pensaria* em ser infiel a você. Fizemos votos. Estabelecemos um compromisso.

— Claro! — tento consertar rapidamente. — Sem dúvida.

— Nem imagino como você pôde pensar numa coisa dessas. — Ele parece chocado. — Alguém andou dizendo alguma coisa? Um dos nossos convidados? Porque, quem quer que tenha sido...

— Não! Ninguém disse nada! Eu só... tudo ainda é tão novo e estranho... — Estou toda atrapalhada, o rosto quente. — Eu só... pensei em perguntar. Só por curiosidade.

Certo. Então não temos um casamento aberto, descolado. Como se eu precisasse esclarecer isso.

Fecho a gaveta de sutiãs, abro outra ao acaso e olho para três fileiras de meias-calças bem enroladas, com a mente em redemoinho. Eu deveria me afastar totalmente desse assunto. Mas não consigo evitar, preciso sondar.

— Então, hum... aquele cara... — Contraio a testa fingindo que não consigo lembrar o nome dele. — O tal arquiteto.

— Jon.

— *Jon*. Claro. Ele parece um cara bem legal, não é? — Encolho os ombros, tentando parecer o mais casual possível.

— Ah, é um dos melhores — diz Eric com firmeza. — Ele tem sido uma parte enorme do nosso sucesso. Esse cara tem mais imaginação do que qualquer pessoa que eu conheça.

— Imaginação? — Me atenho a essa informação com um fio de esperança. — Então talvez ele seja *super*imaginativo algumas vezes? Tipo... meio fantasioso?

— Não. — Eric parece perplexo. — De jeito nenhum. Ele é meu braço direito. Você poderia confiar sua vida ao Jon.

Para meu alívio, o telefone subitamente dá um toque agudo, antes que Eric possa perguntar por que estou tão interessada no arquiteto.

Eric desaparece no quarto para atender e eu fecho a gaveta de meias-calças. Estou para desistir da busca no armário quando de repente vejo algo que não havia notado. Uma gaveta escondida, na base do móvel, com um teclado minúsculo localizado à direita.

Eu tenho uma gaveta secreta?

Meu coração começa a martelar. Lentamente me abaixo e digito a senha que sempre usei — 4591. Há um estalo minúsculo — e a gaveta se abre. Olhando para a porta, garantindo que Eric não esteja ali, estendo a mão cautelosamente e seguro alguma coisa dura, como o cabo de um...

É um chicote.

Por um momento estou aparvalhada demais para me mexer. É um pequeno chicote com tiras de couro preto, como algo saído diretamente de uma loja de sadomasoquismo. Estou totalmente hipnotizada pela visão daquilo na minha mão. Este é o meu chicote de adultério? Agora sou uma fetichista e vou a bares de S&M para ficar arrastando homens, usando um espartilho com tachinhas?

De repente sinto um olhar fixo em mim e me viro. Eric está encostado na porta. Seu olhar pousa no chicote e ele ergue as sobrancelhas, num ar interrogativo.

— Ah! — digo começando a entrar em pânico. — Eu só... achei isso aqui! Não sabia...

— É melhor não deixar por aí, para Gianna encontrar. — Ele parece achar engraçado.

Olho de volta, com o cérebro tonto trabalhando em ritmo dobrado. Eric sabe sobre o chicote. Está sorrindo. Portanto isso significa...

Não. De jeito nenhum.

De jeito nenhum, de jeito nenhum, de jeito nenhum.

— Isso não estava no manual, Eric! — Tento parecer descontraída e brincalhona, mas a voz sai esganiçada.

— Nem tudo está no manual. — Seus olhos brilham.

Certo, isto está subvertendo as regras. Eu achava que *tudo* deveria estar no manual.

Olho nervosa para o chicote. Então... o que acontece? Eu o chicoteio? Ou será que ele...

Não. Não consigo pensar mais nisso. Enfio o chicote de volta na gaveta e fecho-a, com as mãos suadas.

— Isso mesmo. — Eric me dá uma piscadela. — Mantenha-o em segurança. Nos encontramos mais tarde. — Ele sai e, alguns instantes depois, ouço a porta da frente bater.

Acho que talvez eu precise de um pouco de vodca.

No fim me decido por uma xícara de café e dois biscoitos que Gianna me dá, de seu estoque particular. Meu Deus, somo senti falta de biscoitos. E de pão. E de *torrada*. Seria capaz de morrer por uma torrada, toda crocante, dourada, coberta de manteiga...

Pare de fantasiar com carboidratos. E pare de pensar no chicote. Um chicotezinho minúsculo. E daí?

Mamãe vem me visitar às 11h, mas não tenho nada para fazer até lá. Vou à sala de estar, sento-me no braço do sofá imaculado e abro uma revista. Depois de dois minutos fecho-a de novo. Estou tensa demais para ler. É como se rachaduras minúsculas aparecessem na minha vida perfeita. Não sei em que acreditar. Não sei o que fazer.

Pouso a xícara de café e olho para minhas unhas imaculadas. Eu era uma garota normal, com cabelo crespo, dentes tortos e um namorado de merda. E um trabalho de merda, e amigas com quem ria, e um apartamentinho aconchegante.

E agora... ainda levo um susto sempre que olho meu reflexo no espelho. Não vejo minha personalidade refletida em nenhum lugar deste apartamento. O programa de TV... Os saltos altos... Minhas amigas se recusando a ficar comigo... Um cara dizendo que é meu amante... Não sei em quem me transformei. Não imagino que porra *aconteceu* comigo.

Num impulso, pouso a revista e vou para o escritório. Ali está minha mesa, impecável, com a cadeira empurrada por baixo, arrumadinha. Nunca tive uma mesa desse jeito na vida; não é de espantar que não tenha percebido que era minha. Sento-me e abro a primeira gaveta. Está cheia de cartas, presas juntas com clipes, em pastas de plástico. A segunda está cheia de extratos bancários amarrados com um elástico azul, de escritório.

Minha nossa! Desde quando eu virei tão *anal*?

Abro a última gaveta, a maior, esperando encontrar frascos de corretor de texto bem empilhados ou algo do tipo — mas está vazia, a não ser por dois pedaços de papel.

Pego os extratos bancários e folheio-os, com os olhos se arregalando enquanto avalio meu salário mensal, que é pelo menos o triplo do que eu ganhava antes. A maior parte do meu dinheiro parece estar saindo da minha conta pessoal para a conta conjunta que tenho com Eric, a não ser uma grande quantia todo mês, que vai para algo chamado "Unito Acc". Precisarei descobrir o que é.

Guardo os extratos e enfio a mão na gaveta de baixo, para pegar os pedaços de papel. Um está coberto pela minha letra — mas o texto é tão telegráfico que não consigo decifrar nada. É quase em código. O outro foi arrancado de um bloco pequeno e tem algo escrito por mim, apenas três palavras a lápis.

Eu só queria

Olho aquilo, fascinada. O quê? O que eu queria?

Enquanto reviro o papel nos dedos tento me imaginar escrevendo aquelas palavras. Até tento — mesmo sabendo que é inútil — lembrar de mim mesma escrevendo-as. Teria sido há um ano? Seis meses? Três semanas? De quê eu estava falando?

A campainha toca, interrompendo meus pensamentos. Dobro cuidadosamente o pedaço de papel e o guardo no bolso. Depois fecho a gaveta vazia com um estrondo e saio.

Mamãe trouxe três cachorros. Três whippets enormes e enérgicos. Para um apartamento imaculado cheio de coisas imaculadas.

— Oi, mãe! — Pego seu velho casaco xadrez e tento beijá-la enquanto dois cachorros escapam de seu controle e correm para o sofá. — Uau. Você trouxe... cachorros!

— Os coitadinhos pareciam tão solitários quando eu ia saindo! — Ela abraça um deles, esfregando o rosto no focinho do bicho. — Agnes está se sentindo muito *vulnerável* atualmente.

— Certo — digo tentando parecer preocupada. — A pobre e velha Agnes. Ela não poderia ficar no carro?

— Querida, não posso abandoná-la! — Mamãe levanta os olhos com ar de sofrimento. — Você sabe, não foi fácil organizar esta vinda a Londres.

Ah, pelo amor de Deus. Eu sabia que ela não queria vir hoje. Essa visita surgiu de mal-entendidos. Eu só disse ao telefone que estava me sentindo meio estranha, rodeada de estranhos, e então mamãe ficou toda defensiva, dizendo que, *claro*, estava planejando fazer uma visita. E terminamos fazendo esse arranjo.

Para meu horror, noto um cachorro pondo as patas na mesinha de vidro, enquanto o outro está no sofá agarrando uma almofada com as mandíbulas.

Meu Deus. Se o sofá vale dez mil libras, só a almofada provavelmente vale umas mil pratas.

— Mamãe... será que dava para tirar aquele cachorro do sofá?

— Raphael não vai fazer nada! — diz mamãe, parecendo magoada. Ela solta Agnes, que pula para se juntar a Raphael e a sei lá qual é o nome do outro.

Agora há três whippets pulando alegremente no sofá do Eric. É melhor ele não ligar as câmeras.

— Você tem Coca diet? — Amy surge atrás de mamãe, com as mãos nos bolsos.

— Na cozinha, acho — digo distraidamente, estendendo a mão. — Aqui, cachorros! Fora do sofá!

Os três cães me ignoram.

— Venham aqui, queridos! — Mamãe pega biscoitos de cachorro nos bolsos do casaco e os bichos magicamente param de morder as almofadas. Um senta-se aos pés dela e os outros dois se aninham ao lado, pousando a cabeça na estampa desbotada da saia.

— Pronto — diz mamãe. — Não aconteceu nada.

Olho para a almofada em frangalhos que Raphael acaba de largar. Melhor não falar nada.

— Não tem Coca diet. — Amy reaparece saindo da cozinha desenrolando um pirulito, as pernas intermináveis nos jeans brancos justos enfiados em botas. — Tem Sprite?

— Talvez tenha... — Olho-a, subitamente me dando conta. — Você não deveria estar na escola?

— Não. — Amy põe o pirulito na boca, dando de ombros com ar de desafio.

— Por quê? — Olho dela para mamãe, sentindo uma tensão súbita no ar.

Ninguém responde imediatamente. Mamãe ajeita sua faixa de veludo, estilo Alice, no cabelo, os olhos distantes, como se posicioná-la do modo exato fosse sua prioridade absoluta.

— Amy está tendo uns probleminhas — diz finalmente. — Não é, Raphael?

— Fui suspensa. — Com um giro, Amy vai até uma poltrona, senta-se e põe os pés na mesinha de centro.

— *Suspensa*? Por quê?

Silêncio. Mamãe parece não ter ouvido.

— Mamãe, *por quê*?

— Acho que Amy voltou aos seus antigos truques — diz mamãe, encolhendo-se ligeiramente.

— Antigos truques?

Os únicos truques de Amy de que me lembro são truques com cartas, de um jogo de mágica que ganhou de Natal. Posso vê-la agora, vestida de pijama cor-de-rosa e pantufas de coelho diante da lareira, pedindo para escolhermos uma carta enquanto todos fingíamos não notar a que ela havia escondido na manga.

Sinto uma pontada de nostalgia. Ela era uma coisinha tão doce!

— O que você fez, Amy?

— Não foi nada! Eles *exageraram*. — Amy tira o pirulito da boca e dá um suspiro afetado. — Tudo que fiz foi levar uma paranormal à escola.

— Uma vidente?

— Bem. — Amy me encara com um risinho. — Uma mulher que eu conheci numa boate. Não sei exatamente o quanto ela é vidente. Mas todo mundo acreditou em nós. Cobrei dez libras de cada um e ela disse a todas as garotas que elas iriam conhecer um garoto no dia seguinte. Todo mundo ficou feliz. Até que um professor descobriu.

— Dez libras de cada? — Olho-a, incrédula. — Não é de espantar que você tenha se encrencado!

— Estou em condicional — diz ela com orgulho.

— Por quê? Amy, o que mais você fez?

— Não muita coisa! Só... nas férias coletei dinheiro para a professora de matemática, a Sra. Winters, que estava num hospital. — Amy dá de ombros. — Disse que ela estava muito doente, e todo mundo deu uma grana preta. Levantei mais de quinhentas pratas. — Ela funga, rindo. — Foi o máximo!

— Querida, isso é extorquir dinheiro com justificativa falsa. — Mamãe torce o colar de âmbar com uma das mãos, enquanto acaricia um dos cachorros com a outra. — A Sra. Winters ficou muito chateada.

— Eu dei uns chocolates a ela, não dei? — retruca Amy, sem o menor sinal de arrependimento. — E, de qualquer modo, eu não estava mentindo. A pessoa pode *morrer* de lipoaspiração.

Estou tentando encontrar algo para dizer, mas me sinto chocada demais. Como minha irmã se transformou da linda e inocente Amy... *nisso*?

— Preciso de protetor labial — diz ela, tirando as pernas de cima do sofá. — Posso pegar na sua penteadeira?

— Ah, claro. — Assim que ela sai da sala, viro-me para mamãe. — O que está acontecendo? Há quanto tempo Amy tem se metido em encrenca?

— Ah... nos últimos dois anos. — Mamãe não me olha, mas se dirige aos cães em seu colo. — Ela é realmente uma menina boa, doce, *não é*, Agnes? Só se deixou levar. Umas garotas mais velhas a encorajaram a roubar, aquilo não foi culpa dela...

— Amy roubou alguém? — pergunto horrorizada.

— É. Bem. — Mamãe parece magoada. — Foi um acidente infeliz. Ela pegou uma jaqueta de uma colega e costurou uma etiqueta com seu nome na parte de trás. Mas realmente se arrependeu.

— Mas... *por quê?*

— Querida, ninguém sabe. Ela reagiu muito mal à morte de seu pai, e desde então... tem sido uma coisa depois da outra.

Não sei o que dizer. Talvez todos os adolescentes que perdem o pai saiam dos trilhos durante um tempo.

— Isso me lembra. Tenho uma coisa para você, Lexi. — Mamãe enfia a mão em sua bolsa de pano e pega um DVD numa caixa de plástico simples. — Esta é a última mensagem de seu pai. Ele fez uma gravação de despedida antes da cirurgia, caso as coisas não dessem certo. Ela foi exibida no funeral. Se você não se lembra, provavelmente deveria ver. — Mamãe me entrega o DVD com dois dedos, como se ele fosse contaminado.

Pego o disco e fico olhando. A última mensagem de papai. Ainda não acredito que ele esteja morto há mais de três anos.

— Vai ser como vê-lo de novo. — Viro o disco nas mãos. — Que incrível ele ter feito uma gravação!

— É. Bem. — Mamãe está com aquela expressão esquisita de novo. — Você conhece o seu pai. Sempre tinha de ser o centro das atenções.

— Mamãe! É justo ser o centro das atenções no próprio *enterro*.

De novo mamãe parece não ter ouvido. Esse é sempre o seu truque quando alguém começa a falar de um assunto do qual ela não gosta. Simplesmente ignora a conversa e muda de assunto. Um instante depois ela levanta os olhos e diz:

— Talvez *você* pudesse ajudar Amy, querida. Você ia arranjar um estágio para ela, no seu escritório.

— Estágio? — Contraio a testa, em dúvida. — Mamãe, não sei se é a coisa certa.

Minha situação profissional já é bastante complicada sem Amy saracoteando pelo escritório.

— Só uma ou duas semanas. Você disse que tinha falado com as pessoas certas e que estava tudo combinado...

— Talvez eu tenha dito. — Interrompo-a depressa. — Mas agora tudo está diferente. Ainda nem estou de volta ao trabalho. Preciso reaprender o serviço...

— Você se saiu muito bem profissionalmente — diz mamãe, persuasiva.

É, fui perfeita: de vendedora júnior a vaca-chefe-do-inferno numa tacada só.

Há silêncio por alguns instantes, fora o som dos cachorros na cozinha. Morro de medo de pensar no que possam estar fazendo.

— Mamãe, eu estava pensando — digo inclinando-me para ela. — Estou tentando juntar as peças da minha vida... e não faz sentido. *Por que* eu fui àquele programa de TV? Por que fiquei dura e ambiciosa da noite para o dia? Não entendo.

— Não faço ideia. — Mamãe parece preocupada, procurando algo na bolsa. — Progresso natural na carreira.

— Mas *não foi* natural. — Inclino-me para a frente, tentando atrair sua atenção. — Nunca fui uma mulher poderosa, carreirista, você sabe disso. Por que mudei de repente?

— Querida, isso foi há muito tempo, realmente não lembro... Você *não é* uma boa menina? *Não é* a menina mais linda do mundo?

Ela está se dirigindo a um dos cães, percebo de repente. Nem está me escutando. Típico.

Levanto os olhos e vejo Amy se aproximando pelo outro lado da sala, ainda chupando o pirulito.

— Amy, Lexi estava falando sobre você fazer um estágio no escritório dela! — diz mamãe, animada. — Você gostaria?

— Talvez — intervenho rapidamente. — Quando eu tiver voltado ao trabalho.

— É. Acho.

Ela nem parece agradecida.

— Haverá regras básicas — digo. — Você não pode sacanear meus colegas. Nem roubá-los.

— Eu não roubo! — Amy parece magoada. — Foi uma jaqueta, e mesmo assim foi uma troca sem querer. *Meu Deus*.

— Querida, não foi só a jaqueta, foi? — pergunta mamãe, depois de uma pausa. — Foi a maquiagem também.

— Todo mundo pensa o pior sobre mim. Toda vez que some alguma coisa eu sou o bode expiatório. — Os olhos de Amy estão brilhando no rosto pálido. Ela encolhe os ombros magros e de repente me sinto mal. Ela está certa. Julguei-a sem ao menos conhecer os fatos.

— Desculpe — digo sem jeito. — Tenho certeza de que você não rouba.

— Tanto faz. — Seu rosto está virado para o outro lado. — Só me culpe por tudo, como todo mundo.

— Não. Não vou fazer isso. — Vou até onde ela está, perto da janela. — Amy, realmente quero me desculpar. Sei que as coisas estão difíceis para você desde a morte de papai... Venha cá. — Estendo os braços para um abraço.

— Me deixe em paz — diz ela, quase violentamente.

— Mas Amy...

— Vá embora! — Ela recua nervosa, levantando os braços como se quisesse me afastar.

— Mas você é minha irmãzinha! — Inclino-me para lhe dar um abraço apertado, e recuo quase imediatamente, esfregando as costelas. — Ai! Que diabo... Você está toda encalombada.

— Não estou — diz Amy depois de um segundo.

— Está sim! — Olho para sua volumosa jaqueta jeans. — O que você tem nos bolsos?

— Latas de comida — diz Amy, impassível. — Atum e milho verde.

— Milho verde? — Olho-a perplexa.

— De novo, não. — Mamãe fecha os olhos. — Amy, o que você pegou da Lexi?

— Dá um tempo! — grita Amy. — Não peguei nada! — Ela levanta as mãos num gesto defensivo e dois batons Chanel voam da manga da jaqueta, seguidos por um pó compacto. Eles pousam no chão fazendo barulho e todas ficamos olhando.

— Isso é... meu? — pergunto enfim.

— Não — diz Amy irritada, mas ficando toda vermelha.

— São sim!

— Como se você ao menos *notasse*! — Ela dá de ombros, aborrecida. — Você tem milhares dessas porcarias de batons.

— Ah, Amy — diz mamãe, desolada. — Vire os bolsos.

Lançando um olhar fulminante para mamãe, Amy começa a esvaziar os bolsos, pondo todo o conteúdo na mesinha de centro com uma série de estalos. Um monte de maquiagem. Um conjunto de brinde de perfumes Christian Dior. Olho-a em silêncio, espantada com a quantidade.

— Agora tire a camiseta — ordena mamãe, como algum tipo de agente de imigração.

— Isso é *muito* injusto — murmura Amy. Ela luta para tirar a camiseta e meu queixo cai. Por baixo está usando um vestido Armani justo, que reconheço do meu guarda-roupa, todo amassado sob os jeans. Está com uns cinco sutiãs La Perla em volta da cintura, e penduradas neles, como enfeites numa pulseira, duas bolsas de noite, de contas.

— Você pegou *um vestido*? — contenho um risinho. — E *sutiãs*?

— *Ótimo*. Você quer o seu vestido de volta. *Ótimo*. — Ela tira tudo e joga na mesa. — Satisfeita? — Amy levanta os olhos e capta a expressão no meu rosto. — Não é *minha* culpa. Mamãe não me dá nenhum dinheiro para comprar roupa.

— Amy, isso é absurdo! — retruca mamãe rispidamente. — Você tem um monte de roupas!

— Estão todas fora de moda! — grita ela de volta instantaneamente, de um modo que sugere que já tiveram essa discussão antes. — Nós não vivemos numa dobra temporal da moda, como você! Quando você vai perceber que estamos no século XXI? — Ela indica o vestido de mamãe. — É um desastre!

— Amy, pare com isso! — digo rapidamente. — Esse não é o ponto. E, de qualquer modo, esses sutiãs nem cabem em você!

— Posso vendê-los no eBay — retruca ela, cheia de desprezo. — São sutiãs de grife, caros.

Ela veste a camiseta, senta-se no chão e começa a digitar uma mensagem de texto em seu celular.

Estou totalmente chocada com tudo isso.

— Amy — digo finalmente. — Talvez devêssemos bater um papinho. Mamãe, por que não vai fazer um café, ou sei lá o quê?

Mamãe está totalmente abalada, e parece grata em ir para a cozinha. Quando ela sai, eu me sento no chão, à frente de onde Amy se jogou. Seus ombros estão retesados com raiva, e ela não levanta os olhos.

Certo. Preciso ser compreensiva e atenciosa. Sei que há uma enorme diferença de idade entre mim e Amy. Sei que não me lembro de uma boa parte de sua vida. Mas sem dúvida temos um relacionamento de irmãs, não é?

— Amy, escute — digo em minha melhor voz de "irmã adulta compreensiva mas ainda maneira". — Você não pode roubar, certo? Não pode extorquir dinheiro das pessoas.

— Foda-se — diz Amy sem levantar a cabeça.

— Você vai se encrencar. Vai ser expulsa da escola!

— Foda-se — diz Amy, indiferente. — Foda-se, foda-se, foda-se.

— Escute! — digo tentando manter a paciência. — Sei que as coisas podem ser difíceis. E você provavelmente se sente sozinha, só com mamãe em casa. Mas se a qualquer momento quiser conversar sobre qualquer coisa, se tiver algum problema, eu estou aqui. É só ligar ou mandar uma mensagem, a qualquer hora. Podemos ir tomar um café, ver um filme juntas...

Amy ainda está digitando com uma das mãos. Levantou a outra lentamente, fazendo o sinal de "foda-se".

— Ah, foda-se você! — grito furiosa e me deixo afundar no chão, abraçando os joelhos. Vaquinha idiota. Se mamãe acha que vou deixá-la fazer estágio no meu escritório, só pode estar *brincando*.

Ficamos sentadas em silêncio por um tempo. Depois pego o DVD da mensagem fúnebre de papai, deslizo pelo chão e o coloco no aparelho. A enorme tela do outro lado se ilumina e, depois de alguns instantes, surge o rosto de meu pai.

Olho para a tela, fascinada. Papai está sentado numa poltrona, usando um roupão atoalhado. Não reconheço o cômodo — mas, afinal de contas, nunca vi muitas casas de papai. Seu rosto está magro, como me lembro depois de ele ter adoecido. Era como se o ar estivesse lentamente saindo dele. Mas os olhos verdes estão brilhando e há um charuto em sua mão.

— Olá — diz ele, rouco. — Sou eu. Bem. Vocês sabem disso. — Ele dá um risinho, depois começa uma tosse violenta, que alivia dando uma tragada no charuto como se fosse um gole d'água. — Todos sabemos que esta cirurgia tem cinquenta por cento de chance. Culpa minha, por estragar meu corpo. Por isso pensei em deixar uma pequena mensagem para vocês, minha família, caso as coisas não dêem certo.

Ele para e toma um gole longo de um copo de uísque. Sua mão está tremendo quando ele o pousa, noto. Será que ele sabia que ia morrer? De repente sinto um nó em minha garganta. Olho para Amy. Ela deixou o telefone cair e está olhando também, hipnotizada.

— Tenham uma boa vida — diz papai para a câmera. — Sejam felizes. Sejam gentis umas com as outras. Barbara, pare de viver a vida através da porcaria desses cachorros. Eles não são humanos. Nunca vão amá-la, apoiá-la nem vão para a cama com você. A não ser que você esteja *muito* desesperada.

Aperto a boca com a mão.

— Ele *não* disse isso!

— Disse. — Amy dá um risinho fungado. — Mamãe saiu da sala.

— Vocês só têm uma vida, queridas. Não a desperdicem. — Ele olha para a câmera com olhos azuis brilhantes, e de repente me lembro de quando eu era muito mais nova e ele me pegou na escola num carro esporte. Eu apontei para ele, falando para todo mundo: *Aquele homem ali é meu pai!* Todas as crianças estavam boquiabertas diante do carro e todas as mães lançavam olhares disfarçados para ele, com seu elegante paletó de linho e o bronzeado da Espanha.

— Sei que fiz merda aqui e ali — diz ele. — Sei que não fui o melhor pai do mundo. Mas, do fundo do coração, fiz o máximo que pude. Saúde, queridas. Vejo vocês do outro lado. — Ele ergue o copo para a câmera e bebe. Depois a tela fica vazia.

O DVD se desliga, mas nem Amy nem eu nos movemos. Enquanto olho a tela em branco sinto-me mais desamparada do que antes. Meu pai morreu. Está morto há três anos. Nunca mais falarei com ele. Nunca mais poderei lhe dar um presente de aniversário. Nunca mais poderei pedir conselhos a ele. Não que fôssemos pedir algum conselho a papai, a não ser sobre onde comprar lingerie sensual para uma amante. Mas mesmo assim. Olho para Amy, que me encara encolhendo ligeiramente os ombros.

— Foi uma mensagem bem legal — digo, decidida a não ficar sentimental, nem chorar nem nada. — Papai era bom.

— É — confirma Amy. — Era.

O gelo entre nós parece ter derretido. Amy enfia a mão na bolsa pegando uma minúscula caixa de maquiagem com "Babe" escrito em strass na tampa. Pega um lápis e delineia os lábios habilmente, espiando num espelho minúsculo. Eu nunca ao menos tinha *visto* minha irmã se maquiar, a não ser quando se fantasiava.

Amy não é mais criança, penso enquanto olho para ela. Está em vias de se tornar adulta. Sei que as coisas não foram muito bem entre nós hoje, mas talvez no passado ela tenha sido minha amiga.

Ou mesmo minha confidente.

— Ei, Amy — digo em voz baixa, cautelosa. — Nós conversávamos muito antes do acidente? Quero dizer, nós duas. Sobre... coisas. — Olho para a cozinha, para ver se mamãe não pode escutar.

— Um pouco. — Ela dá de ombros. — Que coisas?

— Eu estava pensando. — Mantenho a voz natural. — Só por curiosidade, alguma vez eu falei de alguém chamado... Jon?

— Jon? — Amy faz uma pausa, com o batom na mão. — Quer dizer, o cara com quem você fez sexo?

— O *quê?* — Minha voz dispara feito um foguete. — Tem certeza?

Ah, meu Deus, é verdade.

— É. — Amy parece surpresa com minha reação. — Você contou na noite de Ano-novo. Estava totalmente bêbada.

— O que mais eu contei? — Meu coração está martelando feito doido. — Conte tudo que você conseguir lembrar.

— Você me contou tudo! — Seus olhos se iluminam. — Todos os detalhes sórdidos. Foi a sua primeira vez, e ele perdeu a camisinha, e vocês estavam morrendo congelados na quadra da escola...

— Quadra da escola? — Encaro Amy, com a mente tentando entender. — Você está falando do *James*?

— Ah, é! — Ela estala a língua, percebendo. — Era quem eu queria dizer. James. O cara da banda, quando você estava na escola. Por quê, de quem você estava falando? — Ela termina com o batom e me olha interessada. — Quem é Jon?

— Ninguém — respondo depressa. — Só... um cara. Não é nada.

Veja bem. Não há provas. Se eu estava mesmo tendo um caso, teria deixado alguma pista. Um bilhete, uma foto ou uma anotação numa agenda. Ou Amy saberia, ou sei lá o quê...

E o fato é que sou bem casada com Eric. *Esse* é o ponto.

Bem mais tarde, naquele mesmo dia, mamãe e Amy foram embora há um tempo, depois de finalmente conseguirmos convencer um whippet a sair da varanda e outro da hidromassagem do Eric, onde ele estava destruindo uma toalha. Agora estou no carro com Eric, voando pelo Embankment. Ele vai ter uma reunião com Ava, sua decoradora, e sugeriu que eu fosse ver o apartamento decorado de seu novo empreendimento, “Blue 42”.

Todos os prédios de Eric são chamados de “Blue”, com um número. É a marca da empresa. Ter uma marca é crucial para vender o estilo de vida loft, assim como ter a música certa quando chegamos e os talheres certos na mesa do apartamento de demonstração. Parece que Ava é um gênio em encontrar os talheres certos.

Fiquei sabendo sobre Ava no Manual do Casamento. Ela tem 48 anos, é divorciada, trabalhou vinte anos em Los Angeles, escreveu uma série de livros com títulos como *Borla* e *Garfo* e decora todos os apartamentos de demonstração da empresa do Eric.

— Ei, Eric — digo enquanto vamos no carro. — Estive olhando meus extratos bancários hoje. Parece que pago uma quantia regulamente a uma coisa chamada Unito. Liguei para o banco e eles disseram que é uma conta fora do país.

— Ahã. — Eric assente como se não estivesse sequer remotamente interessado. Espero que ele diga mais alguma coisa, mas ele liga o rádio.

— Você sabe alguma coisa sobre isso? — pergunto por cima do som do noticiário.

— Não. — Ele dá de ombros. — Mas não é má ideia pôr algum dinheiro fora do país.

— Certo. — Estou insatisfeita com a resposta. Quase sinto vontade de brigar por causa disso, mas não sei por quê.

— Preciso abastecer. — Eric sai da rua e entra num posto. — Só vai demorar um instante...

— Ei — digo enquanto ele abre a porta. — Pode me pegar uma batata frita na loja de conveniência? De sal com vinagre, se eles tiverem.

— Batata frita? — Ele se vira e me encara como se eu tivesse pedido heroína.

— É, batata.

— Querida. — Eric parece perplexo. — Você não come batata. Estava tudo no manual. Nossa nutricionista recomendou uma dieta de baixo teor de carboidratos e muita proteína.

— Bem... eu sei. Mas todo mundo tem direito a uma escapada de vez em quando, não é? E realmente estou com vontade de comer batata frita.

Por um momento Eric não esboça reação.

— Os médicos me alertaram de que você poderia ficar irracional e ter atitudes estranhas, fora de seu normal — diz ele, quase consigo mesmo.

— Não é irracional comer um saco de batata frita! — protesto. — Não é *veneno*.

— Querida... estou pensando em você. — Eric adota um tom amoroso. — Sei como você trabalhou duro para diminuir aqueles dois manequins. Investimos muito em seu *personal trainer*. Se quer jogar tudo fora num saco de salgadinhos, a escolha é sua. Ainda quer as batatas?

— Quero — digo um pouco mais desafiadora do que pretendia.

Vejo um lampejo de irritação passar pelo rosto de Eric, que ele consegue converter num sorriso.

— Sem problema. — Ele fecha a porta do carro com um estalo pesado. Alguns minutos depois o vejo voltando rapidamente do posto, segurando um saco de batata frita. — Aí está. — Ele o joga no meu colo e liga o motor.

— Obrigada! — Dou um sorriso agradecido, mas não sei se ele nota. Enquanto ele dá a partida, tento abrir o saco, mas minha mão esquerda ainda está desajeitada depois do acidente e não consigo segurar o pacote direito. Por fim o ponho entre os dentes, puxo o mais forte que consigo com a mão direita... e todo o saco explode.

Merda. Tem batata em todo canto. Em cima dos bancos, em cima da alavanca de câmbio e em cima de Eric.

— Meu Deus! — Ele balança a cabeça, chateado. — Isso caiu no meu *cabelo*?

— Desculpe — ofego, espanando seu paletó. — Sinto muito, muito mesmo...

O cheiro de sal com vinagre enche o carro. Humm... Que cheirinho bom!

— Terei de mandar limpar o carro. — Eric franze o nariz enojado. — E meu paletó deve estar coberto de gordura.

— Desculpe, Eric — repito humildemente, espanando as últimas migalhas de seu ombro. — Eu pago a lavagem a seco. — Recosto-me, pego uma batata enorme que caiu no meu colo e a ponho na boca.

— Você vai *comer* isso? — Para Eric, parece a gota d'água.

— Só caiu no meu colo — protesto. — Está limpa!

Seguimos por um tempo em silêncio. Disfarçadamente como mais algumas batatas, tentando mastigar o mais silenciosamente possível.

— Não é culpa sua — diz Eric, olhando a rua adiante. — Você levou uma pancada na cabeça. Não posso esperar a normalidade por enquanto.

— Estou me sentindo perfeitamente normal.

— Claro que está. — Ele dá um tapinha condescendente em minha mão, e eu me enrijeço. Certo, posso não estar totalmente recuperada. Mas sei que comer um saco de batata frita não me torna uma doente mental. Ia dizer isso quando ele sinaliza e entra por um portão elétrico que se abriu para nós. Entramos num átrio e Eric desliga o motor.

— Chegamos. — Posso sentir o orgulho em sua voz. Ele faz um gesto pela janela. — É nosso último bebê.

Olho para cima, totalmente pasma, esquecendo tudo sobre batatas. Diante de nós está um prédio branco, novo em folha. Tem varandas curvas, um toldo e degraus de granito preto que levam a um par de portas grandiosas, emolduradas em prata.

— Você construiu isso? — pergunto finalmente.

— Não pessoalmente. — Eric ri. — Venha. — Ele abre a porta do carro, espanando o resto de batatas das calças e eu vou atrás, ainda espantada. Um porteiro uniformizado abre a porta para nós. O saguão é todo de mármore claríssimo e colunas brancas. Este lugar é um *palácio*.

— É incrível. Tão glamouroso! — Noto detalhes em toda parte, como as bordas incrustadas e o teto com pintura imitando o céu.

— A cobertura tem elevador privativo. — Com um cumprimento de cabeça para o porteiro, Eric me leva até a parte de trás do saguão, entrando num elevador lindamente decorado em marchetaria. — Há uma piscina no porão, uma academia e um cinema para os moradores. Se bem que, claro, a maioria dos apartamentos tem suas próprias academias e cinemas.

Levanto a cabeça rapidamente para ver se ele não está brincando — mas não creio que esteja. Uma academia e um cinema particulares? Num apartamento?

— E aqui... — O elevador se abre com um apito minúsculo e entramos num saguão circular, espelhado. Eric pressiona suavemente um dos espelhos que, por acaso, é uma porta. Ela se abre girando e eu fico de boca aberta.

Estou olhando a sala mais gigantesca. Não, o *espaço*. Tem janelas do chão ao teto, uma lareira onde dá para entrar, numa das paredes, e em outra, uma gigantesca folha de aço onde cascateiam jorros intermináveis de água.

— Aquilo é água de verdade? — pergunto idiotamente. — Dentro de uma casa?

Eric ri.

— Nossos clientes gostam de ostentar. É divertido, não é? — Ele pega um controle remoto e aponta na direção da fonte, e imediatamente a água é banhada em luz azul. — Há dez shows de cores pré-programáveis. Ava? — Ele levanta a voz e, um instante depois, uma loura magra usando óculos sem aro, calça cinza e blusa branca aparece saindo de alguma passagem recuada, perto da fonte.

— Olá! — diz ela com sotaque americano. — Lexi! Você está circulando! — Ela segura minha mão com as suas. — Eu soube de tudo. Coitadinha.

— Estou bem, verdade. — Sorrio. — Apenas montando a vida de novo. — Faço um gesto indicando a sala ao redor. — Este lugar é incrível! Toda aquela água...

— A água é o tema do apartamento de demonstração — diz Eric. — Seguimos bem de perto os princípios do feng shui, não foi, Ava? Isso é muito importante para alguns de nossos clientes de altíssimo nível de valor líquido.

— Altíssimo o quê? — pergunto confusa.

— Os muito ricos — traduz Eric. — Nosso público-alvo.

— O feng shui é vital para os de altíssimo nível — concorda Ava, séria. — Eric, acabei de receber os peixes para a suíte principal. São incríveis! Cada peixe vale trezentas libras — acrescenta para mim. — Nós os alugamos especialmente.

Altíssimo nível sei lá do quê. Peixes alugados. É um mundo diferente. Sem palavras, olho mais uma vez o apartamento gigantesco; o bar curvo e a sala de estar afundada, a escultura de vidro pendendo do teto. Não faço ideia de quanto este lugar custa. Não *quero* saber.

— Aqui. — Ava me entrega uma maquete complexa feita de papel e pedacinhos de madeira. — Esta é a construção inteira. Você vai notar que repeti as varandas curvas nas bordas escalonadas das almofadas — acrescenta. — Uma mistura de art déco e Gaultier.

— É... excelente! — Reviro o cérebro em busca de algo para dizer sobre art déco misturado com Gaultier, e não consigo. — Então, como foi que você pensou nisso tudo? — Indico a fonte, que agora está banhada em luz laranja. — Tipo, como você bolou isto?

— Ah, isso não fui eu. — Ava balança a cabeça enfaticamente. — Minha área são as mobílias, os tecidos, os detalhes sensuais. O conceito geral é do Jon.

Sinto um minúsculo sacolejo por dentro.

— Jon? — inclino a cabeça, adotando a expressão mais vaga que consigo, como se "Jon" fosse alguma palavra desconhecida, de uma obscura língua estrangeira.

— Jon Blythe — diz Eric, solícito. — O arquiteto. Você o conheceu no jantar, lembra? Na verdade, você não me perguntou sobre ele hoje?

— Perguntei? — digo depois de uma pausa infinitesimal. — Eu... na verdade não lembro. — Começo a revirar a maquete com os dedos, tentando ignorar o ligeiro rubor subindo pelo pescoço.

Isso é ridículo. Estou me *comportando* como uma esposa adúltera.

— Jon, aí está você! — grita Ava. — Estávamos falando de você, agorinha mesmo!

Ele está *aqui*? Minhas mãos apertam involuntariamente a maquete. Não quero vê-lo. Não quero que ele me veja. Preciso arrumar uma desculpa e sair...

Mas é tarde demais. Aí está ele, aproximando-se, usando jeans e uma blusa azul-marinho, de gola em V e consultando um papel.

Certo. Fique calma. Tudo está bem. Você é bem casada, feliz e não tem qualquer prova de um caso ou ligação secreta com esse homem.

— Olá, Eric. Lexi. — Ele cumprimenta com a cabeça, educadamente, enquanto se aproxima. Depois olha para minhas mãos. Olho para baixo e sinto um tremor de consternação. A maquete está totalmente esmagada. O teto se quebrou e uma das varandas se soltou.

— *Lexi*! — Eric acabou de notar o que fiz. — Como isso aconteceu?

— Jon. — A testa de Ava se franze, perturbada. — Sua maquete!

— Sinto muito, mesmo! — digo sem graça. — Não sei como aconteceu. Eu só estava segurando, e de algum modo...

— Não se preocupe. — Jon dá de ombros. — Só demorei um mês para fazer.

— Um *mês*? — pergunto atarantada. — Olhe, se você me der um pouco de durex eu conserto... — Estou batendo no teto amassado, tentando desesperadamente colocá-lo no lugar.

— Talvez não exatamente um mês — diz Jon, me olhando. — Talvez umas duas horas.

— Ah. — Paro de bater. — Bem, de qualquer modo, sinto muito.

Jon me lança um olhar breve.

— Você pode compensar isso.

Compensar? O que ele quer dizer? Sem querer, exatamente, passo o braço pelo do Eric. Preciso de confiança. Preciso de lastro. Preciso de um marido forte ao meu lado.

— Então, o apartamento é muito impressionante, Jon. — Adoto uma expressão indiferente, tipo esposa de empresário, indicando o espaço com um dos braços. — Parabéns.

— Obrigado, estou satisfeito com ele — responde Jon num tom igualmente indiferente. — Como vai a memória?

— Praticamente como antes.

— Você não se lembra de nada novo?

— Não. Nada.

— Que pena.

— É.

Estou tentando parecer natural — mas há uma atmosfera elétrica crescendo entre nós enquanto nos encaramos. Minha respiração está ligeiramente ofegante. Olho para Eric, convencida de que ele deve ter notado alguma coisa — mas ele nem piscou. Será que não consegue sentir? Será que não consegue *ver*?

— Eric, precisamos conversar sobre o projeto Bayswater — diz Ava, que estivera remexendo em sua bolsa de couro macio. — Fui ver o local ontem e fiz algumas anotações...

— Lexi, por que não dá uma olhada no apartamento enquanto Ava e eu conversamos? — interrompe Eric, soltando seu braço do meu. — Jon pode mostrá-lo a você.

— Ah. — Enrijeço. — Não, não se preocupe.

— Eu adoraria mostrá-lo a você. — A voz de Jon é seca e meio entediada. — Se você quiser.

— Verdade, não precisa...

— Querida, Jon projetou o prédio inteiro — diz Eric em tom de reprovação. — É uma grande oportunidade para você conhecer a visão da empresa.

— Venha por aqui e eu explico o conceito. — Jon indica o outro lado da sala.

Não vou conseguir sair dessa.

— Seria ótimo — digo finalmente.

Ótimo. Se ele quer conversar, eu converso. Acompanho Jon atravessando a sala e paramos perto da fonte que mais parece uma cachoeira. Como alguém poderia viver aqui com água trovejando pela parede assim?

— Então — digo educadamente. — Como você tem todas essas ideias?, ou seja lá o que forem.

Jon franze a testa, pensativo, e meu coração se encolhe. Espero que não venha com um papo pretensioso sobre seu gênio artístico. Realmente não estou a fim.

— Eu só me pergunto: o que um novo rico gostaria de ter? — diz ele finalmente. — E coloco no projeto.

Não consigo evitar um meio riso chocado.

— Bom, se eu fosse um novo rico, adoraria isso.

— Lá vai você. — Ele dá um passo mais para perto e diminui a voz abaixo do som da água. — Então, realmente não se lembrou de nada?

— Não. Absolutamente nada.

— Certo. — Ele solta o ar com força. — Precisamos nos encontrar. Precisamos conversar. Há um lugar aonde costumávamos ir, o Old Canal House, em Islington. Você vai notar o teto alto, Lexi — acrescenta em voz bem mais alta. — É uma característica de todos os nossos empreendimentos. — Jon olha para mim e capta minha expressão. — O que foi?

— Está maluco? — sibilo, olhando para verificar se Eric não pode ouvir. — Não vou me encontrar com você! — Baixo a voz ainda mais. — Para sua informação, não encontrei absolutamente nenhuma prova de que você e eu estamos tendo um caso. Nenhuma. Que senso de espaço fantástico! — acrescento em volume máximo.

— Prova? — Jon parece não entender. — Como o quê?

— Como... Não sei. Um bilhete amoroso.

— Nós não escrevemos bilhetes amorosos um para o outro.

— Ou presentinhos.

— *Presentinhos?* — Jon parece ter vontade de rir. — Nós também não éramos muito de presentinhos.

— Bem, então não era lá um grande caso amoroso! — retruco. — Procurei na minha penteadeira. Nada. Procurei na minha agenda. Nada. Perguntei à minha irmã, ela sequer *ouviu* falar em você.

— Lexi. — Ele para como se estivesse pensando em como explicar a situação. — Era um caso secreto. Isso significa *um caso mantido em segredo.*

— Então você não tem como provar. Eu sabia.

Giro nos calcanhares e vou na direção da lareira, com Jon logo atrás.

— Quer uma prova? — posso ouvi-lo murmurando em tom baixo, incrédulo. — Bem, algo do tipo... você tem uma marca cor de morango na nádega esquerda?

— Eu *não*... — giro em triunfo, depois paro abruptamente enquanto Eric olha a sala ao redor. — Não sei como você conseguiu esse uso incrível da luz! — aceno para Eric, que acena de volta e continua sua conversa.

— Eu *sei* que você não tem uma marca de nascença na nádega. — Jon revira os olhos. — Você não tem nenhuma marca de nascença. Só uma pinta no braço.

Sou silenciada brevemente. Ele está certo. Mas e daí?

— Isso pode ser uma palpite. — Cruzo os braços.

— Eu sei. Mas não é. — Ele me olha com firmeza. — Lexi, não estou inventando. Nós estávamos tendo um caso. Nós nos amamos. Profunda e apaixonadamente.

— Olhe — passo a mão pelo cabelo. — Isso é simplesmente... loucura! Eu não teria um caso. Nem com você nem com ninguém. Nunca fui infiel a ninguém na vida...

— Nós fizemos sexo ali há quatro semanas — interrompe ele. — Bem ali. — E aponta para uma pele de ovelha enorme e fofa.

Olho, sem fala.

— Você estava por cima — acrescenta ele.

— Pare com isso! — Sem graça, giro e me afasto na direção da extremidade do espaço, onde uma elegante escada de plástico resistente sobe até um mezanino.

— Vamos dar uma olhada no complexo de banhos — diz Jon em voz alta enquanto me segue para cima. — Acho que você vai gostar...

— Não, não vou — disparo por cima do ombro. — Me deixe em paz.

Chegamos ao topo da escada e eu me viro para olhar por cima da balaustrada de aço. Posso ver Eric no nível de baixo e, mais além, as luzes de Londres através das janelas enormes. Tenho de admitir, é um apartamento de tirar o fôlego.

Ao meu lado Jon está farejando o ar.

— Ei — diz ele. — Você andou comendo batatas fritas de sal e vinagre?

— Talvez. — Dou-lhe um olhar desconfiado.

Os olhos de Jon se arregalam.

— Estou impressionado. Como conseguiu contrabandear isso e passar pelo fascista alimentar?

— Ele não é um fascista alimentar — respondo com uma necessidade imediata de defender Eric. — Ele só... se importa com a nutrição.

— Ele é o Hitler. Se pudesse prender cada pedaço de pão e colocar num campo de concentração, faria isso.

— Pare.

— Ele colocaria todos numa câmara de gás. Primeiro os pães franceses. Depois os croissants.

— *Pare.* — Minha boca se retorce numa ânsia de rir, e viro de costas.

Ele é mais engraçado do que pensei. E é meio sensual, assim de perto, com o cabelo escuro e despenteado.

Mas, afinal de contas, há um monte de coisas engraçadas e sensuais. *Friends* é engraçado e sensual. O que não significa que eu esteja tendo um caso com o seriado.

— O que você quer? — Finalmente me viro para encarar o Jon, impotente. — O que você espera que eu faça?

— O que eu quero? — ele para, a testa franzida como se estivesse pensando. — Quero dizer ao seu marido que você não o ama, quero que venha para casa comigo e que comecemos uma vida nova juntos.

Ele está falando sério. Quase sinto vontade de rir.

— Você quer que eu vá morar com você — digo como se quisesse esclarecer os planos. — Agora. Assim.

— Dentro de, digamos, cinco minutos. — Ele olha para o relógio. — Primeiro tenho umas coisas para fazer.

— Você é um completo psicótico. — Balanço a cabeça.

— Não sou psicótico — diz ele com paciência. — Eu te amo. Você me ama. Verdade. Precisa aceitar minha palavra com relação a isso.

— Não preciso aceitar sua palavra com relação a nada! — Subitamente me ressinto de sua confiança. — Sou *casada*, certo? Tenho um marido que eu amo, a quem prometi amar para sempre. Aqui está a prova! — Exibo meu anel de casamento para ele. — Isto é uma prova!

— Você o ama? — Jon ignora o anel. — Você sente amor por ele? Bem aqui no fundo? — Ele bate no próprio peito.

Quero responder rispidamente: "Sim, estou desesperadamente apaixonada pelo Eric" e fazê-lo se calar de vez. Mas por algum motivo ridículo não consigo me obrigar a mentir.

— Talvez ainda não esteja... mas tenho certeza de que estarei — digo parecendo mais irritada do que pretendia. — Eric é um cara fantástico, tudo é maravilhoso entre nós...

— Ahã. — Jon concorda educado. — Você não fez sexo desde o acidente, não é?

Encaro-o com desconfiança.

— Fez? — Há um brilho em seu olhar.

— Eu... Nós... — fico atarantada. — Talvez tenhamos feito, talvez não! Não tenho o hábito de discutir minha vida particular com você.

— Tem, sim. — Há um tom subitamente maroto em sua voz. — Tem. Esse é o ponto. — Para minha surpresa, ele pega minha mão. Simplesmente segura-a por um momento, olhando-a. Depois, muito lentamente, começa a passar o polegar sobre a pele.

Não consigo me obrigar a me mexer. Minha pele está pinicando; seu polegar deixa uma trilha de sensação deliciosa onde quer que vá. Sinto arrepios minúsculos na nuca.

— Então, o que acha?

A voz de Eric nos chama lá de baixo, e eu pulo um quilômetro de altura, puxando a mão com força. O que estou *pensando*?

— Fantástico, querido! — trino por cima da balaustrada, a voz estranhamente aguda. — Só vamos demorar mais uns segundos... — Recuo, fora do campo de visão do piso abaixo, e chamo Jon para me acompanhar. — Olhe, já estou farta — digo em voz baixa e rígida. — Me deixe em paz. Não conheço você. Não amo você. As coisas já estão suficientemente difíceis para mim agora. Só quero continuar com minha vida, com meu marido. Certo? — Faço menção de descer a escada.

— Não! Não está certo! — Jon agarra meu braço. — Lexi, você não sabe de tudo. Você é infeliz com o Eric. Ele não ama você, ele não *entende* você...

— Claro que Eric me ama! — Agora estou realmente chateada. — Ele ficou junto da minha cama no hospital dia e noite, me levou rosas-chá incríveis...

— Você acha que *eu* não queria ficar junto da sua cama no hospital dia e noite? — Os olhos de Jon ficam sombrios. — Lexi, aquilo quase me matou.

— Me solte. — Tento livrar o braço, mas Jon segura firme.

— Você não pode jogar fora o que temos. — Ele examina meu rosto desesperadamente. — Está aí dentro. Em algum lugar, sei que está...

— Você está errado! — Com um esforço gigantesco solto o braço. — Não está! — Desço a escada fazendo barulho, sem olhar para trás, direto para os braços de Eric.

— Oi! — Ele ri. — Você parece nervosa. Está tudo certo?

— Eu... não me sinto muito bem. — Ponho a mão na testa. — Estou com dor de cabeça. Podemos ir agora?

— Claro que podemos, querida. — Ele aperta meus ombros e olha para o mezanino. — Já se despediu do Jon?

— Já. Só... vamos.

Enquanto seguimos para a porta agarro-me ao seu paletó caro, deixando a sensação aliviar meus nervos abalados. Este é meu marido. É por ele que estou apaixonada. Esta é a minha realidade.

12

Certo. Preciso da minha memória de volta. Estou *cheia* dessa amnésia. Não aguento mais as pessoas dizendo que sabem mais sobre minha vida do que eu.

A memória é *minha*. Ela me pertence.

Olho meus olhos, refletidos a três centímetros de distância na porta espelhada do armário. Este é um novo hábito, ficar bem perto do espelho de modo que só consiga ver meus olhos. É reconfortante. Faz com que eu me sinta olhando para a antiga eu.

— Lembre-se, idiota — instruo a mim mesma em voz baixa e ameaçadora. — *Lem-bre-se*.

Meus olhos me encaram de volta como se soubessem tudo mas não fossem contar. Suspiro e encosto a cabeça no vidro, frustrada.

Desde que voltamos do apartamento de demonstração, não fiz nada além de mergulhar nos últimos três anos. Olhei álbuns de fotos, assisti a filmes que sei que "vi", escutei músicas que sei que a antiga Lexi ouviu uma centena de vezes... Mas nada funcionou. O arquivo mental em que minhas lembranças perdidas estão trancadas é bem forte. Não vai se abrir só porque ouço uma música chamada "You're Beautiful" de James... não sei das quantas.

Cérebro idiota, cheio de segredos. Quem é que manda aqui? Eu ou ele?

Ontem fui me consultar com o neurologista, Neil. Ele assentiu com simpatia enquanto eu desembuchava tudo e rabiscou um monte de anotações. Depois disse que tudo aquilo era fascinante e que talvez escrevesse um artigo científico sobre o meu caso. Quando pressionei, acrescentou que talvez ajudasse se eu escrevesse uma cronologia, e que eu poderia consultar um terapeuta, se quisesse.

Mas não preciso de terapia. Preciso da minha *memória*. O espelho está ficando embaçado por causa da respiração. Estou apertando a testa com mais força contra ele, como se todas as respostas estivessem dentro da Lexi que está no espelho, como se eu pudesse pegá-las se me concentrasse o bastante...

— Lexi? Estou saindo. — Eric entra no quarto, segurando um DVD fora da caixa. — Querida, você deixou isto no tapete. É o local certo para um DVD?

Pego o disco. É o primeiro episódio de *Ambição*, que comecei a assistir no outro dia.

— Desculpe, Eric — digo rapidamente, pegando o disco. — Não sei como foi parar lá.

É mentira. Foi parar lá quando Eric estava fora de casa e eu espalhei uns cinquenta DVDs no tapete, além de revistas, álbuns de fotografias e embalagens de doces. Se ele visse, teria um ataque cardíaco.

— Seu táxi vai chegar às 10h — diz ele. — Estou indo agora.

— Ótimo! — Beijo-o, como faço todas as manhãs, agora. Na verdade isso está começando a parecer natural. — Tenha um bom dia!

— Você também. — Ele aperta o meu ombro. — Espero que tudo corra bem.

— Vai correr — digo confiante.

Vou voltar ao trabalho hoje, em tempo integral. Não para assumir o comando do departamento, obviamente não estou pronta para isso. Mas para começar a reaprender meu trabalho e ficar a par do que perdi. Faz cinco semanas desde o acidente. Não posso mais ficar parada em casa. Preciso *fazer* alguma coisa. Preciso pegar minha vida de volta. E minhas amigas.

Na cama, prontas, estão três brilhantes sacolas com presentes para Fi, Debs e Carolyn, que vou levar hoje. Passei séculos escolhendo os presentes perfeitos; na verdade, cada vez que penso neles quero me abraçar de satisfação.

Cantarolando, vou para a sala de estar e ponho o DVD de *Ambição* no aparelho. Nunca assisti ao resto. Talvez isso me ajude a entrar no clima de trabalho. Passo rapidamente pelas primeiras imagens até chegar a uma parte em que estou numa limusine com dois caras de terno, e aperto o Play.

— ... Lexi e seus colegas de equipe não vão ter moleza esta noite — diz uma voz masculina. A câmera me focaliza, e prendo o fôlego, ansiosa.

— Vamos vencer esta tarefa! — estou dizendo em voz dura aos homens, batendo as costas de uma das mãos na palma da outra. — Nem que tenhamos de trabalhar 24 horas por dia, vamos ganhar. Certo? Sem desculpas.

Meu queixo cai ligeiramente. Aquela executiva furiosa, apavorante, sou eu? Nunca falei assim na *vida*.

— Como sempre, Lexi está pondo sua equipe para trabalhar — diz o narrador. — Mas será que a Naja foi longe demais desta vez?

Não entendo bem o que ele está falando. Que Naja?

Agora a imagem salta para um dos caras que haviam estado na limusine. Está sentado numa cadeira de escritório, com um céu noturno visível através da janela de vidro atrás dele.

— Ela não é humana — murmura o sujeito. — Cada dia só tem um certo número de horas, porra. Estamos todos fazendo o máximo, você sabe, mas ela se importa, porra?

Enquanto fala, uma imagem minha, caminhando em algum tipo de depósito, aparece na tela. Sinto uma consternação súbita. Ele está falando de *mim*? Agora a imagem corta para uma briga feia entre mim e o mesmo cara. Estamos numa rua de Londres e ele tenta se defender, mas não deixo que ele fale.

— Você está expulso! — digo finalmente, com a voz tão cheia de desprezo que me encolho. — Você está expulso da minha equipe!

— E a Naja atacou! — retorna a narração. — Vejamos esse momento de novo!

Espere um minuto. Ele está dizendo...

Eu sou a Naja?

Sob uma música ameaçadora, tem início um *replay* em câmera lenta na tela, fazendo um zoom direto no meu rosto.

— Você está expulssssso! — estou sibilando. — Você está expulssssso da minha equipe.

Fico olhando, tonta de horror. Que porra eles fizeram? Manipularam minha voz. Parece que sou uma serpente.

— E esta semana Lexi está mais venenosa do que nunca! — continua o narrador. — Enquanto isso, na outra equipe...

Outro grupo de pessoas de terno aparece na tela e começa a discutir sobre uma negociação de preços. Mas estou chocada demais para me mexer.

Por que... como...?

Por que ninguém me disse? Por que ninguém me *alertou* sobre isso? No piloto automático, pego o telefone e digito o número de Eric.

— Oi, Lexi.

— Eric, acabo de assistir ao DVD daquele programa de TV! — Minha voz dispara, agitada. — Eles me chamaram de Naja! Eu fui uma vaca total com todo mundo! Você nunca me falou sobre isso!

— Querida, foi um programa fantástico — diz Eric em tom tranquilizador. — Você se saiu muito bem.

— Mas eles me deram o nome de uma *cobra*.

— E daí?

— E daí que eu não quero ser uma cobra! — Sei que pareço quase histérica, mas não consigo evitar. — Ninguém gosta de cobras! Eu sou mais parecida com... um esquilo. Ou um coala.

Os coalas são macios e peludos. E meio desajeitados.

— Um *coala*, Lexi! — Eric ri. — Querida, você é uma naja. Você tem noção de tempo. Sabe atacar. É isso que a torna uma grande executiva.

— Mas eu não *quero* ser... — Paro quando a campainha soa. — Meu táxi chegou. É melhor eu ir.

Vou para o quarto e pego as três sacolas brilhantes, tentando recuperar o otimismo; tentando me animar outra vez. Mas de repente toda a minha confiança se evapora.

Sou uma cobra. Não é de se admirar que todo mundo me odeie.

Enquanto meu táxi abre caminho até a Victoria Palace Road, estou sentada rígida no banco de trás, apertando com força as sacolas de presentes e dando explicações a mim mesma. Em primeiro lugar, todo mundo conhece as artimanhas da TV. Ninguém pode achar realmente que eu seja uma cobra. Além disso, aquilo foi há séculos, todo mundo provavelmente já esqueceu...

Meu Deus. O problema de dar explicações a si mesma é que, bem no fundo, você sabe que é tudo mentira.

O táxi me deixa diante do prédio e respiro fundo, ajeitando meu tailleur Armani bege. Depois, tremendo, vou até o terceiro andar. Quando saio do elevador, as primeiras pessoas que vejo são Fi, Carolyn e Debs perto da máquina de café. Fi está indicando o próprio cabelo e falando animada enquanto Carolyn comenta mas, quando apareço, a conversa para instantaneamente, como se alguém tivesse puxado a tomada do rádio.

— Oi, pessoal! — Olho ao redor com o sorriso mais caloroso e amigável que consigo. — Estou de volta!

— Oi, Lexi. — Há uma resposta discreta geral, e Fi encolhe levemente os ombros, num cumprimento. Certo, não foi um sorriso, mas pelo menos foi uma reação.

— Você está ótima, Fi! Essa blusa é linda. — Faço um gesto para sua blusa creme e ela acompanha meu olhar, surpresa. — E Debs, você também está fabulosa! E Carolyn, Seu cabelo está ótimo, todo curtinho assim e... e essas botas são fantásticas!

— Essas? — Carolyn funga, rindo, e bate com uma das botas de camurça marrom na outra. — Eu as tenho há anos.

— Bem, mesmo assim... são lindas!

Estou morrendo de nervosismo, falando um monte de besteiras. Não é de espantar que todas fiquem perplexas. Os braços de Fi estão cruzados e Debs parece estar com vontade de rir.

— Pois é. — Obrigo-me a diminuir o pique um pouquinho. — Trouxe uma coisinha para vocês. Fi, isto é para você, e Debs...

Enquanto entrego as sacolas, subitamente elas parecem ridiculamente brilhantes e espalhafatosas.

— Para que é isso? — pergunta Debs, perplexa.

— Bem, vocês sabem! Só para... hum... — hesito ligeiramente. — Vocês são minhas amigas e... Andem. Abram!

Entreolhando-se inseguras, todas as três começam a rasgar os papéis de embrulho.

— *Gucci?* — diz Fi, incrédula, enquanto pega uma caixa de joias, azul. — Lexi, não posso aceitar...

— Pode sim! Por favor. Simplesmente abra, você vai ver...

De repente Fi abre a caixa, revelando um relógio com pulseira de ouro.

— Lembra? — pergunto ansiosa. — A gente sempre olhava nas vitrines. Todo fim de semana. E agora você tem um!

— Na verdade... — Fi suspira, parecendo desconfortável. — Lexi, eu comprei um há dois anos.

Ela levanta a manga e está usando exatamente o mesmo relógio, só que com aparência um pouquinho mais opaca e usada.

— Ah — digo com o coração se encolhendo. — Ah, certo. Bem, não faz mal. Eu posso devolver, ou trocar, podemos arranjar outra coisa...

— Lexi, não posso usar isso — intervém Carolyn, devolvendo o perfume que lhe dei, junto com a bolsinha de couro em que ele veio. — Esse cheiro me enjoa.

— Mas é o seu predileto — digo atarantada.

— *Era* — corrige ela. — Antes de eu engravidar.

— Você está *grávida*? — Olho-a espantadíssima. — Ah, meu Deus! Carolyn, parabéns! Que maravilhoso! Fico *tão* feliz por você. Matt será o melhor pai do...

— Não é de Matt — interrompe ela, seca.

— Não? — pergunto estupidamente. — Mas o que... Vocês dois *romperam*?

Eles não podem ter rompido. Impossível. Todo mundo achava que Carolyn e Matt ficariam juntos para sempre.

— Não quero falar sobre isso, certo? — diz Carolyn, quase sussurrando. Para meu horror, vejo que seus olhos ficaram vermelhos por trás dos óculos e que ela está ofegando. — Até mais. — Ela empurra o papel de embrulho e a fita para cima de mim e sai andando para o escritório.

— Fantástico, Lexi — diz Fi com sarcasmo. — Justo quando pensávamos que ela finalmente havia superado Matt.

— Eu não sabia! — digo pasma. — Não fazia ideia. Sinto muito... — Coço o rosto, sentindo-me quente e perturbada. — Debs, abra o seu presente.

Eu trouxe para Debs uma cruz cravejada de diamantes minúsculos. Ela é completamente louca por joias, e a gente nunca erra com uma cruz. Ela *tem* de adorar.

Em silêncio, Debs abre o embrulho.

— Sei que é meio extravagante — digo nervosa. — Mas eu queria lhe dar algo especial...

— É uma cruz! — Debs empurra a caixa de volta para mim, com o nariz franzindo como se aquilo fedesse a alguma coisa rançosa. — Não posso usar isso! Sou judia.

— Você é *judia*? — Meu queixo cai. — Desde quando?

— Desde que fiquei noiva de Jacob — diz ela como se isso fosse óbvio. — Eu me converti.

— Uau! — digo alegre. — Você está *noiva*? — E, claro, agora não posso deixar de ver o anel de platina em sua mão esquerda, com um diamante alojado bem no centro. Debs usa tantos anéis que eu não tinha notado. — Quando é o casamento? — Minhas palavras se atropelam de empolgação. — Quando vai ser?

— No mês que vem. — Ela desvia o olhar. — Em Wiltshire.

— No *mês que vem*! Ah, meu Deus, Debs! Mas eu não...

Paro abruptamente numa espécie de silêncio quente, latejante. Eu ia dizer "Mas eu não recebi o convite".

Não recebi o convite porque não fui convidada.

— Quero dizer... hum... parabéns! — De algum modo mantenho um sorriso luminoso grudado no rosto. — Espero que tudo corra maravilhosamente. E não se preocupem, posso devolver facilmente a cruz... e o relógio... e o perfume... — Com dedos trêmulos começo a enfiar todos os papéis de embrulho nas sacolas.

— É — diz Fi, sem graça. — Bem, a gente se vê, Lexi.

— Tchau. — Debs não consegue me encarar. As duas saem e eu fico olhando, com o queixo rígido pela vontade de chorar.

Grande trabalho, Lexi. Você não ganhou as amigas de volta, só piorou as coisas.

— Presente para mim? — A voz sarcástica de Byron acerta minha nuca e eu me viro, vendo-o chegar lentamente pelo corredor, com um café na mão. — Que gentileza da sua parte, Lexi!

Meu Deus, ele me dá arrepios. *Ele* é a cobra.

— Oi, Byron — digo o mais animada que posso. — É bom ver você.

Juntando toda a força que consigo, levanto o queixo e tiro uma mecha de cabelos do rosto. Não posso desmoronar.

— É muita coragem sua voltar, Lexi — diz Byron enquanto vamos pelo corredor. — Muito admirável.

— Na verdade, não! — respondo com o máximo de confiança que consigo. — Estou ansiosa por isso.

— Bem, qualquer dúvida, você sabe onde estou. Se bem que hoje vou ficar com James Garrison a maior parte do dia. Você se lembra de James Garrison?

Merda, merda, merda. *Por que* ele escolhe as pessoas de quem nunca ouvi falar?

— Lembre-me — digo com relutância.

— É o chefe da nossa distribuidora, a Southeys, lembra? Eles distribuem o material pelo país. Carpetes, pisos, as coisas que vendemos. Levam de um lugar para o outro em caminhões. — Seu tom é educado mas ele está com um risinho no rosto.

— É, eu me lembro da Southeys — digo em tom cortante. — Obrigada. Por que você vai ser reunir com eles?

— Bem — diz Byron depois de uma pausa. — A verdade é que eles vão mal. Está na hora de apertá-los. Se eles não puderem melhorar seus sistemas, teremos de procurar outra distribuidora.

— Certo — assinto do modo mais chefe que consigo. — Bem, me mantenha a par. — Chego à minha sala e abro a porta. — Vejo você depois, Byron.

Fecho a porta, largo as sacolas de presentes no sofá, abro o arquivo e pego todas as pastas de uma gaveta. Tentando não me sentir intimidada, sento-me à mesa e abro a primeira, que contém minutas das reuniões do departamento.

Três anos. Posso ficar a par de três anos. Não é *tanto* tempo assim.

Vinte minutos depois meu cérebro já está doendo. Não li nada sério ou pesado pelo que parecem meses, e este material é denso como melado. Discussões de orçamento. Contratos de reformas. Avaliações de desempenho. Sinto que voltei à faculdade, fazendo uns seis cursos diferentes ao mesmo tempo.

Comecei a anotar num pedaço de papel: *Perguntas a fazer*, e já estou no verso.

— Como está indo? — A porta se abriu em silêncio e Byron está me olhando. Ele não *bate*?

— Ótima — digo, na defensiva. — Realmente bem. Só tenho umas perguntinhas...

— Diga. — Ele se encosta no portal.

— Certo. Primeiro, o que é QAS?

— O nosso novo software de contabilidade. Todo mundo foi treinado para usá-lo.

— Bem, eu posso ser treinada também — digo rapidamente, rabiscando na minha folha. — E o que é Services.Com?

— Nosso provedor de serviço online aos clientes.

— O quê? — contraio a testa, confusa. — Mas e o departamento de serviços ao cliente?

— Tornou-se obsoleto há anos — diz Byron, parecendo entediado. — A empresa foi reestruturada e vários departamentos foram terceirizados.

— Certo — concordo, tentando captar tudo, e olho de novo para a folha. — E quanto a BD Brooks? O que é?

— Nossa agência de publicidade — responde Byron com paciência exagerada. — Eles fazem anúncios para nós, no rádio e na TV...

— Eu sei o que é uma agência de publicidade! — respondo mais irritada do que pretendia. — Então o que aconteceu com a Pinkham Smith? Nós tínhamos um relacionamento ótimo com eles...

— Não existe mais. — Byron revira os olhos. — Faliu. Meu Deus, Lexi, você não se lembra de porcaria nenhuma, não é?

Abro a boca para retrucar, mas não consigo. Ele está certo. É como se a paisagem que eu conhecia tivesse sido varrida por algum tipo de furacão. Tudo foi reconstruído e eu não reconheço nada.

— Você nunca vai alcançar tudo isso de novo. — Byron me examina com ar de pena.

— Vou, sim!

— Lexi, encare os fatos. Você está mentalmente doente. Não deveria estar fazendo esse tipo de esforço...

— Não estou *mentalmente doente*! — grito furiosa, e fico de pé. Passo rispidamente por Byron e saio pela porta, e Clare levanta a cabeça assustada, fechando rapidamente o celular.

— Oi, Lexi. Quer alguma coisa? Uma xícara de café?

Ela parece aterrorizada, como se eu fosse arrancar sua cabeça a dentadas ou algo assim. Certo, agora é minha chance de lhe mostrar que não sou a vaca-chefe-do-inferno. Sou *eu*.

— Oi, Clare! — digo com o máximo de gentileza, e me empoleiro na ponta de sua mesa. — Tudo bem?

— Ah... tudo. — Seus olhos estão arregalados e desconfiados.

— Eu estava pensando se você gostaria que eu lhe pegasse um café.

— Você? — Ela me encara como se suspeitasse de um truque. — Pegando um café para mim?

— É! Por que não? — Abro um sorriso, e ela se encolhe.

— Tudo... tudo bem. — Ela desliza para fora da cadeira, os olhos fixos em mim como se pensasse que sou *realmente* uma naja. — Eu posso pegar.

— Espere! — digo quase desesperadamente. — Sabe, Clare, eu gostaria de conhecer você melhor. Talvez um dia pudéssemos almoçar juntas... sair... fazer compras...

Clare parece mais perplexa do que nunca.

— Ah... é. Certo, Lexi — murmura ela, e sai rapidamente pelo corredor. Viro-me e vejo Byron ainda junto à porta, rindo.

— O que foi? — pergunto rispidamente.

— Você é mesmo uma pessoa diferente, não é? — Ele levanta as sobrancelhas, espantado.

— Talvez eu só queira ser legal com meus funcionários e tratá-los com respeito — digo em tom de provocação. — Há algo de errado nisso?

— Não! — Byron levanta as mãos. — Lexi, é uma ótima ideia. — Ele me percorre com o olhar, o sorriso sarcástico ainda nos lábios, depois estala a língua como se recordasse alguma coisa. — Isso me faz lembrar. Antes de eu sair, há uma coisa para você cuidar, como chefe do departamento. Achei que seria certo.

Finalmente. Ele está me tratando como chefe.

— Ah, é? — Levanto o queixo. — O que é?

— Recebemos um e-mail de cima, falando de pessoas que abusam do horário de almoço. — Ele enfia a mão no bolso e pega um pedaço de papel. — SJ quer que todos os diretores dêem uma bronca em suas equipes. De preferência hoje. — Byron levanta os olhos com inocência. — Posso deixar isso por sua conta?

Filho-da-mãe. *Filho-da-mãe.*

Estou andando de um lado para o outro na sala, com o estômago borbulhando de nervosismo. Nunca dei uma bronca em ninguém. Quanto mais em todo um departamento. Quanto mais ao mesmo tempo em que estou tentando provar que sou realmente legal e não uma vaca-chefe-do-inferno.

Olho mais uma vez o e-mail de Natasha, secretária de Simon Johnson.

```
Colegas. Chegou ao conhecimento de Simon
que alguns funcionários estão
repetidamente ultrapassando o limite do
horário de almoço muito além do tempo
estipulado. Isto é inaceitável. Ele
agradeceria se vocês pudessem deixar isso
claro às suas equipes o mais breve
possível, e que fizessem valer uma
política de verificação.
Obrigada.
Natasha
```

Certo. O fato é que não *diz* "dê uma bronca em seu departamento". Não preciso ser agressiva nem nada. Posso levantar o argumento ao mesmo tempo em que continuo sendo legal.

Talvez eu possa ser toda brincalhona e amigável! Vou começar tipo: "E aí, pessoal! O horário de almoço é suficientemente longo?" Vou revirar os olhos para mostrar que estou sendo irônica e todo mundo vai rir, e alguém vai dizer: "Há algum problema, Lexi?" E eu darei um sorriso pesaroso e direi: "Não sou eu, é o pessoal emproado lá de cima. Então vamos tentar voltar no horário, certo?" E algumas pessoas vão assentir como se dissessem "é justo". E vai ficar tudo bem.

É. Parece bom. Respirando fundo, dobro o papel e o guardo no bolso, depois saio da sala e entro na área principal do Departamento de Pisos.

Há um zunzum de pessoas ao telefone, digitando e conversando umas com as outras. Durante cerca de um minuto ninguém sequer me nota. Então Fi levanta os olhos e cutuca Carolyn, e ela cutuca uma garota que não reconheço, que termina a conversa ao telefone. Por toda a sala, os aparelhos são pousados e as pessoas afastam o olhar das telas, as cadeiras giram, até que gradualmente todo o escritório parou.

— E aí, pessoal! — digo com o rosto pinicando. — Eu... hum... Ei, gente! Como vão as coisas?

Ninguém responde, nem mesmo reage como se eu tivesse falado. Só estão me olhando com a mesma expressão muda, tipo "vá em frente".

— Pois é! — Tento parecer alegre e animada. — Só queria dizer... o horário de almoço é longo o bastante?

— O quê? — A garota que ocupa minha mesa parece perplexa. — Vamos ter mais tempo?

— Não — digo rapidamente. — Quero dizer... ele é longo *demais*.

— Eu acho bom. — Ela dá de ombros. — Uma hora é a medida certa para fazer umas comprinhas.

— É — concorda outra garota. — Dá para ir até a King's Road e voltar.

Certo. Realmente não estou sendo clara e agora duas garotas no canto começaram a conversar de novo.

— Escutem! Por favor! — Minha voz está ficando aguda. — Preciso dizer uma coisa. Sobre o horário do almoço. Algumas pessoas da empresa... Hum... quero dizer, não necessariamente nenhum de *vocês*...

— Lexi — diz Carolyn. — Que porra você está falando? Fi e Debs explodem numa gargalhada e meu rosto fica em chamas.

— Olha, pessoal. — Tento manter a compostura. — É sério.

— Sssssério — ecoa alguém, e há risinhos na sala. — É sssssério.

— Muito engraçado! — tento rir. — Mas escutem, sério...

— Sssssério...

Agora quase todo mundo na sala parece estar sibilando, rindo ou as duas coisas. Todos os rostos estão entusiasmados; todo mundo está adorando a brincadeira, menos eu. De repente um aviãozinho de papel voa perto da minha orelha e pousa no chão. Pulo, assustada, e todo o escritório explode em gargalhadas.

— Certo, bem, só não demorem muito no almoço, certo? — digo desesperada.

Ninguém está ouvindo. Outro avião de papel me acerta no nariz, seguido por um elástico. Mesmo contra a vontade, lágrimas me saltam aos olhos.

— Tudo bem. A gente se vê! — consigo dizer. — Obrigada pela... pela atenção. — Ao som das gargalhadas, giro e saio do escritório. Atordoada, vou para o banheiro feminino, passando por Dana no caminho.

— Vai ao banheiro, Lexi? — pergunta ela, surpresa, enquanto vou entrando. — Sabe, você tem uma chave do banheiro executivo! É muito melhor!

— Estou bem aqui. — Forço um sorriso. — Verdade.

Vou direto ao reservado, fecho a porta com um estrondo e afundo a cabeça nas mãos, sentindo a tensão se esvair do corpo. Foi a experiência mais humilhante da minha vida.

Tirando o episódio do maiô branco.

Por que eu quis ser chefe? *Por quê?* Tudo que consegui foi perder as amigas, ter de dar broncas nas pessoas e ser sacaneada por todo mundo. E em troca de quê? De um sofá na minha sala? De um cartão de visitas chique?

Por fim, cautelosamente, levanto a cabeça e me vejo focalizando a parte de trás da porta do reservado, que está coberta de escritos, como sempre. Sempre usamos essa porta como uma espécie de quadro de avisos, para extravasar, fazer piadas ou escrever besteiras. A superfície vai ficando cada vez mais cheia, até que alguém limpa e começamos de novo. Os faxineiros nunca disseram nada, e nenhum dos executivos jamais entra aqui, de modo que é bastante seguro.

Passo o olhar pelas mensagens, sorrindo de uma história caluniosa sobre Simon Johnson, quando uma nova mensagem escrita com marcador azul atrai meu olhar. É a letra de Debs, e diz: "A Naja voltou."

E por baixo, em esferográfica preta com a tinta fraca: "Não se preocupem, eu cuspi no café dela."

Só há uma coisa a fazer. Ficar muito, muito, *muito* bêbada. Uma hora depois estou no bar do Hotel Bathgate, perto do escritório, terminando meu terceiro mojito. O mundo já ficou meio turvo, mas tudo bem. Para mim, quanto mais turvo, melhor. Desde que eu consiga manter o equilíbrio nessa banqueta de bar.

— Oi. — Levanto a cabeça para atrair a atenção do barman. — Outro, por favor.

O barman levanta as sobrancelhas diante da quantidade, depois diz:

— Claro.

Olho-o um tanto ressentida enquanto ele pega a hortelã. Não vai perguntar *por que* quero outro? Não vai me oferecer alguma filosofia de barman?

Ele coloca o coquetel sobre um descanso de copo e estende uma tigela de amendoins que empurro de lado, com descaso. Não quero nada estragando o álcool. Quero que ele vá direto para as veias.

— Posso lhe servir alguma outra coisa? Algo para beliscar, talvez?

E indica um pequeno menu, mas ignoro e tomo um gole generoso do mojito. Está gelado, forte, com gosto de limão e perfeito.

— Você acha que eu pareço uma vaca? — pergunto encarando-o. — Honestamente?

— Não. — O barman sorri.

— Bem, parece que sou. — Tomo outro gole do mojito. — É o que todas as minhas amigas dizem.

— Grandes amigas.

— Eram. — Pouso o coquetel e olho para ele, tonta. — Não sei em que ponto minha vida deu errado.

Minha voz está engrolada, até mesmo para meus ouvidos.

— É o que todo mundo diz. — Um cara sentado à ponta do balcão levanta os olhos de seu *Evening Standard*. Tem sotaque americano e cabelos escuros, com entradas fundas. — Ninguém sabe em que ponto deu tudo errado.

— É, mas eu *realmente* não sei. — Levanto um dedo dramaticamente. — Sofri um acidente de carro... e bum! Acordei e estou presa no corpo de uma vaca.

— Para mim parece que você está presa no corpo de uma gata. — O americano se esgueira para o banco ao lado, com um sorriso no rosto. — Eu não trocaria este corpo por nada.

Olho-o perplexa por um momento, até que percebo o que está acontecendo.

— Ah! Você está *flertando* comigo! Desculpe. Mas já sou casada. Com um cara. Meu marido. — Levanto a mão esquerda, localizo a aliança depois de alguns instantes e mostro para ele. — Veja só. Casada. — Penso por um momento. — Além disso posso ter um amante.

O barman dá um risinho abafado. Levanto os olhos desconfiada, mas o rosto dele está impávido. Tomo outro gole da minha bebida e sinto o álcool batendo, dançando na cabeça. Meus ouvidos estão zumbindo e a sala começando a rodar.

O que é bom. As salas *deveriam* rodar.

— Sabe, não estou bebendo para esquecer — digo ao barman. — Já esqueci tudo. — Isso de repente me parece tão engraçado que começo a rir incontrolavelmente. — Levei uma pancada na cabeça e esqueci tudo. — Estou segurando a barriga, as lágrimas jorram dos olhos. — Esqueci até que tenho marido. Mas tenho!

— Ahã. — O barman está trocando olhares com o americano.

— E disseram que não há cura. Mas, sabe, os médicos podem errar, não é? — Apelo ao redor. Agora um bom número de pessoas parece estar ouvindo, e umas duas concordam.

— Os médicos sempre estão errados — diz o americano, enfático. — Todos são uns escrotos.

— Exatamente! — me viro na direção dele. — Você está certíssimo! Tudo bem. — Tomo um gole grande do mojito, depois me viro de novo para o barman. — Posso pedir um favorzinho? Pode pegar aquela coqueteleira ali e bater na minha cabeça com ela? Disseram que não funciona, mas como é que eles *sabem*?

O barman sorri, como se pensasse que estou brincando.

— Ótimo. — Suspiro impaciente. — Terei de fazer isso eu mesma. — Antes que ele possa me impedir, pego a coqueteleira e dou uma cacetada na testa. — Ai! — Largo a coqueteleira e seguro a cabeça. — Aaai! Doeu!

— Viu isso? — Ouço alguém dizendo atrás de mim. — Ela é maluca!

— A senhora está bem? — O barman parece preocupado. — Posso chamar um...

— Espere! — Levanto uma das mãos. Por alguns instantes fico ali, completamente imóvel, esperando que as memórias fluam de volta para o cérebro. Depois desisto, frustrada. — Não funcionou. Nada. Merda.

— Eu daria um café forte para ela — ouço o americano dizendo baixinho ao barman. Que desplante! Não *quero* café. Já ia dizer isso quando meu celular toca. Depois de uma pequena luta com o zíper da bolsa, pego o telefone, e é uma mensagem de Eric.

Oi, tô indo pra casa. E

— É do meu marido — informo ao barman enquanto guardo o telefone. — Sabe, ele dirige lancha.

— Fantástico — responde o barman educadamente.

— É. É mesmo. — Concordo umas sete vezes. — É fantástico. É o casamento perfeito, perfeito... — Paro um momento. — Só que não fizemos sexo.

— Vocês não fizeram sexo? — pergunta o americano, atônito.

— Nós *fizemos* sexo — tomo um gole de mojito e me inclino para ele, confidencialmente. — Só não me lembro.

— Isso é bom, hein? — Ele começa a rir. — Você levou um tranco, não foi?

Levei um tranco. Suas palavras pousam na minha mente como uma grande luz de néon piscando. *Levei um tranco.*

— Sabe de uma coisa? — digo devagar. — Talvez você não perceba. Mas isso é muito sig... sigficat... significativo.

Não sei se a palavra saiu certa. Mas *eu* sei o que quero dizer. Se eu fizesse sexo, talvez isso me fizesse pegar no tranco. Talvez seja disso que eu precise! Talvez Amy estivesse certa o tempo todo, é a cura natural para amnésia!

— Vou fazer. — Pouso o copo com estrondo. — Vou fazer sexo com meu marido!

— Vá, garota! — diz o americano, rindo. — Divirta-se.

Vou fazer sexo com Eric. Esta é a minha missão. Enquanto vou de táxi para casa estou bem empolgada. Assim que chegar, vou pular em cima dele. Faremos um sexo incrível e vou pegar no tranco, e de repente tudo vai ficar claro.

O único probleminha de nada é que não estou com o Manual do Casamento. E não me lembro *exatamente* da ordem das preliminares.

Fecho os olhos, tentando ignorar a tontura e lembrar exatamente o que Eric escreveu. Alguma coisa era em sentido horário. E outra coisa era "suave", depois com golpes de língua. Coxas? Peito? Eu deveria ter memorizado. Ou escrito em post-its, poderia ter grudado atrás da cama.

Certo. Acho que sei. Nádegas primeiro, depois parte interna das coxas, *depois* o saco...

— Como? — pergunta o motorista.

Epa. Não percebi que estava falando alto.

— Nada! — respondo depressa.

Os lóbulos das orelhas vinham em algum momento, lembro de repente. Talvez *isso* tivesse a ver com os golpes de língua. Tanto faz. Não importa. O que eu não puder lembrar, vou inventar. Também não podemos ser um casal velho entediado que faz *exatamente do mesmo modo* sempre, podemos?

Podemos?

Sinto uma preocupação minúscula, que ignoro. Vai ser ótimo. Além disso, estou usando uma lingerie fantástica. Sedosa e combinando e coisa e tal. Nem *tenho* mais nada puído.

Paramos diante do prédio e eu pago ao chofer. Enquanto subo de elevador, tiro o chiclete que estava mascando para melhorar o hálito e desabotoo a blusa um pouco.

Demais. Dá para ver meu sutiã.

Abotoo de novo, entro no apartamento e chamo:

— Eric!

Não há resposta, então vou ao escritório. Estou no maior porre, para dizer a verdade. Estou cambaleando nos saltos, e as paredes vão para a frente e para trás no meu campo de visão. É melhor não tentarmos fazer de pé.

Chego à porta do escritório e observo Eric por alguns instantes, trabalhando em seu computador. Na tela vejo a brochura do Blue 42, seu novo prédio. A festa de inauguração vai ser daqui a alguns dias, e ele passa todo o tempo preparando a apresentação que fará.

Certo, o que ele deveria fazer agora era sentir a tensão sexual, virar-se e me ver. Mas não faz isso.

— Eric — digo em minha voz mais rouca e sensual, mas ele continua sem se mexer. De repente percebo que Eric está usando fones de ouvido. — Eric! — grito, e por fim ele se vira. Tira os fones e sorri.

— Oi. Teve um bom dia?

— Eric... me pegue. — Passo a mão pelo cabelo. — Vamos fazer. Pode me dar um tranco.

Ele me espia por alguns segundos.

— Querida. Você andou bebendo?

— Posso ter tomado uns dois drinques. Ou três. — Respondo, depois me seguro na porta, para me equilibrar. — O fato é que eles me fizeram perceber o que eu quero. Do que eu *preciso*. Sexo.

— Ceeer-to. — Eric levanta as sobrancelhas. — Talvez você devesse ficar sóbria, comer alguma coisa. Gianna fez um cozido de frutos do mar fantástico...

— Não quero cozido! — Sinto vontade de bater os pés. — Nós precisamos *fazer*! É o único modo de eu lembrar!

O que há de errado com ele? Eu esperava que ele pulasse em cima de mim, mas em vez disso Eric está coçando a testa com a parte de trás do punho.

— Lexi, não quero forçar você a se precipitar em nada. Esta é uma grande decisão. O médico disse que só deveríamos passar aos estágios com os quais você estiver confortável...

— Bem, eu estou confortável em fazer isso agora. — Abro mais dois botões, expondo meu sutiã La Perla com suporte de arame. *Meu Deus*, meus peitos ficam fantásticos nele.

Quero dizer, tinham mais é que ficar, por sessenta libras.

— Venha. — Levanto o queixo, provocadora. — Sou sua mulher.

Posso ver a mente de Eric trabalhando enquanto ele me encara.

— Bem... certo! — Ele fecha o programa, desliga o computador, depois se aproxima, passa o braço ao meu redor e começa a me beijar. E é... legal.

É sim. É... agradável.

Sua boca é bem macia. Notei antes. O que é meio estranho para um homem. Quero dizer, não é exatamente *anti*ssensual, mas...

— Você está bem, Lexi? — A voz sussurrada de Eric surge em meu ouvido.

— Estou! — sussurro de volta.

— Vamos para o quarto?

— Vamos!

Eric sai do escritório e eu o acompanho, tropeçando ligeiramente nos saltos. Tudo parece meio estranhamente formal, como se ele estivesse me levando a uma entrevista de emprego.

No quarto retomamos os beijos. Eric parece bem concentrado, mas não faço ideia do que eu deveria fazer. Vislumbro o Manual do Casamento no pufe e me pergunto se poderia cutucá-lo rapidamente e abrir no capítulo de Preliminares com o dedo do pé. Só que talvez Eric note.

Agora ele está me puxando para a cama. Preciso fazer alguma coisa. Mas o quê? Uni-duni-tê... Não. Pare com isso. Vou começar com... o peito. Desabotoar a camisa dele. Gestos amplos. Em sentido horário.

Ele tem um bom peitoral. Preciso admitir. Firme e musculoso em função do tempo que passa na academia diariamente.

— Você se sente confortável quando toco seu seio? — murmura ele enquanto começa a abrir meu sutiã.

— Acho que sim — murmuro de volta.

Por que ele está me apertando? É como se estivesse escolhendo frutas. Vai me provocar um hematoma a qualquer minuto.

Tudo bem. Não seja tão exigente. Isso tudo é ótimo. Tenho um marido fabuloso com um corpo fabuloso, estamos na cama e...

Aaai. Isso era meu *mamilo.*

— Desculpe — sussurra Eric. — Escute, querida, você se sente confortável se eu tocar seu abdômen?

— Hum... acho que sim!

Por que ele perguntou isso? Por que eu ficaria confortável com o seio e não com o abdômen? Não faz sentido. E, para ser absolutamente honesta, não sei se a palavra é "confortável". Isso tudo é meio surreal. Estamos nos movendo, ofegando e fazendo tudo segundo as regras, mas não sinto que eu esteja *indo* a lugar nenhum.

A respiração de Eric está quente em meu pescoço. Acho que é hora de eu fazer outra coisa. Nádegas, talvez, ou... Ah, certo. Pelo modo como as mãos de Eric estão se movendo, parece que estamos pulando direto para a parte interna das coxas.

— Você é gostosa — está dizendo ele com a voz ansiosa. — Meu Deus, você é gostosa. Isso é tão gostoso!

Não acredito! Ele diz "gostoso" o tempo todo, também. Ele *deveria* transar com a Debs.

Ah, não. Obviamente ele não deveria fazer sexo com Debs. Afaste esse pensamento.

De repente percebo que estou três passos atrás no negócio das preliminares, para não mencionar as coisas que deveria. Mas Eric nem parece ter notado.

— Lexi, querida? — murmura ele ofegante, bem no meu ouvido.

— O quê? — sussurro de volta, imaginando se ele vai dizer "eu te amo".

— Você se sente confortável se eu puser meu pênis na sua...

Iiiirk!

Antes que eu me contenha, empurro-o de cima de mim e rolo para longe.

Epa. Eu não pretendia empurrar com tanta força.

— O que há de errado? — Eric senta-se, assustado. — Lexi! O que aconteceu? Você está bem? Teve um lampejo de memória?

— Não. — Mordo o lábio. — Desculpe. É que de repente me senti meio... hum...

— Eu sabia. Eu *sabia* que estávamos sendo precipitados. — Eric suspira e segura minhas mãos. — Lexi, fale comigo. Por que você não ficou confortável? Foi por causa de alguma... lembrança traumática vindo à superfície?

Ah, meu Deus. Ele parece tão sério. Preciso mentir.

Não. Não posso mentir. Os casamentos só dão certo se formos totalmente honestos.

— Não foi por causa de uma lembrança traumática — digo finalmente, tendo o cuidado de olhar para além dele, para o edredom. — Foi porque você disse "pênis".

— Pênis? — Eric parece absolutamente perturbado. — O que há de errado com pênis?

— É só que... Você sabe. Não é muito sensual. Em termos de palavra.

Eric se recosta na cabeceira da cama, a testa franzida.

— Eu acho "pênis" sensual — diz finalmente.

— Ah, certo! — recuo depressa. — Bem, quero dizer, obviamente é *bem* sensual...

Como ele pode achar a palavra pênis sensual?

— De qualquer modo, não foi só isso. — Mudo rapidamente o assunto. — Foi o modo como você ficou me perguntando se eu me sentia confortável a cada dois segundos. Isso tornou as coisas meio... exageradamente formais. Não acha?

— Eu só estava tentando ser gentil — diz ele rigidamente. — Esta é uma situação bem estranha para nós dois. — Ele se vira e começa a vestir a camisa.

— Eu sei! — digo rapidamente. — E reconheço, de verdade. — Ponho a mão em seu ombro. — Mas talvez devêssemos relaxar. Ser mais... espontâneos.

Eric fica quieto por um tempo, como se avaliasse o que eu disse.

— Então... eu devo dormir aqui esta noite? — pergunta, finalmente.

— Ah! — Encolho-me, mesmo contra a vontade.

O que há de *errado* comigo? Eric é meu marido. Há um instante eu estava toda a fim de transar com ele. Mas mesmo assim, a ideia de ele dormir comigo a noite toda parece... íntima demais.

— Talvez possamos esperar mais um pouco. Desculpe, é só...

— Ótimo. Entendo. — Ele se levanta sem me encarar. — Acho que vou tomar um banho.

— Certo.

Sozinha, deixo-me cair de volta nos travesseiros. Ótimo. Não fiz sexo. Não me lembrei de nada. Minha missão fracassou totalmente.

Eu acho "pênis" sensual.

Tenho um acesso súbito de riso e aperto a boca com a mão, para o caso de ele ouvir. Ao lado da cama o telefone começa a tocar, mas a princípio não me mexo. Deve ser para Eric. Então percebo que ele deve estar no chuveiro. Estendo a mão e pego o aparelho Bang and Olufsen de último tipo.

— Alô?

— Oi — diz uma voz seca, familiar. — É o Jon.

— *Jon?* — Sinto uma onda de calor. Eric não está à vista, mas mesmo assim corro para o banheiro contíguo, levando o telefone, e tranco a porta.

— Está maluco? — sussurro num tom baixo e furioso. — Por que você está ligando para cá? É arriscado demais! E se Eric atendesse?

— Eu esperava que ele atendesse. — Jon parece um pouco perplexo. — Preciso falar com ele.

— Ah. — Paro subitamente. Sou tão *idiota*! — Ah... certo. — Tentando recuperar o controle da situação, uso uma voz indiferente, de esposa. — Claro, Jon. Vou chamá-lo...

— Mas preciso mais falar com você — interrompe ele. — Precisamos nos encontrar. Precisamos conversar.

— Não podemos! Você tem de parar com isso. Com todo esse negócio... de conversa. Pelo telefone. E também sem ser pelo telefone.

— Lexi, você encheu a cara?

— Não. — Examino meu reflexo de olhos injetados. — Certo... talvez um pouquinho.

Há uma fungadela do outro lado da linha. Ele está *rindo*?

— Eu te amo — diz Jon.

— Você não me conhece.

— Eu adoro a garota... que você era. Que é.

— Você ama a Naja? — retruco rispidamente. — Ama a vaca-do-inferno. Bem, então deve ser doido.

— Você não é uma vaca-do-inferno. — Ele definitivamente está rindo de mim.

— Todo mundo parece achar que eu sou. Era. Sei lá.

— Você era infeliz. E cometeu uns erros bem grandes. Mas não era uma vaca.

Por baixo da névoa de bebida, estou absorvendo cada palavra. É como se ele fosse um unguento sendo passado em alguma parte ferida em mim. Quero ouvir mais.

— O que... — Engulo em seco. — Que tipo de erros?

— Digo quando nos encontrarmos. Vamos falar de tudo. Lexi, senti muita saudade de você.

De repente seu tom íntimo, familiar, está me deixando perturbada. Cá estou, no meu banheiro, sussurrando ao telefone com um cara que não conheço. Em que estou me metendo?

— Pare. Simplesmente... pare! — interrompo. — Preciso... pensar.

Vou até o outro lado do cômodo, passando a mão pelos cabelos, tentando forçar algum pensamento racional a entrar em minha cabeça tonta. Poderíamos nos encontrar e apenas conversar...

Não. *Não*. Não posso começar a ver alguém escondido. Quero que meu casamento dê certo.

— Eric e eu acabamos de fazer sexo! — digo em tom de provocação.

Nem sei bem por que falei isso.

Há silêncio na linha e me pergunto se Jon está tão ofendido que desligou. Bem, seria uma coisa *boa*.

— E o que você quer dizer com isso? — Sua voz vem pelo fone.

— Você sabe. Isso certamente muda as coisas.

— Não estou entendendo. Você acha que eu deixaria de ser apaixonado por você se você tivesse feito sexo com Eric?

— Eu... não sei. Talvez.

— Ou você acha que fazer sexo com Eric prova, de algum modo, que você o ama? — Sua voz é implacável.

— Não sei! — repito, chateada. Eu nem deveria estar tendo essa conversa. Deveria estar correndo para fora, segurando o telefone alto e gritando: "Querido? É o Jon, para você."

Mas alguma coisa me segura neste banheiro, com o fone grudado no ouvido.

— Achei que isso poderia estimular minhas lembranças — digo enfim, sentando-me na lateral da banheira. — Fico pensando que talvez minha memória esteja toda ali, trancada, e que se ao menos eu pudesse chegar lá... é tão *frustrante*...

— Fale sobre isso — diz Jon, e subitamente o imagino de pé, com sua camiseta cinza e jeans, franzindo o rosto daquele seu jeito, segurando o telefone com uma das mãos, o outro cotovelo dobrado com a mão na nuca, um vislumbre de axila...

A imagem é tão nítida que pisco.

— Então, como foi? O sexo. — Seu tom mudou, é mais tranquilo.

— Foi... — Pigarreio. — Você sabe. Sexo. Você sabe como é sexo.

— Sem dúvida sei como é — concorda ele. — Também sei como é sexo com Eric. Ele é hábil... preocupado... tem bastante imaginação...

— Pare com isso! Você faz com que essas coisas pareçam *ruins*.

— Precisamos nos encontrar — interrompe ele. — Sério.

— Não podemos. — Sinto um tremor de medo, bem no fundo. Como se estivesse para passar sobre um precipício. Como se precisasse me segurar.

— Sinto muito a sua falta. — A voz dele está mais baixa, mais suave. — Lexi, você não faz ideia da falta que eu sinto, está me rasgando por dentro, não ficar com você...

Minha mão está úmida. Não consigo escutá-lo mais. Isso está me confundindo; está me perturbando. Porque, se fosse verdade, se tudo que ele diz fosse realmente verdade...

— Olhe, preciso ir — digo de repente. — Vou chamar Eric para você. — Com as pernas bambas destranco a porta do banheiro e saio, segurando o telefone longe de mim, como se ele estivesse contaminado.

— Lexi, espere. — Posso ouvir sua voz vindo do telefone, mas ignoro.

— Eric! — Chamo enquanto me aproximo de sua porta e ele sai, enrolado numa toalha. — Querido? É Jon, para você. Jon, o arquiteto.

13

Eu tentei. Tentei de verdade. Fiz tudo em que pude pensar para mostrar ao departamento que não sou uma vaca.

Coloquei um pôster sugerindo ideias para um passeio divertido com o pessoal do departamento — mas ninguém se inscreveu. Pus flores nos parapeitos das janelas, mas ninguém sequer falou delas. Hoje comprei um enorme cesto de bolinhos de mirtilo, baunilha e chocolate e pus na sala da copiadora, junto com um cartaz dizendo "De Lexi — Sirvam-se!"

Dei uma volta pelo escritório há alguns minutos e ninguém pegou um bolinho sequer. Mas não faz mal, ainda é cedo. Vou dar mais uns dez minutos e verificar de novo.

Viro uma página do material que estive lendo, depois clico no documento que está na tela. Estou trabalhando com arquivos de papel e de computador ao mesmo tempo, tentando fazer referências cruzadas com tudo. Sem querer, dou um bocejo enorme e encosto a cabeça na mesa. Estou cansada. Quero dizer, estou *arrebentada*. Tenho chegado todas as manhãs às 7h só para examinar mais um pouco desta montanha de papéis. Meus olhos estão vermelhos por causa de toda essa leitura interminável.

Quase não voltei aqui. No dia seguinte do que Eric e eu meio que fizemos sexo, acordei pálida, com a dor de cabeça mais esmagadora e sem absolutamente nenhum desejo de ir trabalhar de novo, nunca mais. Cambaleei até a cozinha, fiz uma xícara de chá com três colheres de açúcar, sentei-me e escrevi num pedaço de papel, encolhendo-me a cada movimento:

OPÇÕES
1. Desistir
2. Não desistir

Fiquei olhando durante séculos. E finalmente risquei o *Desistir.*

O negócio com relação a desistir é que nunca sabemos. Nunca sabemos se poderíamos ter conseguido. E estou farta de não saber sobre a minha vida. Por isso aqui estou, na minha sala, lendo um debate sobre a tendência de custos das fibras de tapetes, datado de 2005. Só para o caso de ser importante.

Não. Qual é! Não pode ser importante. Fecho a pasta de papel, levanto-me e estico as pernas, depois vou na ponta dos pés até a porta. Abro uma fresta e espio esperançosa para o escritório principal. Posso vislumbrar o cesto através da janela. Continua intacto.

Sinto-me totalmente esmagada. O que há de *errado*? Por que ninguém pega nenhum? Talvez eu deva deixar absolutamente claro que aqueles bolinhos são para todo mundo. Saio da sala, entro na área principal do escritório.

— Olá! — digo animada. — Só queria dizer que esses bolinhos são para todos vocês. Acabaram de sair da padaria hoje cedo. Então... vão em frente! Sirvam-se!

Ninguém responde. Ninguém ao menos nota minha presença. Será que fiquei subitamente invisível?

— Pois é. — Obrigo-me a sorrir. — Aproveitem! — Giro nos calcanhares e saio.

Fiz minha parte. Se eles quiserem os bolinhos, que peguem. Se não quiserem, que não queiram. Fim de papo. Realmente não me importo. Sento-me à minha mesa, abro um relatório financeiro recente e começo a passar o dedo pelas colunas relevantes. Depois de alguns instantes me recosto, esfregando os olhos com os punhos. Esses números só estão confirmando o que já sei: o desempenho do departamento é terrível.

As vendas aumentaram um pouco no ano passado, mas ainda estão muito, muito baixas. Vamos nos encrencar de verdade se não dermos uma reviravolta. Falei isso com Byron outro dia, e ele nem pareceu se incomodar. Como pode ser tão blasé? Escrevo um lembrete num post-it: "Discutir vendas com Byron!" Depois pouso a caneta.

Por que eles não querem meus bolinhos?

Eu estava realmente otimista quando os comprei hoje cedo. Imaginei o rosto de todo mundo se iluminando ao vê-los, e pessoas dizendo "Que gentileza, Lexi, obrigada!". Mas agora estou num tremendo desânimo. Eles devem me odiar totalmente. Quero dizer, seria necessário abominar alguém para recusar um bolinho, não é? E esses são realmente um luxo. São gordos, frescos, e os de mirtilo têm até cobertura de limão.

Uma voz minúscula e sensata na minha cabeça está me dizendo para deixar para lá. Esquecer. É só um cesto de bolinhos, pelo amor de Deus.

Mas não posso. Não posso ficar aqui sentada. Num impulso salto de pé e vou para a área principal. Ali está o cesto, ainda intocado. Todo mundo está digitando ou ao telefone, me ignorando e ignorando os bolinhos.

— Então! — Tento parecer tranquila. — Ninguém quer um bolinho? São ótimos!

— Bolinho? — pergunta Fi depois de um tempo, a testa franzida. — Não estou vendo bolinho nenhum . — Ela olha ao redor, como se estivesse perplexa. — Alguém viu algum bolinho?

Todo mundo dá de ombros, igualmente pasmo.

— Quer dizer, um bolinho inglês? — A testa de Carolyn está franzida. — Ou francês?

— Fazem bolinhos na Starbucks. Eu posso mandar comprar um, se você quiser — diz Debs, mal conseguindo conter os risinhos.

Rá rá rá. Muito engraçado.

— Ótimo! — digo tentando esconder a mágoa. — Se querem ser infantis, tudo bem. Esqueçam. Eu só estava tentando ser legal.

Ofegando, saio de novo. Posso ouvir as zombarias e os risinhos atrás de mim, mas tento bloquear os ouvidos. Preciso manter a dignidade, ser calma e manter o ar de chefe. Não devo me abalar, não devo reagir...

Ah, meu Deus. Não consigo. A dor e a raiva estão subindo por dentro de mim como um vulcão. Como eles podem ser tão maus?

— Na verdade, isso não está certo. — Marcho de volta para o escritório com o rosto queimando. — Olhem, investi um bocado de tempo e trabalho para comprar esses bolinhos porque achei que seria bom fazer alguma coisa legal, e agora vocês fingem que nem conseguem *enxergar*...

— Desculpe, Lexi. — Fi parece pedir desculpas. — Honestamente não sei do que você está falando.

Carolyn funga contendo uma gargalhada. E algo estala por dentro de mim.

— *Estou falando disso!* — Pego um bolinho com pedaços de chocolate e brando diante do rosto de Fi, e ela se encolhe para longe. — É um bolinho! É uma porcaria de um bolinho!

Bem, ótimo! Se vocês não querem comer, eu como! — Enfio o bolinho na boca e começo a mastigar furiosamente, depois dou outra mordida. Migalhas enormes caem no chão, mas não me importo. — Na verdade, vou comer tudo! Por que não? — Pego um bolinho de mirtilo com glacê e enfio na boca também. — Hum, nham!

— Lexi?

Viro-me e minhas entranhas se encolhem. Simon Johnson e Byron estão parados na porta do escritório.

Byron parece que vai explodir de prazer. Simon está me olhando como se eu fosse um gorila ensandecido jogando a comida pelo zoológico.

— Simon! — Cuspo migalhas de bolinho, horrorizada. — Hum... oi! Como vai?

— Só queria trocar uma palavrinha, se você não estiver... ocupada? — Simon levanta as sobrancelhas.

— Claro que não! — Ajeito o cabelo, tentando desesperadamente engolir a massa grudenta na boca. — Venha à minha sala.

Enquanto passo pela porta de vidro, capto meu reflexo e me encolho ao ver meus olhos vermelhos de cansaço. Meu cabelo parece meio desajeitado, também. Talvez eu devesse ter prendido. Ah, bem, agora não posso fazer nada a respeito.

— Então, Lexi — diz Simon assim que fecho a porta e ponho meus bolinhos meio comidos sobre a mesa. — Acabo de ter uma boa reunião com o Byron para falar sobre o 7 de junho. Tenho certeza de que ele a vem colocando a par da situação.

— Claro — assinto, tentando parecer que sei do que ele está falando. Mas 7 de junho não significa nada para mim. Vai acontecer alguma coisa nesse dia?

— Estou programando uma reunião decisiva para a segunda-feira. Não quero dizer mais nada no momento, obviamente a discrição é crucial... — Simon para, com a testa subitamente franzida. — Sei que você teve reservas, Lexi. Todos nós tivemos. Mas, verdade, não há mais opções.

De que ele está falando? *De quê*?

— Bem, Simon, tenho certeza de que podemos dar um jeito — blefo, esperando desesperadamente que ele não peça para eu ser mais explícita.

— Boa garota, Lexi. Sabia que você ia mudar de opinião. — Ele levanta a voz, parecendo mais animado. — Bem, vou falar mais tarde com James Garrison, o cara novo da Southeys. O que acha dele?

Graças a Deus. Finalmente algo de que ouvi falar.

— Ah, sim — digo rapidamente. — Bem, infelizmente eu soube que a Southeys não está em boas condições, Simon. Teremos de procurar outra distribuidora.

— Peço licença para discordar, Lexi! — interrompe Byron rindo. — A Southeys acaba de nos oferecer uma taxa melhor e um pacote de serviços. — Ele se vira para Simon. — Estive com eles um dia inteiro na semana passada. James Garrison virou aquele lugar de cabeça para baixo. Fiquei impressionado.

Meu rosto está queimando. *Filho-da-mãe.*

— Lexi, você não concorda com Byron? — Simon se vira para mim, surpreso. — Você conheceu James Garrison?

— Eu... hum... não, não conheci. — Engulo em seco. — Eu... tenho certeza de que você está certo, Byron.

Ele puxou meu tapete completamente. De propósito.

Há uma pausa constrangedora. Posso ver Simon me olhando decepcionado.

— Certo — diz ele enfim. — Bem, preciso ir. Foi bom ver você, Lexi.

— Tchau, Simon. — Levo-o para fora da sala, esforçando-me ao máximo para parecer confiante e executiva. — Estou ansiosa para encontrá-lo de novo. Talvez pudéssemos almoçar juntos uma hora dessas...

— Ei, Lexi — diz Byron de repente, indicando minha bunda. — Tem alguma coisa na sua saia. — Tateio atrás e me pego tirando um post-it. Olho. E o chão parece oscilar sob meus pés como areia movediça. Alguém escreveu com marcador cor-de-rosa:

Eu estou a fim do Simon Johnson.

Não posso olhar para Simon Johnson. Minha cabeça parece em vias de explodir.

Byron explode numa gargalhada.

— Tem outro. — Ele vira a cabeça e, entorpecida, tiro um segundo post-it.

Simon, transe comigo!

— Brincadeira idiota! — Amasso os post-its, desesperadamente. — O pessoal andou... se divertindo um pouco.

Simon Johnson não pareceu achar engraçado.

— Certo — diz ele depois de uma pausa. — Bem, nos vemos depois, Lexi.

Ele gira nos calcanhares e sai pelo corredor com Byron. Depois de um instante ouço Byron dizendo:

— Simon, *agora* você vê? Ela está absolutamente...

Fico de pé, olhando-os ir embora, ainda tremendo de choque. É isso. Minha carreira está arruinada antes mesmo de eu ter a chance de tentar recuperá-la. Atordoada, volto para a minha sala e me deixo afundar na cadeira. Não posso fazer esse trabalho. Estou arrasada. Byron puxou meu tapete. Ninguém quer meus bolinhos.

Diante do último pensamento sinto uma pontada de dor enorme — e então, subitamente, não aguento mais, uma lágrima está correndo pelo meu rosto. Enterro a cabeça nos braços e logo estou tendo convulsões de soluços. Achei que seria fantástico. Achei que ser chefe seria divertido e empolgante. Nunca percebi... nunca pensei...

— Oi. — Uma voz rasga meus pensamentos. Levanto a cabeça e vejo Fi parada à porta.

— Ah. Oi. — Enxugo os olhos de qualquer jeito. — Desculpe. Eu só estava...

— Você está bem? — pergunta ela sem jeito.

— Estou bem. Bem. — Procuro um lenço de papel na gaveta e assoo o nariz. — Em que posso ajudá-la?

— Desculpe o negócio dos post-its. — Ela morde o lábio. — Nós não pensamos que o Simon iria descer. Era para ser uma brincadeira.

— Tudo bem. — Minha voz está trêmula. — Vocês não tinham como saber.

— O que ele disse?

— Não ficou impressionado. — Suspiro. — Mas de qualquer modo ele não está impressionado comigo, então qual é a diferença? — Arranco um pedaço de um bolinho de chocolate, enfio na boca e me sinto imediatamente melhor. Por cerca de um nanossegundo.

Fi está me encarando.

— Achei que você não comia mais carboidratos — diz ela finalmente.

— É, certo. Como se eu pudesse viver sem chocolate. — Dou outra mordida enorme no bolinho. — As mulheres precisam de chocolate. É um fato científico.

Há um silêncio. Levanto os olhos e vejo Fi ainda me olhando insegura.

— É tão estranho! — diz ela. — Você fala como a Lexi antiga.

— Eu *sou* a Lexi antiga. — De repente me sinto cansada por ter de explicar tudo de novo. — Fi... imagine se você acordasse amanhã e de repente fosse 2010. E você precisasse se encaixar numa vida nova e ser uma pessoa nova. Bem, foi o que aconteceu comigo. — Parto outro pedaço do bolinho e o examino por alguns instantes, depois ponho na mesa de novo. — E não reconheço a pessoa nova. Não sei por que ela é assim. E é meio... é difícil.

Há um longo silêncio. Estou olhando fixamente para a mesa, ofegando, esmigalhando o bolinho. Não ouso levantar os olhos, para o caso de Fi dizer algo sarcástico ou rir de mim e eu explodir em lágrimas de novo.

— Lexi, sinto muito. — Quando ela fala, sua voz sai tão baixa que quase não a ouço. — Eu não... A gente não percebeu. Quero dizer, você não *parece* diferente.

— Eu sei. — Dou um sorriso triste. — Pareço uma Barbie morena. — Levanto uma mecha de cabelos castanhos e deixo cair. — Quando me vi no espelho do hospital, quase morri de choque. Não sabia quem eu era.

— Olhe... — Ela está mordendo o lábio e torcendo as pulseiras. — Desculpe. Com relação aos bolinhos, aos post-its e... tudo. Por que não almoça com a gente hoje? — Ela vem para a mesa com uma ansiedade súbita. — Vamos recomeçar.

— Seria ótimo. — Dou-lhe um sorriso agradecido. — Mas hoje não posso. Vou almoçar com o Dave Fracasso.

— *Dave* Fracasso? — Ela parece tão chocada que não consigo deixar de rir. — Por que vai sair com ele? Lexi, você não está pensando em...

— Não! Claro que não! Só estou tentando descobrir o que aconteceu com minha vida nos últimos três anos. Juntar as peças.

— Hesito, percebendo subitamente que Fi provavelmente tem as respostas para todas as minhas perguntas. — Fi, você sabe como eu terminei com o Dave Fracasso?

— Não faço ideia. — Fi dá de ombros. — Você não contou por que terminou com ele. Você deixou todas nós de fora. Até eu. Foi como... se você só se importasse com sua carreira. Por isso nós paramos de tentar.

Posso ver um lampejo de dor em seu rosto.

— Desculpe, Fi — digo sem jeito. — Eu não pretendia deixar você de fora. Pelo menos não *creio* que pretendesse... — É surreal pedir desculpas por algo que não recordo. Como se eu fosse um lobisomem ou algo assim.

— Não se preocupe. Não era você. Quero dizer, era você... mas *não era* você... — Fi deixa no ar. Parece bastante confusa, também.

— É melhor eu ir. — Olho o relógio e me levanto. — Talvez o Dave Fracasso tenha alguma resposta.

— Ei, Lexi — diz Fi, parecendo sem graça. — Você esqueceu de tirar um. — Ela aponta o polegar para a minha saia. Levo a mão atrás e pego outro post-it. Está escrito: *Simon Johnson: eu topo.*

— Eu *não topo* mesmo — digo amassando-o.

— Não? — Fi dá um riso maldoso. — Eu toparia.

— Não toparia, não! — Não consigo evitar um risinho diante da expressão dela.

— Ele está bem em forma...

— Ele é um matusalém! Provavelmente nem consegue mais fazer... — Capto seu olhar e de repente estamos rindo desbragadamente, como nos velhos tempos. Largo meu casaco, sento-me no braço do sofá e aperto a barriga, incapaz de parar. Acho que não ria assim desde o acidente. É como se todas as minhas tensões estivessem sendo extravasadas; como se tudo estivesse sendo lavado pelo riso.

— Meu Deus, senti sua falta — diz Fi depois de um tempo, ainda rindo.

— Senti a sua também. — Respiro fundo, tentando juntar os pensamentos. — Fi, de verdade, desculpe o que quer que eu tenha sido... ou o que quer que eu tenha feito...

— Não seja melosa. — Fi me interrompe com doçura mas com firmeza, entregando meu casaco. — Vá se encontrar com o Dave Fracasso.

Por acaso o Dave Fracasso se deu bastante bem na vida. Quero dizer, bem *de verdade*. Agora trabalha no escritório central da Auto Repair Workshop e tem um cargo de chefia de vendas. Quando sai do elevador, está elegante, com terno de risca-de-giz, cabelo muito mais comprido do que o corte à escovinha que usava antes e óculos sem aro. Não consigo deixar de pular da minha cadeira no saguão e exclamar:

— Dave Fracasso! Olhe só para *você*!

Ele se encolhe imediatamente e olha cauteloso ao redor.

— Ninguém mais me chama de Dave Fracasso — diz ele rispidamente em voz baixa. — Sou David, certo?

— Ah, certo. Desculpe... hum... David. Não é Butch? — Não consigo resistir a acrescentar, e ele me lança um olhar furioso.

Sua pança também desapareceu, noto enquanto ele se encosta na mesa do saguão para falar com a recepcionista. Deve estar malhando direito agora, diferentemente de sua antiga rotina, que consistia em levantar um halteres seis vezes e em seguida abrir uma cerveja e ligar o futebol na TV.

Agora, olhando bem, não sei como eu o aguentava. Cuecas samba-canção sujas espalhadas pelo apartamento. Piadas grosseiras, machistas. Paranoia completa com a possibilidade de eu colocá-lo numa armadilha de casamento, três filhos e tédio doméstico.

Quero dizer. *Ele* devia ser tão sortudo!

— Você está ótima, Lexi. — Enquanto dá as costas para o balcão da recepção, ele me olha de cima a baixo. — Já faz um tempo. Vi você na TV, claro. Aquele programa, o *Ambição*. O tipo de programa do qual eu talvez tivesse gostado de participar um dia. — Ele me olha com pena. — Mas agora passei desse nível. Estou na pista rápida. Vamos?

Sinto muito, mas simplesmente não consigo levar o Dave Fracasso a sério como "David", o executivo da pista rápida. Saímos do prédio em direção ao que Dave Fracasso chama de "um bom lugar para se comer", e o tempo todo ele está ao telefone, falando alto sobre "acordos" e "processamentos", os olhos se desviando constantemente na minha direção.

— Uau — digo quando ele finalmente guarda o celular. — Agora você é mesmo da chefia.

— Ganhei um Ford Focus. — Ele puxa casualmente os punhos da camisa. — Cartão Amex corporativo. Uso o chalé de esqui da empresa.

— Fantástico! — Chegamos ao restaurante, que é um pequeno estabelecimento italiano. Sentamo-nos e eu me inclino para a frente, pousando o queixo nas mãos. Dave Fracasso parece meio tenso, brincando com o menu de plástico e verificando o telefone sem parar.

— David — começo. — Não sei se você recebeu o recado sobre o motivo de eu querer encontrá-lo.

— Minha secretária disse que você queria falar dos velhos tempos. É isso? — pergunta ele cautelosamente.

— É. O negócio é que sofri um acidente de carro. E estou tentando reorganizar minha vida, entender o que aconteceu, falar sobre nosso rompimento...

Dave Fracasso suspira.

— Querida, isso é mesmo uma boa ideia, remexer naquilo tudo de novo? Nós dois dissemos tudo na época...

— Remexer o quê?

— Você sabe... — Ele olha ao redor e capta o olhar de um garçom que espera ali perto. — Pode nos servir, por favor? Um vinho? Uma garrafa de tinto da casa, por favor.

— Mas eu *não* sei! Não faço ideia do que aconteceu! — Inclino-me mais à frente, tentando atrair sua atenção. — Estou com amnésia. Sua secretária não explicou? Não me lembro de nada.

Muito lentamente Dave Fracasso se vira e me encara, como se suspeitasse de uma piada.

— Você está com *amnésia*?

— É! Estive internada e tudo.

— Puta que pariu. — Ele balança a cabeça enquanto um garçom se aproxima e faz toda aquela baboseira de provar e servir. — Então você não se lembra de nada?

— Nada dos últimos três anos. E o que quero saber é: por que nós terminamos? Aconteceu alguma coisa... ou nós nos afastamos aos poucos... ou o quê?

Dave Fracasso não responde imediatamente. Está me olhando por cima da taça.

— Então há alguma coisa de que você se *lembre*?

— A última coisa é a noite antes do enterro do meu pai. Eu estava numa boate e fiquei realmente puta da vida porque você não apareceu... depois caí numa escada, na chuva... e é só isso que eu lembro.

— É, é. — Ele está assentindo, pensativo. — Lembro-me daquela noite. Bem, na verdade... foi por isso que nós terminamos.

— Por quê? — pergunto perplexa.

— Porque eu não apareci. Você me deu um pé na bunda. Finito. — Ele toma um gole de vinho, visivelmente relaxado.

— *Verdade*? — pergunto atônita. — Eu lhe dei um fora?

— Na manhã seguinte. Já estava farta, então foi isso. Terminamos.

Contraio a testa enquanto tento imaginar a cena.

— Então tivemos uma briga enorme?

— Não foi propriamente uma briga — diz ele depois de pensar um momento. — Foi mais como uma discussão madura. Concordamos que era melhor terminar e você disse que talvez estivesse cometendo o maior erro do mundo, mas que não podia impedir sua natureza ciumenta, possessiva.

— Verdade? — pergunto desconfiada.

— É. Eu me ofereci para ir ao enterro do seu pai, dar apoio, mas você recusou, disse que não conseguia me olhar. — Ele toma um gole de vinho. — Mas não fiquei ressentido. Falei: "Lexi, sempre vou gostar de você. O que você quiser, eu quero." Dei-lhe uma rosa e um último beijo. Depois fui andando. Foi lindo.

Pouso meu copo e o examino. Seu olhar está tão tranquilo e sem culpa como quando ele induzia clientes a aceitar seguros extras, totalmente fajutos, nos contratos.

— Então foi exatamente isso que aconteceu? — digo.

— Palavra por palavra. — Ele pega o menu. — Quer pão de alho?

Será minha imaginação ou ele parece muito mais animado desde que descobriu que estou com amnésia?

— Dave Fracasso... foi *realmente* isso que aconteceu? — Dou-lhe meu olhar mais severo, mais penetrante.

— Claro — responde ele ofendido. — E pare de me chamar de Dave Fracasso.

— Desculpe. — Suspiro e começo a desenrolar um biscoito palito. Talvez ele esteja dizendo a verdade. Ou uma versão da verdade estilo Dave Fracasso, pelo menos. Talvez eu tenha lhe dado um pé na bunda. Eu certamente estava puta da vida com ele.

— Então... mais alguma coisa aconteceu na época? — Quebro o palito ao meio e começo a mordiscá-lo. — Alguma coisa de que você se lembre? Tipo, por que fiquei de repente tão obcecada pela carreira? Por que me afastei das minhas amigas? O que estava se passando na minha cabeça?

— Não faço ideia. — Dave Fracasso está examinando os pratos do dia. — Está a fim de dividir uma lasanha?

— É tudo tão... estranho. — Coço a testa. — Parece que fui jogada no meio de um mapa, com uma daquelas setas grandes apontando "Você está aqui". E o que quero saber é como *cheguei* aqui?

Por fim Dave Fracasso levanta os olhos do menu.

— O que você quer é navegação por satélite — diz ele, como o Dalai Lama fazendo um pronunciamento no topo de uma montanha.

— É isso! Exatamente! — Inclino-me à frente, ansiosa. — Estou me sentindo perdida. E se eu pudesse simplesmente traçar o caminho, se pudesse me orientar de volta, de algum modo...

Dave Fracasso me olha com ar sábio.

— Posso fazer um negócio com você.

— O quê? — pergunto confusa.

— Posso fazer um negócio com equipamento de navegação por satélite. — Ele bate no nariz. — Estamos diversificando os negócios na Auto Repair.

Por um momento acho que vou explodir de frustração.

— Eu não preciso literalmente de navegação por satélite! — quase grito. — É metáfora! Me-tá-fo-ra!

— Certo, certo. É, certo. — Dave Fracasso assente, a testa franzida como se estivesse digerindo minhas palavras e pensando nelas. — Isso é um sistema proprietário?

Não acredito. Realmente namorei esse cara?

— É, isso mesmo — digo enfim. — É feito pela Honda. Vamos pedir o pão de alho.

Quando chego em casa mais tarde, planejo perguntar a Eric o que ele sabe sobre meu rompimento com Dave Fracasso. Nós devemos ter conversado sobre nossos relacionamentos antigos. Mas quando entro no apartamento sinto imediatamente que não é a hora certa. Ele está andando de um lado para o outro, falando ao telefone, parecendo estressado.

— Ande, Lexi. — Ele põe a mão brevemente sobre o fone. — Vamos nos atrasar.

— Para o quê?

— Para *o quê?* — pergunta ele, parecendo que eu perguntei o que é gravidade. — Para a inauguração.

Merda. Esta noite é a festa de inauguração do Blue 42. Eu sabia disso, só me escapou da mente.

— Claro — digo depressa. — Vou me arrumar.

— Seu cabelo não devia estar preso? — Eric me lança um olhar crítico. — Parece pouco profissional.

— Ah. Hum... certo. É.

Totalmente atarantada, visto um tailleur de seda preta, ponho meus sapatos pretos mais altos e rapidamente faço um coque no cabelo. Complemento com acessórios de diamante e me viro para me examinar.

Aargh. Estou um tédio. Como uma contadora ou algo assim. Preciso... de outra coisa. Não tenho mais broches? Nem flores de seda, echarpes ou prendedores de cabelo brilhantes? Alguma coisa *divertida*? Reviro as gavetas mas não encontro nada, a não ser uma faixa de cabelo em xadrez bege. Fantástico. Isso é que é declaração de estilo.

— Pronta? — Eric entra. — Você está linda. Vamos.

Minha nossa! Nunca o vi tão tenso e agitado. Durante todo o caminho fica ao telefone, e quando finalmente o desliga, fica batendo nele com os dedos, olhando pela janela do carro.

— Tenho certeza de que vai dar tudo certo — digo em tom encorajador.

— Tem de dar — diz ele sem se virar para mim. — Esse é o nosso grande impulso de vendas. Vem um monte de gente ultra-alta. Um monte de gente da mídia. É nesse ponto que transformamos o Blue 42 no assunto da cidade.

Enquanto entramos pelos portões, não consigo deixar de ficar boquiaberta. Tochas acesas marcam o caminho até a portaria. Lasers varrem o céu noturno. Há um tapete vermelho para convidados e uns dois fotógrafos esperando. Parece a estreia de um filme.

— Eric, isso é incrível. — Aperto sua mão impulsivamente. — Vai ser um sucesso.

— Espero que sim. — Pela primeira vez Eric se vira e me dá um sorriso tenso. O motorista abre minha porta e eu pego a bolsa para sair.

— Ah, Lexi. — Eric está tateando no bolso. — Antes que eu me esqueça. Estava querendo lhe dar isso. — Ele me entrega um pedaço de papel.

— O que é? — sorrio enquanto desdobro. Então meu sorriso se desvanece. É uma fatura. No topo está o nome de Eric, mas ele o riscou e escreveu "Repassado a Lexi Gardiner". Examino as palavras, incrédula. *Objetos de Vidro Chelsea Bridge. Grande leopardo de vidro soprado: quantidade 1. A pagar: £3.200.*

— Encomendei uma substituição — diz ele. — Você pode pagar quando quiser. Pode ser em cheque, ou só fazer uma transferência para a minha conta...

Ele está me *cobrando*?

— Você quer que eu pague pelo leopardo? — Forço um risinho, só para ver se ele está brincando. — Com o meu dinheiro?

— Bem, você o quebrou. — Eric parece surpreso. — Algum problema?

— Não! Hum... tudo bem. — Engulo em seco. — Vou fazer um cheque. Assim que chegarmos em casa.

— Não há pressa. — Eric sorri e indica o chofer que espera, segurando a porta. — É melhor irmos.

Tudo bem, digo com firmeza a mim mesma. É justo ele me cobrar. Obviamente é assim que nosso casamento funciona.

Não é assim que um casamento deveria funcionar.

Não. Pare com isso. Tudo bem. É ótimo.

Enfio o papel na bolsa e dou o sorriso mais luminoso que posso para o motorista, depois saio e acompanho Eric pelo tapete vermelho.

14

Diabo! É uma festa de verdade, glamourosa, um luxo. Todo o prédio está vivo com luz e música latejando. O loft da cobertura parece mais espetacular do que antes, com flores em toda parte e garçons em roupas pretas elegantes segurando bandejas de champanhe e sacolas de brindes. Ava, Jon e algumas outras pessoas que não reconheço estão reunidas perto da janela, e Eric vai direto até lá.

— Pessoal — diz ele. — Fizemos um levantamento dos convidados? Sally, está com a lista de imprensa? Tudo sob controle?

— Estão aqui. — Uma garota com vestido trespassado vem rapidamente, quase tropeçando nos saltos agulha. — Os van Gogen chegaram cedo. E trouxeram amigos. E há outro grupo logo atrás deles.

— Boa sorte, pessoal. — Eric está dando tapas nas mãos de toda a sua equipe. — Vamos vender este prédio.

No momento seguinte um casal com casacos de aparência cara entra, e Eric salta numa ofensiva de charme total, apresentando-os a Ava, oferecendo-lhes champanhe e levando-os para ver a paisagem. Mais pessoas estão chegando e logo há uma pequena multidão, conversando, folheando a brochura e olhando a fonte.

Jon está a uns dez metros dali, à esquerda, usando terno escuro, franzindo a testa enquanto conversa com os van Gogen. Ainda não falei com ele. Não faço ideia se ele me notou. De vez em quando olho para ele, depois desvio o olhar rapidamente enquanto meu estômago se revira.

É como se eu tivesse 13 anos de novo e ele fosse minha paixonite. Neste salão cheio de gente, tudo que vejo é ele. Lanço outro olhar e desta vez ele me encara. Com as bochechas pegando fogo, viro-me e tomo um gole de vinho. Ótimo, Lexi. Nem um pouco óbvio.

Deliberadamente me desvio até que ele fique fora do meu campo de visão. Estou olhando os convidados chegarem, quase em transe, quando Eric surge ao meu lado.

— Lexi, querida. — Ele está com um sorriso fixo, desaprovador. — Você parece estranha, parada aí sozinha. Venha comigo.

Antes que eu possa impedir, ele me leva com firmeza para Jon, que conversa com outro casal de aparência rica. A mulher usa um terninho com estampa Dior, tem cabelo tingido de ruivo e delineador labial tremendamente exagerado. Mostra para mim os dentes de porcelana, e seu marido grisalho grunhe, a mão possessivamente grudada no ombro dela.

— Deixe-me apresentar minha esposa, Lexi. — Eric sorri para eles. — Uma das maiores fãs... — Ele para, e eu fico tensa, esperando. — ...do estilo de vida loft!

Se eu escutar essa expressão mais uma vez vou dar *um tiro* em mim mesma.

— Oi, Lexi. — Jon me encara brevemente enquanto Eric se afasta de novo. — Como vai?

— Bem, obrigada, Jon. — Tento parecer calma, como se ele fosse qualquer outra pessoa da festa; como se eu não estivesse fixada nele desde que cheguei. — E então... o que acha do loft? — Viro-me para a mulher Dior.

O casal troca olhares em dúvida.

— Temos uma preocupação — diz o homem, com um sotaque europeu que não consigo situar. — O espaço. Se é suficientemente *grande*.

Estou chocada. Este lugar parece um hangar de avião. Como não pode ser suficientemente grande?

— Achamos que 450 metros quadrados é um tamanho confortável — diz Jon. — No entanto vocês podem juntar duas ou três unidades, se precisarem de mais espaço.

— Nosso outro problema é a decoração — diz o homem.

— A decoração? — pergunta Jon educadamente. — Há algo de errado com a decoração?

— Em nossa casa temos toques de ouro — diz o homem. — Ouro nas pinturas. Ouro nos abajures. Ouro nos... — Ele parece perder o fôlego.

— Ouro nos tapetes — intervém a mulher, enrolando os "rr" pesadamente.

O homem bate na brochura.

— Aqui vejo um monte de prata. Cromo.

— Sei — assente Jon, na maior cara-de-pau. — Bem, obviamente o loft pode ser ajustado ao seu gosto individual. Poderíamos, por exemplo, fazer a lareira folheada a ouro.

— Uma lareira folheada a ouro? — diz a mulher, insegura. — Será que não seria... demais?

— Ouro nunca é demais — responde Jon, divertido. — Também poderíamos colocar luminárias de ouro maciço. E Lexi poderia ajudar vocês com o tapete dourado. Não poderia, Lexi?

— Claro — concordo, rezando desesperadamente para não explodir numa gargalhada.

— Sim. Bem, vamos pensar nisso. — O casal se afasta, falando numa língua que não reconheço. Jon engole sua bebida.

— Não é suficientemente grande. Meu Deus. *Dez* de nossas unidades no Ridgeway poderiam caber neste lugar.

— O que é Ridgeway?

— Nosso projeto imobiliário de baixo custo. — Ele vê minha expressão de quem não faz ideia do que ele está falando. — Só conseguimos planejamento para um lugar como este se oferecermos algumas unidades de baixo custo.

— Ah, certo — digo surpresa. — Eric jamais sequer mencionou moradia de baixo custo.

Um lampejo de divertimento passa pelo rosto de Jon.

— Eu diria que o coração dele não está totalmente neste tipo de empreendimento — diz ele, enquanto Eric sobe num pequeno púlpito diante da lareira. A luz ambiente diminui, um refletor ilumina Eric e gradualmente o zunzum das conversas vai morrendo.

— Bem-vindos! — diz ele, a voz ressoando no espaço ao redor. — Bem-vindos ao Blue 42, o mais novo na série dos projetos Blue, dedicado ao...

Prendo a respiração. Por favor, não diga, por favor, não diga...

— Estilo de vida loft! — Suas mãos fazem o gesto e todos os membros da empresa aplaudem vigorosamente.

Jon me olha e dá um passo atrás, para longe da multidão. Depois de um instante eu recuo também, os olhos fixos adiante. Todo o meu corpo está estalando de apreensão. E... empolgação.

— Então, já lembrou alguma coisa? — pergunta ele em tom baixo e casual.

— Não.

Atrás de Eric, uma tela enorme está se enchendo com imagens de lofts de todos os ângulos. Música ritmada enche o ar e o salão fica mais escuro ainda. Tenho de admitir, é uma apresentação fantástica.

— Sabe, nós nos conhecemos num lançamento como este. — A voz de Jon é tão baixa que mal consigo ouvir acima da música. — No minuto em que você falou eu soube.

— Soube o quê?

— Que gostava de você.

Fico em silêncio por alguns instantes, com a curiosidade me pinicando.

— O que eu falei? — sussurro de volta, finalmente.

— Você disse: se eu escutar essa expressão "estilo de vida loft" mais uma vez, vou dar um tiro em mim mesma.

— *Não*. — Encaro-o, depois dou uma gargalhada. Um homem à minha frente se vira fazendo cara feia, e, como que sincronizados, Jon e eu recuamos mais alguns passos até estarmos nas sombras.

— Você não deveria estar se escondendo — digo. — Este é o seu momento. O seu loft.

— É, bem — responde ele secamente. — Deixo o Eric ficar com a glória. Ele pode aproveitar.

Por alguns instantes ficamos olhando a imagem de Eric na tela, de capacete de operário, caminhando num canteiro de obras.

— Você é estranho — digo baixinho. — Se acha que os lofts são para novos ricos cafonas, por que os projeta?

— Boa pergunta. — Jon toma um gole de sua bebida. — A verdade é que eu deveria sair dessa. Mas gosto do Eric. Ele acreditou em mim, me deu a primeira chance, comanda uma grande empresa...

— Você *gosta* do Eric? — Balanço a cabeça, incrédula. — Claro que gosta. Por isso fica me dizendo para deixá-lo.

— Fico. Ele é um cara fantástico. É honesto, é leal... — Por um tempo Jon fica em silêncio ao meu lado, os olhos brilhando à luz fraca. — Não *quero* ferrar a vida dele — diz finalmente. — Isso não estava nos planos.

— Então por que...

— Ele não entende você. — Jon me olha nos olhos. — Não faz ideia de quem você é.

— E você faz? — retruco no momento em que as luzes se acendem e os aplausos ressoam no salão. Instintivamente me afasto um passo de Jon, e nós dois olhamos enquanto Eric sobe de novo no púlpito, luzindo com uma aura de sucesso, dinheiro e a sensação de estar no topo do mundo.

— Então, já encontrou o Mont Blanc? — pergunta Jon, batendo palmas vigorosamente, com o humor mais leve.

— O que é Mont Blanc? — Dou-lhe um olhar desconfiado.

— Você vai descobrir.

— Diga.

— Não, não. — Ele balança a cabeça, comprimindo os lábios como se não quisesse rir. — Eu não poderia estragar a surpresa.

— Diga!

— Jon! Aí está você. Emergência! — Levamos um susto quando Ava aparece por trás de nós. Está vestindo um terninho preto, segurando um saco de juta e parece agitada. — As pedras ornamentais do aquário do quarto principal acabaram de chegar da Itália. Mas preciso cuidar da disposição de lugares na cozinha, algum *idiota* de merda mexeu em tudo... portanto, você pode cuidar disso? — Ela empurra o saco de juta nos braços de Jon. — É só arrumar as pedras no aquário. Deve dar tempo até o fim da apresentação.

— Sem problema. — Jon segura o saco nos braços, depois me olha, os olhos opacos e impenetráveis. — Lexi, quer vir me ajudar?

Minha garganta se aperta tanto que não consigo respirar. É um convite. Um desafio.

Não. Preciso dizer não.

— Hum... Sim. — Engulo em seco. — Claro.

Sinto-me tonta enquanto acompanho Jon por entre a multidão, subo a escada até o mezanino e entro no quarto. Ninguém nos vê. Todas as atenções estão na apresentação.

Entramos no quarto principal e Jon fecha a porta.

— Então — diz ele.

— Olhe. — Minha voz está esganiçada de nervosismo. — Não posso continuar assim! Esse negócio de sussurrar, de se esgueirar, tentar... sabotar meu casamento. Estou feliz com Eric!

— Não. — Ele balança a cabeça. — Você não vai estar com ele daqui a um ano! — Jon parece tão seguro que fico irritada.

— Vou sim — contra-ataco. — Espero estar com ele daqui a 15 anos!

— Você vai se esforçar ao máximo, vai tentar se ajustar... mas seu espírito é livre demais para ele. Você vai acabar não aguentando mais. — Ele suspira, abrindo as mãos no meio do pano de juta. — Já vi isso acontecer uma vez. Não quero ver de novo.

— Obrigada pelo aviso — respondo rispidamente. — Bem, quando isso acontecer, eu telefono, certo? Vamos arrumar isso. — Viro a cabeça na direção do saco, mas Jon me ignora. Ele o coloca no chão e vem para mim, os olhos intensos e desconfiados. — Você não se lembra, não se lembra *mesmo* de nada?

— Não — respondo quase exausta. — Pela milionésima vez, não me lembro de nada.

Agora ele está a apenas alguns centímetros de mim, examinando meu rosto, procurando alguma coisa.

— O tempo todo que passamos juntos, todas as coisas que dissemos... *alguma coisa* tem de provocar sua memória. — Ele coça brevemente a testa, franzindo-a. — Girassóis significam alguma coisa para você?

Mesmo contra a vontade reviro o cérebro. Girassóis. Girassóis. Uma vez eu não...

Não, sumiu.

— Nada — digo finalmente. — Quero dizer, eu *gosto* de girassóis, mas...

— E.E. Cummings? Mostarda em batata frita?

— Não sei do que você está falando — digo desolada. — Nada tem significado para mim.

Ele está tão perto que sinto seu hálito suave na minha pele. Seus olhos não se afastaram dos meus.

— Isso significa alguma coisa para você? — Ele leva as mãos ao meu rosto, aninhando minhas bochechas, acariciando a pele com o polegar.

— Não. — Engulo em seco.

— Isto? — Ele se inclina e roça um beijo em meu pescoço.

— Pare — digo debilmente, mas mal consigo pôr as palavras para fora. E, além disso, não falo sério. Minha respiração está saindo cada vez mais forte. Esqueci praticamente tudo que existe. Quero beijá-lo. Quero beijá-lo de um modo que não quis beijar Eric.

E então acontece, sua boca está na minha e todo o meu corpo diz que esta é a coisa certa a fazer. Ele tem o cheiro certo. Tem o gosto certo. Tem o toque certo. Posso sentir seus braços me envolvendo com força; a aspereza de sua barba das 17h, meus olhos estão fechados, estou me perdendo, isso é tão certo...

— Jon? — A voz de Ava passa pela porta e é como se alguém tivesse me eletrocutado. Voo para longe de Jon, tropeçando nas pernas bambas, xingando baixinho. — Porra!

— Sshh! — Ele também parece perturbado. — Fique fria. Oi, Ava. O que há?

Pedras. É. É isso que deveríamos estar fazendo. Pego o saco e começo a tirar as pedras, jogando-as no aquário o mais rápido que posso, fazendo a água espirrar. Os pobres peixes estão nadando de um lado para o outro desesperados, mas não tenho opção.

— Tudo bem? — Ava enfia a cabeça pela porta. — Já vou trazer um grupo de convidados aqui em cima, para o circuito geral...

— Sem problema — diz Jon, em tom tranquilizador. — Está quase pronto.

Assim que Ava desaparece, ele fecha a porta com um chute e vem até mim.

— Lexi. — Jon segura meu rosto como se quisesse me devorar, ou me abraçar, ou as duas coisas. — Se você soubesse! Isso tem sido uma *tortura*...

— Pare! — Afasto-me, a mente girando como um caleidoscópio. — Sou casada! Não podemos... Você não pode... — ofego e aperto a boca com a mão. — Ah, merda. Merda!

Não estou olhando mais para ele. Estou olhando o aquário.

— O que é? — Jon olha, sem compreender, depois acompanha meu olhar. — Ah. Epa.

O aquário se acalmou. Todos os peixes tropicais estão nadando pacificamente em meio às pedras de mármore. Menos um azul listado, que flutua na parte de cima.

— Eu matei um peixe! — Solto um risinho horrorizado. — Dei uma pedrada nele.

— Deu mesmo — diz Jon, examinando o aquário. — Bela mira.

— Mas ele custa trezentas libras! O que vou fazer? Os convidados vão chegar a qualquer momento!

— Isso é um feng shui muito ruim. — Jon ri. — Certo, vou distrair Ava. Jogue-o no vaso sanitário e dê a descarga. — Ele segura minha mão por um momento. — Não terminamos. — Ele beija a ponta dos meus dedos e depois sai do quarto, deixando-me sozinha com o aquário. Encolhendo-me, enfio a mão na água quente e pego o peixe pela ponta da barbatana.

— Sinto muito, verdade — digo em um fiapo de voz. Tentando segurar com a outra mão a água que pinga, vou correndo até o banheiro de alta tecnologia. Jogo o peixe no sanitário branco e brilhante e procuro a válvula de descarga. Não há. Deve ser um vaso inteligente.

— Descarga! — digo em voz alta, balançando os braços para disparar os sensores. — Descarga!

Nada acontece.

— Descarga! — digo, desesperada. — Ande, descarga! — Mas o vaso não reage. O peixe flutua na água, parecendo de um azul ainda mais sinistro contra a louça branca.

Isso não pode estar acontecendo. Se alguma coisa pode espantar um cliente de um apartamento de alta tecnologia e alto luxo é um peixe morto no vaso sanitário. Pego o celular no bolso e passo a lista de contatos até encontrar J. Deve ser ele. Aperto o botão de discagem e um instante depois ele atende.

— Aqui é Jon.

— O peixe está no vaso! — sussurro. — Mas não consigo dar a descarga!

— Os sensores devem acioná-la automaticamente.

— Eu sei! Mas não estão acionando nada! Tem um peixe azul morto olhando para a minha cara! O que eu faço?

— Tudo bem. Vá até o painel ao lado da cama. Você pode dar a descarga de lá. Ei, Eric! Como está indo? — O telefone se desliga abruptamente. Vou correndo à cama e localizo um painel dobrável na parede. Um apavorante mostrador digital pisca de volta para mim e não consigo evitar um pequeno gemido. Como alguém pode morar num lugar mais complicado do que a Nasa? Por que um apartamento precisa ser inteligente, afinal? Por que não pode ser bonzinho e idiota?

Com os dedos inquietos, aperto *Menu*, depois *Opções*. Examino a lista. *Temperatura... Iluminação...* Onde está *Banheiro*? Onde está *Descarga do Vaso Sanitário*? Será que ao menos estou no painel certo?

De repente noto outro painel dobrável do outro lado da cama. Talvez seja isso. Corro até lá, abro e começo a apertar aleatoriamente. Daqui a um minuto terei de pegar o peixe idiota na água com a mão...

Um som me faz parar. É um gemido. Uma espécie de sirene distante. O que, diabos...

Paro de cutucar e olho com mais cuidado o painel que apertei antes. Ele está piscando palavras para mim em vermelho. *Alerta de Pânico — Proteger Espaço.* Um movimento súbito na janela atrai minha atenção e olho, vendo uma grade de metal descer implacavelmente sobre o vidro.

Mas que drog...

Freneticamente aperto de novo o painel, mas ele pisca para mim *Não-autorizado*, depois retorna para *Alerta de Pânico — Proteger Espaço.*

Ah... meu Deus. O que eu fiz?

Corro até a porta do quarto e olho o que está acontecendo lá embaixo.

Não acredito. É um tumulto generalizado.

A sirene é mais alta ainda aqui. Grades de metal descem em toda parte, por cima das janelas, das pinturas, da fonte. Todos os convidados ricos estão se agarrando uns aos outros no meio do loft como reféns, fora um único homem corpulento que está preso perto da fonte.

— É um assalto? Eles têm armas? — grita histericamente uma mulher de terninho branco, torcendo as mãos. — George, engula meus anéis!

— É um helicóptero! — Um homem grisalho diz. — Escutem! Eles estão no teto! Somos alvos fáceis!

Olho a cena, o coração martelando, congelada de pânico.

— Vem do quarto principal! — grita um funcionário de Eric, enquanto consulta um painel perto da lareira. — Alguém disparou o alarme de pânico. A polícia está vindo.

Arruinei a festa. Eric vai me matar, vai me *matar.*

E então, sem aviso, o barulho para. O silêncio súbito é como o sol saindo.

— Senhoras e senhores. — Uma voz vem da escada, e minha cabeça roda. É Jon. Está segurando um controle remoto e me olha brevemente antes de se dirigir à multidão. — Espero que tenham gostado de nossa demonstração de segurança. Fiquem tranquilos, não estamos sendo atacados por assaltantes.

Ele para e algumas pessoas dão risos de nervosismo. Ao redor do salão, as grades começam a se retrair.

— No entanto — continua Jon —, como todos vocês sabem, hoje em dia em Londres a segurança é fundamental. Muitos empreendimentos falam de segurança; nós queríamos que vissem em primeira mão. A qualidade desse sistema é garantida pelo MI5, e está aqui para protegê-los.

Minhas pernas estão tão fracas de alívio que mal me sustentam. Ele salvou minha vida.

Enquanto Jon continua a falar, volto para a suíte e encontro o peixe azul ainda flutuando no vaso. Conto até três — e mergulho a mão, pego o peixe e, com um tremor, jogo-o na bolsa. Lavo as mãos e saio para ver que Eric substituiu Jon, falando.

— ... Com esta aventura vocês verão com mais clareza que nós, da Blue Empreendimentos, compreendemos suas preocupações melhor ainda do que vocês mesmos — está dizendo ele. — Vocês não são nossos clientes... são nossos *parceiros* num estilo de vida perfeito. — Ele ergue sua taça. — Aproveitem o passeio pelos ambientes.

Uma algaravia de conversas e risos aliviados irrompe. Posso ver a mulher de terninho branco pegando de volta com o marido três enormes anéis de diamante e os recolocando nos dedos.

Espero alguns minutos. Depois, discretamente, desço a escada. Pego uma taça de champanhe com um garçom que vai passando e tomo um gole grande. Nunca mais vou tocar em nenhum painel. Nem em peixes. Nem em vasos sanitários.

— Querida! — A voz de Rosalie me faz dar um pulo. — Está usando um vestido turquesa justo, de contas, e sapatos altos com plumas. — *Ah*, meu Deus. Não foi genial? Isso vai sair em vários jornais amanhã. Todo mundo está falando da segurança de último tipo. Sabe que custa 300 mil libras? Só o sistema!

Trezentas mil libras e o vaso nem dá descarga.

— É — digo. — Fantástico.

— Lexi. — Rosalie me olha apreensiva. — Queridinha... podemos trocar uma palavrinha? Sobre o Jon. Vi você falando com ele antes.

Sinto um pânico súbito. Será que ela viu alguma coisa?

— Ah, certo! — procuro um tom descontraído. — É, bem, ele é o arquiteto do Eric, por isso estávamos falando do projeto, como você...

— Lexi. — Ela me pega pelo braço e me leva para longe do burburinho. — Inclina-se para perto. — Mas você se *lembra* de alguma coisa do Jon? Do seu passado?

— Hum... na verdade, não.

Rosalie me puxa mais para perto.

— Queridinha, vai ser um tremendo choque — diz ela em voz baixa e rouca. — Há um tempo você me contou uma coisa em segredo. De amiga para amiga. Eu não disse nada ao Eric...

Estou hipnotizada, os dedos congelados em volta da haste da taça de champanhe. Será que Rosalie *sabe*?

— Sei que pode parecer difícil de acreditar, mas alguma coisa estava acontecendo entre você e Jon.

— Está brincando! — Meu rosto arde. — Tipo... tipo o quê, exatamente?

— Bem, lamento dizer... — Rosalie olha ao redor e chega mais perto. — Jon ficava pegando no seu pé. Eu só pensei que deveria avisá-la, para o caso de ele tentar de novo.

Por um momento estou pasma demais para responder. *Pegando no meu pé*?

— Como assim? — gaguejo finalmente.

— O que você acha? Ele tentou com todas nós. — Ela torce o nariz.

— Quer dizer... — Não consigo processar isso direito. — Quer dizer que ele tentou com você também?

— *Ah*, meu Deus, tentou. — Ela revira os olhos. — Disse que Clive não me entende. O que é verdade — acrescenta ela depois de pensar um pouco. — Clive é um *completo* tapado. Mas isso não significa que eu vá sair correndo para virar uma marca na cabeceira da cama dele, significa? E ele deu em cima da Margo também — acrescenta, acenando alegre para uma mulher de verde do outro lado do salão. — *Que* desplante! Disse que a conhecia melhor do que o marido e que ela merecia mais, e que dava para ver que ela era uma mulher especial... todo tipo de conversa-fiada! — Ela estala a língua, com ar superior. — A teoria de Margo é que ele busca mulheres casadas e diz o que elas querem ouvir. Provavelmente sente algum barato esquisito com isso... — Ela para ao ver meu rosto congelado. —

Queridinha! Não se *preocupe*. Ele é como uma mosca irritante, você só precisa dar um tapa. Mas ele foi bem insistente com você. Você era tipo o grande desafio. Sabe, sendo mulher do Eric e coisa e tal. — Ela me encara. — Não se lembra de nada disso?

Ava passa por nós com alguns convidados, e Rosalie sorri para eles, mas eu não consigo me mexer.

— Não — respondo finalmente. — Não me lembro de nada disso. Então... o que eu fiz?

— Você ficava dizendo para ele deixá-la em paz. Era incômodo. Você não queria estragar o relacionamento dele com o Eric, não queria estragar as coisas... você foi muito digna, queridinha. Eu teria jogado uma bebida na cara dele! — De repente ela olha por cima do meu ombro. — Querida, preciso dar uma palavrinha com o Clive sobre nossos planos para o jantar. Ele reservou a mesa completamente errada, Clive é um pesadelo absoluto... — Ela para e me olha de novo, subitamente ansiosa. — Você está bem? Eu só pensei em avisar...

— Não. — Volto a mim. — Fico feliz por você ter me contado.

— Quero dizer, sei que você nunca cairia no papo furado dele... — Ela aperta meu braço.

— Claro que não! — De algum modo consigo rir. — Claro que não cairia!

Rosalie vai para o meio dos convidados, mas meus pés estão enraizados no chão. Nunca me senti tão humilhada na vida, tão ingênua, tão *ridícula*.

Acreditei em tudo. Caí na bajulação dele.

Nós tínhamos um caso secreto... Conheço você melhor do que Eric...

Tudo besteira. Ele se aproveitou da minha perda de memória. Me lisonjeou; virou minha cabeça. E só me queria na cama como um... um troféu. Sinto-me latejando de ódio. Eu *sabia* que nunca teria um caso! Não sou do tipo infiel. Simplesmente não sou. Tenho um marido decente que me ama. E deixei que minha cabeça fosse levada. Quase arruinei tudo.

Bem, não mais. Sei quais são minhas prioridades. Tomo um gole grande de champanhe. Depois ergo a cabeça, ando pela multidão até encontrar Eric e passo meu braço pelo dele.

— Querido. A festa está maravilhosa. Você é brilhante.

— Acho que conseguimos. — Ele parece mais relaxado do que esteve durante toda a noite. — Escapamos por pouco com aquele alarme. Jon salvou o dia. Ei, ali está ele! Jon!

Aperto mais ainda o braço de Eric enquanto Jon vem em nossa direção. Sequer consigo olhar para ele. Eric lhe dá um tapinha nas costas e entrega uma taça de champanhe que pegou numa bandeja próxima.

— A você! — exclama. — A Jon.

— A Jon — ecoo tensa, tomando o menor gole de champanha possível. Vou fingir que ele não existe. Vou lhe dar gelo.

Um bip em minha bolsa interrompe meus pensamentos. Pego o telefone e vejo uma nova mensagem.

De Jon.

Não *acredito*. Ele está me mandando um torpedo na frente do Eric? Rapidamente aperto o botão para ler e o texto aparece.

Old Canal House em Islington, qualquer tarde depois das 18h. Temos muito que conversar.
Te amo.
J
PS Apague esta mensagem
PPS O que você fez com o peixe?

Meu rosto está ardendo de fúria. As palavras de Rosalie ressoam em minha cabeça. *Você só precisa lhe dar um tapa.*

— É uma mensagem de Amy! — digo a Eric, com a voz esganiçada. — Acho que vou responder logo...

Sem olhar para Jon, começo a digitar o texto, os dedos carregados de adrenalina.

É. Certo. Acho que você achou que eu era uma piada, se aproveitando de uma mulher que perdeu a memória. Bem, descobri seu jogo idiota, certo? Sou casada. Me deixe em paz.

Mando o torpedo e guardo o telefone. Um instante depois Jon franze a testa para o relógio e pergunta casualmente:

— Essa hora está certa? Acho que estou adiantado. — Ele pega o celular e franze a testa para a tela, como se verificasse alguma coisa, mas vejo seu polegar movendo-se nas teclas e o vejo ler a mensagem, e posso ver seu rosto estremecer de choque.

Rá. Peguei-o.

Depois de alguns instantes ele parece se recuperar.

— Estou com uma diferença de seis minutos — diz, batendo no celular. — Vou acertar o relógio...

Não sei por que ele se incomoda em dar uma desculpa. Eric nem está prestando atenção. Três segundos depois meu telefone toca de novo e eu o pego.

— Outra mensagem de Amy — digo idiotamente. — Ela é um saco. — Lanço um olhar para Jon e ponho o dedo no Apagar, e seus olhos se arregalam em consternação. Rá. Agora que eu sei a verdade, é *óbvio* que ele está inventando tudo isso.

— É uma boa ideia? — pergunta ele rapidamente. — Apagar uma mensagem sem ler?

— Na verdade não estou interessada. — Dou de ombros.

— Mas se não leu, não sabe o que ela diz...

— Como eu disse. — Lanço-lhe um sorriso doce. — Não estou interessada. — Aperto Apagar, desligo o telefone e o jogo na bolsa.

— Então! — Eric se vira de novo para nós, reluzente e animado. — Os Clarkson querem fazer outra visita amanhã. Acho que temos mais uma venda. São seis unidades, só esta noite.

— Muito bem, querido, sinto muito orgulho de você! — exclamo, passando o braço em volta dele num gesto exagerado. — Eu te amo ainda mais do que no dia do nosso casamento.

Eric franze a testa, confuso.

— Mas você não se lembra do dia do nosso casamento. Então não sabe o quanto me amava.

Pelo amor de Deus. Ele tem de ser tão *literal*?

— Bem, independentemente do quanto eu amava na época... — Tento controlar a impaciência. — Amo mais agora. Muito mais. — Pouso a taça de champanhe e, com um olhar de desafio para Jon, puxo Eric para um beijo. O beijo mais longo, meloso, tipo "olhe o quanto eu amo meu marido e por sinal nós fazemos sexo fantástico". Num determinado momento Eric tenta se afastar mas eu o aperto com mais força, grudando seu rosto ao meu. Por fim, quando acho que posso sufocar, solto-o, enxugo a boca com as costas da mão e olho ao redor o salão que vai se esvaziando.

Jon sumiu.

15

Meu casamento. Esta é minha prioridade. De agora em diante vou me concentrar em meu relacionamento com Eric e em nada mais.

Na manhã seguinte ainda estou meio transtornada. Entro na cozinha para o café-da-manhã e pego a jarra de suco verde na geladeira. Devo ter ficado louca ontem à noite. Tenho o marido dos sonhos, que me foi entregue de bandeja. Por que iria colocar tudo isso em risco? Por que beijaria um cara escondido, independentemente do que ele dissesse?

Sirvo um pouco de suco verde num copo e fico mexendo até que pareça uma borra, como faço todas as manhãs. (Não consigo beber aquele negócio parecendo alga de lago. Mas também não posso desapontar Eric, que acha que o suco verde é quase tão fantástico quanto o estilo de vida loft). Depois pego um ovo cozido na panela e tomo uma xícara do chá que Gianna fez. Estou realmente entrando nessa de começar o dia com baixo teor de carboidratos. Como um ovo cozido, bacon ou omelete de claras todas as manhãs.

E então, às vezes, um pãozinho na ida para o trabalho. Mas só se eu estiver morrendo de fome.

Quando me sento, a cozinha parece calma e tranquila. Mas ainda estou nervosa. E se eu tivesse levado as coisas mais longe com Jon? E se Eric tivesse descoberto? Eu poderia ter arruinado tudo. Só tenho este casamento há algumas semanas — e já o estou pondo em risco. Preciso *alimentá-lo*. Como a uma planta.

— Bom-dia! — Eric entra lépido na cozinha, usando uma camisa azul e parecendo animadíssimo. Não me surpreendo. Parece que a inauguração da noite anterior foi a melhor que eles já tiveram. — Dormiu bem?

— Muito bem, obrigada!

Ainda não estamos compartilhando o quarto, nem tentamos fazer sexo de novo. Mas se vou alimentar meu casamento, talvez devêssemos começar a ter mais intimidade física. Levanto-me para pegar a pimenta e roço deliberadamente em seu braço.

— Você está lindo hoje. — Sorrio para ele.

— Você também!

Passo a mão por seu queixo. Os olhos de Eric encontram os meus, interrogativamente, e ele ergue a mão para encontrar a minha. Olho rapidamente o relógio. Não temos tempo, graças a Deus.

Não. Eu não pensei isso.

Preciso ser *positiva*. O sexo com Eric vai ser ótimo, sei que vai. Talvez só precisemos fazer no escuro. E não falar um com o outro.

— Como você está... se sentindo? — pergunta Eric, com um sorrisinho enigmático.

— Estou ótima! Mas com um pouquinho de pressa. — Lanço-lhe um sorriso, afasto-me e tomo um gole de chá antes que ele possa sugerir uma rapidinha encostados no fogão. Graças a Deus ele parece captar a mensagem. Serve-se de uma xícara de chá, depois atende ao BlackBerry quando ele toca.

— Ah! — diz ele, parecendo satisfeito. — Acabo de arrematar uma caixa de Lafite Rothschild 88 num leilão.

— Uau! — digo entusiasmada. — Muito bem, querido!

— Mil e cem libras — continua ele. — Quase um roubo.

Mil e cem libras?

— Por... quantas garrafas? — pergunto.

— Uma caixa. — Ele franze a testa como se fosse óbvio. — Doze.

Não consigo falar. Mil e cem libras por 12 garrafas de vinho? Sinto muito, é simplesmente... errado. Ele sabe quanto *é* mil e cem libras? Eu poderia comprar cem garrafas de vinho com esse dinheiro. E ainda seriam bons vinhos. E sobraria dinheiro.

— Lexi, você está bem?

— Estou ótima. — Volto a mim. — Só estava pensando... que ótimo negócio! — Com um último gole de chá, visto o casaco e pego minha pasta. — Tchau, querido.

— Tchau, amor. — Eric se aproxima e trocamos um beijo de despedida. Na verdade isso está começando a parecer bem natural. Ajeito o casaco e estou na porta quando algo me vem à cabeça.

— Ei, Eric — digo do modo mais casual possível. — O que é... Mont Blanc?

— Mont Blanc? — Eric se vira, o rosto examinando o meu, incrédulo. — Está brincando. Você se lembra do Mont Blanc?

Certo. Realmente caí nesta. Não posso dizer: "Não, Jon me disse."

— Não me *lembro*, exatamente — improviso. — Mas o nome "Mont Blanc" me veio, e pareceu importante, de algum modo. Ele significa algo... especial?

— Você vai descobrir, querida. — Posso ver o prazer contido no rosto de Eric. — Tudo vai voltar. Por enquanto não direi mais nada. Isso só pode ser um bom sinal!

— Talvez! — Tento retribuir sua empolgação. — Bem... nos vemos mais tarde! — Saio da cozinha, revirando o cérebro. *Mont Blanc.* Esqui? Aquelas canetas-tinteiro elegantes? Uma grande montanha nevada?

Não faço absolutamente nenhuma ideia.

Saio do metrô na Victoria, compro um pãozinho e vou mordiscando pela rua. Mas quando chego perto do escritório, subitamente perco a fome. Tenho um borbulhar maligno no estômago. Aquele tipo de sensação de aperto, de "não quero ir à escola".

Fi pode ser minha amiga de novo, porém mais ninguém é. E eu fiz besteira na frente de Simon Johnson, e ainda não me sinto dominando nada... Quando o prédio surge eu paro, afundando em pavor.

Ande, digo com firmeza a mim mesma. Vai ser divertido.

Não vai, não.

Bem, certo. Mas não tenho escolha.

Juntando toda a determinação, que me resta, jogo o resto do pão numa lata de lixo e passo pela porta de vidro. Vou direto à minha sala sem encontrar ninguém, sento-me e puxo minha pilha de papéis. Quando faço isso, vejo o lembrete que anotei ontem: *Discutir vendas com Byron.* Talvez eu faça isso agora. Levanto o telefone para discar o ramal dele, mas então largo de novo ao ouvir uma batida na porta.

— Olá?

— Oi, Lexi? — Debs entra na sala. Está usando um cardigã turquesa, com contas, e saia jeans, e segurando um envelope.

— Ah — digo apreensiva. — Oi, Debs.

— Como você está? — Ela parece sem jeito.

— Estou... bem. — A porta se escancara revelando Fi e Carolyn, as duas também parecendo pouco à vontade. — Oi! — exclamo surpresa. — Está tudo bem?

— Eu contei a elas o que você me disse — diz Fi. — Ontem à noite nós saímos para tomar um drinque e eu contei.

— Nós não percebemos — diz Debs, parecendo preocupada. — Não lhe demos chance. Presumimos que você ainda era... — Ela olha ao redor.

— Um pesadelo enlouquecido pelo poder — ajuda Carolyn, na lata.

— Nós nos sentimos mal. — Debs morde o lábio enquanto olha para as outras. — Não foi?

— Não se preocupem. — Forço um sorriso. Mas de repente, enquanto olho para as três, sinto-me mais sozinha do que nunca. Aquelas eram minhas amigas; éramos sempre nós quatro. Mas agora elas têm três anos de saídas à noite e risadas que eu perdi. Juntaram-se num trio e eu sou a estranha.

— Eu só queria lhe dar isso. — Debs avança para a mesa, o rosto ficando vermelho, e me entrega o envelope. Abro-o e tiro um cartão branco e rígido, gravado. Um convite de casamento.

— Espero que você possa ir. — Debs enfia a mão nos bolsos. — Você e Eric.

Sinto uma onda de humilhação. Sua linguagem corporal é óbvia. A última coisa que ela quer é nós dois em seu casamento.

— Olhe, Debs, não precisa me convidar. É realmente muito gentil... — Tento enfiar o cartão de volta no envelope, com o rosto quente. — Mas sei que na verdade você não...

— Quero sim. — Ela põe a mão sobre a minha, me impedindo, e eu levanto os olhos. Seus olhos são os mesmos de sempre: de um azul profundo com rímel nos cílios. — Você era uma das minhas melhores amigas, Lexi. Sei que as coisas mudaram. Mas... você deveria ir.

— Bem... obrigada. — Murmuro finalmente. — Eu adoraria ir. — Viro o convite, passando o dedo sobre o alto-relevo. —

Como você conseguiu convencer sua mãe a aceitar uma convidada tão em cima da hora?

— Ela quase me matou — responde Debs com franqueza, e eu não consigo evitar um risinho.

— Ela ameaçou cortar sua mesada?

— *Ameaçou!* — exclama Debs, e desta vez todas caímos na gargalhada. A mãe de Debs ameaça cortar a mesada dela desde que eu a conheço, mesmo que tenha parado de dar mesada há mais de dez anos.

— Compramos uns bolinhos também — diz Fi. — Para pedir desculpas por ontem... — Ela para e há uma batida na porta. Simon Johnson está parado ali.

— Simon! — levo um susto. — Não vi você aí!

— Lexi. — Ele sorri. — Está disponível para uma conversinha?

— Vamos indo — diz Fi rapidamente, e leva as outras para fora. — Obrigada pela... hum... informação, Lexi. Muito útil.

— Tchau, Fi! — Dou-lhe um sorriso agradecido.

— Não vou tomar seu tempo — diz Simon, fechando a porta assim que elas saem. — Só queria lhe dar uma última orientação para a reunião da segunda-feira. Obviamente mantenha isso em segredo. Neste departamento, só você e Byron têm essa informação. — Ele se aproxima da mesa, estendendo uma pasta de papel.

— Claro. — Balanço a cabeça com ar de executiva. — Obrigada.

Quando pego a pasta, vejo "7 de junho" digitado discretamente no canto superior direito e tenho um mau pressentimento. Ainda não tenho ideia do que significa 7 de junho. Procurei em todos os meus arquivos ontem à tarde, mas não encontrei nada. Nenhum arquivo de computador, nenhum papel, nada.

Sei que deveria ter perguntado ao Byron. Mas fui orgulhosa demais. Queria descobrir sozinha.

— Estou ansiosa! — Bato na pasta, esperando parecer convincente.

— Bem. É na segunda-feira, meio-dia em ponto, na sala da diretoria. Alguns diretores não-executivos precisarão sair cedo.

— Vejo você lá — digo com um sorriso confiante. — Obrigada, Simon.

No minuto em que Simon sai, sento-me e abro a pasta. A primeira página é intitulada Sumário, e eu passo os olhos pelo texto. *07 de junho ... grande reestruturação ... realinhamento no mercado ... revisão geral...*

Depois de alguns segundos afundo na cadeira, sentindo-me esmagada. Não é de espantar que seja um grande segredo. Toda a empresa está sendo reestruturada. Vamos adquirir uma companhia de tecnologia doméstica... fundir vários departamentos ... Olho mais abaixo.

... contexto de seu desempenho de vendas atual ... planos de dispensar...

O quê?

Leio as palavras de novo. E de novo.

Minha coluna ficou gelada. Estou congelada na cadeira, lendo as frases repetidamente. Isso não pode... isso *não pode* significar o que acho que significa...

Com uma descarga de adrenalina, salto de pé, corro à porta e saio pelo corredor. Ali está Simon, perto dos elevadores, conversando com Byron.

— Simon! — Estou ofegante. — Posso trocar uma palavrinha rápida?

— Lexi. — Quando ele se vira, posso ver uma ruga de irritação em sua testa.

— Oi. — Olho em volta, verificando se não há ninguém por perto para ouvir. — Eu só queria... hum... esclarecer umas coisas. Aqueles planos de dispensar o Departamento de Pisos. — Bato na pasta. — Isso não pode significar... Você não pode realmente estar dizendo...

— Ela finalmente sacou. — Byron cruza os braços, balançando a cabeça com tamanha diversão que quero lhe dar um soco. Ele *sabia* disso?

Simon suspira.

— Lexi, nós conversamos sobre isso muitas vezes, como você sabe. O mercado lá fora é duro. Você fez maravilhas com sua força de vendas, reconhecemos isso. E você será recompensada. Mas o departamento é insustentável.

— Mas você não pode se livrar do Pisos! A Deller Carpets precisa dele! Foi como a empresa começou!

— Fale baixo! — diz Simon rispidamente num sussurro, olhando ao redor. Toda a sua amabilidade desaparece. — Lexi, não posso admitir esse nível de interferência. É uma imensa falta de profissionalismo.

— Mas...

— Não há com que se preocupar. Você e Byron terão novos papéis na administração superior. Tudo foi pensado muito cuidadosamente. Não tenho tempo para isso. — O elevador chega e ele entra.

— Mas, Simon — digo desesperada. — Você não pode simplesmente *demitir* todo o departamento...

Tarde demais. A porta do elevador se fechou.

— Isso não se chama demitir — soa a voz irônica de Byron atrás de mim. — Chama-se otimizar. Use as palavras certas.

— Como você pode simplesmente ficar aí *parado*? — giro furiosa. — E por que eu não sabia nada disso?

— Ah, eu não contei? — Byron estala a língua, fingindo autocensura. — Desculpe, Lexi. É difícil saber onde começar quando você esqueceu... vejamos... tudo.

— Onde estão os documentos? Por que eu não vi nada disso antes?

— Eu posso ter pegado emprestado. — Ele dá de ombros e vai para sua sala. — Tchau.

— Não! Espere! — Entro com ele e fecho a porta. — Não entendo. Por que eles vão acabar com o departamento?

— Você *olhou* nossas vendas recentemente? — Byron revira os olhos.

— Elas aumentaram! — retruco antes que ele possa me impedir, já sabendo que é a abordagem errada.

— Três por cento? — pergunta Byron com escárnio. — Lexi, carpete é velharia. E não conseguimos entrar nos outros mercados de pisos. Encare os fatos. A festa acabou.

— Mas não podemos simplesmente acabar com tudo. Aqueles modelos originais de carpetes são clássicos! E os... tapetes?

Byron me olha incrédulo por um momento, depois explode numa gargalhada.

— Você é hilária, sabia?

— O quê?

— Você sabe que está se repetindo? Você disse tudo isso na primeira reunião de crise. "Nós poderíamos transformar os carpetes em tapetes!" — ele me imita com voz esganiçada. — Desista.

— Mas todos vão ficar desempregados! A equipe inteira!

— É. Uma pena. — Ele se senta à mesa e faz um gesto na direção da porta. — Tenho trabalho a fazer.

— Você é um *filho-da-mãe* — digo com a voz trêmula. Saio de sua sala e bato a porta, ainda apertando a pasta, respirando cada vez mais forte até que acho que vou ter um treco. Preciso ler todas essas informações, preciso pensar...

— Lexi! — Minha cabeça se levanta e instintivamente aperto mais a pasta contra o peito. Fi está parada junto à porta da área principal do Departamento de Pisos, me chamando. — Venha! Coma um bolinho.

Por um momento apenas a encaro, muda.

— Venha! — Ela ri. — Simon Johnson foi embora, não foi?

— Ah... é — respondo lacônica. — Foi.

— Bem, então venha! Estamos todos esperando!

Não posso recusar. Preciso parecer normal, preciso parecer tranquila, mesmo que esteja me desfazendo por dentro...

Fi agarra meu braço — e quando a acompanho entrando na área principal, sinto um choque gigantesco. Uma faixa foi pendurada entre duas trancas de janelas, dizendo "BEM-VINDA DE VOLTA, LEXI!!!". Há um prato de bolinhos frescos em cima do arquivo, junto a um cesto de presente da Aveda.

— Nós não lhe demos as boas-vindas de verdade — diz Fi, com o rosto ligeiramente vermelho. — E só queríamos dizer que ficamos felizes por você ter voltado ao normal depois do acidente. — Ela se dirige aos outros. — A vocês, que não conheciam Lexi quando... Só quero dizer que acho que esse acidente mudou as coisas. Sei que ela vai ser a chefe mais fantástica e que todos devemos apoiá-la. A você, Lexi.

Ela levanta sua caneca de café e toda a sala irrompe em aplausos.

— Obrigada a todos — consigo dizer, com o rosto rígido como massa de pastel. — Vocês são todos... ótimos.

Eles estão para perder o emprego. Não fazem ideia. E compraram bolinhos e um cesto de presente para mim.

— Tome um café. — Fi traz uma caneca. — Deixe eu pegar essa pasta...

— Não! — Ofego, apertando-a com mais força. — É... bastante confidencial...

— São os nossos bônus, não são? — diz Debs rindo, e me dá uma cutucada. — Garanta que sejam bem grandes, Lexi! Quero uma bolsa nova!

De algum modo consigo um sorriso triste. Estou num pesadelo.

Quando finalmente saio do trabalho, às 18h30, o pesadelo não acabou. Tenho o fim de semana para montar uma defesa do Departamento de Pisos, de algum modo. E mal sei qual é o problema, quanto mais a solução. Enquanto aperto o botão do térreo no elevador, Byron entra, vestindo seu sobretudo.

— Levando trabalho para casa? — Ele ergue as sobrancelhas ao ver minha pasta estufada.

— Preciso salvar o departamento — respondo curta e grossa. — Vou trabalhar todo o fim de semana até encontrar uma solução.

— Você só pode estar brincando. — Byron balança a cabeça, incrédulo. — Lexi, você não leu a proposta? Isso vai ser *melhor* para você e para mim. Eles estão criando uma nova equipe estratégica, vamos ter mais poder, mais área de manobra...

— Esse não é o ponto! — grito num acesso de fúria. — E todos os nossos amigos que vão ficar sem nada?

— Buá, buá, deixe-me enxugar meu coração que sangra — balbucia Byron. — Eles conseguirão outros empregos. — Ele hesita, olhando-me atentamente. — Sabe, antes você não estava preocupada.

Demoro alguns segundos para registrar suas palavras.

— Como assim?

— Antes de sofrer o acidente, você era a favor de se livrar do Departamento de Pisos. Mais poder para nós, mais dinheiro... Não é uma maravilha?

Um frio me aperta por dentro.

— Não acredito em você. — Minha voz está trêmula. — Não acredito. Eu *nunca* teria vendido minhas amigas.

Byron me olha com ar de pena.

— Teria, sim. Você não é santa, Lexi. Por que seria? — A porta se abre e ele vai embora.

Chego à loja de departamentos Langridge e subo até o setor de compras pessoais, atordoada. Tenho consulta marcada às 18h com minha *personal shopper*, Ann. Segundo o manual, eu a vejo a cada três meses, ela escolhe algumas "peças" e nós trabalhamos no "look" da estação.

— Lexi! Como vai? — Uma voz me recebe quando me aproximo da recepção. Ann é pequenina, com cabelo escuro cortado curto, calças cigarrete pretas e justas e um perfume forte que revira meu estômago instantaneamente. — Fiquei tão arrasada quando soube do seu acidente!

— Estou bem, obrigada. Já me recuperei. — Tento um sorriso.

Eu deveria ter cancelado esse compromisso. Não sei o que estou fazendo aqui.

— Ótimo! Tenho umas peças *fabulosas* para você ver. — Ann me leva a um cubículo e me apresenta uma arara de roupas, com um floreio. — Você verá algumas formas e estilos novos, mas acho que pode levar todas...

O que ela está falando? Novas formas e estilos? São todos conjuntos de cor neutra. Já tenho um armário cheio disso.

Ann está me mostrando um casaco depois do outro, falando sobre bolsos e comprimentos, mas não ouço palavra. Algo está zumbindo em minha cabeça como um inseto preso, ficando cada vez mais alto...

— Você tem alguma coisa diferente? — interrompo-a. — Tem alguma coisa... *viva*?

— Viva? — pergunta Ann, perplexa. Hesita, depois pega outro casaco bege. — Este é cheio de bossa...

Saio do cubículo, sentindo que preciso de ar. O sangue está queimando nos meus ouvidos. Para ser honesta, estou me sentindo meio perturbada.

— Isto. — Pego um minivestido roxo com manchas coloridas. — É fantástico. Posso sair para uma noitada com isso.

Ann parece em vias de desmaiar.

— Lexi — diz ela finalmente. — Isso... não é o que eu chamaria de seu estilo.

— Bem, eu chamaria. — Em desafio, pego uma minissaia prateada. — E isso.

É exatamente o que eu pegaria na New Look, só que um milhão de vezes mais caro, obviamente.

— Lexi. — Ann põe os dedos sobre o osso do nariz e respira algumas vezes. — Sou sua consultora. Sei o que cai bem em você. Você tem um visual muito bom de trabalhar, atraente, profissional, que passamos algum tempo aprimorando...

— É um tédio. É ridículo. — Pego um vestido bege sem mangas dos braços dela e estendo-o. — Não sou esta pessoa, simplesmente não sou.

— É sim, Lexi.

— Não sou! Eu preciso de diversão. Preciso de cor.

— Você viveu perfeitamente bem durante anos em bege e preto. — O rosto de Ann se enrijece. — Lexi, você me disse *especificamente*, em nossa primeira reunião, que queria um guarda-roupa de trabalho em cores neutras...

— Isso foi naquela época, certo? — Estou tentando conter a agitação, mas é como se todos os acontecimentos do dia subitamente viessem à tona numa onda de aflição. — Talvez as coisas tenham mudado. Talvez *eu* tenha mudado.

— Isto. — Ann vem com outro tailleur bege, com um plissado minúsculo. — *Isto* é você.

— Não é.

— É.

— Isso não sou eu! Não sou! Não sou essa pessoa! Não serei ela! — Lágrimas ardem em meus olhos. Começo a tirar grampos do meu coque, subitamente desesperada para me livrar dele. — Não sou do tipo de pessoa que usa tailleurs bege! Não sou do tipo de pessoa que usa coque todo dia. Não sou do tipo de pessoa que paga mil libras por vinho. Não sou do tipo de pessoa que... que vende as amigas...

Agora estou soluçando. O coque não se solta, e mechas de cabelo ficam espetadas em volta de meu rosto. Pareço um espantalho. Estou afogada em lágrimas. Enxugo os olhos com as costas da mão, e, horrorizada, Ann puxa o vestido bege para longe.

— Não deixe lágrimas caírem no Armani! — diz rispidamente.

— Aqui. — Empurro-o de volta para ela. — Pode ficar com ele. — E, sem dizer mais nada, saio.

Vou ao café, no térreo, e peço um chocolate quente, que bebo enquanto termino de desfazer o coque. Depois peço outro, com um *donut*. Depois de um tempo os carboidratos se acomodam em meu estômago como uma almofada reconfortante, quente, e me sinto melhor. Tem de haver um modo, *tem* de haver. Vou trabalhar todo o fim de semana, vou encontrar a solução, vou salvar o departamento...

Um bip em meu bolso interrompe meus pensamentos. Pego o celular e há uma mensagem de Eric.

Como está? Fazendo hora extra?

Enquanto leio as palavras, sinto-me subitamente tocada. Avassaladoramente tocada, na verdade. Eric se importa comigo. Está pensando em mim.

Indo para casa, digito de volta. **Senti sua falta hoje!**

Não é exatamente verdade, mas parece.

Senti a sua também!, volta instantaneamente.

Eu sabia que havia um sentido no casamento. E é isso. Alguém para se importar com você quando tudo está uma merda. Alguém para animar você. Uma mísera troca de mensagens com Eric faz com que eu sinta um calor um milhão de vezes maior que o do chocolate. Estou pensando no que responder quando o telefone dá outro bip.

A fim de um Mont Blanc??:):)

De novo o Mont Blanc. O que *é* isso? Um drinque, talvez?

Bem, obviamente é algo especial para Eric. E só há um modo de eu descobrir.

Ótimo!, digito de volta. **Mal posso esperar!**

Depois pego a bolsa, saio da Langridges e chamo um táxi.

Levo só uns vinte minutos para chegar em casa, tempo em que releio três documentos, cada um mais deprimente do que o outro. As vendas de carpetes nunca foram piores em toda a história da empresa, ao passo que todos os outros departamentos só fazem crescer. Por fim, fecho as pastas e olho pela janela do táxi, a mente trabalhando com força total. Se eu pudesse elaborar um plano de salvação... *Sei* que ainda há valor na marca Deller Carpets.

— Querida? — O motorista de táxi me tira do devaneio. — Chegamos.

— Ah, certo. Obrigada. — Estou revirando a bolsa quando meu telefone solta outro bip.

Estou pronto!

Pronto? Isso está ficando cada vez mais misterioso.

Acabei de chegar! Vejo você em um minuto!, digito de volta rapidamente, e entrego as notas ao chofer.

Quando entro no apartamento, as luzes estão suaves, num ajuste que conheço como Sedução. A música toca tão baixo que mal consigo ouvir; fora isso o silêncio é total.

— Olá! — chamo cautelosamente, pendurando o sobretudo.

— Oi!

A voz distante de Eric parece vir do quarto. Do meu quarto.

Bem. Acho que, oficialmente, do nosso quarto.

Olho meu reflexo no espelho e dou uma rápida penteada no cabelo desgrenhado. Depois entro no quarto. A porta está ligeiramente entreaberta; não consigo ver o que está acontecendo lá dentro. Fico ali um momento, imaginando de que, diabos, isso se trata. Então abro a porta. E diante do que vejo quase solto um berro.

Isto é o Mont Blanc? *Isto* é o Mont Blanc?

Eric está deitado na cama. Totalmente nu. A não ser pelo mais gigantesco monte de creme chantili em sua região genital.

— Oi, querida. — Ele ergue as sobrancelhas com uma piscadela cheia de segundas intenções, depois olha para baixo. — Pode mergulhar aí!

Aí?

Mergulhar?

Mergulhar *aí*?

Estou paralisada de horror enquanto examino a montanha cremosa, fofa. Cada célula do meu corpo está dizendo que não quero mergulhar ali.

Mas não posso simplesmente me virar e sair correndo, posso? Não posso rejeitá-lo. É o meu marido. Isto é obviamente... o que costumamos fazer.

Ah, meu Deus, ah, meu Deus...

Cautelosamente vou em direção ao edifício cremoso. Mal sabendo o que fazer, estendo um dedo e pego um pouquinho do topo do monte, depois coloco na boca.

— É... doce! — Minha voz está áspera de nervosismo.

— É diet. — Eric sorri de volta para mim.

Não. Não. Sinto muito. Isso é simplesmente... Isso não está acontecendo. Não na minha vida. Preciso inventar uma desculpa...

— Estou tonta! — As palavras surgem de lugar nenhum. Ponho a mão sobre os olhos e recuo da cama. — Ah, meu Deus. Estou *voltando ao passado*.

— *Voltando ao passado?* — Eric senta-se, alerta.

— É! Tive uma lembrança súbita do... do casamento — improviso. — Foi só uma imagem breve, de nós dois, mas foi realmente nítida, me pegou de surpresa...

— Sente-se, querida. — Eric não consegue conter a ansiedade. — Talvez outras lembranças voltem também.

Ele parece tão esperançoso que me sinto péssima por estar mentindo. Mas é melhor do que dizer a verdade, não é?

— Acho que vou me deitar em silêncio no outro quarto, se você não se incomodar. — Corro para a porta, a mão ainda protegendo os olhos da visão da montanha de creme. — Desculpe, Eric, depois de você ter tido tanto... trabalho...

— Tudo bem, querida! Eu também vou... — Eric faz menção de se levantar da cama.

— *Não!* — interrompo um pouco esganiçada demais. — Apenas... se ajeite. Vou ficar bem.

Antes que ele possa dizer mais alguma coisa, saio correndo e me jogo no grande sofá creme. Minha cabeça está girando, não sei se por causa da vodca, do choque do Mont Blanc ou do dia inteiro. Só sei que sinto vontade de me enrolar embaixo de um edredom e fingir que o mundo não existe. Não posso lidar com essa vida. Com nenhuma parte dela.

16

Não posso olhar para o Eric sem ver creme chantili. Ontem à noite sonhei que ele era *feito* de chantili. Não foi um bom sonho.

Felizmente mal nos vimos neste fim de semana. Eric está fazendo uma social corporativa e eu venho tentando desesperadamente bolar um plano para salvar o Departamento de Pisos. Li todos os contratos dos últimos três anos. Estudei as informações dos fornecedores. Analisei a resposta dos clientes. Para ser honesta, é uma situação de merda.

Não é que os pedidos sejam muito poucos: a verdade é que ninguém parece mais *interessado* no Departamento de Pisos. Temos uma fração ridícula do orçamento de publicidade e de marketing oferecido aos outros departamentos. Não estamos fazendo nenhuma promoção especial. Na reunião semanal de diretores, o Pisos sempre aparece no fim das prioridades. É como a Cinderela da empresa.

Mas tudo isso vai mudar, se eu puder fazer algo. No fim de semana bolei uma renovação total. Preciso de um pouco de dinheiro, de fé e de corte de custos — mas tenho o pensamento positivo de que podemos dar um empurrão nas vendas. Cinderela foi ao baile, não foi? E eu vou ser a fada madrinha. *Preciso* ser a fada madrinha. Não posso deixar minhas amigas perderem o emprego.

Ah, meu Deus. Meu estômago se revira de novo, de nervosismo. Estou no táxi a caminho do trabalho, o cabelo preso firmemente num coque, a pasta com a apresentação no colo. A reunião é dentro de uma hora. Todos os outros diretores estão esperando votar para acabar com o departamento. Precisarei argumentar feito louca. Ou então...

Não. Não posso pensar no "ou então". Tenho de conseguir, simplesmente *tenho*... meu telefone toca e quase pulo no banco, de tão nervosa.

— Alô?

— Lexi? — diz uma voz fraca. — É Amy. Você pode falar?

— Amy! — respondo atônita. — Oi! Na verdade estou indo para um lugar...

— Estou numa encrenca — interrompe ela. — Você precisa vir. Por favor.

— Encrenca? — pergunto preocupada. — Que tipo de encrenca?

— Por favor, venha. — Sua voz está tremendo. — Estou em Notting Hill.

— Notting *Hill*? Por que não está na escola?

— Espere aí. — O som do telefone fica abafado e posso ouvir Amy dizendo: — Estou falando com minha irmã mais velha, certo? Ela vem. — Depois volta à linha. — Por favor, Lexi. Por favor, venha. Estou numa tremenda encrenca.

Nunca ouvi Amy falar assim. Parece desesperada.

— O que você *fez*? — Minha cabeça está dando voltas, tentando pensar em que encrenca ela se meteu. Drogas? Agiotas?

— Estou na esquina da Ladbroke Grove com Kensington Gardens. Quanto tempo você vai demorar?

— Amy... — Apoio a cabeça nas mãos. — Não posso ir agora! Tenho uma reunião, é realmente importante. Você não pode ligar para mamãe?

— Não! — A voz de Amy dispara em pânico. — Lexi, você disse. Disse que eu poderia ligar quando quisesse, que você era minha irmã mais velha, que me daria apoio.

— Mas eu não quis dizer... Eu tenho uma apresentação... — Paro, subitamente percebendo como isso soa ridículo. — Olhe, a qualquer outra hora...

— Ótimo. — A voz dela se transforma num fiapo. Amy parece ter uns 10 anos. — Vá à sua reunião. Não se preocupe.

A culpa me domina. Misturada com frustração. Por que ela não ligou ontem à noite? Por que escolheu o minuto em que eu preciso estar em outro lugar?

— Amy, apenas me diga. O que *aconteceu*?

— Não importa. Vá à sua reunião. Desculpe incomodá-la.

— Pare com isso! Só me deixe pensar um segundo. — Olho pela janela, sem enxergar, tensa, indecisa... Faltam 45 minutos para a reunião. Não tenho tempo. Simplesmente não tenho.

Talvez consiga, se eu for imediatamente. São só dez minutos até Notting Hill.

Mas não posso me arriscar a chegar atrasada na reunião. Simplesmente *não posso*...

E subitamente, contra o fundo estalado da linha telefônica, ouço uma voz de homem falando. Agora está gritando. Olho o telefone, sentindo um arrepio. Não posso deixar minha irmã sozinha em uma roubada. E se ela se meteu com alguma gangue de rua? E se está para ser espancada?

— Amy, espere aí — digo abruptamente. — Estou indo. — Inclino-me para a frente e bato na janela do motorista. — Precisamos fazer um desvio rápido em Notting Hill. O mais rápido que o senhor puder, por favor.

Enquanto vamos pela Ladbroke Grove, o táxi rugindo pelo esforço, olho desesperadamente pela janela, tentando ver Amy... E de repente vejo um carro da polícia. Na esquina de Kensington Gardens.

Meu coração congela. Cheguei tarde demais. Ela levou um tiro. Foi esfaqueada.

Desfalecendo, empurro o dinheiro para o motorista e saio do táxi. Há uma multidão na frente do carro da polícia, tampando minha visão, todos olhando e gesticulando para alguma coisa e falando nervosos uns com os outros. Curiosos de merda.

— Com licença. — Minha voz não sai direito enquanto me aproximo da multidão. — É minha irmã, posso passar...? — De algum modo consigo abrir caminho por entre as jaquetas e agasalhos, preparando-me para o que eu possa ver.

E ali está Amy. Nem baleada nem esfaqueada. Sentada num muro, usando chapéu de policial, parecendo quase feliz.

— Lexi! — Amy se vira para o policial parado junto dela. — Aí está. Eu disse que ela viria.

— O que está acontecendo? — pergunto trêmula de alívio. — Achei que você estava encrencada!

— Esta é sua irmã? — diz o policial, animado. É atarracado e tem cabelo cor de areia e grandes antebraços sardentos, e esteve fazendo anotações numa prancheta.

— Bom... sou. — Meu coração vai se encolhendo. Será que ela andou roubando em lojas ou algo assim? — O que há de errado?

— Acho que esta mocinha está encrencada. Andou explorando turistas. Há um monte de gente zangada aqui. — Ele indica a multidão. — Isso não tem nada a ver com a senhora, não é?

— Não! Claro que não! Nem sei do que o senhor está falando.

— Turismo de celebridades. — Ele me entrega um panfleto, com as sobrancelhas levantadas. — Por assim dizer.

Incrédula, leio o panfleto, que é em amarelo fluorescente e obviamente foi feito em algum editor de texto vagabundo.

Passeio pelas Celebridades Secretas de Londres

Muitos astros de Hollywood se estabeleceram em Londres. Encontre-os neste passeio único. Você verá:

— *Madonna pendurando as roupas lavadas.*
— *Gwyneth em seu jardim.*
— *Elton John relaxando em casa.*

Impressione seus amigos com todas as fofocas de quem está por dentro das coisas!
10 libras por pessoa, inclui lista de suvenir

Importante: se você abordar os astros, eles podem negar a identidade. Não se enganem! Isso faz parte de sua Vida Secreta!

Levanto os olhos, atordoada.

— Isso é sério?

O policial confirma com a cabeça.

— Sua irmã vem guiando pessoas por Londres, dizendo que elas estão vendo celebridades.

— E quem elas estão vendo?

— Pessoas como ela. — Ele faz um gesto para o outro lado da rua, onde uma loura magra está parada nos degraus de sua grande casa de estuque branco, vestida com jeans e blusa camponesa, segurando uma menina de cerca de 2 anos no colo.

— Não sou a porcaria da Gwyneth Paltrow! — está berrando ela, irada, para um par de turistas com capa de chuva. — E não, não vou dar autógrafos.

Na verdade ela se parece um bocado com Gwyneth Paltrow. Tem o mesmo cabelo louro liso e comprido e um tipo de rosto semelhante. Só é um pouco mais velha e mais cansada.

— Você está com ela? — A sósia de Gwyneth me vê de repente e desce as escadas. — Quero fazer uma reclamação oficial. Tem gente tirando fotos da minha casa a semana toda, se intrometendo na minha vida. *Pela última vez, o nome dela não é Apple, porra!* — Ela para e se vira para uma jovem japonesa que está gritando "Apple! Apple!" para a menininha, tentando tirar uma foto.

A mulher está furiosa. Não a culpo.

— Quanto mais eu digo às pessoas que não sou Gwyneth Paltrow, mas elas acham que sou — diz ela ao policial. — Não aguento mais. Terei de me mudar!

— Você deveria ficar lisonjeada! — diz Amy, com ar despreocupado. — Eles acham que você é uma estrela de cinema que ganhou o Oscar!

— Você deveria ser posta na cadeia! — rosna a não-Gwyneth. Ela parece querer acertar a cabeça de Amy.

Para ser honesta, eu lhe daria o maior apoio.

— Terei de repreender sua irmã oficialmente. — O policial se vira para mim, enquanto uma policial intervém delicadamente e leva a não-Gwyneth para casa. — Posso deixá-la sob sua custódia, mas só quando a senhora tiver preenchido estes formulários e marcado uma reunião na delegacia.

— Ótimo — digo e lanço um olhar assassino para Amy. — Tudo bem.

— Dê o fora! — A não-Gwyneth está partindo para cima de um rapaz, com jeito de nerd, que vai atrás dela cheio de esperança, estendendo um CD. — Não, não posso dar isso ao Chris Martin! Eu nem *gosto* da porcaria do Coldplay.

Amy está se esforçando para não gargalhar.

É. É muito engraçado. Todos estamos nos divertindo de montão. Eu não preciso estar em outro lugar importante, nem nada.

Preencho todos os formulários o mais depressa que posso, martelo um furioso ponto final depois da assinatura.

— Podemos ir agora?

— Tudo bem. Tente mantê-la sob controle — acrescenta o policial, devolvendo uma cópia do formulário e um folheto intitulado "Seu Guia para uma Repreensão Policial".

Mantê-la sob controle? Por que *eu* deveria mantê-la sob controle?

— Claro. — Dou um sorriso nervoso e enfio a papelada na bolsa. — Farei o máximo possível. Venha, Amy. — Olho meu relógio e sinto um espasmo de pânico. Já são dez para o meio-dia. — Depressa. Precisamos encontrar um táxi.

— Mas eu quero ir a Portobello...

— *Precisamos encontrar uma porra de um táxi*! — berro. — Preciso chegar à minha reunião! — Seus olhos se arregalam e ela começa a examinar a rua. Por fim consigo parar um e enfio Amy dentro.

— Victoria Palace Road, por favor. O mais depressa que puder.

De jeito nenhum vou chegar a tempo. Mas ainda posso chegar. Ainda posso dar meus argumentos. Ainda posso.

— Lexi... obrigada — diz Amy em voz débil.

— Tudo bem. — Enquanto o táxi volta pela Ladbroke Grove, meus olhos estão grudados na rua, torcendo desesperadamente para os sinais abrirem; para o trânsito andar. Mas tudo está subitamente imóvel. *Nunca* vou chegar lá ao meio-dia.

Abruptamente pego o celular. Digito o número do escritório de Simon Johnson e espero que sua secretária, Natasha, atenda.

— Alô, Natasha? — digo tentando parecer calma e profissional. — É a Lexi. Estou presa no trânsito, mas é realmente vital que eu fale na reunião. Poderia dizer para me esperarem? Estou a caminho, de táxi.

— Claro — responde Natasha em tom agradável. — Eu digo. Nos vemos depois.

— Obrigada!

Desligo e me recosto no banco, só um milímetro mais relaxada.

— Desculpe — diz Amy de repente.

— É, tanto faz.

— Não, verdade, desculpe.

Suspiro e olho direito para Amy pela primeira vez desde que entramos no táxi.

— *Por que*, Amy?

— Para ganhar dinheiro. — Ela dá de ombros. — Por que não?

— Porque você ainda vai se encrencar seriamente! Se precisa de dinheiro, não pode arranjar um emprego? Ou pedir a mamãe?

— Pedir a mamãe — ecoa ela com escárnio. — Mamãe não tem dinheiro nenhum.

— Certo, talvez ela não tenha um monte de dinheiro...

— Ela não tem *nenhum*. Por que você acha que a casa está caindo? Por que acha que o aquecedor nunca está ligado? Passei metade do inverno na casa da minha amiga Rachel. Pelo menos eles ligam os aquecedores. Nós estamos totalmente duras.

— Mas isso é estranho — digo perplexa. — Como assim? Papai não deixou nada para mamãe?

Sei que alguns dos negócios de papai eram meio estranhos. Mas eram vários negócios, e eu sei que ela estava esperando ganhar alguma coisa quando ele morresse. Não que ela algum dia fosse admitir.

— Não sei. Pelo menos não muito.

— Bem, tanto faz, você não pode continuar desse jeito. Sério, vai acabar na cadeia ou algo do tipo.

— Eu não ligo. — Amy sacode o cabelo com mechas azuis. — Cadeia é maneiro.

— Cadeia não é *maneiro*! — Encaro-a. — Onde você arranjou essa ideia? É horrível! É nojento! Todo mundo tem cabelo ruim e você não pode raspar as pernas nem usar desodorante.

Estou inventando tudo isso. Provavelmente hoje em dia existam até spas e secadores de cabelo dentro da cadeia.

— E não tem nenhum garoto — acrescento para garantir. — E você não pode ter iPod, nem chocolate nem DVD. Só pode marchar num pátio. — Essa parte tenho certeza de que não é verdade. Mas agora estou indo com tudo. — Com correntes nas pernas.

— Eles não usam mais *correntes nas pernas* — diz Amy com escárnio.

— Voltaram a usar — minto sem me abalar. — Especialmente para adolescentes. Foi uma nova iniciativa experimental do governo. Minha nossa, Amy, você não lê jornais?

Amy parece ligeiramente assustada. Rá. Isso é minha vingança pelo "mumãe".

— Bem, está nos meus genes. — Ela recupera parte da insolência. — Ficar do lado errado da lei.

— Não está nos seus genes...

— Papai esteve na cadeia — contra-ataca ela, triunfante.

— *Papai*? — Encaro-a. — Como assim, papai? — A ideia é tão estapafúrdia que sinto vontade de rir.

— Esteve. Ouvi uns homens falando disso no enterro. De modo que deve ser meu destino. — Ela dá de ombros e pega um maço de cigarros.

— Pare com isso! — Pego os cigarros e os jogo pela janela. — Papai não foi para a cadeia. Você não vai para a cadeia. E ir presa não é maneiro, é cafona. — Paro e penso um momento. — Olhe, Amy... venha fazer um estágio no meu escritório. Vai ser divertido. Você pode ganhar experiência e até um pouco de dinheiro.

— Quanto? — retruca ela.

Meu Deus, às vezes ela é um saco.

— O bastante! E talvez eu não conte isso a mamãe. — Balanço o panfleto amarelo. — Certo?

Há um longo silêncio no táxi. Amy está arrancando um esmalte azul lascado da unha do polegar como se fosse a coisa mais importante do mundo.

— Está bem. — Ela dá de ombros finalmente.

O táxi para num sinal vermelho e eu sinto um espasmo enquanto consulto o relógio pela milionésima vez. São 12h30. Espero que eles tenham se atrasado. Meu olhar vai de novo para o panfleto amarelo e um sorriso relutante se abre em meu rosto. Foi um golpe bem engenhoso.

— Então, quem eram as outras celebridades? — não consigo deixar de perguntar. — Você não tinha *realmente* a Madonna.

— Tinha! — Os olhos de Amy se iluminam. — Uma mulher em Kensington era igualzinha à Madonna, só que mais gorda. Todo mundo caía totalmente, especialmente quando eu dizia que isso provava quanto retoque eles faziam nas fotos. E eu tinha um Sting e uma Judi Dench, e um leiteiro bem legal em Highgate que era o Elton John cuspido e escarrado.

— Elton John? Um leiteiro? — Não consigo deixar de rir.

— Eu dizia que ele estava fazendo trabalho comunitário em segredo.

— E como, afinal, você descobriu essas pessoas?

— Só fui procurando. Gwyneth foi a primeira, ela me deu a ideia. — Amy ri. — Ela me odeia *mesmo*.

— Isso não me surpreende! Ela provavelmente é mais assediada do que a Gwyneth Paltrow de verdade.

O táxi se move mais uma vez. Estamos chegando à Victoria Palace Road. Abro a pasta com a apresentação e examino as anotações, só para garantir que todos os pontos importantes estejam frescos na mente.

— Sabe, eles disseram *mesmo* que papai esteve na cadeia. — A voz baixa de Amy me pega de surpresa. — Não inventei.

Não sei o que dizer. Não posso acreditar. Nosso pai? Na cadeia? Parece... impossível.

— Você falou com mamãe sobre isso? — pergunto finalmente.

— Não. — Ela dá de ombros.

— Bem, tenho certeza de que não foi por nada... — Não sei ao certo o que dizer — ...você sabe. Ruim.

— Você se lembra de como ele costumava chamar a gente de "as meninas"? — Qualquer traço de insolência desapareceu do rosto de Amy. — As três meninas dele. Você, mamãe e eu.

Dou um sorriso, lembrando.

— E ele dançava com cada uma de nós.

— É. — Amy confirma com a cabeça. — E sempre comprava umas caixas de chocolate enormes...

— E você passava mal...

— Deller Carpets, senhoras. — O táxi para diante do prédio da Deller. Eu nem havia notado.

— Ah, certo. Obrigada. — Enfio a mão na bolsa procurando dinheiro. — Amy, preciso correr. Desculpe, mas isso é muito, muito importante.

— O que está acontecendo? — Para minha surpresa, ela parece interessada.

— Preciso salvar meu departamento. — Viro a maçaneta e saio do táxi. — Tenho de convencer 11 diretores a fazer uma coisa que eles já decidiram não fazer. E estou atrasada. E não sei que porra estou fazendo.

— Uau. — Amy está com uma expressão de surpresa. — Bem... boa sorte.

— Obrigada. E... vamos conversar mais. — Dou-lhe um abraço rápido, subo correndo as escadas e entro no saguão. Só estou meia hora atrasada. Poderia ser pior.

— Oi! — grito para Jenny, a recepcionista, enquanto passo correndo pelo balcão. — Cheguei! Pode avisar a eles?

— Lexi... — Jenny começa a gritar alguma coisa, mas não tenho tempo para parar. Corro até um elevador que está esperando, aperto o botão do oitavo andar e aguardo os cerca de trinta segundos agonizantes que ele demora para chegar ao topo. Precisamos de elevadores expressos neste lugar. Precisamos de elevadores de emergência para quem chega atrasado para as reuniões.

Até que enfim. Saio rapidamente, vou correndo para a sala da diretoria... e paro.

Simon Johnson está no corredor do lado de fora da sala, conversando animado com três outros homens de terno. Um homem de terno azul está vestindo capa de chuva. Natasha anda ao redor, servindo xícaras de café. Há um burburinho geral.

— O que... — Meu peito está explodindo de adrenalina. Mal posso falar. — O que está acontecendo?

Todos os rostos se viram para mim, surpresos.

— Não entre em pânico, Lexi. — Simon me lança a mesma expressão desaprovadora de antes. — Estamos fazendo uma pausa. Terminamos a parte crucial da reunião e Angus precisa sair. — Ele indica o cara de capa de chuva.

— *Terminamos*? — Sinto uma onda gigantesca de horror. — Quer dizer...

— Nós votamos. A favor da reestruturação.

— Mas não podem! — Vou rapidamente até ele, desesperada. — Encontrei um modo de salvar o departamento! Precisamos apenas cortar alguns custos, e tenho umas ideias de marketing...

— Lexi, a decisão foi tomada — interrompe Simon com firmeza.

— Mas é a decisão *errada*! — grito em desespero. — Há valor na marca, sei que há! Por favor. — Apelo diretamente para Angus. — Não vá embora. Ouça o que tenho a dizer. Depois vocês podem votar de novo...

— Simon. — Angus me dá as costas, parecendo sem graça. — Prazer em vê-lo. Preciso correr.

— Sem dúvida.

Eles nem sequer estão considerando minha presença. Ninguém quer saber. Olho para eles, as pernas virando geleia, enquanto os diretores voltam para a sala.

— Lexi. — Simon está na minha frente. — Admiro a lealdade para com seu departamento. Mas você *não pode* se comportar assim nas reuniões da diretoria.

Há aço por baixo de sua voz agradável; dá para ver que ele está furioso.

— Simon, desculpe... — Engulo em seco.

— Bem, sei que as coisas estão complicadas para você desde o acidente. — Ele faz uma pausa. — Portanto o que sugiro é que tire três meses de licença remunerada. E quando retornar encontraremos para você um... papel mais adequado na empresa. Certo?

Todo o sangue se esvai do meu rosto. Ele está me rebaixando.

— Estou bem — digo rapidamente. — Não preciso de licença...

— Acho que precisa, sim. — Simon suspira. — Lexi, lamento realmente o modo como as coisas aconteceram. Se você recuperasse a memória, tudo seria diferente, mas Byron tem me posto a par de sua situação. Você não está em condições de ocupar um cargo de chefia neste momento.

Há um tom resoluto em sua voz.

— Tudo bem — consigo dizer finalmente. — Entendo.

— Bem, talvez você queira descer ao seu departamento. Já que você não estava aqui... — Ele faz uma pausa significativa. — Dei ao Byron a tarefa de levar a má notícia a eles.

Byron?

Com um último cumprimento de cabeça, Simon desaparece na sala da diretoria. Olho a porta como se estivesse grudada no chão, depois, numa súbita onda de pânico, corro para o elevador. Não posso deixar que Byron dê a má notícia. Preciso fazer pelo menos isso.

No elevador, digito o número da linha direta de Byron no celular e sou atendida pela secretária eletrônica.

— Byron! — digo, a voz tremendo de ansiedade. — Não fale por enquanto com o departamento sobre a reestruturação, certo? Eu quero fazer isso. Repito, *não fale* com eles.

Sem olhar para os lados, saio do elevador, entro em minha sala e fecho a porta. Estou tremendo. Nunca fiquei tão apavorada na vida. Como vou dar a notícia? O que vou dizer? Como vou contar às minhas amigas que elas vão perder o emprego?

Ando de um lado para o outro, torcendo as mãos, sentindo vontade de vomitar. Isso é pior do que qualquer prova, qualquer teste, qualquer coisa que eu já tenha feito...

E então um som me chama a atenção. Uma voz do lado de fora da porta.

— Ela está aí dentro?

— Cadê a Lexi? — pergunta outra voz.

— Ela está *se escondendo*? Vaca.

Por um instante penso em mergulhar embaixo do sofá e nunca mais sair.

— Ela ainda está lá em cima? — As vozes estão ficando mais altas do lado de fora da minha porta.

— Não, eu a vi! Ela está aí! Lexi! Venha aqui fora! — Alguém bate na porta fazendo com que eu me encolha. De algum modo me obrigo a me mover. Cautelosamente estendo a mão e abro a porta.

Eles sabem.

Estão todos ali. Todos os 15 membros do Departamento de Pisos, em silêncio e com ar de reprovação. Fi está na frente, os olhos parecendo de pedra.

— Não... não fui eu — gaguejo desesperadamente. — Por favor, escutem, todo mundo. Por favor, entendam. Não foi minha decisão. Eu tentei... Eu ia... — Não sei o que dizer.

Sou a chefe. O fato é que era meu dever salvar o departamento. E fracassei.

— Desculpem — sussurro, com lágrimas enchendo os olhos, olhando de um rosto impassível para o outro. — Sinto muito, muito...

Há um silêncio. Acho que poderia derreter sob o ódio desses olhares. Então, como se obedecendo a um sinal, todos se viram e se afastam em silêncio. Minhas pernas parecem de geleia. Recuo para a mesa e me deixo afundar na cadeira. Como foi que Byron contou a todo mundo? O que ele *disse*?

E de repente vejo em minha caixa de entrada um e-mail com o título: *COLEGAS — MÁS NOTÍCIAS*

Com um tremor, clico no e-mail — e enquanto leio as palavras, dou um gemido de desespero. Isso foi enviado? Com o *meu* nome?

```
A todos os colegas do Departamento de
Pisos.

Como vocês devem ter notado, o desempenho
do Pisos tem estado péssimo ultimamente.
A administração superior decidiu
dispensar o departamento.
   Portanto todos vocês serão
considerados desnecessários em junho.
Enquanto isso, Lexi e eu agradeceríamos
se trabalhassem com eficiência e melhor.
Lembrem-se, nós vamos lhes dar
referências, por isso nada de fazer corpo
mole ou causar problemas.
   Atenciosamente,
   Byron e Lexi
```

Certo. Agora quero me matar.

Quando chego em casa, Eric está sentado no terraço ao sol da tarde. Lendo o *Evening Standard* e bebericando um gim-tônica.

— O dia foi bom? — Ele me olha por cima do jornal.

— Para ser honesta... não — digo com a voz trêmula. — Foi um dia terrível. Todo o departamento vai ser demitido. — Enquanto digo as palavras, não consigo evitar: dissolvo em lágrimas. — Todas as minhas amigas. Todos vão perder o emprego. E todos me odeiam... e não os culpo...

— Querida. — Eric pousa o jornal. — São negócios. Essas coisas acontecem.

— Eu sei. Mas elas são minhas *amigas*. Eu conheço Fi desde que tinha 6 anos.

Eric parece estar pensando, enquanto toma um gole da bebida. Por fim dá de ombros e se vira de novo para o jornal.

— Como eu disse, essas coisas acontecem.

— Elas não acontecem simplesmente. — Balanço a cabeça com veemência. — Podemos impedir que elas aconteçam. Lutar.

— Querida. — Eric parece achar engraçado. — Você ainda tem o seu emprego, não tem?

— Tenho.

— A empresa não está desmoronando, está?

— Não.

— Bem, então. Tome um gim-tônica.

Como ele pode reagir assim? Ele não é humano?

— Não quero um gim-tônica, certo? — Sinto que estou saindo do controle. — Não quero uma porcaria de um gim-tônica!

— Um copo de vinho, então?

— Eric, você não entende? — Quase grito. — Você não *percebe* como isso é terrível?

Toda a minha fúria contra Simon Johnson e os diretores está mudando de direção como um tornado e canalizando-se para Eric, com seu calmo terraço de cobertura, seu copo Waterford e sua vida complacente.

— Lexi...

— Essas pessoas precisam de seus empregos! Elas não são... umas merdas de bilionários ricos ultra-da-alta! — Faço um gesto para nossa varanda brilhante. — Elas têm hipotecas. Aluguéis para pagar. Casamentos para pagar.

— Você está sendo exagerada — diz Eric rapidamente, e vira uma página do jornal.

— Bem, e você está sendo ridículo! E eu não entendo. Simplesmente não *entendo* você. — Estou apelando diretamente para ele. Querendo que ele levante os olhos e explique seu ponto de vista, converse comigo.

Mas ele não faz isso. É como se nem tivesse me escutado.

Todo o meu corpo está pulsando de frustração. Sinto vontade de jogar seu gim-tônica de cima da varanda.

— Ótimo — digo finalmente. — Não vamos falar disso. Só vamos fingir que tudo está bem e que concordamos, mesmo que não seja verdade... — Giro e levo um susto.

Jon está parado junto à porta da varanda. Está usando jeans pretos, camiseta branca e óculos escuros, de modo que não posso ver seus olhos.

— Oi. — Ele vem para a varanda. — Gianna me deixou entrar. Não estou... incomodando?

— Não! — viro-me rapidamente para ele não ver meu rosto. — Claro que não. Está bem. Está tudo bem.

De todas as pessoas que poderiam aparecer! Só para completar o meu dia. Bem, nem vou olhar para ele. Não vou *reconhecer* sua presença.

— Lexi está meio chateada — diz Eric para Jon, num tom tipo "de homem para homem". — Algumas pessoas do trabalho dela vão perder o emprego.

— Não são só algumas pessoas! — Não consigo evitar a reação. — Um departamento inteiro! E eu não fiz nada para salvá-las. Eu deveria ser a chefe, e fodi com tudo. — Uma lágrima escorre pelo meu rosto e eu a afasto com força.

— Jon. — Eric nem está me ouvindo. — Deixe-me pegar uma bebida para você. Estou com os projetos do Bayswater aqui, temos muito que conversar... — Ele se levanta e vai para a sala. — Gianna! Gianna, você está aí?

— Lexi. — Jon vem pelo terraço até onde estou, a voz baixa e ansiosa.

Ele está tentando de novo. Não acredito!

— Me deixe em *paz*! — Olho para ele. — Não captou a mensagem antes? Não estou interessada! Você não passa de...

um galinha cheio de conversa mole. E mesmo que eu estivesse interessada, este não é um bom momento, certo? Todo o meu departamento desmoronou inteiramente. De modo que, se não tiver uma resposta para isso, vá se catar.

Silêncio. Espero que Jon venha com alguma frase de efeito e presunçosa, mas em vez disso ele tira os óculos escuros e coça a cabeça, como se estivesse perplexo.

— Não entendo. O que houve com o plano?

— Plano? — pergunto impaciente. — Que plano?

— O seu grande negócio com carpetes.

— Que negócio com carpetes?

Os olhos de Jon se abrem subitamente, em choque. Por alguns instantes simplesmente me encara como se só pudesse estar brincando.

— Você está falando sério. Você não *sabe* disso?

— Não sei de *quê?* — grito, perdendo as estribeiras. — Não faço ideia de que porra você está falando!

— Jesus Cristo. — Jon suspira. — Certo. Lexi. Escute. Você tinha um enorme negócio com carpetes, todo preparado em segredo. Disse que iria resolver tudo, que iria conseguir uma grana preta, que iria transformar o departamento... E então! Tremenda vista, hein? — Ele muda tranquilamente de assunto quando Eric aparece à porta, segurando um gim-tônica.

Enorme negócio com carpetes?

Meu coração está aos tropeços enquanto fico ali parada, olhando Eric dar a bebida a Jon e puxar uma cadeira sob um guarda-sol enorme.

Ignore-o, diz uma voz em minha cabeça. *Ele inventou isso. Está jogando com você, isso tudo é parte do jogo...*

Mas e se não for?

— Eric, querido, desculpe meu humor de antes. — Minhas palavras saem quase tranquilas demais. — Foi um dia difícil. Pode me arranjar um copo de vinho?

Não olho para Jon.

— Sem problema, querida. — Eric desaparece lá dentro de novo e eu giro.

— Do que você está falando? — pergunto em voz baixa. — Depressa. E é melhor que não esteja inventando nada.

Enquanto o encaro, sinto uma pontada de humilhação. Não faço ideia se posso confiar em qualquer coisa que ele diga. Mas preciso ouvi-lo. Porque, se houver ao menos *um* por cento de chance de ele estar dizendo a verdade...

— Não estou inventando. Se eu *percebesse* antes que você não sabia... — Jon balança a cabeça incrédulo. — Você esteve trabalhando nisso durante semanas. Tinha uma enorme pasta azul que carregava de um lado para o outro. Estava tão empolgada que não conseguia dormir...

— Mas o que *era*?

— Não sei os detalhes exatos. Você estava supersticiosa demais para me contar. Cismou que eu dava azar. — Sua boca se torce brevemente como se compartilhasse uma piada particular. — Mas sei que tinha a ver com usar estampas retrô tiradas de um velho livro de mostruário. E sei que ia ser uma coisa sensacional.

— Mas por que eu não *sei* disso? Por que ninguém *sabe* disso?

— Você ia manter em segredo até o último momento. Disse que não confiava nas pessoas do escritório e que era mais seguro não... — Ele levanta a voz. — E aí, Eric. Como vão as coisas?

Sinto como se tivesse levado um tapa no rosto. Ele não pode parar aí.

— Aqui está, Lexi — diz Eric animado, entregando-me uma taça de vinho. Então vai até a mesa, senta-se e sinaliza para Jon se sentar. — Então a última notícia é que estive conversando com o secretário de planejamento de novo...

Estou de pé, completamente imóvel, enquanto eles conversam, a mente disparando, rasgada de incerteza. Pode ser tudo mentira. Talvez eu seja uma idiota ingênua, por estar acreditando no que ele diz.

Mas como ele saberia sobre o velho livro de mostruário? E se for verdade? Meu peito se comprime com um espasmo fundo e doloroso de esperança. Se ainda houver uma chance, ao menos uma chance *minúscula*...

— Você está bem, Lexi? — Eric me lança um olhar estranho, e percebo que estou totalmente imóvel no meio do terraço, as mãos apertando o rosto.

— Ótima. — De algum modo me recomponho. Vou para a outra extremidade do terraço e me sento num balanço galvanizado, sentindo o sol quente no rosto, mal percebendo o rugido distante do tráfego lá embaixo. À mesa, Jon e Eric estão estudando um desenho de arquitetura.

— Talvez precisemos repensar o estacionamento completamente — Jon está rabiscando no papel. — Não é o fim do mundo.

— Certo. — Eric dá um suspiro pesado. — Se acha que pode ser feito, Jon, confio em você.

Tomo um gole generoso de vinho, depois pego meu celular. Não acredito que vou fazer isso. Com mãos trêmulas encontro o número de Jon e digito um recado:

Podemos nos encontrar? L

Aperto Enviar, e imediatamente enfio o telefone na bolsa e fico olhando tensa a paisagem. Um instante depois, ainda desenhando sem olhar em minha direção, Jon pega o telefone no bolso com a outra mão. Olha-o brevemente e digita uma mensagem de resposta. Eric não parece notar.

Obrigo-me a contar até cinquenta. E então abro meu telefone.

Claro. J

17

Concordamos em nos encontrar num café chamado Fabian's, em Holland Park, um lugar pequeno e aconchegante com paredes de cerâmica pintada, gravuras da Toscana e prateleiras cheias de livros italianos. Enquanto entro e vejo ao meu redor o balcão de granito, a máquina de café e o velho sofá, tenho a sensação mais esquisita, como se já tivesse estado ali antes.

Talvez seja só *déjà vu*. Talvez eu só esteja querendo acreditar nisso.

Jon está sentado a uma mesa no canto e, enquanto ele levanta os olhos, sinto-me na defensiva. Contra todos os instintos, depois de todos os protestos, aqui estou, encontrando-o secretamente. Como ele queria o tempo todo. Sinto que estou caindo em algum tipo de armadilha... mas não sei de que tipo.

Tanto faz. Vou encontrá-lo por motivos profissionais. Desde que me lembre disso, vou ficar bem.

— Oi. — Junto-me a ele na mesa, onde ele está tomando café, e largo a pasta executiva numa cadeira ao lado. — Então. Somos ambos pessoas ocupadas. Vamos falar desse negócio.

Jon está me encarando, como se tentasse deduzir alguma coisa.

— Há algo mais que você possa me contar? — acrescento, tentando ignorar sua expressão. — Acho que vou querer um cappuccino.

— Lexi, o que *é* isso? E o que aconteceu na festa?

— Eu... não sei do que você está falando. — Pego o menu e finjo examiná-lo. — Talvez eu tome um café com leite.

— Qual é! — Jon abaixa o menu para ver meu rosto. — Você tem que me contar. O que aconteceu?

Ele acha isso engraçado. Dá para ver pela sua voz. Com um choque de orgulho ferido, bato com o cardápio na mesa.

— Se quer saber — digo tensa —, eu conversei com Rosalie na festa, e ela me contou sobre suas... predileções. Descobri que era tudo mentira. E não gosto que curtam com a minha cara, obrigada.

— Lexi...

— Não tente fingir, certo? Sei que você tentou com ela e com Margo. — Um pouco de amargura se esgueirando em minha voz. — Você não passa de um engraçadinho que diz a mulheres casadas o que elas querem ouvir. O que você *acha* que elas querem ouvir.

A expressão de Jon não se abala.

— Realmente tentei com Rosalie e Margo. E posso ter ido... — Ele hesita. — Um pouquinho longe demais. Mas você e eu concordamos que eu deveria. Era o nosso disfarce.

Bem, *claro* que ele diria isso.

Olho-o com fúria impotente. Ele pode dizer o que quiser, e não há como eu saber se está falando a verdade.

— Você precisa entender. — Jon se inclina sobre a mesa. — Foi tudo armação. Nós bolamos uma história que enganasse todo mundo, de modo que, se fôssemos vistos juntos, essa poderia ser a explicação. Rosalie engoliu, como nós queríamos.

— Você *quis* ser retratado como um galinha? — retruco revirando os olhos.

— Claro que não! — Há um calor súbito em sua voz. — Mas houve umas duas vezes... em que escapamos por muito pouco. Rosalie, em particular, é esperta. Ela ia acabar percebendo.

— Então você deu em cima dela. — Não consigo evitar o sarcasmo. — Legal. Realmente legal.

Jon me encara firmemente.

— Você está certa. Não foi muito bonito. Não é uma situação perfeita e nós cometemos erros... — Ele estende a mão na direção da minha. — Mas você precisa confiar em mim, Lexi. Por favor. Precisa deixar que eu explique tudo.

— Pare com isso! — balanço as mãos com força. — Simplesmente... pare! Não viemos aqui falar sobre isso, de qualquer modo, é irrelevante. Vamos nos ater ao assunto. — Uma garçonete se aproxima da mesa e eu levanto os olhos. — Um cappuccino, por favor. Então, esse plano... — digo rapidamente assim que a garçonete se afasta —, ...ele não existe. Procurei em todos os lugares. Fui ao escritório e procurei em cada canto minúsculo, cada arquivo de computador. Procurei em casa. Nada. A única coisa que achei foi isso. — Enfio a mão na pasta e pego o pedaço de papel com os rabiscos em código. — Havia uma gaveta vazia na minha mesa. Isso estava dentro.

Estou meio esperando que os olhos de Jon se iluminem e ele diga: "Ahá! É isso!", como se estivéssemos em *O Código da Vinci*. Em vez disso ele olha para o papel e dá de ombros.

— Essa letra é sua.

— Eu sei que a letra é minha. — Tento manter a paciência. — Mas não sei o que significa! — Frustrada, largo o papel. — Por que, afinal, não deixei as anotações no computador?

— Tem um cara no trabalho. Byron?

— É — digo cheia de reservas. — O que é que tem?

— Você não confiava nele. Achava que ele *queria* que o departamento fosse dispensado. Achava que ele tentaria derrubá-la. Por isso você queria apresentar o plano para a diretoria quando já estivesse pronto.

A porta do café se abre e eu dou um pulo, culpada, imaginando que seja Eric. Já estou com uma desculpa na ponta da língua, *Eu estava fazendo compras e adivinhe só, esbarrei no Jon! Total coincidência.* Mas claro que não é o Eric, é um grupo de adolescentes falando em francês.

— Então você não sabe mais nada. — Minha culpa me faz parecer agressiva, quase acusadora. — Você não pode me ajudar.

— Não disse isso — responde Jon com calma. — Estive pensando e me lembrei de uma coisa. Seu contato era Jeremy Northam. Northwick. Algo assim.

— Jeremy Northpool? — O nome salta na minha cabeça. Lembro-me de Clare me entregando um post-it com o nome dele escrito. Junto com os outros 35 post-its.

— É — concorda Jon. — Pode ser. Northpool.

— Acho que ele ligou enquanto eu estava no hospital. Várias vezes.

— Bem. — Jon levanta as sobrancelhas. — Talvez você devesse ligar para ele.

— Mas não posso. — Baixo as mãos sobre a mesa, em desespero. — Não posso dizer: "Oi, aqui é Lexi Smart, nós temos um trato e, por sinal, quem é você?" Não sei o suficiente! Onde estão todas as informações?

— Estão lá. — Jon está mexendo seu cappuccino. — Em algum lugar. Você deve ter mudado o arquivo de lugar. Escondido, ou levado para ser guardado em algum local.

— Mas *onde*?

A garçonete chega e põe um cappuccino na minha frente. Pego o biscoitinho que vem no pires e começo a desembrulhá-lo distraidamente. Onde eu teria posto um arquivo? Onde o esconderia? O que eu estava pensando?

— Lembro mais uma coisa. — Jon termina de beber seu café e sinaliza para a garçonete, pedindo outro. — Você foi a Kent. Foi à casa de sua mãe.

— Verdade? — Levanto os olhos. — Quando?

— Logo antes do acidente. Talvez tenha levado o arquivo.

— À casa de minha mãe? — pergunto cética.

— É uma chance. — Ele dá de ombros. — Ligue para ela e pergunte.

Mexo meu cappuccino, pensativa, enquanto a garçonete traz outro café para Jon. Não quero ligar para mamãe. Ligar para mamãe faz mal à minha saúde.

— Ande, Lexi, você consegue. — A boca de Jon se retorce, divertida, diante de minha expressão. — O que você é, uma mulher ou uma morsa?

Levanto a cabeça, perplexa. Por um momento me pergunto se ouvi direito.

— É o que Fi diz — observo finalmente.

— Eu sei. Você me contou sobre Fi.

— O que eu contei sobre Fi? — pergunto desconfiada.

Jon toma um gole de cappuccino.

— Contou que vocês se conheceram na aula da Sra. Brady. Você fumou seu primeiro e último cigarro com ela. Vocês foram a Ibiza juntas três vezes. Perder a amizade dela foi realmente horrível. — Ele indica meu telefone, que se projeta para fora da bolsa. — Motivo pelo qual você deve ligar para sua mãe.

Isso é *assustador* demais. O que mais ele sabe? Lançando-lhe olhares cautelosos, pego o telefone na bolsa e digito o número de mamãe.

— Lexi, não sou mágico. — Jon parece ter ainda mais vontade de rir. — Nós tínhamos um relacionamento. Conversávamos.

— Alô? — A voz de mamãe ao telefone me arranca para longe de Jon.

— Ah, mamãe! Sou eu, Lexi. Escute, eu andei levando alguns papéis para aí recentemente? Tipo... uma pasta?

— Aquela pasta azul grande?

Sinto um gigantesco choque de incredulidade. É verdade. Ela existe. Posso sentir a empolgação crescendo por dentro. E a esperança.

— Isso mesmo. — Tento ficar calma. — Você está com ela? Ela está aí?

— No seu quarto, exatamente onde você a deixou. — Mamãe parece defensiva. — Um cantinho pode estar *ligeiramente* úmido...

Não acredito. Um cachorro mijou nela.

— Mas ainda está inteira? — pergunto ansiosa. — Ainda é legível?

— Claro!

— Fantástico! — Aperto o telefone com mais força. — Bem, apenas mantenha a pasta aí, mamãe. Mantenha-a em segurança e eu vou pegá-la hoje. — Fecho o telefone e me viro para Jon. — Você estava certo! Está lá. Tudo bem, preciso ir lá imediatamente. Preciso ir à estação Victoria, deve haver um trem na próxima hora...

— Calma, Lexi. — Jon toma seu café. — Eu a levo, se você quiser.

— O quê?

— Não estou ocupado hoje. Mas terá de ser no seu carro, eu não tenho.

— Você não tem carro? — pergunto incrédula.

— No momento estou sem. — Ele dá de ombros. — Uso bicicleta ou táxi. Mas *sei* dirigir Mercedes chiques conversíveis. — De novo ele olha como se estivesse compartilhando uma piada particular com alguém.

Comigo, percebo de repente. Com a mulher que eu era.

Abro a boca para falar, mas estou confusa demais. Minha cabeça está atulhada de pensamentos.

— Certo — digo finalmente. — Tudo bem. Obrigada.

Inventamos uma história. Pelo menos eu inventei. Se alguém perguntar, Jon está me dando uma aula de direção. Por acaso ele apareceu quando eu estava indo pegar o carro e se ofereceu para ajudar.

Mas ninguém pergunta.

É um dia ensolarado, e enquanto dá marcha a ré no carro para sair da vaga, Jon baixa a capota. Depois enfia a mão no bolso e me entrega um elástico de cabelo, preto.

— Você vai precisar disso. Está ventando.

Pego o elástico de cabelo, surpresa.

— Por que você tem isso no bolso?

— Tenho em todo lugar. São todos seus. — Ele revira os olhos, sinalizando à esquerda. — Não sei o que você faz, eles crescem na sua cabeça e depois caem?

Em silêncio faço um rabo-de-cavalo antes que o vento me pegue. Jon pega a rua e se dirige à primeira esquina.

— É em Kent — digo enquanto paramos em um sinal. — Você tem de sair de Londres na...

— Eu sei onde é.

— Você sabe onde é a casa da minha mãe? — pergunto um tanto incrédula.

— Já estive lá.

O sinal fica verde e nós vamos em frente. Olho para as grandiosas casas brancas que passam, mal notando-as. Ele já esteve na casa de mamãe. Sabe sobre Fi. Tem elásticos de cabelo no bolso. Estava certo com relação à pasta azul. Ou ele realmente, *realmente* fez uma boa pesquisa. Ou...

— Então... hipoteticamente — digo por fim. — Se nós já fomos amantes...

— Hipoteticamente. — Jon concorda sem virar a cabeça.

— O que, exatamente, aconteceu? Como foi que nós...

— Como já disse, nós nos conhecemos numa festa de inauguração. Ficávamos nos esbarrando na empresa. Eu ia cada vez mais à sua casa. Chegava cedo, enquanto Eric ainda estava ocupado. Batíamos papo, ficávamos no terraço... Era um relacionamento inofensivo. — Ele faz uma pausa enquanto executa uma complicada mudança de faixa. — Então Eric foi passar um fim de semana fora. E eu apareci. E depois disso... não foi mais tão inofensivo.

Estou começando a acreditar. É como se o mundo deslizasse; uma tela está voltando. Cores se tornam mais nítidas e claras.

— E o que mais aconteceu?

— Nós nos víamos o máximo que podíamos.

— Sei *disso*. — Viro-me. — Quero dizer... como era? O que nós dizíamos, o que fazíamos? Só... conte-me coisas.

— Você me mata de rir. — Jon balança a cabeça, os olhos franzidos de diversão. — Era isso que você sempre me dizia na cama: "conte-me coisas."

— Gosto de ouvir coisas. — Dou de ombros, na defensiva. — Qualquer coisa antiga.

— Sei que gosta. Certo. Qualquer coisa antiga. — Jon dirige em silêncio por um tempo e posso ver um sorriso repuxando sua boca enquanto ele pensa. — Em todo lugar aonde íamos juntos, acabávamos comprando meias para você. A mesma coisa sempre. Você tirava os sapatos para ficar descalça na areia, na grama ou em qualquer lugar, e depois sentia frio e precisávamos arranjar meias. — Ele para num cruzamento. — O que mais? Você me fez começar a pôr mostarda na batata frita.

— Mostarda francesa?

— Exato. Quando vi você fazer isso pela primeira vez, achei que era uma perversão maligna. Agora estou viciado. — Ele sai do cruzamento e entra numa grande via de duas pistas. O carro está acelerando; é mais difícil ouvi-lo no barulho do tráfego. — Num fim de semana choveu. Eric estava fora, jogando golfe, e nós assistimos a todos os episódios do *Doctor Who*, de cabo a rabo. — Ele me olha. — Devo continuar?

Tudo o que ele diz provoca reações em mim. Meu cérebro parece despertar. Não consigo me lembrar exatamente das coisas que ele está falando, mas sinto que as conheço. Parecem-se comigo. Parecem-se com a minha vida.

— Continue — peço a ele.

— Certo. Então... nós jogamos tênis de mesa. Uma competição acirrada. Você está dois games à frente, mas acho que vai perder.

— Não vou perder nem um pouco — retruco automaticamente.

— Ah, vai sim.

— Nunca! — Não consigo deixar de rir.

— Você conheceu minha mãe. Ela percebeu na hora. Ela me conhece demais para ser enganada. Mas tudo bem, ela é legal, nunca contaria a ninguém. — Jon passa para outra pista. — Você sempre dorme do lado esquerdo. Tivemos cinco noites inteiras em oito meses. — Jon fica em silêncio por um momento. — Eric teve 235.

Não sei como responder a isso. O olhar de Jon está focalizado adiante, o rosto concentrado.

— Devo continuar? — pergunta.
— Deve. — Pigarreio, rouca. — Continue.

Enquanto passamos pelo interior de Kent, Jon me contou todos os detalhes que pôde sobre nosso relacionamento. Obviamente não tenho nada para contar para ele, de modo que ficamos em silêncio enquanto os campos de lúpulo e as casas de secagem passam. Não que eu esteja prestando atenção. Cresci em Kent, de modo que nem noto o cenário pitoresco, tipo "jardim inglês". Em vez disso olho em transe para a tela do navegador, seguindo a seta com o olhar.

De repente isso me lembra da conversa com Dave Fracasso, e dou um suspiro.

— O que foi? — pergunta Jon.

— Ah, nada. Só continuo me perguntando como cheguei aonde estou. O que me fez me concentrar tanto na carreira, consertar os dentes, me transformar nesta... *outra* pessoa. — Faço um gesto indicando a mim mesma.

— Bem — diz Jon franzindo a testa para uma placa de sinalização. — Acho que começou com o que aconteceu no funeral.

— Como assim?

— Você sabe. O negócio com seu pai.

— O que tem meu pai? — pergunto perplexa. — Não sei do que você está falando.

Com um guincho de freios, Jon para o Mercedes ao lado de um pasto cheio de vacas e se vira para me encarar.

— Sua mãe não contou sobre o funeral?

— Claro que contou! Ele aconteceu. Papai foi... cremado, ou sei lá o quê.

— Só isso?

Reviro o cérebro. Tenho certeza de que mamãe não disse mais nada sobre o funeral. Ela mudou de assunto quando perguntei, lembro subitamente. Mas isso é normal para mamãe. Ela sempre muda de assunto.

Balançando a cabeça incrédulo, Jon engrena o carro de novo.

— Isso é absurdo. Você não sabe *nada* sobre a sua vida?

— Parece que não — digo meio irritada. — Bem, conte! Se é tão importante assim...

Jon balança a cabeça enquanto dá a partida.

— Isso não é trabalho para mim. Sua mãe é que deve contar isso. — Ele sai da rua e pega uma entrada de veículos, de cascalho. — Chegamos.

Chegamos mesmo. Eu nem havia notado. Está tudo praticamente como recordo: uma casa de tijolos vermelhos datando de 1900, com uma estufa de um dos lados e o antigo Volvo de mamãe parado na frente. A verdade é que o lugar não mudou desde que nos mudamos para cá, há vinte anos, só ficou mais velho. Um pedaço de calha está pendendo do teto e a hera se esgueirou mais ainda pelas paredes. Sob uma lona mofada num dos lados da entrada de veículos há uma pilha de pedras de calçamento que papai largou ali. Iria vendê-las e começar um negócio, acho. Isso foi... há oito anos? Dez?

Pelo portão posso vislumbrar o jardim, que era bem bonito, com canteiros altos e uma horta. Antes de termos os cachorros.

— Então... você está dizendo que mamãe mentiu para mim?

Jon balança a cabeça.

— Não mentiu. Omitiu fatos. — Ele abre a porta do carro. — Venha.

O problema dos whippets é que eles parecem pequenos, mas quando ficam de pé nas patas traseiras são enormes. E quando uns dez estão tentando pular em você ao mesmo tempo, é como levar uma surra.

— Ophelia! Raphael! — Mal posso ouvir a voz de mamãe acima da agitação e dos latidos. — Não pulem! Lexi, querida! Você veio mesmo. Que negócio é *esse*? — Ela está usando uma saia de veludo cotelê e uma blusa de listras azuis com a bainha esgarçada nas mangas e segurando uma antiquíssima toalha de chá de "Charles e Diana".

— Oi, mamãe — digo ofegando, arrancando um cachorro de cima de mim. — Este é Jon. Meu... amigo. — Indico Jon, que está olhando um whippet bem nos olhos e dizendo:

— Ponha suas patas no chão. Fique *longe* dos humanos.

— Bem! — Mamãe parece agitada. — Se eu soubesse, teria feito um almoço. *Como* vocês esperam que eu arranje alguma coisa tão de última hora...

— Mamãe, nós não esperamos que você faça nada. Só queremos aquela pasta. Ela ainda está aí?

— Claro. — Ela parece na defensiva. — Está perfeitamente bem.

Subo correndo a escada acarpetada de verde e cheia de rangidos e entro em meu quarto, que ainda tem o papel de parede floral Laura Ashley de sempre.

Amy está certa, este lugar *fede*. Não dá para saber se são os cachorros, a umidade ou o mofo... mas isso deveria ser resolvido. Vejo a pasta em cima de uma cômoda e a pego — em seguida me encolho. Agora sei por que mamãe estava tão na defensiva. Isso é nojento. Cheira totalmente a mijo de cachorro.

Franzindo o nariz, estendo cautelosamente dois dedos e a abro.

É a minha letra. Linhas e linhas cobertas, claras como o dia. Como uma mensagem de mim para... mim. Examino a primeira página, tentando captar o mais rápido possível o que eu estava fazendo, o que estava planejando, de que se trata tudo isso... Posso ver que escrevi algum tipo de proposta, mas *o quê*, exatamente? Viro a página, a testa franzida de espanto, depois viro outra página. E é então que vejo o nome.

Ah. Meu Deus.

Num instante compreendo. Capto o quadro geral. Levanto a cabeça, o coração martelando de empolgação. É uma ideia genial. Quero dizer, é uma *tremenda* ideia. Já posso ver o potencial. Pode ser enorme, pode mudar tudo...

Cheia de adrenalina, pego a pasta, não me importando com o cheiro, e saio correndo do quarto, descendo a escada de dois em dois degraus.

— Pegou? — Jon está me esperando na base da escada.

— Peguei! — Um sorriso lambe meu rosto. — É brilhante! É uma ideia brilhante!

— Foi uma ideia sua.

— *Verdade*? — Sinto um lampejo de orgulho que tento aplacar. — Sabe? Era disso que precisávamos o tempo todo. Era isso que deveríamos estar fazendo. Se der certo, eles *não poderão* desistir dos carpetes. Seriam loucos.

Um cachorro pula e tenta mastigar meu cabelo, mas nem isso consegue atrapalhar meu bom humor. Não acredito que bolei este negócio. Eu, Lexi! Mal posso esperar para contar a todo mundo...

— Bem! — Mamãe está se aproximando com uma bandeja de xícaras de café. — Pelo menos posso oferecer uma xícara de café e uns biscoitinhos.

— Verdade, mamãe, não precisa — digo. — Infelizmente precisamos ir correndo...

— Eu gostaria de um café — diz Jon em tom agradável.

Ele *o quê*? Fulminando-o com o olhar, acompanho-o até a sala e sentamo-nos num sofá desbotado. Jon senta-se como se estivesse totalmente à vontade. Talvez esteja.

— Então, Lexi estava falando sobre montar de volta o quebra-cabeça da vida dela — diz ele mastigando um biscoito. — E achei que talvez saber o que aconteceu no funeral do pai dela pudesse ajudar.

— Bem, claro, perder um pai é sempre traumático... — Mamãe está concentrada em partir um biscoito ao meio. — *Aí* está você, Ophelia. — Ela dá metade a um whippet.

— Não é disso que estou falando — diz Jon. — Estou falando dos outros acontecimentos.

— Outros acontecimentos? — Mamãe parece não entender. — Ora, Raphael, que coisa feia! Café, Lexi?

Os cachorros estão atacando o prato de biscoitos, babando e pegando-os. Será que devemos comer isso agora?

— Parece que Lexi não tem uma imagem muito completa — insiste Jon.

— Smoky, *não* é sua vez...

— *Pare de falar com a porra dos cachorros*! — A voz de Jon me faz pular da poltrona.

Mamãe parece quase chocada demais para falar. Ou ao menos se mexer.

— *Esta* é a sua filha. — Jon faz um gesto me indicando — Não isso. — Ele aponta o dedo para um cachorro e se levanta do sofá num movimento abrupto. Mamãe e eu o olhamos hipnotizadas, enquanto ele vai até a lareira ignorando os cachorros que se amontoam em volta. — Certo, eu gosto da sua filha. Ela pode não saber, mas eu gosto. — Ele se concentra diretamente em mamãe. — Talvez você queira passar pela vida num estado de negação. Talvez isso lhe ajude. Mas não ajudará Lexi.

— Do que você está falando? — pergunto confusa. — Mamãe, o que aconteceu no enterro?

As mãos de mamãe estão se agitando em volta do rosto, como se ela quisesse se proteger.

— Foi muito... desagradável.

— A vida pode ser desagradável — diz Jon bruscamente. — É mais desagradável ainda se não sabemos sobre ela. E se você não contar a Lexi, eu contarei. Porque ela me contou, veja bem. — Ele esmaga o último biscoito.

— Certo! O que aconteceu foi... — A voz de mamãe baixa para um sussurro.

— *O quê?*

— Os oficiais de justiça vieram! — Suas bochechas estavam ficando vermelhas de perturbação. — Bem no meio do funeral.

— Oficiais de justiça? Mas...

— Eles vieram sem aviso. Eram cinco. — Ela olha para a frente, acariciando o cachorro que está em seu colo com um movimento obsessivo, repetitivo. — Eles queriam tomar a casa. Levar toda a mobília, tudo. Por acaso seu pai não tinha sido... totalmente honesto comigo. Nem com ninguém.

— Mostre a ela o outro DVD — diz Jon. — Não diga que não sabe onde está.

Há uma pausa e, sem olhar para nenhum de nós dois, mamãe se levanta, procura numa gaveta e encontra um DVD sem nada escrito, brilhante. Coloca no aparelho e nós três nos sentamos.

— Queridas. — Papai está na tela de novo, no mesmo cômodo do outro DVD, com o mesmo roupão atoalhado. A mesma piscadela charmosa enquanto olha para a câmera. — Se estiverem assistindo a isso, é porque eu bati as botas. E há uma coisa que vocês devem saber. Mas isto não é para... conhecimento de todos, digamos assim. — Ele dá uma tragada funda no charuto, franzindo a testa com ar de arrependimento. — Houve uma certa catástrofe na velha área financeira. Eu não queria que isso afetasse vocês. Vocês, meninas, são inteligentes, vão encontrar um modo de resolver. — Ele pensa por um momento. — Mas, se estiverem encrencadas, peçam ajuda ao velho Dickie Hawford, ele deve dar uma força. Saúde, queridas. — Ele ergue sua taça. Em seguida a tela fica escura. Viro-me para mamãe.

— O que ele quis dizer com "catástrofe"?

— Que tinha hipotecado a casa de novo. — Sua voz está tremendo. — Esta era a verdadeira mensagem. Esse DVD chegou pelo correio, uma semana depois do funeral. Mas era tarde demais! Os oficiais de justiça já tinham vindo! O que deveríamos fazer? — Ela está acariciando o whippet cada vez mais forte, até que, com um latido súbito, ele escapa de suas mãos.

— Então... o que nós fizemos?

— Precisaríamos vender tudo e mudar daqui. Amy sairia da escola... — Suas mãos estão balançando em volta do rosto de novo. — Então meu irmão teve a gentileza de ajudar. E minha irmã. E... e você. Você disse que pagaria a hipoteca. Com o máximo que pudesse.

— *Eu?*

Afundo no sofá, a mente girando de choque, tentando entender. Eu concordei em pagar as dívidas do meu pai.

— É uma hipoteca fora do país? — digo de repente. — O banco se chama Uni... não sei o quê?

— A maioria dos negócios do seu pai era fora do país. — Ela assente. — Para tentar evitar os impostos. Não sei *por que* ele não podia ser simplesmente honesto...

— Isso quem diz é a mulher que manteve a filha sem saber de nada! — observa Jon. — Como você ao menos pode *dizer* isso?

Não consigo deixar de sentir um pouco da exasperação dele.

— Mamãe, você sabia que eu não podia me lembrar do funeral. Você não me contou *nada* disso. Não vê como isso poderia... tornar as coisas mais claras para mim? Eu não fazia ideia de para onde aquele dinheiro estava indo.

— Foi muito difícil! — Os olhos de mamãe estão girando de um lado para o outro. — Tentei manter em segredo por causa da Amy...

— Mas... — Paro quando outra coisa ainda pior me ocorre. — Mamãe... tenho outra pergunta. Papai já esteve na... prisão?

Mamãe se encolhe como se eu tivesse pisado em seu pé.

— Brevemente, querida. Há muito tempo... foi um equívoco. Não vamos falar disso. Vou fazer mais um pouco de café...

— Não! — Salto de pé, frustrada, e fico bem na frente dela, tentando conseguir toda a sua atenção. — Mamãe, escute! Você não pode simplesmente viver numa bolha, fingindo que nada aconteceu. Amy está certa! Você precisa sair dessa... dessa dobra temporal!

— Lexi! — Mamãe suspira com força, mas eu a ignoro.

— Amy *ouviu falar* que papai esteve preso. Ela está achando que isso é legal. Não é de espantar que esteja com tantos problemas... Meu Deus! — De repente as peças da minha vida estão se encaixando como num jogo de Tetris. — Foi *por isso* que fiquei subitamente ambiciosa. Por isso estava tão concentrada numa coisa só. O funeral mudou tudo.

— Você me contou o que aconteceu — disse Jon. — Quando os oficiais de justiça chegaram, ela desmoronou. — Ele olha com desprezo para mamãe. — Você precisou contê-los, Lexi, você precisou tomar as decisões... você cuidou de tudo sozinha.

— Pare de me olhar como se tudo fosse culpa minha! — De repente mamãe grita, a voz esganiçada e trêmula. — Pare de jogar toda a culpa em mim! Você não faz ideia da minha vida, nenhuma! Seu pai, aquele *homem*...

Ela para, deixando as palavras no ar, e prendo o fôlego quando seus olhos azuis encontram os meus. Pela primeira vez que posso lembrar, minha mãe parece... sincera.

A sala está completamente em silêncio. Mal ouso falar.

— O que tem o papai? — Meu sussurro baixinho parece alto demais. — Mamãe... diga.

Mas é tarde demais. O momento passou. Os olhos de mamãe se desviam, me evitando. Com uma pontada súbita vejo-a como se pela primeira vez. O cabelo infantil naquela faixa estilo Alice; as mãos enrugadas; o anel de papai ainda no dedo. Enquanto olho, ela tateia à procura da cabeça de um cachorro e começa a acariciá-la.

— Está quase na hora do almoço, Agnes! — Sua voz é animada e quebradiça. — Vejamos o que podemos arranjar para você...

— Mamãe, por favor. — Dou um passo adiante. — Não podemos ficar assim. O que ia dizer?

Não sei exatamente o que estou esperando, mas enquanto ela ergue os olhos vejo que não vou conseguir. Seu rosto está opaco de novo, como se nada tivesse acabado de acontecer.

— Eu *simplesmente* ia dizer... — Ela já está recuperando o velho espírito de mártir — ... que antes de você começar a me culpar por tudo na sua vida, aquele rapaz tem muito o que reparar. Aquele seu namorado que estava no funeral. Dave? David? É a *ele* que você deveria estar acusando.

— Dave Fracasso? — Encaro-a, perplexa. — Mas... Dave Fracasso não estava no funeral. Ele disse que se ofereceu para ir mas que eu recusei. Disse... — Paro ao notar Jon balançando a cabeça, os olhos levantados para o céu.

— O que mais ele lhe disse?

— Que nós rompemos naquela manhã, e que foi lindo, que ele me deu uma rosa... — Ah, meu Deus. O que eu estava pensando, ao acreditar *em meia palavra* do que ele disse? — Com licença.

Saio para a entrada de veículos, alimentada pela frustração com mamãe, com papai, e comigo mesma por ser tão ingênua. Arrancando o celular do bolso, digito o número do escritório de Dave Fracasso.

— Auto Repair Workshop — atende sua voz profissional. — Dave Lewis ao seu dispor.

— Dave Fracasso, sou eu — digo com voz dura. — Lexi. Preciso ouvir de novo sobre nosso rompimento. E desta vez quero ouvir a verdade.

— Querida, eu disse a verdade. — Ele parece totalmente confiante. — Você terá de acreditar em mim.

Quero enchê-lo de *porrada*.

— Escute, seu escroto — digo em tom lento e furioso. — Estou no consultório do neurologista agora mesmo, certo? Ele disse que alguém andou me dando informações erradas e que isso está bagunçando meus caminhos neurais de memória. E que se não for corrigido, vou ficar com dano cerebral permanente.

— Meu Deus. — Ele parece abalado. — É assim?

Ele é realmente mais idiota do que um dos whippets de mamãe.

— É. O especialista está comigo agora mesmo, tentando corrigir meus circuitos de memória. De modo que talvez você devesse tentar de novo com a verdade, certo? Ou será que você gostaria de falar com o médico?

— Não! Tudo bem! — Ele parece totalmente perturbado. Posso visualizá-lo respirando mais ofegante, passando um dedo pelo colarinho. — Talvez não tenha sido *exatamente* como eu contei. Eu estava tentando proteger você.

— Proteger de quê? Você foi ao funeral?

— É, fui — responde ele depois de uma pausa. — Estava servindo canapés. Ajudando. Dando apoio a você.

— E então o que aconteceu?

— Então eu... — Ele pigarreia.

— O *quê*?

— Trepei com uma garçonete. Foi a tensão emocional! — acrescenta, defensivo. — Isso nos leva a fazer coisas malucas. Eu achei que tinha trancado a porta...

— E eu entrei e *vi* você? — pergunto incrédula.

— É. Nós não estávamos nus nem nada. Bem, obviamente um pouco...

— Pare! — Afasto o telefone.

Preciso de alguns instantes para absorver tudo isso. Ofegando, vou andando pelo cascalho, sento-me no muro do jardim e olho o campo com ovelhas do outro lado, ignorando o "Lexi! Lexi!" que vem do telefone.

Peguei Dave Fracasso me traindo. Bem, claro que peguei. Nem estou tão surpresa.

Por fim levo o telefone de volta ao ouvido.

— E como eu reagi? E *não* diga que lhe dei uma rosa e que foi lindo.

— Bem. — Dave Fracasso suspira. — Para ser honesto, você pirou de vez. Começou a gritar sobre sua vida. Que toda a sua vida tinha de mudar, que era tudo uma merda, que me odiava, que odiava tudo... Estou dizendo, Lexi, foi um negócio absurdo. Tentei acalmá-la, dei-lhe um sanduíche de camarão. Mas você nem me olhou. Saiu feito uma doida.

— E depois?

— Depois não nos vimos de novo. Na vez seguinte em que a vi, você estava na televisão, e totalmente diferente.

— Certo. — Olho dois pássaros circulando no céu. — Sabe, você poderia ter me contado a verdade da primeira vez.

— Sei. Sinto muito.

— É, certo.

— Não, sinto mesmo. — Ele parece sincero como nunca. — E desculpe ter trepado com aquela garota. E sinto muito por como ela a chamou, isso foi totalmente errado.

Sento-me, alerta.

— De que ela me chamou?

— Ah. Você não lembra — diz ele rapidamente. — É... nada. Também não lembro.

— Do que foi? — Levanto-me, segurando o telefone com mais força. — Diga do que ela me chamou! Dave Fracasso!

— Preciso desligar. Boa sorte com o médico. — Ele desliga. Digito novamente seu número, mas está ocupado. Babaca.

Entro em casa e encontro Jon ainda sentado no sofá, lendo um exemplar do *Mundo Whippet*.

— Oi! — Seu rosto se ilumina. — Como foi?

— De que a garçonete me chamou no funeral?

Imediatamente Jon fica evasivo.

— Não sei do que você está falando. Ei, já leu o *Mundo Whippet*? — Ele levanta a revista. — Porque é surpreendentemente interessante...

— Você *sabe* do que eu estou falando. — Sento-me ao lado dele e puxo seu queixo para obrigá-lo a me olhar. — Eu sei que lhe contei. Diga.

Jon suspira.

— Lexi, é um detalhe ínfimo. Por que isso importa?

— Porque... simplesmente importa. Olhe, Jon, você não pode fazer sermão sobre negação à minha mãe e depois não me contar uma coisa que aconteceu na *minha* vida, que eu mereço saber. Diga do que a tal garçonete me chamou. *Agora*. — Encaro-o furiosa.

— Certo! — Jon levanta as mãos num gesto de derrota. — Se você quer saber, ela chamou você de... Drácula.

Drácula? Mesmo contra a vontade, apesar de *saber* que meus dentes não são mais tortos, sinto as bochechas vermelhas de vergonha.

— Lexi... — Jon está se encolhendo.

— Não. — Afasto a mão dele. — Estou bem.

Meu rosto continua quente. Levanto-me e vou até a janela, tentando visualizar a cena, tentando me colocar de volta em meus sapatos mastigados, de saltos baixos. É 2004. Não ganhei bônus. É o funeral do meu pai. Os oficiais de justiça acabaram de chegar para nos levar à falência. Eu encontro meu namorado trepando com uma garçonete... e ela me olha e me chama de Drácula.

Certo. As coisas estão começando a fazer sentido.

18

No caminho de volta fico em silêncio por muito, muito tempo. Aperto a pasta azul com força no colo, como se ela pudesse tentar fugir. Os campos passam a toda velocidade. Jon me olha de vez em quando, mas não fala.

Estou revirando tudo aquilo na cabeça, tentando digerir tudo que acabei de ficar sabendo. Sinto que me diplomei em Lexi Smart no espaço de meia hora.

— Ainda não acredito que meu pai nos deixou numa encrenca dessas — digo por fim. — Sem avisar nem nada.

— Ah, não? — Jon parece esquivo.

Chutando os sapatos, puxo os pés para cima do banco e pouso o queixo nos joelhos, olhando a estrada.

— Você sabe, todo mundo adorava meu pai. Ele era tão bonito, tão divertido, efusivo, e adorava a gente. Mesmo tendo feito merda algumas vezes... realmente gostava da gente. Dizia que nós éramos suas três meninas.

— Suas três meninas. — A voz de Jon está mais seca do que nunca. — Uma obcecada por cães que nega tudo, uma chantagista adolescente e uma vítima de amnésia totalmente ferrada. E todas em dívida. Bom trabalho, Michael. Parabéns.

Lanço-lhe um olhar.

— Você não tem uma boa impressão do meu pai, não é?

— Acho que ele se divertiu um bocado e deixou os restos para vocês resolverem. Acho que ele era um escroto egoísta. Mas, afinal, não o conheci. — Abruptamente ele sinaliza e muda de pista. As mãos seguram o volante com força, noto de repente. Jon parece quase com raiva.

— Pelo menos eu *consegui* um pouco mais. — Roo a unha do polegar. — Eu falei sobre isso com você? Sobre o funeral?

— Uma ou duas vezes. — Jon me dá um sorriso torto.

— Ah, certo. — Fico vermelha. — O tempo todo. Devo ter matado você de tédio.

— Não seja boba. — Ele tira uma das mãos do volante e aperta a minha rapidamente. — Um dia, bem no início, quando ainda éramos amigos, você simplesmente pôs tudo para fora. Toda a história. Como aquele dia mudou sua vida. Como você assumiu a dívida da sua família, marcou consulta com um ortodontista no dia seguinte, entrou numa dieta de fome, decidiu mudar tudo na vida. Depois entrou na TV e tudo ficou ainda mais extremo. Você disparou na carreira, conheceu Eric e ele pareceu a resposta. Era sólido, rico, estável. A um milhão de quilômetros de... — Jon fica em silêncio.

— Meu pai — digo por fim.

— Não sou psicólogo. Mas acho que é isso.

Silêncio. Olho um pequeno avião subindo cada vez mais alto no céu, deixando uma trilha dupla de fumaça branca.

— Sabe, quando acordei, achei que havia pousado na vida dos meus sonhos — digo lentamente. — Achei que eu era como a Cinderela. Era *melhor* que a Cinderela. Pensei que devia ser a mulher mais feliz do mundo... — Paro enquanto Jon balança a cabeça.

— Você estava vivendo sob tensão. Chegou longe demais depressa demais, não sabia como administrar isso, cometeu erros... — Ele hesita. — Afastou suas amigas. E achava isso o pior de tudo.

— Mas não *entendo* — digo desolada. — Não entendo por que virei uma vaca.

— Você não queria isso. Lexi, dê um desconto a si mesma. Você foi jogada nessa posição de chefia. Tinha um grande departamento para comandar, queria impressionar os superiores, não ser acusada de favoritismo... e ficou sem saída. Fez algumas coisas do modo errado. Depois se sentiu acuada. Tinha construído uma personagem forte. Isso fazia parte do seu sucesso.

— A *Naja* — digo encolhendo-me. Ainda não acredito que me deram o apelido de uma cobra.

— A Naja. — Ele concorda, sorrindo. — Sabe, foi ideia dos produtores do programa. Não foi você. Mas eles tinham alguma razão. Você é bem naja quando se trata de negócios.

— Não sou, não! — Levanto a cabeça, horrorizada.

— No bom sentido. — Ele ri.

No bom sentido? Como é possível ser uma naja no bom sentido?

Seguimos por um tempo sem falar, com os campos dourados se esparramando a distância, dos dois lados. Depois de um tempo Jon liga o rádio. Está tocando "Hotel California" e, enquanto deslizamos a toda, o sol brilhando no para-brisa, subitamente sinto que poderíamos estar em outro país. Em outra vida.

— Uma vez você me disse que, se pudesse voltar no tempo e fazer tudo diferente, faria. — A voz de Jon está mais suave. — Com relação a tudo. Você... seu trabalho... Eric... tudo parece diferente quando se olha bem de perto.

Sinto uma pontada súbita diante da menção a Eric. Jon fala como se tudo estivesse no passado — mas isto é o agora. Sou casada. E não gosto do que ele está dando a entender.

— Olhe, eu não sou uma alpinista social, superficial, certo? — digo nervosa. — Eu devo ter amado Eric, não me casaria com um cara por interesse.

— A princípio você achou que Eric era para valer — concorda Jon. — Ele é charmoso, cumpre todos os quesitos... Na verdade ele é como um dos sistemas inteligentes dos nossos lofts. Coloque-o no ajuste "Marido" e lá vai ele.

— Pare com isso.

— Ele é tecnologia de ponta. Tem uma variedade de ajustes de humor, é sensível ao toque...

— *Pare*. — Estou tentando não rir. Inclino-me para a frente e aumento o volume do rádio, como se quisesse bloquear Jon. Um instante depois encontro uma resposta para o que ele disse, e baixo o volume de novo.

— Certo, olhe. Talvez nós tivéssemos um caso. No passado. Mas isso não significa... Talvez eu queira fazer meu casamento *dar certo* desta vez.

— Você não pode fazer com que ele dê certo. — Jon não se abala. — Eric não ama você.

Por que ele tem de ser tão metido a sabe-tudo?

— Ama sim. — Cruzo os braços. — Ele me disse. Na verdade, foi bem romântico, se quer saber.

— Ah, é? — Jon não parece nem remotamente perturbado. — O que ele disse?

— Disse que se apaixonou por minha boca linda, por minhas pernas longas e pelo modo como eu balanço minha pasta executiva. — Não consigo deixar de ficar vermelha, sem graça. Sempre me lembro de Eric dizendo isso, na verdade memorizei no ato.

— Isso é um monte de merda. — Jon nem se vira.

— Não é um monte de merda! — retruco indignada. — É romântico!

— Ah, verdade? Então ele a amaria se você *não* balançasse a pasta?

Fico momentaneamente sem reação.

— Eu... não sei. Esse não é o ponto.

— Como pode não ser o ponto? É exatamente o ponto. Ele a amaria se suas pernas não fossem longas?

— Não sei! — respondo irritada. — Cale a boca! Foi um momento adorável, lindo.

— Foi conversa mole.

— Certo. — Projeto o queixo para a frente. — Então o que *você* ama em mim?

— Não sei. Sua essência. Não posso transformar isso numa *lista* — diz ele, quase debochando.

Há uma pausa longa. Olho fixamente para a frente, os braços ainda cruzados com força. Jon está concentrado na estrada, como se já tivesse esquecido a conversa. Agora estamos chegando mais perto de Londres e o tráfego vai ficando mais denso.

— Certo — diz ele finalmente, enquanto paramos num engarrafamento. — Eu gosto de como você guincha quando dorme.

— Eu guincho quando estou dormindo? — pergunto incrédula.

— Igual a um porquinho-da-índia.

— Achei que eu era uma naja — retruco. — Decida-se.

— Naja de dia — ele assente. — Porquinho-da-índia à noite.

Tento manter a boca reta e firme, mas um sorriso se esgueira.

Enquanto nos arrastamos pela pista dupla, meu telefone apita com uma mensagem de texto, e eu o pego.

— É do Eric — digo depois de ler. — Chegou em Manchester. Vai passar uns dias procurando locais para construir.

— Sim, eu sei. — Jon entra num trevo rodoviário.

Estamos nos arredores da cidade. O ar parece mais cinza e uma gota de chuva me acerta subitamente na bochecha. Estremeço e Jon levanta a capota do Mercedes. Seu rosto está sério enquanto ele troca de faixa na rodovia de pista dupla.

— Sabe, Eric poderia ter pagado a dívida do seu pai num piscar de olhos — diz ele de repente, com a voz casual. — Mas deixou por sua conta. Nem sequer se preocupou.

Sinto-me desamparada. Não sei como responder; não sei o que pensar.

— O dinheiro é dele — digo finalmente. — Por que ele deveria pagar? E, de qualquer modo, não *preciso* da ajuda de ninguém.

— Eu sei. Eu ofereci. Você não quis aceitar. É bem teimosa. — Ele chega a um grande cruzamento, para atrás de um ônibus e me olha. — Não sei o que você está planejando agora.

— Agora?

— Para o resto do dia. — Ele dá de ombros. — Eric está fora.

Bem no fundo de mim alguma coisa começa a se agitar. Um tremor suave, que não quero admitir. Nem para mim mesma.

— Bem. — Tento parecer profissional. — Não tenho planos. Apenas ir para casa, jantar, ler estes documentos... — Obrigo-me a deixar uma pausa natural antes de acrescentar: — Por quê?

— Nada. — Jon também deixa uma pausa e franze a testa para a rua à frente, antes de acrescentar em tom casual: — Só que há umas coisas suas no meu apartamento. Talvez você queira pegá-las.

— Certo. — Dou de ombros.

— Certo. — Ele gira o volante e seguimos o resto do caminho em silêncio.

Jon mora no apartamento mais lindo que já vi.

Certo, é numa rua sem graça em Hammersmith. E é preciso ignorar as pichações no muro do outro lado. Mas a casa é grande, de tijolos claros, com enormes janelas antigas, em arco, e de alguma forma o apartamento avança pela casa ao lado, de modo que é um milhão de vezes maior do que parece visto por fora.

— Isso é... *incrível.*

Estou de pé, olhando seu espaço de trabalho, quase sem fala. O teto é alto, as paredes são brancas e há uma prancheta alta, inclinada, coberta de papéis, perto de uma estação de trabalho com um enorme Apple Mac. No canto há um cavalete de desenho, e do outro lado uma parede inteira coberta de livros, com uma velha escada de biblioteca com rodinhas.

— Toda esta fileira de casas foi construída como ateliês para artistas. — Os olhos de Jon estão brilhando enquanto ele anda, pegando umas dez xícaras de café e desaparecendo com elas numa cozinha minúscula.

O sol saiu de novo e está brilhando pelas janelas em arco, sobre as tábuas do piso. Há pedaços de papel espalhados no chão, cobertos com linhas, desenhos, esboços. Bem no meio de todo o trabalho há uma garrafa de Tequila perto de um pacote de amêndoas.

Levanto os olhos e vejo Jon parado junto à porta da cozinha, olhando-me sem falar nada. Ele desalinha os cabelos como se quisesse mudar o humor e diz:

— Suas coisas estão aqui.

Entro no lugar para o qual ele está apontando, passando por um arco para uma sala aconchegante. É mobiliada com enormes sofás de algodão azul, um pufe grande de couro e uma TV antiga equilibrada numa cadeira. Atrás do sofá há velhas prateleiras de madeira, ocupadas aleatoriamente com livros, revistas, plantas e...

— Aquela é minha caneca. — Vejo a caneca de cerâmica pintada à mão, vermelha, que Fi me deu de aniversário, pousada na prateleira como se aquele fosse o seu lugar.

— É — confirma Jon. — É o que eu quis dizer. Você deixou coisas aqui. — Ele a pega e me entrega.

— E... meu casaco! — Há um velho casaco de gola pólo, dobrado sobre um dos sofás. Eu o tenho há séculos, desde que tinha uns 16 anos. Como foi que...

Olho ao redor, incrédula, enquanto mais coisas saltam diante dos meus olhos, como por magia. Aquela manta de pele falsa de lobo que sempre usei para me enrolar. Velhas fotos da faculdade em porta-retratos de contas. Minha *torradeira* cor-de-rosa retrô?

— Você costumava vir aqui e comer torradas. — Jon acompanha meu olhar atônito. — Devorava-as como se estivesse morrendo de fome.

De repente estou reconhecendo meu outro lado; o lado que pensei que havia desaparecido para sempre. Pela primeira vez desde que acordei no hospital sinto que estou em casa. Há até uma fileira de luzinhas de Natal enrolada num vaso de planta no canto; as mesmas luzes que eu tinha no meu apartamentinho em Balham.

Esse tempo todo minhas coisas estavam aqui. De repente tenho uma lembrança das palavras de Eric, na primeira vez em que lhe perguntei sobre Jon. *A gente pode confiar a vida ao Jon.*

Talvez tenha sido isso que eu fiz. Confiei minha vida a ele.

— Você se lembra de alguma coisa? — Jon parece casual, mas posso sentir a esperança em sua voz.

— Não. — Balanço a cabeça. — Só das coisas que vêm da minha vida de antes... — Paro ao notar um porta-retratos de contas, que não reconheço. Chego mais perto para ver a foto. E sinto um tremor minúsculo. É uma foto minha. Com Jon. Estamos sentados num tronco de árvore, os braços dele me enlaçam e estou usando jeans velhos e tênis. Meu cabelo está caindo nas costas, a cabeça inclinada para trás. Estou rindo como se fosse a mulher mais feliz que já existiu.

Era verdade. Era mesmo verdade.

Minha cabeça formiga enquanto olho nossos rostos, iluminados pelo sol. Esse tempo todo ele tinha a prova.

— Você poderia ter me mostrado isso — digo quase o acusando. — Esta foto. Você poderia ter levado na primeira vez em que nos encontramos.

— Você teria acreditado? — Ele se senta no braço da poltrona. — Você iria querer acreditar em mim?

Estou perplexa. Talvez ele esteja certo. Talvez eu tivesse arranjado uma explicação, apegada ao meu marido perfeito e à minha vida de sonho.

Tentando melhorar o clima, vou até uma mesa atulhada de romances antigos que me pertencem e vejo sobre ela uma tigela cheia de sementes.

— Sementes de girassol. — Pego um punhado. — Adoro sementes de girassol.

— Sei que adora. — Jon tem a expressão mais estranha, mais indecifrável no rosto.

— O que foi? — Olho-o, surpresa, com as sementes a caminho da boca. — O que há de errado? Essas sementes estão boas?

— Estão ótimas. Havia uma coisa... — Ele para e sorri, como se para si mesmo. — Não importa. Esqueça.

— O que foi? — Contraio a testa, perplexa. — Alguma coisa do nosso relacionamento? Você precisa me contar. Ande.

— Não é nada. — Ele dá de ombros. — Era bobagem. Nós só tínhamos uma... tradição. Na primeira vez em que fizemos sexo você estava mastigando sementes de girassol. Você plantou uma num pote de iogurte e eu o trouxe para casa. Foi como uma piada particular. Então começamos a fazer isso todas as vezes. Como uma lembrança. Nós os chamávamos de nossos filhos.

— Nós plantávamos girassóis? — pergunto, interessada. Isso me provoca uma coisa minúscula.

— Ahã. — Jon assente, como se quisesse mudar de assunto. — Deixe-me pegar uma bebida para você.

— Então onde eles estão? — pergunto, enquanto ele serve duas taças de vinho. — Você manteve algum? — Olho a sala ao redor, procurando sinais de sementes em potes de iogurte.

— Não importa. — Ele me entrega uma taça.

— Você os jogou fora?

— Não, não os joguei fora. — Ele vai até um aparelho de CD e põe uma música baixa, mas não quero deixar aquilo passar.

— Onde estão, então? — Um tom de desafio se esgueira em minha voz. — Nós devemos ter feito sexo algumas vezes, se tudo que você diz é verdade. De modo que deveria haver alguns pés de girassol aqui.

Jon toma um gole de vinho. Depois, sem dizer uma palavra, gira nos calcanhares e sinaliza para que eu vá por um corredor pequeno. Passamos por um quarto decorado com poucos móveis. Ali ele abre uma porta dupla que dá num grande deque. Então fico sem ar.

Há uma parede de girassóis ao meu redor. Desde enormes monstros amarelos se estendendo para o céu até pequenos botões, começando a abrir. Para todo lugar que olho, vejo girassóis.

Foi isso. Isso éramos nós. Desde o início até a última sementinha num pote. Subitamente minha garganta está apertada enquanto olho o mar de verde e amarelo à minha volta. Eu não fazia ideia.

— Então, faz quanto tempo... quero dizer... — Viro a cabeça para a muda menorzinha, num minúsculo vaso pintado, presa com pedacinhos de pau. — Desde que nós...

— Há seis semanas, na véspera do acidente. — Jon faz uma pausa, com uma expressão que não consigo decifrar. — Estou cuidando desse aí.

— Foi a última vez em que nos vimos antes... — Mordo o lábio.

Há um instante de silêncio, em seguida Jon assente.

— Foi a última vez em que estivemos juntos.

Sento-me e tomo um gole de vinho, sentindo-me totalmente esmagada. Há uma história aqui. Todo um relacionamento. Crescendo, encorpando-se e se transformando em algo tão forte que me faria deixar o Eric.

— E quanto à... primeira vez? — pergunto por fim. — Como tudo começou?

— Foi um fim de semana em que o Eric estava viajando. Eu fui à sua casa e nós conversamos. Estávamos na varanda, tomando vinho. Mais ou menos como estamos agora. — Jon faz um gesto ao redor. — E então, de repente, ficamos em silêncio. E soubemos.

Ele ergue os olhos escuros para os meus e sinto um tremor. Ele se levanta e começa a vir para mim.

— Nós dois sabíamos que era inevitável — diz ele baixinho.

Estou hipnotizada. Ele pega gentilmente minha taça de vinho e segura minhas duas mãos.

— Lexi... — Jon leva minhas mãos à boca, fechando os olhos, beijando-as com doçura. — Eu sabia... — Sua voz está abafada contra a minha pele. — Que você ia voltar. Eu sabia que você ia voltar para mim.

— Pare! — Puxo as mãos com força, o coração martelando perturbado. — Você não... você não sabe de nada!

— O que há de errado? — Jon parece tão chocado como se eu tivesse lhe dado um tapa.

Eu mesma quase não sei o que há de errado. Desejo-o terrivelmente; todo o meu corpo está dizendo para ir em frente. Mas não posso.

— O que há de errado é que... eu estou surtando.

— Com o quê? — Ele parece confuso.

— Com tudo isso! — Indico os girassóis. — É demais. Você me apresenta esse... esse relacionamento no auge. Mas para mim é só o início. — Tomo um longo gole de vinho, tentando manter a calma. — Estou muitos passos atrás. Isso é muito desequilibrado.

— Vamos equilibrar — diz ele rapidamente. — Vamos dar um jeito. Eu volto ao princípio também.

— Você não pode voltar ao princípio! — Passo as mãos pelos cabelos, desolada. — Jon, você é um cara bonito, inteligente e legal. E realmente gosto de você. Mas não o amo. Como poderia? Não fiz tudo isso. Não me lembro de tudo isso.

— Eu não espero que você me *ame*...

— Espera sim. Espera! Você espera que eu seja ela.

— Você *é* ela. — Há um súbito tom irritado em sua voz. — Não venha com esse papo furado. Você é a mulher que eu amo. Acredite, Lexi.

— Não sei! — Levanto a voz, agitada. — Eu não *sei* se sou, certo? Eu sou ela? Eu sou eu?

Para meu horror, lágrimas escorrem pelo meu rosto; não faço ideia de onde elas vêm. Viro-me e enxugo o rosto, engolindo em seco, incapaz de conter a torrente.

Quero ser ela, quero ser a mulher que está rindo sentada no tronco de árvore. Mas não sou.

Por fim consigo me controlar e me viro. Jon está parado exatamente no mesmo lugar, com um vazio no rosto que faz meu coração se apertar.

— Olho esses girassóis em volta. — Engulo em seco. — E as fotos. E todas as minhas coisas aqui. E posso ver que isso aconteceu. Mas parece um romance maravilhoso entre duas pessoas que eu não conheço.

— É você — diz Jon em voz baixa. — Sou eu. Você conhece nós dois.

— Sei disso na cabeça. Mas não sinto. Não *sei*. — Aperto um punho contra o peito, sentindo as lágrimas que surgem de novo. — Se eu pudesse lembrar ao menos *uma coisa*. Se houvesse uma lembrança, um fio... — Fico em silêncio. Jon está olhando os girassóis como se estivesse fascinado por cada pétala.

— Então o que você está dizendo?

— Estou dizendo... que não sei! Não sei. Preciso de tempo... preciso... — Paro, sem saber o que fazer.

Gotas de chuva estão começando a cair na varanda. Uma brisa passa e os girassóis balançam uns contra os outros como se estivessem concordando.

Por fim Jon rompe o silêncio.

— Quer uma carona para casa? — Ele ergue os olhos para encontrar os meus. E não há mais irritação.

— Quero. — Enxugo o rosto e puxo o cabelo para trás. — Por favor.

Demoramos apenas 15 minutos para chegar em casa. Não conversamos. Fico sentada segurando a pasta azul e Jon muda de marcha, com o maxilar rígido. Entra com o Mercedes na minha vaga e por um momento nenhum de nós se move. A chuva está martelando no teto e há um clarão súbito de raio.

— Você vai precisar correr para dentro — diz Jon, e eu confirmo com a cabeça.

— Como você vai voltar?

— Vou ficar bem. — Ele me entrega as chaves, evitando meus olhos. — Boa sorte com isso. — Ele aponta para a pasta. — Mesmo.

— Obrigada. — Passo os dedos sobre o papelão, mordendo o lábio. — Mas não sei como vou convencer Simon Johnson a falar sobre isso. Fui rebaixada. Perdi toda a credibilidade. Ele não vai se interessar.

— Você vai conseguir.

— Se eu conseguir falar com ele, tudo bem. Mas sei que ele vai me evitar. Eles não têm mais tempo para mim. — Suspiro e estendo a mão para a porta do carro. Está caindo um tremendo aguaceiro, mas não posso ficar aqui a noite toda.

— Lexi...

Estremeço diante do tom de Jon.

— Vamos... conversar — digo rapidamente. — Uma hora dessas.

— Certo. — Jon fixa os olhos nos meus por um momento. — Uma hora dessas. Combinado. — Ele sai, levantando as mãos inutilmente contra a chuva. — Vou pegar um táxi. Ande, corra. — Ele hesita, depois dá um beijo no meu rosto e vai andando.

Corro pela chuva até a portaria, quase derrubando a pasta preciosa, depois paro sob o pórtico, apertando os papéis, sentindo um novo espasmo de esperança enquanto me lembro dos detalhes. Mas o que eu disse era verdade. Se não puder falar com Simon Johnson, não adiantará nada.

E de repente desfaleço, enquanto a realidade da minha situação se torna óbvia. Não sei o que estive pensando. O que quer que eu tenha nesta pasta, ele nunca vai me dar outra chance, não é? Não sou mais a Naja. Não sou Lexi, a talentosa menina prodígio. Sou a fodida desmemoriada, uma vergonha para a empresa. Simon Johnson não vai me dar cinco minutos, quanto mais uma audiência completa.

Não estou com clima para o elevador. Para perplexidade óbvia do porteiro, subo a brilhante escada de aço e vidro que nenhum morador deste prédio usa. Quando chego, ligo a lareira por controle remoto e tento me acomodar no sofá creme, mas as almofadas são todas brilhantes e incômodas, e tenho medo de que minha cabeça molhada de chuva deixe uma mancha no tecido. Por fim me levanto e vou à cozinha fazer uma xícara de chá.

Depois de toda a adrenalina do dia, sinto-me pesada de desapontamento. Então fiquei sabendo algumas coisas sobre mim mesma. E daí? Perdi totalmente o controle — com Jon, com o negócio, com tudo. Todo o dia foi uma esperança vã. Nunca vou salvar o Departamento de Pisos. Simon nunca vai me deixar entrar em sua sala e perguntar o que eu acho, quanto mais deixar que eu o convença. Nem em um milhão de anos. A não ser...

A não ser...

Não.

Eu *não poderia*. Poderia?

Sou tomada por uma empolgação incrédula, pensando nas implicações. A voz de Simon Johnson passa em minha cabeça como uma trilha sonora.

Se você recuperasse a memória, Lexi, as coisas seriam diferentes.

Se eu recuperasse a memória as coisas seriam diferentes.

A chaleira está fervendo, mas nem noto. Como num sonho, pego o telefone e digito um número.

— Fi — digo assim que ela atende. — Não diga nada. Escute.

19

Pense como uma vaca. Pense como uma chefe. Pense como a Naja.

Examino-me no espelho e ponho mais batom. É um tom claro, rosa-cinzento, que praticamente poderia se chamar "vaca-chefe-do-inferno". Meu cabelo está puxado para trás e estou usando a roupa mais severa que pude encontrar no armário: a saia justa mais reta, o sapato de bico mais fino. Uma blusa branca com listas cinza. Não há como se confundir com a mensagem que esta roupa transmite: *estou falando sério.*

Ontem passei duas horas com Jeremy Northpool em seu escritório em Reading, e a cada vez que penso nisso sinto uma descarga elétrica. Tudo está acertado. Nós dois queremos que o negócio dê certo. Agora é por minha conta.

— Você não parece suficientemente má. — Parada ao meu lado com um tailleur azul-marinho, Fi me examina criticamente. — Tente amarrar mais a cara.

Franzo o nariz, mas só parece que quero espirrar.

— Não. — Fi balança a cabeça. — Ainda não está bom. Você tinha um olhar bem gelado. Tipo "você é um lacaio insignificante, saia do meu caminho agora mesmo". — Ela estreita os olhos e faz uma voz dura, metida a superior. — Sou a chefe e as coisas serão feitas do *meu* modo.

— Você é ótima! — Viro-me admirando. —Você deveria fazer isso. Vamos trocar de lugar.

— É, certo. — Ela empurra meu ombro. — Ande, faça de novo. Cara de desprezo.

— Saia do meu caminho, lacaio — rosno com uma voz de Bruxa Má do Oeste. — Sou a chefe e as coisas serão feitas do *meu* modo.

— Isso! — Ela aplaude. — Bem melhor. E mexa os olhos rapidamente ao passar pelas pessoas, como se não pudesse perder tempo se dando conta de que elas estão ali.

Suspiro e me deixo cair na cama. Todo esse comportamento de vaca é exaustivo.

— Eu era uma vaca de verdade, não era?

— Você não era tão má assim o tempo *todo* — admite Fi. — Mas não podemos correr o risco de as pessoas descobrirem. Quanto pior, melhor.

Fi está me treinando nas últimas 24 horas. Tirou licença médica ontem e veio para minha casa, trazendo o café-da-manhã. Acabamos nos dedicando tanto que ela ficou o dia inteiro e a noite. E fez o serviço mais brilhante. Sei *tudo*. Sei o que aconteceu na festa de Natal do ano passado. Sei que numa reunião do ano passado o Byron saiu furioso e me chamou de idiota arrogante. Sei que as vendas de vinil cresceram 2% em março passado, devido a um pedido de uma escola em Wokingham, que depois reclamou que a cor estava errada e tentou nos processar.

Minha cabeça está tão atulhada de informações que parece em vias de explodir. E essa nem é a parte mais importante.

— Quando você entra na sua sala, sempre bate a porta. — Fi me instrui. — *Depois* sai e exige um café. Nessa ordem.

O mais importante é que eu pareça a velha Lexi chefe-vaca e engane todo mundo. Guardo o batom e pego a pasta.

— Traga-me um café — rosno para mim mesma. — Imediatamente!

— Estreite os olhos mais ainda... — Fi me examina e confirma com a cabeça. — Está pronta.

— Fi... obrigada. — Viro-me e lhe dou um abraço. — Você é uma estrela.

— Se conseguir isso, você será uma estrela. — Ela hesita, depois acrescenta: — Mesmo que não consiga. Você não precisa fazer todo esse esforço, Lexi. Sei que vão lhe oferecer um bom cargo, mesmo que acabem com o departamento.

— É, bem. — Coço o nariz, sem jeito. — Esse não é o ponto. Vamos lá.

Enquanto seguimos de táxi para o escritório, meu estômago está apertado de nervosismo e não consigo conversar amenidades. Sou louca de fazer isso. Sei que sou. Mas é a única saída em que consigo pensar.

— Meu Deus, estou em pânico — murmura Fi ao nos aproximarmos. — E nem sou eu que vou fazer isso. Não sei *como* vou manter a cara-de-pau diante de Debs e Carolyn.

Não contamos às meninas o que vou fazer. Achamos que, quanto menos pessoas souberem, mais seguro.

— Bem, Fi, você só precisa fazer um esforço, certo? — digo rispidamente em minha voz de nova Lexi, e quase rio quando o rosto dela estremece, em choque.

— Meu Deus, isso é apavorante. Você é *boa*.

Saímos do táxi e eu pago ao motorista praticando meu olhar maligno enquanto pego o troco.

— Lexi? — Uma voz surge atrás de mim. Olho ao redor pronta para ameaçar alguém com meu estilo Lexi-medonha — mas em vez disso sinto o queixo cair de perplexidade.

— *Amy*? Que diabos está fazendo aqui?

— Estava esperando você. — Ela alisa uma mecha de cabelo, um tanto desafiadora. — Vim aqui para ser sua estagiária.

— Você... *o quê?*

Enquanto o táxi se afasta, olho-a abestalhada. Ela está usando saltos altíssimos, meia arrastão, uma minúscula minissaia de risca de giz com colete combinando, e seu cabelo com mechas azuis está preso num rabo-de-cavalo. Na lapela há um crachá em que está escrito *Você não precisa ser lésbica para trabalhar aqui, mas ajuda se for uma lésbica gostosa.*

— Amy... — Ponho a mão na cabeça. — Hoje não é um bom dia...

— Você disse! — A voz dela estremece. — Você disse que ia dar um jeito. Eu fiz um esforço de verdade para vir, acordei cedo e tudo. Mamãe ficou feliz à beça. Ela disse que você ia ficar feliz também.

— Eu estou feliz! Mas logo hoje...

— Foi o que você disse da última vez. Você não está realmente interessada. — Ela se vira e solta o rabo-de-cavalo. — Ótimo, não queria seu trabalho de merda mesmo.

— Ela pode ser uma distração — diz Fi ao meu lado, em voz baixa. — Talvez seja uma boa ideia. Podemos confiar nela?

— Confiar em mim? — A voz de Amy se aguça de interesse. — Como? — Ela se aproxima com os olhos brilhando. — Vocês têm um segredo?

— Certo. — Tomo uma decisão rápida. — Escute, Amy. — Baixo a voz. — Você pode vir, mas o negócio é o seguinte: Eu vou dizer a todo mundo que recuperei a memória e que sou a mesma de antes, para conseguir fechar um negócio. Mesmo não sendo verdade. Sacou?

Amy nem pisca. Posso ver sua mente trabalhando com fúria, captando tudo. Há algumas vantagens em ter uma trambiqueira como irmã mais nova.

— Então você vai tentar fingir que é a Lexi antiga — diz ela.

— Isso.

— Então você deve parecer mais malvada.

— Foi o que eu disse — concorda Fi.

— Como se achasse que todo mundo não passa de um... verme.

— Exato.

As duas parecem tão seguras que sinto uma pontada de dor.

— Eu *nunca* era legal? — pergunto meio chorosa.

— É... era! — diz Fi, sem convencer. — Muitas vezes. Venha.

Enquanto empurro a porta de vidro do prédio, adoto minha cara mais maligna. Flanqueada por Fi e Amy, vou andando pelo piso de mármore em direção à recepção. Vamos lá. Hora do show.

— Oi — rosno para Jenny. — Esta é minha estagiária temporária, Amy. Por favor, dê um crachá a ela. Para sua informação, eu me recuperei totalmente e, se tiver algum e-mail para mim, quero saber por que ainda não está lá em cima.

— Excelente! — sussurra Fi ao meu lado.

— Não há nada para você, Lexi. — Jenny parece abalada enquanto pega um crachá para Amy. — Então... agora você se lembra de tudo, é?

— Tudo. Venha, Fi. Já estamos atrasadas. Preciso falar com a equipe. Eles devem estar embromando.

Vou andando para os elevadores. Um instante depois ouço Jenny atrás, dizendo em voz baixa e agitada:

— Adivinhe só! Lexi recuperou a memória! — Viro-me de volta, e confirmo: ela está ao telefone com alguém.

O elevador apita. Fi, Amy e eu entramos, e assim que a porta se fecha nos dissolvemos em risinhos.

— É isso aí! — Fi levanta a mão e bate na minha, comemorando. — Foi ótimo!

Saímos no oitavo andar e eu vou direto para a mesa de Natasha, do lado de fora da sala de Simon Johnson, com a cabeça erguida e imperiosa.

— Oi, Natasha — digo rapidamente. — Presumo que você tenha recebido o recado sobre minha memória ter retornado, não? Obviamente preciso falar com Simon o mais rápido possível.

— Sim, recebi o recado. — Natasha assente. — Mas infelizmente o Simon está totalmente ocupado esta manhã...

— Então dê um jeito! Cancele outra pessoa! É essencial que eu o veja.

— Certo! — Natasha digita rapidamente em seu teclado. — Eu poderia arranjar um espaço para você às... 10h30?

— Fantás... — Paro quando Fi me cutuca. — Está bom — emendo, lançando meu ar de desprezo mais maligno para Natasha, só para garantir. — Venha, Fi.

Meu Deus, esse negócio de latir e rosnar é exaustivo. Está acabando comigo, e só estou nessa há dez minutos.

— Dez e meia — diz Amy, enquanto voltamos ao elevador. — Maneiro. O que faremos agora?

— Vamos ao Departamento de Pisos. — Sinto uma pontada de nervosismo. — Terei de manter esse show até as 10h30.

— Boa sorte. — Fi aperta meu ombro rapidamente e a porta do elevador se abre.

Enquanto vamos pelo corredor até a área principal do departamento, sinto-me ligeiramente enjoada. *Consigo fazer isso*, digo a mim mesma, repetidamente. *Posso ser uma chefe vaca*. Chego à porta e paro por alguns instantes, examinando o cenário. Depois respiro fundo.

— Então. — Forço uma voz áspera, sarcástica. — Ler a revista *Hello*! é trabalho, é?

Melanie, que folheava a revista, com um telefone sob o queixo, pula como se tivesse sido escaldada e fica totalmente vermelha.

— Eu só estava... esperando que completassem a ligação com a contabilidade... — Ela fecha rapidamente a *Hello*!

— Mais tarde conversaremos sobre sua atitude. — Olho furiosa ao redor. — E isso me lembra. Eu não pedi a todo mundo para fazer um relatório completo das despesas de viagens há dois meses? Quero vê-los.

— Nós achamos que você tinha esquecido — diz Carolyn, parecendo perturbada.

— Bem, eu lembrei. — Dou-lhe um sorriso doce, de desprezo. — Lembrei tudo. E *vocês* talvez se lembrem de que dependem de mim para as referências.

Saio, quase trombando em Byron.

— Lexi! — Ele quase larga a xícara de café. — Que porra...

— Byron, precisamos conversar sobre Tony Dukes — digo rapidamente. — Como você cuidou da discrepância nos cálculos? Porque todos conhecemos a reputação dele para arranjar uma saída rápida. Lembra-se do problema que tivemos em outubro de 2006?

A boca de Byron está aberta.

— E quero falar com você sobre nossa reunião anual de estratégia. A do ano passado foi um horror. — Vou para a minha sala, depois me viro. — Por falar nisso, onde estão as minutas de nossa última reunião de produtos? Você estava fazendo, pelo que lembro.

— Eu... vou pegar para você. — Ele parece absolutamente aparvalhado.

Tudo que estou dizendo acerta direto no alvo. Fi é um gênio!

— Então você se recuperou? — pergunta Byron enquanto abro a porta da minha sala. — Você voltou?

— Ah, sim. Voltei. — Empurro Amy para dentro e bato a porta. Conto até três e saio de novo. — Lisa, um café. E um para minha estagiária, Amy. Fi, pode vir aqui?

Quando Fi fecha a porta, desmorono no sofá, ofegante.

— Você deveria estar num palco! — exclama ela. — Foi fantástico demais! Exatamente como era!

Ainda estou me encolhendo por dentro. Não *acredito* que falei aquelas coisas.

— Então só precisamos esperar até as 10h30. — Fi olha para o relógio enquanto se empoleira na minha mesa. — Já passou das 10h.

— Você foi uma vaca de verdade — diz Amy, admirada. Ela pegou um rímel e está aplicando mais uma camada. — Vou ser assim, quando entrar no mundo dos negócios.

— Então não vai ter nenhum amigo.

— Não quero fazer amigos. — Ela balança a cabeça. — Quero fazer dinheiro. Sabe o que papai sempre dizia? Ele dizia...

De repente eu realmente *não* quero ouvir o que papai sempre dizia.

— Amy, nós conversamos mais tarde. — Interrompo-a. — Sobre papai. — Há uma batida na porta e todas nos imobilizamos.

— Depressa! — diz Fi. — Fique atrás da mesa. Pareça irritada e impaciente.

Vou até a minha cadeira e ela pega outra, do lado oposto.

— Entre — grito tentando usar o tom mais impaciente que consigo. A porta se abre e Clare aparece segurando uma bandeja. Irritada, viro a cabeça bruscamente para a mesa. — Então, Fi... já estou farta da sua atitude! — improviso enquanto Clare serve as xícaras de café. — É inaceitável. O que você tem a dizer?

— Desculpe, Lexi — murmura Fi, de cabeça baixa. De repente percebo que ela está tendo um ataque de riso.

— Bem. — Tento desesperadamente manter o rosto sério. — Eu sou a chefe. E não vou admitir... — Ah, meu Deus, não sei o que dizer. O que ela pode ter feito? — Não vou admitir ver você... sentada na mesa!

Uma fungadela escapa da boca de Fi.

— Desculpe — ofega ela, e aperta um lenço contra os olhos.

Clare parece completamente petrificada.

— Ah... Lexi — diz ela, recuando para a porta. — Não quero interromper, mas Lucinda está aqui. Com o bebê.

Lucinda.

Isso não significa nada para mim.

Fi se levanta, contendo o riso.

— Lucinda, que trabalhou conosco no ano passado? — pergunta ela rapidamente, me olhando. — Eu não sabia que ela viria hoje.

— Nós vamos dar um presente ao bebê dela, e pensamos que Lexi poderia entregá-lo. — Clare indica a porta e vejo uma pequena aglomeração ao redor de uma loura segurando um moisés com um bebê. Ela levanta os olhos e acena.

— Lexi! Venha ver o bebê!

Merda. Não tenho como sair dessa. Não posso me recusar a ver um bebê, vai parecer estranho demais.

— Bem... certo — digo finalmente. — Só um instante.

— Lucinda ficou conosco uns oito meses — murmura Fi freneticamente, enquanto saímos da sala. — Cuidava principalmente das contas europeias. Ficava sentada perto da janela, gosta de chá de hortelã-pimenta...

— Aqui. — Clare me entrega um enorme pacote embrulhado para presente, coroado com uma fita de cetim. — É uma academia de ginástica de bebê.

Quando me aproximo, as outras recuam. Para ser honesta, não as culpo.

— Oi, Lexi. — Lucinda levanta os olhos, adorando a atenção.

— Oi. — Olho rapidamente para o bebê, que veste um macacão branco. — Parabéns, Lucinda. É... um menino? Uma menina?

— Chama-se Marcus! — Lucinda parece ofendida. — Você já o conheceu!

De algum modo me obrigo a dar de ombros, de modo depreciativo.

— Acho que não sou muito chegada em bebês.

— A não ser para comer no jantar! — Ouço alguém sussurrar.

— Pois é. Em nome do departamento, gostaria de lhe dar isto. — E entrego o embrulho.

— Discurso! — diz Clare.

— Não é necessário — retruco com um olhar de censura. — Todo mundo de volta...

— É necessário sim! — questiona Debs em desafio. — É como se fosse a despedida de Lucinda também. Ela não pode deixar de ter um discurso.

— Discurso! — grita alguém ao fundo. — Discurso! — Uns dois outros começam a bater nas mesas.

Ah, meu Deus. Não posso recusar. Os chefes fazem discursos sobre os empregados. É o que eles fazem.

— Claro — digo finalmente, e pigarreio. — Todos estamos muito felizes por Lucinda com o nascimento de Marcus. Mas é triste dizer adeus a um membro valioso da nossa equipe.

Noto Byron se juntando às pessoas, examinando-me atentamente por cima de sua caneca do *Lost*.

— Lucinda sempre... — Tomo um gole de café, tentando ganhar tempo. — Ela sempre... ficava junto à janela. Tomando seu chá de hortelã-pimenta. Cuidando de suas contas europeias.

Levanto os olhos e vejo Fi ao fundo, fazendo freneticamente mímica de algum tipo de atividade.

— Todos nos lembramos de Lucinda por seu amor por... andar de bicicleta — continuo, insegura.

— Andar de bicicleta? — Lucinda parece perplexa. — Quer dizer, a cavalo?

— Isso. Exatamente. Andar a cavalo — emendo rapidamente. — E todos apreciamos seus esforços com os... clientes franceses.

— Eu não fiz negócios com a França. — Lucinda me olha ofendida. — Você nem sabia o que eu *fazia*?

— Conte a história de Lucinda e a mesa de sinuca! — grita alguém no fundo, e há um coro de gargalhadas.

— Não — reajo irritada. — Então... um brinde à Lucinda. — Levanto minha xícara de café.

— Você não se lembra da história, Lexi? — A voz suave de Byron vem da lateral. Olho-o e sinto um vazio súbito por dentro. Ele descobriu.

— Claro que *lembro*. — Forço meu tom mais cortante. — Mas não é hora de histórias idiotas e irrelevantes. Vamos todos trabalhar. Voltem para as mesas, todo mundo.

— Meu Deus, ela é uma tremenda vaca — ouço Lucinda murmurando. — Está pior ainda do que antes!

— Esperem! — A voz de Byron se ergue suave acima dos murmúrios de protesto. — Esquecemos o outro presente de Lucinda! O vale para o spa de mãe e bebê. — Ele estende um pedaço de papel para mim, com um ar de ultradeferência. — Você deve fazer isso, já que é a chefe do departamento.

— Certo. — Pego a caneta.

— Você precisa pôr o sobrenome também — acrescenta ele casualmente enquanto destampo a caneta. Levanto os olhos, e os dele estão brilhando.

Porra. Ele me pegou.

— Claro — digo depressa. — Lucinda... lembre-me que nome você usa atualmente.

— O mesmo de antes — responde ela, ressentida, balançando o bebê. — Meu nome de solteira.

— Certo.

O mais lentamente que posso, escrevo "Lucinda" na linha pontilhada.

— E o sobrenome? — insiste Byron, como um torturador apertando o parafuso. Olho desesperadamente para Fi, e vejo-a murmurando alguma coisa sem som. Dobson? Dodgson?

Prendendo o fôlego escrevo cuidadosamente um D. Depois paro e estico o braço como se estivesse fazendo aquecimento.

— Estou com problemas no pulso — digo a ninguém em particular. — Às vezes os músculos ficam meio... rígidos...

— Lexi, encare os fatos — diz Byron, balançando a cabeça. — A farsa acabou...

— Nada *acabou* — replico em tom cortante — Vou levar isso para a minha sala.

— Dê um tempo! — Ele parece incrédulo. — Pelo amor de Deus! Você acha *mesmo* que está brincando...

— Ei! — A voz aguda de Amy dispara pelo escritório, atraindo a atenção de todo mundo. — Olhem! É o Jude Law! Sem camisa!

— Jude *Law*?

— Cadê?

A voz de Byron é abafada sob um estouro de pés correndo para a janela. Debs está empurrando Carolyn para fora do caminho, e até Lucinda se estica para ver.

Adoro minha irmãzinha.

— Certo — digo de modo profissional. — Bem, preciso ir. Clare, poderia terminar isso, por favor? — Empurro o vale na direção dela.

— É o Jude Law! — Ouço Amy insistindo. — Acabei de vê-lo beijando a Sienna! Deveríamos ligar para a revista *OK!*

— Ela não lembrou porcaria nenhuma! — diz Byron furiosamente, tentando ser ouvido. — Isso tudo é uma armação!

— Preciso ir para minha reunião com Simon. Voltem ao trabalho. — Giro nos calcanhares ao melhor estilo Lexi-medonha e saio rapidamente do escritório antes que ele possa responder.

A porta da sala de Simon Johnson está fechada quando chego lá em cima, e Natasha sinaliza para eu me sentar. Afundo no sofá, ainda meio abalada pelo confronto com Byron.

— Vocês duas vão falar com Simon Johnson? — pergunta ela, surpresa, olhando para Fi.

— Não. Fi só está aqui...

Não posso dizer "como apoio moral".

— Lexi precisa me consultar sobre um documento de vendas — diz Fi em tom afável, e levanta as sobrancelhas para Natasha. — Ela voltou mesmo ao jeito de antes.

— Entendido. — Natasha levanta as sobrancelhas de volta.

Um instante depois o telefone toca e Natasha ouve por um momento.

— Certo, Simon — diz ela por fim. — Vou dizer. — Ela pousa o fone e me olha. — Lexi, Simon está com Sir David e alguns outros diretores.

— Sir David Allbright? — pergunto apreensiva.

Sir David Allbright é o presidente. É o figurão máximo, maior e mais figurão ainda do que Simon. E é realmente feroz, pelo que todo mundo diz.

— Isso mesmo. — Confirma Natasha. — Simon diz que você deve entrar na reunião e falar com todos eles. Dentro de uns cinco minutos. Certo?

O pânico lança pequenos disparos em meu peito. Eu não contava com Sir David e os outros diretores.

— Claro! Ótimo. Ah... Fi, preciso empoar o nariz. Vamos continuar a discussão no banheiro.

— Ótimo. — Fi parece surpresa. — Tudo bem.

Entro no banheiro vazio e me sento num vaso, ofegando.

— Não posso fazer isso.

— O quê?

— Não posso. — Abraço a pasta, desamparada. — É um plano idiota. Como vou impressionar Sir David Allbright? Nunca fiz uma apresentação para gente importante assim, não sou boa em fazer discursos...

— É sim! — retruca Fi. — Lexi, você já fez discursos para a empresa inteira. Você era excelente.

— Verdade? — Encaro-a, confusa.

— Eu não iria mentir — diz ela com firmeza. — Na última reunião de vendas você foi brilhante. Você pode fazer isso com um pé nas costas. Só precisa acreditar.

Fico em silêncio por alguns segundos, tentando visualizar isso, *querendo* acreditar. Mas a coisa não ressoa no cérebro. Não está registrada em lugar nenhum. Fi poderia me dizer que eu sou fabulosa no trapézio, ou que faço um fantástico salto com tripla pirueta de patins.

— Não sei. — Esfrego o rosto esperançosa, com a energia se dissipando. — Talvez eu não leve jeito para ser chefe. Talvez eu devesse desistir...

— Não! Você foi feita para ser chefe!

— Como você pode *dizer* isso? — Minha voz treme. — Quando fui promovida a diretora não aguentei a barra! Afastei todas vocês, não administrei bem o departamento... ferrei com tudo. E eles sabem disso. — Balanço a cabeça na direção da porta. — Por isso me rebaixaram. Não sei nem por que estou me incomodando. — Afundo a cabeça nas mãos.

— Lexi, você não ferrou com nada — diz Fi rapidamente, quase brusca de embaraço. — Você era uma boa chefe.

— É. — Levanto os olhos brevemente e os reviro. — Certo.

— Você *era*. — Suas bochechas estão vermelhas. — Nós... não fomos justas. Olhe, nós ficamos putas da vida com você, por isso dificultamos as coisas. — Ela hesita, torcendo uma toalha de papel e fazendo uma trança. — É, você era impaciente demais boa parte do tempo. Mas fez coisas fantásticas. Você era boa em motivar as pessoas. Todo mundo se sentia vivo, no maior pique. As pessoas queriam impressionar você. Elas admiravam você.

Enquanto absorvo suas palavras, sinto a tensão escorrendo para fora de mim, como um cobertor caindo no chão. Só que não confio totalmente no que ouço.

— Mas vocês fizeram com que eu parecesse uma vaca. Todas vocês.

— Você era uma vaca na maior parte do tempo. — Fi concorda. — Mas algumas vezes precisava ser. — Ela hesita, trançando a toalha entre os dedos. — Carolyn estava fazendo besteira com as despesas dela. Merecia uma chamada. Eu não disse isso — acrescenta rapidamente, com um sorriso, e não consigo deixar de sorrir de volta.

A porta do banheiro se abre e uma faxineira entra com um esfregão.

— Pode nos dar dois minutos? — digo imediatamente, na minha melhor voz tipo "não discuta comigo". — Obrigada. — A porta se fecha de novo.

— O negócio, Lexi... — Fi abandona a toalha de papel amarrotada. — É que nós sentíamos ciúme. — Ela me olha com franqueza.

— Ciúme?

— Num minuto você era a Dente Torto. No outro tinha um cabelo e dentes incríveis, sua própria sala, estava no comando e dizendo o que deveríamos fazer.

— Eu sei. — Suspiro. — É loucura.

— Não é loucura. — Para minha surpresa, Fi vem até onde estou sentada. Agacha-se e segura meus ombros. — Eles tomaram uma boa decisão ao promovê-la. Você consegue ser chefe, Lexi. Você é boa nisso. É um milhão de vezes melhor do que a porra do *Byron*. — Ela revira os olhos com ar de desprezo.

Sinto-me tão tocada por sua confiança em mim que por um momento não consigo falar.

— Eu só quero ser... uma de vocês — digo finalmente. — Com todo mundo.

— Vai ser. É. Mas *alguém* precisa ir lá fora. — Fi senta-se nos calcanhares. — Lexi, lembra-se de quando estávamos na escola? Lembra-se da corrida de sacos na gincana?

— Não me lembre. — Reviro os olhos. — Eu estraguei tudo ali também. Caí de cara no chão.

— Esse não é o ponto. — Fi balança a cabeça vigorosamente. — O ponto é que você estava ganhando. Estava lá na frente. E se continuasse indo, se não tivesse esperado o resto de nós... teria ganhado. — Ela me olha quase furiosa, com os mesmos olhos verdes que conheço desde os 6 anos. — Só continue. Não pense nisso, não olhe para trás.

A porta se abre de novo e levamos um susto.

— Lexi? — É Natasha, franzindo a testa ao me ver com Fi. — Fiquei imaginando onde você estaria! Está pronta?

Dou uma última olhada para Fi, depois me levanto e ergo o queixo.

— Sim. Estou pronta.

Posso fazer isso. Posso. Ao entrar na sala de Simon Johnson, minhas costas estão completamente retas e meu sorriso é rígido.

— Lexi. — Simon dá um sorriso largo. — Que bom ver você. Sente-se.

Todo mundo parece totalmente à vontade. Quatro diretores estão em volta de uma pequena mesa, em confortáveis poltronas de couro. Há xícaras de café. Um homem magro, grisalho, que reconheço como David Allbright, está falando com o homem à sua esquerda sobre uma vila na Provença.

— Então, sua memória se recuperou! — Simon me entrega uma xícara de café. — Tremenda notícia, Lexi.

— É. Fantástica!

— Estamos avaliando as implicações do 7 de junho. — Ele indica os papéis espalhados na mesa. — Sua memória veio em muito boa hora, porque eu sabia que você tinha uma visão forte sobre a fusão dos departamentos. Conhece todo mundo aqui? — Ele puxa uma cadeira, mas não me sento.

— Na verdade... — Minhas mãos estão úmidas e eu aperto a pasta. — Na verdade queria falar com vocês. Com todos vocês. Sobre... outra coisa.

David Allbright levanta os olhos, franzindo a testa.

— Sobre o quê?

— Pisos.

Simon se encolhe. Alguém murmura:

— Pelo amor de Deus.

— Lexi. — A voz de Simon sai tensa. — Nós discutimos isso antes. Fomos em frente. Não vamos mais falar sobre Pisos.

— Mas eu fechei um negócio! É disso que quero falar! — Respiro fundo. — Sempre achei que as estampas antigas da Deller eram um de nossos ativos mais valiosos. Durante vários meses tentei encontrar um modo de aproveitá-las. Agora tenho um negócio engatilhado com uma empresa que gostaria de usar uma de nossas estampas antigas. Isso vai elevar o perfil da Deller. Vai virar o departamento de cabeça para baixo! — Não consigo deixar de parecer empolgada. — Vocês sabem que sou capaz de motivar meu departamento. Isto pode ser o início de algo grande e inspirador! Só precisamos de outra chance. Só mais uma chance!

Paro sem fôlego e examino os rostos.

Vejo imediatamente. Não causei absolutamente nenhum impacto. Sir David tem a mesma expressão impaciente no rosto. Simon parece querer me matar. Um cara não tira os olhos de seu BlackBerry.

— Achei que a decisão sobre o Departamento de Pisos estava tomada — diz Sir David Allbright, irritado, a Simon. — Por que estamos falando disso outra vez?

— Já foi decidido, Sir David — desculpa-se rapidamente. — Lexi, não sei *o que* você está fazendo...

— Estou fazendo negócios! — retruco com um aperto de frustração.

— Minha jovem — diz Sir David. — Fazer negócios é olhar para a frente. A Deller é uma empresa do novo milênio, de alta tecnologia. Precisamos acompanhar as tendências, e não nos apegar ao que é antigo.

— Não estou me apegando! — Tento não gritar. — As antigas estampas da Deller são fabulosas. É um *crime* não usá-las.

— Isso tem a ver com o seu marido? — pergunta Simon, como se entendesse de repente. — O marido de Lexi é empreendedor imobiliário — explica aos outros, depois se vira de novo para mim. — Lexi, com todo o respeito, não vamos salvar seu departamento acarpetando uns dois apartamentos de demonstração.

Um dos homens ri e eu sinto uma punhalada de fúria. Acarpetar uns dois apartamentos de demonstração? É disso que eles acham que eu sou capaz? Quando ouvirem do que se trata esse negócio eles... eles...

Estou recomposta, pronta para contar; pronta para acabar com eles. Posso sentir a bolha de triunfo misturado com um pouco de veneno. Talvez Jon esteja certo, talvez eu seja meio naja.

— Se vocês *realmente* querem saber... — começo com os olhos chamejando.

E então, de repente, mudo de ideia. Paro no meio da frase, pensando furiosamente. Posso me sentir recuando, as presas se retraindo.

Dando um tempo.

— Então... a decisão está mesmo tomada? — pergunto numa voz diferente, mais resignada.

— Tomamos a decisão há muito tempo — diz Simon. — Como você sabe muito bem.

— Certo. — Afundo como se tivesse uma decepção gigantesca, e mordo uma unha. Em seguida levanto os olhos, como se acabasse de ter a ideia. — Bem, se vocês não estão interessados, será que eu poderia comprar os direitos das estampas? Para poder licenciá-las como um empreendimento particular?

— Jesus Cristo — murmura Sir David.

— Lexi, por favor não desperdice seu tempo e seu dinheiro — diz Simon. — Você tem um cargo aqui. Tem perspectivas. Não precisa desse tipo de coisa.

— Eu quero — digo teimosa. — Realmente acredito nos carpetes Deller. Mas preciso disso logo, para o negócio que estou fazendo.

Posso ver os diretores trocando olhares.

— Ela levou uma pancada na cabeça, num acidente de carro — murmura Simon ao cara que não reconheço. — Desde então não tem estado bem. Vocês precisam ser compreensivos, verdade.

— Vamos resolver isso. — Sir David Allbright gesticula impaciente.

— Concordo. — Simon vai até sua mesa, levanta o telefone e digita um número. — Ken? Aqui é Simon Johnson. Uma de nossas funcionárias vai falar com você sobre os direitos de algumas antigas estampas da Deller. Estamos fechando o departamento, como você sabe, mas ela pensa em licenciar os desenhos. — Ele ouve por um momento. — É, eu sei. Não, ela não é uma empresa, está agindo sozinha. Cobre um valor simbólico e cuide da papelada, certo? Obrigado, Ken.

Ele pousa o telefone, rabisca um nome e um número num pedaço de papel.

— Ken Allison. Nosso advogado. Ligue para ele e marque hora.

— Obrigada. — Agradeço e guardo o papel.

— E, Lexi. — Simon faz uma pausa. — Sei que combinamos três meses de licença. Mas acho que, por interesse mútuo, seu contrato deveria ser encerrado.

— Ótimo. — Digo. — Eu... entendo. Adeus. E obrigada.

Giro nos calcanhares e saio. Quando abro a porta posso ouvir Simon dizendo:

— É uma infelicidade *terrível*. Essa garota tinha um tremendo potencial...

De algum modo saio da sala sem pressa.

Fi está me esperando quando saio do elevador no terceiro andar, e levanta as sobrancelhas.

— E então?

— Não deu certo — murmuro enquanto vamos até a área principal do departamento. — Mas a coisa não acabou.

— Aí está ela. — Byron sai de sua sala enquanto eu passo. — A garota milagrosamente recuperada.

— Cale a boca — digo por cima do ombro.

— Então devemos mesmo acreditar que você recuperou a memória? — Sua voz sarcástica me acompanha. — Você vai realmente voltar a si?

Viro-me e o olho com expressão vazia, perplexa.

— Quem é ele? — pergunto a Fi, que funga numa gargalhada.

— Muito engraçado — diz Byron rispidamente, com as bochechas vermelhas. — Mas se você acha...

— Ah, vá se catar, Byron! — digo cansada. — Pode *ficar* com a porra do meu cargo. — Chego à porta da área principal e bato palmas atraindo a atenção de todo mundo. — Oi — digo, e todos levantam a cabeça. — Só queria que vocês soubessem que não estou curada. Não recuperei a memória, aquilo foi uma mentira. Armei um blefe para tentar salvar este departamento. Mas... fracassei. Sinto muito.

Enquanto todo mundo olha boquiaberto, dou alguns passos para dentro da sala, olhando as mesas, os gráficos nas paredes, os computadores. Tudo isso vai ser tirado. Vendido ou jogado fora. Todo esse mundinho vai acabar.

— Fiz tudo que pude, mas... — suspiro com força. — Pois é. A outra notícia é que fui demitida. Portanto, Byron, é com você. — Registro o choque no rosto de Byron e não consigo evitar um meio sorriso. — E quanto a todos vocês que me odiavam ou achavam que eu era uma vaca dura como um prego... — viro-me, olhando todos os rostos silenciosos. — Desculpe. Sei que agi mal. Mas fiz o melhor que pude. Saúde, e boa sorte para todo mundo. — Levanto a mão.

— Obrigada, Lexi — diz Melanie, sem jeito. — Obrigada por tentar, ao menos.

— É... obrigada — repete Clare, cujos olhos pareciam do tamanho de pratos durante todo o meu discurso.

Para minha perplexidade, alguém começa a bater palmas. E de repente a sala toda está aplaudindo.

— Parem! — Meus olhos começam a arder e eu pisco com força. — Seus bobos. Eu não fiz nada. Eu *fracassei.*

Olho para Fi e ela é quem bate palmas com mais força.

— Pois é. — Tento manter a compostura. — Como disse, fui demitida, por isso vou imediatamente ao bar encher a cara. — Há uma gargalhada ao redor. — Sei que são só 11h... mas alguém quer ir comigo?

Às 15h minha conta no bar passa das trezentas libras. A maioria dos funcionários do Departamento de Pisos voltou para o escritório, inclusive um irascível Byron, que ficou entrando e saindo do bar, exigindo que todo mundo voltasse pelas últimas quatro horas.

Foi uma das melhores festas em que já estive. Quando peguei meu Amex Platinum, o pessoal do pub aumentou a música para nós, arrumou belisquetes e Fi fez um discurso. Amy apresentou uma versão caraoquê de "Who wants to be a millionaire", depois foi expulsa pelos funcionários do bar que perceberam de repente que ela era menor de idade. (Eu lhe disse para voltar ao escritório e que a encontraria lá, mas acho que ela foi à TopShop.) Depois duas garotas que mal conheço encenaram um fantástico esquete sobre Simon Johnson e Sir David Allbright se conhecendo num encontro às escuras. Que aparentemente elas fizeram no Natal, só que, claro, não me lembro.

Todo mundo se divertiu à beça; na verdade, a única que não ficou totalmente de porre fui eu. Não podia, porque tenho uma reunião com Ken Allison às 16h30.

— Então. — Fi levanta sua bebida. — A nós. — Ela bate seu copo no meu, com Debs e Carolyn. Somos só nós quatro sentadas em volta de uma mesa, agora. Como nos velhos tempos.

— Ao desemprego — diz Debs desanimada, tirando um pouco de spray de serpentina do cabelo. — Não que a gente culpe você, Lexi — acrescenta depressa.

Tomo um gole de vinho e depois me inclino para a frente.

— Certo, pessoal. Tenho uma coisa a dizer. Mas vocês não podem contar a ninguém.

— O que foi? — Os olhos de Carolyn estão brilhantes. — Você está grávida?

— Não, sua anta! — Baixo a voz. — Eu fechei um negócio. Foi isso que tentei contar ao Simon Johnson. Há uma empresa que quer usar uma de nossas antigas estampas retrô. Tipo uma edição limitada especial, de alto nível. Vão usar o nome Deller, nós vamos ter uma divulgação gigantesca... vai ser incrível! Todos os detalhes estão acertados, só preciso finalizar o contrato.

— Fantástico, Lexi — diz Debs, em dúvida. — Mas como vai fazer, agora que você foi demitida?

— Os diretores vão me deixar licenciar os desenhos antigos, como autônoma. Por uma ninharia! Eles são tão *míopes*! — Pego um bolinho indiano. E o pouso de novo, empolgada demais para comer. — Quero dizer, isso pode ser só o início! Há muito material de arquivo. Se a coisa crescer, nós podemos expandir, empregar mais gente da equipe antiga... virar uma empresa...

— Não acredito que eles não se interessaram. — Fi balança a cabeça, incrédula.

— Eles detonaram totalmente os carpetes e pisos. Só se importam com as porcarias dos sistemas de entretenimento doméstico. Mas isso é bom! Significa que vão me deixar licenciar os desenhos praticamente em troca de nada. E todos os lucros vão ficar comigo. E... com quem trabalhar comigo.

Olho de um rosto para o outro, esperando que a mensagem seja captada.

— *Nós?* — pergunta Debs, o rosto luzindo subitamente. — Você quer que a gente trabalhe com você?

— Se estiverem interessadas — digo meio sem jeito. — Quero dizer, pensem primeiro, é só uma ideia...

— Eu estou dentro — diz Fi com ênfase. Em seguida abre um saco de batata frita e enfia um bocado na boca. — Mas, Lexi, ainda não entendo o que aconteceu lá em cima. Eles não se animaram quando você disse com quem era o negócio? Não ficaram *loucos*?

— Nem perguntaram com quem era. — Dou de ombros. — Presumiram que era um dos projetos do Eric. — "Você não vai salvar seu departamento acarpetando uns dois apartamentos de demonstração!" — imito a voz paternalista de Simon Johnson.

— Então, *quem* é? — pergunta Debs. — Qual é a empresa?

Olho para Fi. E não consigo evitar um sorrisinho quando digo:

— Porsche.

20

Então é isso. Sou a licenciadora oficial das estampas da Deller Carpets. Tive uma reunião com o advogado ontem e outra hoje de manhã. Tudo está assinado e a transferência bancária foi feita. Amanhã me encontro com Jeremy Northpool e assinamos o contrato com a Porsche.

Quando chego em casa ainda estou cheia de adrenalina. Preciso ligar para todas as garotas, colocá-las a par das coisas. Depois preciso pensar onde será nossa sede. Precisamos de um escritório, algum lugar barato e conveniente. Talvez em Balham.

Podemos ter luzinhas de Natal no escritório, penso, numa alegria súbita. Por que não? É o nosso escritório. E um espelho de maquiagem decente no banheiro. E música tocando enquanto trabalhamos.

Ouço vozes vindo do escritório de Eric quando entro no apartamento. Ele deve ter chegado de Manchester enquanto eu estava com o advogado. Espio pela porta aberta e vejo a sala cheia de seus funcionários mais importantes agrupados ao redor da mesinha de centro, com uma cafeteira vazia no meio. Clive está ali, e a chefe de recursos humanos, Penny, e um cara chamado Steven que nunca soube realmente o que fazia.

— Oi! — Sorrio para Eric. — Fez boa viagem?

— Excelente. — Ele confirma com a cabeça e franze a testa, perplexo. — Você não deveria estar no trabalho?

— Eu... explico isso mais tarde. — Olho os rostos ao redor, sentindo-me generosa depois da manhã de sucesso. — Posso trazer mais café para vocês?

— Gianna fará isso, querida — diz Eric, reprovando.

— Tudo bem! Não estou ocupada.

Vou para a cozinha, cantarolando enquanto faço mais um bule, mandando rápidas mensagens de texto para Fi, Carolyn e Debs, para que saibam que tudo correu bem. Temos uma reunião esta tarde e vamos acertar os detalhes. Recebi um e-mail de Carolyn hoje cedo, dizendo como está empolgada, e citando um monte de novas ideias e possíveis contatos para mais negócios exclusivos. E Debs está doida para ficar com o departamento de RP.

Vamos formar uma boa equipe, sei que vamos.

Volto ao escritório de Eric com um bule cheio e começo a servir o café discretamente, enquanto ouço a discussão. Penny está segurando uma lista de nomes, com números rabiscados a lápis ao lado.

— Não creio que Sally Hedge mereça um aumento *nem* um bônus — diz ela, enquanto lhe sirvo uma xícara de café. — Ela é muito medíocre. Obrigada, Lexi.

— Eu gosto da Sally — digo. — Sabe que a mãe dela esteve doente recentemente?

— Verdade? — Penny faz uma cara, como se dissesse "e daí?".

— Lexi fez amizade com todas as secretárias e funcionários de nível inferior quando foi ao escritório. — Eric dá um risinho. — Ela é muito boa nesse tipo de coisa.

— Não é um "tipo de coisa"! — retruco meio irritada com seu tom de voz. — Só conversei com ela. Sally é realmente interessante. Sabe que ela quase entrou para equipe de ginástica olímpica dos jogos da Commonwealth? Ela sabe dar um salto mortal de frente na trave.

Todo mundo me olha perplexo por um segundo.

— Pois é. — Penny se vira de novo para o papel. — Nós concordamos: nada de bônus nem aumento desta vez, mas talvez uma revisão depois do Natal. — Indo em frente. Damian Greenslade...

Sei que não é da minha conta. Mas não aguento. Imagino Sally esperando a notícia do bônus. Imagino a pancada do desapontamento.

— Desculpe! — Ponho o bule de café numa prateleira e Penny para de falar, surpresa. — Desculpe, posso só dizer uma coisa? O negócio é que... um bônus pode não ser grande coisa para a empresa. É uma mixaria na contabilidade. Mas é uma coisa enorme para Sally Hedge. *Alguém* de vocês se lembra de como era ser jovem, duro e estar lutando para sobreviver? — Olho os gerentes de Eric ao redor, todos vestidos com roupas elegantes, adultas, com seus acessórios elegantes e adultos. — Porque eu me lembro.

— Lexi, sei que você tem um bom coração. — Steven revira os olhos. — Mas o que está dizendo? Que todos deveríamos ser duros?

— Não estou dizendo nada disso! — Tento controlar minha impaciência. Estou dizendo que vocês devem ter em mente como era estar na base da escada. Isso está a uma vida de distância de todos vocês. — Giro a mão ao redor. — Mas aconteceu comigo. E parece que foi há seis semanas. *Eu* era aquela garota. Sem dinheiro, esperando um bônus, imaginando se algum dia teria uma chance, parada na chuva torrencial...

— De repente percebo que estou me descontrolando um pouco. — Pois é. Posso dizer que, se vocês lhe derem o bônus, ela vai realmente gostar.

Há uma pausa. Olho para Eric e ele tem um sorriso fixo, lívido, no rosto.

— Certo. — Penny levanta as sobrancelhas. — Bem... voltamos a Sally Hedge. — Ela faz uma marca no papel.

— Obrigada. Eu não pretendia interromper. Prossigam. — Pego o bule de café e tento me esgueirar em silêncio para fora da sala, mas tropeço brevemente numa pasta Mulberry que alguém deixou no chão.

Talvez eles deem um bônus a Sally Hedge, ou talvez não. Mas pelo menos falei alguma coisa. Pego o jornal e estou folheando para ver se há uma seção de "Salas para Alugar" quando Eric sai do escritório.

— Ah, oi — digo. — Fazendo uma pausa?

— Lexi. Uma palavrinha. — Ele me leva rigidamente ao meu quarto e fecha a porta, com aquele sorriso horrível ainda no rosto. — Por favor, nunca mais interfira em meus negócios de novo.

Ah, meu Deus, eu *achei* que ele parecia puto da vida.

— Eric, desculpe ter interrompido — digo rapidamente. — Mas só quis exprimir uma opinião.

— Não preciso de nenhuma opinião.

— Mas não é *bom* falar sobre as coisas? — pergunto atônita. — Mesmo que discordemos? Quero dizer, é isso que mantém os relacionamentos vivos! Conversar!

— Não concordo.

Suas palavras estão saindo como um tiroteio. Ele ainda tem aquele sorriso, como uma máscara, como se tivesse de esconder o quanto está com raiva. E de repente é como se eu tirasse uma venda dos olhos. Não conheço este homem. Não o amo. Não sei o que estou fazendo aqui.

— Eric, sinto muito. Eu... não farei isso de novo. — Vou até a janela, tentando juntar os pensamentos. Depois me viro. — Posso fazer uma pergunta, já que estamos conversando? O que você acha realmente, genuinamente? De nós? Do nosso casamento? De tudo?

— Acho que estamos fazendo um bom progresso. — Eric responde, com o humor instantaneamente melhor, como se tivéssemos passado para um novo assunto na agenda. — Estamos ficando mais íntimos... você começou a ter lampejos de memória... aprendeu tudo do Manual do Casamento... Acho que tudo está se acertando. É bom sinal.

Ele parece tão profissional! Como se de repente pudesse vir com uma apresentação em PowerPoint com um gráfico mostrando como estamos felizes. Como ele pode pensar assim, quando não se interessa pelo que eu penso, nem por nenhuma das minhas ideias, nem por quem eu sou?

— Eric, sinto muito. — Dou um suspiro fundo e me deixo cair numa cadeira de camurça, sem encosto. — Mas não concordo. Não acho que estejamos ficando mais íntimos, realmente não acho. E... tenho algo para confessar. Eu inventei os lampejos de memória.

Eric me encara chocado.

— Inventou? Por quê?

Por que era isso ou a montanha de creme de chantili.

— Acho que eu... só queria que fosse verdade — improviso vagamente. — Mas o fato é que não me lembrei de nada este tempo todo. Você ainda é só um cara que eu conheci há algumas semanas.

Eric senta-se pesadamente na cama e caímos em silêncio. Pego uma foto nossa em preto-e-branco, no nosso casamento. Estamos brindando um ao outro e sorrindo, e parecendo felicíssimos. Mas agora que olho mais atentamente, posso ver a tensão em meus olhos.

Imagino por quanto tempo fui feliz. Imagino quando percebi que havia cometido um erro.

— Eric, vamos encarar os fatos, não está dando certo. — Suspiro enquanto coloco a foto de volta no lugar. — Para nenhum de nós dois. Estou com um homem que não conheço. Você está com uma mulher que não se lembra de nada.

— Isso não importa. Vamos construir um casamento novo. Recomeçar! — Ele está girando as mãos para dar ênfase. A qualquer minuto vai dizer que estamos desfrutando um "estilo de vida casamento".

— Não estamos. — Balanço a cabeça. — E não consigo continuar.

— Consegue, querida. — Eric passa instantaneamente para o modo "marido preocupado de inválida enlouquecida". — Talvez você tenha se pressionado demais. Descanse.

— Não preciso de descanso! Preciso ser *eu mesma*! — Levanto-me, com a frustração borbulhando. — Eric, eu não sou a mulher com quem você acha que se casou. Não sei o que andei sendo nesses três anos, mas não era eu. Eu gosto de cor. Gosto de bagunça. Gosto... — Abro os braços. — Gosto de comer massa! Durante esse tempo todo não estive com fome de sucesso, estive *com fome*.

Eric parece totalmente bestificado.

— Querida — diz ele cautelosamente. — Se isso significa tanto para você, podemos comprar um pouco de massa. Vou dizer a Gianna para encomendar...

— Não se trata de massa! — grito. — Eric, você não entende. Eu estive fingindo nestas últimas semanas. E não consigo continuar. — Mostro a tela enorme. — Não curto esse negócio de alta tecnologia. Não me sinto tranquila. Para ser honesta, preferiria viver numa casa.

— Numa *casa*? — Eric parece tão horrorizado como se eu tivesse dito que quero morar com uma matilha de lobos e ter filhotes com eles.

— Este lugar é fantástico, Eric. — De repente me sinto mal por ter criticado sua criação. — É espantoso e realmente admiro. Mas não sou eu. Simplesmente não sou feita para... o estilo de vida loft.

Aargh. Não acredito. Fiz o gesto amplo com as mãos paralelas.

— Estou... chocado, Lexi. — Eric parece realmente aparvalhado. — Eu não fazia ideia de que você se sentia assim.

— Mas o mais importante é que você não me ama. — Encaro-o diretamente. — Não *me* ama.

— Eu amo você! — Eric parece recuperar a confiança. — Você sabe que amo. Você é talentosa e linda...

— Você não me acha linda.

— Acho sim! — Ele parece ofendido. — Claro que acho!

— Você acha meu tratamento de colágeno lindo — corrijo gentilmente, balançando a cabeça. — E as jaquetas nos dentes e a tintura de cabelo.

Eric está em silêncio. Posso vê-lo me olhando chocado. Provavelmente eu lhe disse que era tudo natural.

— Acho que eu deveria me mudar. — Afasto-me alguns passos, olhando o tapete. — Desculpe, mas é simplesmente... demais para mim.

— Acho que apressamos demais as coisas — diz Eric por fim. — Talvez um tempo *seja* boa ideia. Depois de uma ou duas semanas você verá as coisas de modo diferente, então poderemos pensar de novo.

— É — concordo. — Talvez.

É estranho arrumar as malas neste quarto. Esta não é a minha vida — é a vida de outra mulher. Estou colocando absolutamente o mínimo numa mala Gucci que encontrei num armário: algumas roupas de baixo, jeans, uns pares de sapatos. Não me sinto ter direito algum sobre os tailleurs bege de grife. E, para ser honesta, não quero nenhum deles. Quando estou terminando, sinto uma presença no quarto. Levanto os olhos e vejo Eric junto à porta.

— Preciso sair — diz ele rigidamente. — Você vai ficar bem?

— Vou, vou ficar bem. — Asseguro. — Vou pegar um táxi até a casa de Fi. Ela vai sair cedo do trabalho. — Fecho o zíper da mala, encolhendo-me diante daquele som definitivo. — Eric... obrigada por ficar comigo. Sei que foi difícil para você também.

— Eu gosto profundamente de você. Você deve saber disso. — Há uma dor genuína nos olhos dele, e sinto uma pontada de culpa. Mas não podemos ficar com uma pessoa por culpa. Ou porque ela sabe pilotar lanchas. Levanto-me, esfregando as costas rígidas, e examino o quarto enorme e imaculado. A cama de grife, de alta tecnologia. A tela engastada na parede. O quarto de vestir, para todos aqueles milhões de roupas. Tenho certeza de que nunca mais vou viver num lugar luxuoso assim na vida. Devo estar louca.

Enquanto meu olhar percorre a cama, algo me atravessa a mente.

— Eric, eu guincho quando estou dormindo? — pergunto em tom casual. — Você já notou?

— Guincha, sim. — Afirma ele. — Nós consultamos um médico por causa disso. Ele sugeriu que você lavasse as narinas com soro fisiológico antes de dormir, e prescreveu um prendedor de nariz. — Ele vai até uma gaveta, pega uma caixa e mostra um negócio de plástico, de aparência medonha. — Quer levar?

— Não — consigo responder depois de uma pausa. — Mas obrigada.

Certo. Estou tomando a decisão correta.

Eric guarda o prendedor de nariz. Hesita, depois vem e me dá um abraço desajeitado. Sinto que estamos obedecendo às instruções do Manual do Casamento: *Separação (abraço de despedida)*.

— Tchau, Eric — digo encostada em sua camisa cara e perfumada. — A gente se vê.

Ridiculamente, me sinto à beira das lágrimas. Não por causa do Eric... mas porque acabou. Toda a minha incrível e perfeita vida de sonho.

Por fim Eric se afasta.

— Tchau, Lexi. — Ele deixa o quarto e um instante depois sei que saiu.

Uma hora mais tarde termino realmente de fazer as malas. No fim não consegui resistir e enchi outra mala com La Perla, maquiagem Chanel e produtos para o corpo. E uma terceira com casacos. Quero dizer, quem mais vai querer isso? Não Eric. E fiquei com a bolsa Louis Vuitton, em nome dos velhos tempos.

Dizer adeus a Gianna foi bem difícil. Dei-lhe um enorme abraço de despedida e ela murmurou algo em italiano enquanto dava tapinhas em minha cabeça. Acho que ela meio que entendeu.

E agora sou apenas eu. Arrasto as malas até a sala e olho o relógio. Ainda restam uns minutos até a chegada do táxi. Sinto que estou saindo de um hotel chique, estilo butique. Estive em um lugar ótimo para me hospedar, e as instalações eram incríveis. Mas nunca foi meu lar. Mesmo assim não consigo evitar uma pontada fortíssima enquanto saio no terraço enorme pela última vez, abrigando os olhos do sol da tarde. Lembro-me de ter chegado aqui e pensado que havia pousado no céu. Parecia um palácio. Eric parecia um deus grego. Ainda consigo conjurar aquela euforia incrível, de prêmio de loteria.

Com um suspiro giro nos calcanhares e volto para dentro. Acho que não me entregaram a vida perfeita de bandeja, afinal de contas.

O que provavelmente significa que nunca fui Gandhi.

Enquanto olho para a porta do terraço me ocorre que devo me despedir do meu bicho de estimação. Ligo a tela e clico em "Canto do Bichinho". Chamo meu gato e o olho por um minuto, brincando com uma bola, lindo e com a mesma idade para sempre.

— Tchau, Arthur — digo. Sei que não é um bicho de verdade, mas não consigo deixar de sentir pena dele, preso em seu mundo virtual.

Talvez eu devesse me despedir de Titan também, só para ser simpática. Clico em "Titan" e imediatamente aparece uma aranha de um metro na tela, vindo para mim como se fosse um tipo de monstro.

— Meu Deus!

Horrorizada, me encolho e, no instante seguinte, ouço um estrondo. Giro, ainda abalada — e vejo uma bagunça de vidro, terra e plantas no chão.

Ah, *fantástico*. Ótimo trabalho. Derrubei um daqueles negócios chiques de planta. Orquídeas, ou sei lá o que são. Enquanto olho consternada os destroços, uma mensagem pisca na tela, azul luminoso sobre verde, repetidamente.

Estrago. Estrago.

Este lugar está mesmo tentando me dizer alguma coisa. Talvez ele seja realmente inteligente, afinal de contas.

— Desculpe! — digo alto para a tela. — Sei que estraguei tudo, mas estou indo embora! Você não precisa me aguentar mais!

Pego uma vassoura na cozinha, varro toda a bagunça e jogo na lata de lixo. Depois encontro um pedaço de papel e escrevo um bilhete para Eric.

Querido Eric,

Quebrei a orquídea. Desculpe.
Além disso rasguei o sofá. Por favor me mande a conta.

Lexi

A campainha toca no instante em que estou assinando, e encosto o papel no novo leopardo de vidro.

— Oi — digo ao interfone. — O senhor poderia subir ao último andar?

Talvez eu precise de ajuda com as malas. Deus sabe o que Fi vai dizer, eu lhe falei que só ia levar uma caixa de sapato com o essencial. Saio ao saguão externo e ouço o elevador chegando à cobertura.

— Olá! — digo quando as portas começam a abrir. — Desculpe, estou com um monte de... — E meu coração para.

Não é o motorista de táxi que está à minha frente.

É Jon.

Está usando jeans e camiseta. Seu cabelo escuro está despenteado e o rosto parece todo amassado como se ele tivesse dormido de mau jeito. É o oposto da arrumação imaculada, modelo Armani, de Eric.

— Oi — digo com a garganta subitamente seca. — O que...

Seu rosto está quase duro, os olhos escuros intensos como sempre. De súbito me lembro da primeira vez em que o vi, no estacionamento, quando ele ficou me olhando como se não acreditasse que eu não estivesse me lembrando dele.

Agora entendo por que Jon pareceu tão desesperado quando lhe falei sobre meu maravilhoso marido Eric. Entendo... um monte de coisas.

— Liguei para o seu trabalho — diz ele. — Mas disseram que você estava em casa.

— É. — Consigo confirmar com a cabeça. — Aconteceram umas coisas no trabalho.

Estou revirada por dentro. Não consigo encará-lo. Não sei por que ele está aqui. Afasto-me um passo, olhando o chão, torcendo as mãos juntas, com força, prendendo o fôlego.

— Preciso dizer uma coisa, Lexi. — Jon respira fundo e cada músculo de meu corpo se retesa de apreensão. — Preciso... pedir desculpas. Eu não deveria ter insistido tanto, foi injusto.

Sinto um choque. Não é o que eu estava esperando.

— Pensei um bocado — continua Jon rapidamente. — Percebo que tem sido um momento dificílimo para você. Não ajudei. E... você está certa. — Ele faz uma pausa. — Não sou seu amante. Sou um cara que você acabou de conhecer.

Ele parece tão casual que há um nó súbito em minha garganta.

— Jon, eu não quis...

— Eu sei. — Ele levanta a mão, com a voz mais gentil. — Tudo bem, sei o que você quis dizer. Isso tem sido muito difícil para você. — Ele dá um passo mais para perto, os olhos procurando os meus. — E o que quero dizer é... não pegue pesado com você mesma, Lexi. Você está fazendo o máximo. É tudo que pode fazer.

— É. — Minha voz está embargada com lágrimas que não derramei. — Bem... estou tentando.

Ah, meu Deus. Vou chorar. Jon parece perceber, e se afasta como se quisesse me dar espaço.

— Como foi no trabalho?

— Bem — afirmo.

— Fantástico. Fico feliz por você.

Ele está agindo como se isso fosse o fim, como se estivesse para se virar e ir embora. E ainda não sabe.

— Estou deixando o Eric — digo rapidamente, como se abrisse uma comporta. — Vou agora mesmo, estou com as malas feitas, o táxi está vindo...

Tento não procurar a reação dele, mas não consigo evitar. E vejo. A esperança brilha em seu rosto como a luz do sol. E depois some de novo.

— Fico... feliz — diz ele finalmente, cuidadosamente contido. — Você provavelmente precisa de tempo para pensar nas coisas. Isso tudo ainda é muito novo para você.

— É. Jon... — Minha voz está carregada. Nem sei o que quero dizer.

— Não. — Ele balança a cabeça, de algum modo conseguindo dar um riso torto. — Nós simplesmente perdemos nosso tempo.

— Não é justo.

— Não.

Através do vidro atrás de Jon, vejo um táxi preto entrando no prédio. Jon acompanha meu olhar e vejo um vazio súbito em seus olhos. Mas ele logo sorri outra vez.

— Vou ajudá-la a levar as coisas para baixo.

Quando todas as malas estão postas no táxi e eu dou o endereço de Fi ao motorista, fico parada diante de Jon, o peito apertado, sem saber como dizer adeus.

— Então...

— Então... — Ele toca minha mão rapidamente. — Cuide-se.

— Você... — Engulo em seco. — Você também.

Com as pernas ligeiramente bambas entro no carro puxo a porta. Mas não consigo me obrigar a fechá-la direito. Ainda não posso ouvir aquele horrível estalo final.

— Jon — levanto os olhos para o lugar onde ele ainda está parado. — Nós éramos... realmente bons juntos?

— Éramos bons. — Sua voz está tão grave e seca que mal posso ouvi-la; o rosto cheio de amor misturado com tristeza enquanto afirma. — Éramos muito, muito bons.

E agora as lágrimas escorrem pelas minhas bochechas; meu estômago está retorcido de dor. Estou desfalecendo. Eu poderia abrir a porta; dizer que mudei de ideia...

Mas não posso. Não posso simplesmente sair correndo de um cara de quem não me lembro para os braços de outro.

— Preciso ir — sussurro, virando a cabeça para não vê-lo mais; esfregando furiosamente as lágrimas. — Preciso ir. Preciso ir.

Tranco a porta pesada. E lentamente o táxi se afasta.

21

Finalmente o mundo enlouqueceu. Esta é a prova.

Quando entro na Langridge's e desenrolo a echarpe rosa brilhante, tenho de esfregar os olhos. É apenas 16 de outubro e já há enfeites brilhantes em toda parte. Há uma árvore de Natal coberta de badulaques e um coro no mezanino berrando "Noite Feliz".

Daqui a pouco vão começar os preparativos do Natal em primeiro de janeiro. Ou vão começar a ter um Natal extra, "fora de época". Ou simplesmente será Natal o tempo todo, mesmo nas férias de meio de ano.

— Oferta especial Calvin Klein de festas? — entoa uma garota entediada, de branco, e me desvio dela antes que seja borrifada. Se bem que, pensando bem, Debs gosta desse perfume. Talvez eu compre para ela.

— Sim, por favor — digo, e a garota quase cai, surpresa.

— Embrulho especial de Natal? — Ela vai correndo para trás do balcão antes que eu possa mudar de ideia.

— Para presente, por favor — digo. — Mas não de Natal.

Enquanto a garota amarra o embrulho, eu me examino no espelho atrás dela. Meu cabelo continua comprido e brilhante, mas não de um tom tão luminoso quanto antes. Estou usando jeans e um cardigã verde, e meus pés estão dentro de confortáveis tênis de camurça. Meu rosto está sem maquiagem; a mão esquerda sem um anel.

Gosto do que vejo. Gosto da minha vida.

Talvez eu não tenha mais uma vida de sonho. Talvez não seja uma milionária vivendo numa cobertura gloriosa, acima de Londres.

Mas Balham é bem legal. E o mais legal é que meu escritório fica no andar em cima do apartamento, de modo que tenho o caminho para o trabalho mais curto do mundo. Motivo pelo qual talvez não caiba mais em meu jeans mais apertado. Isso e três fatias de torrada que como toda manhã no café.

Depois de três meses os negócios deram tão certo que às vezes preciso me beliscar. O contrato com a Porsche está acontecendo e já provocou interesse na mídia. Fizemos outro negócio fornecendo carpetes para uma cadeia de restaurantes, e hoje mesmo Fi vendeu minha estampa predileta da Deller — de círculos laranja — para um spa sofisticado.

É por isso que estou aqui, fazendo compras. Acho que todo mundo da equipe merece um presente.

Pago o perfume, pego a bolsa e continuo andando. Quando passo por um mostruário de sapatos altos me lembro de Rosalie, e não consigo deixar de rir. Assim que ficou sabendo que Eric e eu estávamos nos separando, Rosalie anunciou que não tomaria partido, que eu era sua amiga mais íntima e que seria meu apoio, meu apoio *absoluto*.

Veio me visitar uma vez. Chegou uma hora atrasada porque seu navegador por satélite não ia até a parte sul do rio, e depois se traumatizou com o que disse ser uma confusão de rua causada por gangues. (Dois garotos discutindo. Tinham 8 anos de idade.)

Mesmo assim fez melhor do que mamãe, que conseguiu cancelar todas as visitas prometidas por causa de algum problema com os cachorros. Ainda não conversamos desde que fui vê-la naquele dia, pelo menos não como deveríamos.

Mas Amy tem me mantido informada. Parece que no dia seguinte à minha visita, sem dizer a ninguém, mamãe juntou um monte de suas roupas cheias de babados e as mandou para uma instituição de caridade. Depois foi ao cabeleireiro. Parece que agora está usando cabelo curto, o que lhe cai bem, e comprou calças modernas. Além disso arranjou um homem para tirar o mofo da casa, e o pagou para tirar as pedras de calçamento de papai.

Sei que não parece muita coisa. Mas no mundo de mamãe esse é um passo gigantesco.

E, por incrível que pareça, Amy está se saindo muitíssimo bem na escola! De algum modo conseguiu entrar na Escola de Estudos Comerciais, e seu professor está espantado com o progresso. Vai fazer um estágio conosco nas férias de fim de ano — e estou ansiosa para isso.

Quanto ao Eric... Suspiro sempre que penso nele.

Ainda acha que estamos numa separação temporária, mesmo que eu tenha contatado seu advogado para falar do divórcio. Cerca de uma semana depois de eu ter me mudado, ele mandou um documento intitulado *Lexi e Eric: Manual da Separação*. Sugeriu que tivéssemos o que chamou de "encontro crucial" a cada mês. Mas não tive nenhum. Simplesmente... não posso ver Eric agora.

Nem consigo me obrigar a olhar para um capítulo intitulado "*Sexo durante a separação: Infidelidade, Solidão, Reconciliação, Outros.*

Outros? O que, afinal...

Não. Nem pense nisso. O ponto é que não adianta me ligar ao passado. Não há sentido em ficar pensando. É como Fi disse: tenho que olhar para a frente. Estou ficando bastante boa nisso. Na maior parte do tempo é como se o passado fosse uma outra área, lacrada fora da minha cabeça, com fita isolante nas bordas.

Paro no departamento de acessórios e compro uma bolsa roxa e divertida para Fi. Depois subo e encontro uma camiseta maneira, estilo anos 70, para Carolyn.

— Vinho temperado para as festas? — Um cara com gorro de Papai Noel oferece uma bandeja cheia de copos minúsculos e eu pego um. Enquanto vou andando, percebo que fiquei ligeiramente perdida na nova arrumação deste andar, e parece que fui parar no departamento de roupas masculinas. Mas não importa; não estou com pressa. Ando por alguns instantes, tomando o vinho quente e temperado, ouvindo os corais e olhando as luzinhas piscando...

Ah, meu Deus, eles me pegaram. Estou começando a me sentir natalina. Certo, isso é *ruim*. Só estamos em outubro. Preciso ir embora, antes que comece a comprar montes de panetones, CDs do Bing Crosby e a me perguntar se *O mágico de Oz* vai passar na TV. Estou procurando um lugar onde pôr meu copo quando uma voz animada me cumprimenta.

— Olá de novo!

Vem de uma mulher de cabelo curto e louro que está dobrando casacos de cor pastel no departamento masculino da Ralph Lauren.

— Hum... olá — digo insegura. — Eu conheço você?

— Ah, não. — Ela sorri. — Só me lembro de você, do ano passado.

— Do ano passado?

— Você estava aqui comprando uma camisa para o seu... cara. — Ela olha para minha mão. — De Natal. Tivemos uma conversa longa enquanto eu fazia o embrulho. Sempre me lembrei disso.

Encaro-a, tentando imaginar. Eu, aqui. Fazendo compras de Natal. A velha Lexi, provavelmente num tailleur bege, com uma pressa terrível; provavelmente franzindo a testa de tensão.

— Desculpe — digo por fim. — Tenho uma memória terrível. O que eu disse?

— Não se preocupe! — Ela dá um sorriso animado. — Por que você deveria se lembrar? Só lembrei porque você estava tão... — Ela para, no meio do gesto de dobrar um casaco. — Isso vai parecer idiota, mas você parecia tão *apaixonada*!

— Certo — confirmo. — Certo. — Jogo para trás uma mecha de cabelo, dizendo a mim mesma para sorrir e ir embora. É uma coincidência minúscula, só isso. Não é grande coisa. Ande, sorria e vá.

Mas enquanto estou ali parada, com as luzinhas piscando e o coro cantando "The First Nowell" e uma loura estranha me dizendo o que fiz no Natal passado, todo tipo de sentimentos enterrados estão emergindo, subindo como vapor. A fita isolante está se soltando no canto; não consigo mais manter o passado em seu lugar.

— Pode parecer uma pergunta... estranha. — Esfrego o lábio superior, que está úmido. — Mas eu disse qual era o nome dele?

— Não. — A mulher me olha com curiosidade. — Só disse que ele a tornou viva. Que antes você não se sentia viva. Estava borbulhando com aquilo, com a felicidade daquilo. — Ela pousa a blusa e me olha com curiosidade genuína. — Você não *lembra*?

— Não.

Algo está apertando minha garganta. Era Jon.

Jon, em quem tentei não pensar a cada dia desde que fui embora.

— O que eu comprei para ele?

— Foi esta camisa, pelo que lembro. — Ela me entrega uma camisa verde-clara, depois se vira para outro cliente. — Em que posso ajudá-lo?

Seguro a camisa, tentando visualizar Jon nela; eu a escolhendo para ele. Tentando conjurar a felicidade. Talvez seja o vinho; talvez seja só o fim de um longo dia. Mas não consigo largar a camisa. Não consigo deixá-la.

— Posso levá-la, por favor? — pergunto assim que a mulher fica livre. — Não se incomode em embrulhar.

Não sei o que há de errado comigo. Enquanto saio da Langridge's e chamo um táxi, ainda estou com a camisa verde apertada no rosto como um cobertor de crianças. Minha cabeça está zumbindo, o mundo está desaparecendo; estou pegando gripe ou algo assim.

Um táxi se aproxima e eu entro, no piloto automático.

— Para onde? — pergunta o motorista, porém mal escuto. Não consigo parar de pensar em Jon. Minha cabeça está zumbindo mais forte; estou apertando a camisa...

Estou cantarolando.

Não sei o que minha cabeça está fazendo. Estou cantando uma música que não conheço. E só sei que é Jon.

Esta música é Jon. Significa Jon. É uma música que conheço por causa dele.

Fecho os olhos desesperadamente, procurando-a, tentando trazê-la... E então, como um clarão de luz, está na minha cabeça.

É uma lembrança.

Tenho uma lembrança. Dele. De mim. Nós dois juntos. O cheiro de sal no ar, seu queixo áspero, um agasalho cinza... e a música. É isso. Um momento fugaz, nada mais.

Mas eu tenho. Eu *tenho*.

— Querida, para onde? — O motorista abriu a divisória e está falando comigo.

Encaro-o como se ele falasse uma língua estrangeira. Não posso deixar que mais nada entre em minha mente; preciso segurar essa lembrança, alimentá-la...

— Pelo amor de Deus. — Ele revira os olhos. — Aonde-você-quer-ir?

Só há um lugar aonde quero ir. Preciso ir.

— Para... para... Hammersmith. — Ele gira o volante, engrena o táxi e nós partimos.

Enquanto o táxi percorre Londres, fico empertigada, tensa. Sinto-me como se minha cabeça contivesse um líquido precioso e que, se for sacudido, será derramado. Não posso pensar muito para não me desgastar. Não posso falar, nem olhar pela janela, nem deixar absolutamente nada entrar em meu cérebro. Preciso manter esta lembrança intacta. Preciso contar a ele.

Quando chegamos à rua de Jon, empurro o dinheiro para o motorista e saio, percebendo imediatamente que deveria ter ligado antes. Pego o celular e digito seu número. Se o Jon não estiver em casa, vou aonde quer que ele esteja.

— Lexi? — atende ele.

— Estou aqui — ofego. — Eu lembrei.

Silêncio. O telefone fica mudo e posso ouvir passos rápidos lá dentro. No minuto seguinte a porta se abre no topo da escada e ali está ele, com uma camisa pólo e jeans, velhos tênis Converse nos pés.

— Lembrei uma coisa — digo antes que ele possa falar algo. — Me lembrei de uma música. Não conheço a música, mas sei que a ouvi com você, na praia. Nós devemos ter ido lá, algum dia. Escute! — Começo a cantarolar a música, ávida de esperança. — Lembra?

— Lexi... — Ele passa a mão pelos cabelos. — O que você está falando? Por que está segurando uma camisa? — Ele a olha de novo. — É minha?

— Ouvi com você na praia! Sei que ouvi! — Sei que estou falando de modo incoerente, mas não consigo evitar. — Lembro-me do ar salgado, que seu queixo estava áspero e ela era assim... — Começo a cantarolar de novo, mas sei que estou ficando menos clara, procurando as notas certas. Por fim desisto e paro, cheia de expectativa. O rosto de Jon está franzido, perplexo.

— Não lembro — diz ele.

— *Você* não lembra? — Encaro-o numa incredulidade ofendida. — *Você* não lembra? Qual é! Pense! Estava frio, mas de algum modo nós estávamos aquecidos, e você não tinha se barbeado... estava com um agasalho cinza...

De repente sua expressão muda.

— Ah, meu Deus. A vez em que fomos a Whitstable. É disso que você está se lembrando?

— Não sei! — digo impotente. — Talvez.

— Nós fomos passar o dia em Whitstable. — Ele está assentindo. — Na praia. Fazia um frio desgraçado, por isso nós nos enrolamos e estávamos com um rádio... cante a música de novo!

Certo, eu não deveria ter mencionado a música. Sou uma cantora horrível. Mortificada, começo a cantarolar de novo. Deus sabe o que estou cantando agora...

— Espere. É aquela música que tocava o tempo todo. “Bad Day”. — Ele começa a cantarolar e é como um sonho se realizando.

— É! — digo ansiosa. — É isso! É essa música!

Há uma pausa longa e Jon esfrega o rosto, parecendo bestificado.

— Então é só o que você lembra? Uma música.

Quando ele fala isso desse jeito eu me sinto absolutamente idiota por ter atravessado Londres feito uma doida. E de repente a realidade dura esmaga minha bolha. Ele não está mais interessado, foi em frente. Provavelmente já tem uma namorada.

— É. — Pigarreio, tentando parecer casual, sem sucesso. — Só isso. Quis lhe contar que lembrei alguma coisa. Só para você saber. Então... hum... tudo bem. Prazer em vê-lo. Tchau.

Pego as sacolas de compras com as mãos desajeitadas. Minhas bochechas estão queimando e eu me sinto arrasada ao me virar para ir embora. Isso é embaraçoso demais. Preciso sair daqui o mais rápido possível. Não sei o que eu estava *pensando*...

— Isso basta?

A voz de Jon me pega de surpresa. Viro-me e vejo que ele desceu metade da escada, o rosto tenso de esperança. E ao vê-lo todo o meu fingimento desaparece. Os últimos três meses parecem sumir. Somos só nós, de novo.

— Eu... não sei — consigo dizer finalmente. — Basta?

— Você é que sabe. Você disse que precisava de uma lembrança. De um fio que nos ligasse... a nós. — Ele desce mais um degrau em minha direção. — Agora você tem.

— Se eu tenho, é o fio mais fino do mundo. Uma música. — Faço um som que deveria ser um riso. — É como... teia de aranha. Fino como uma teia de aranha.

— Bem, segure-se a ele. — Sem que seus olhos escuros se afastem de mim, ele está descendo o resto da escada, começando a correr. — Segure-se, Lexi. Não deixe que ele se parta. — Jon me alcança e me abraça com força.

— Não vou deixar — sussurro e me agarro a ele. Nunca mais quero que ele se vá. Para longe de meus braços. Da minha cabeça.

Quando finalmente volto à superfície, três crianças estão me olhando da escada da casa ao lado.

— Uuu — diz uma delas. — Sen-suaaal.

Não consigo conter o riso, embora meus olhos estejam cheios de lágrimas.

— É — concordo, dizendo para o Jon. — Sensual.

— Sensual. — Ele olha para mim, as mãos envolvendo minha cintura; os polegares acariciando gentilmente meus quadris, como se ali fosse o lugar deles.

— Ei, Jon. — Ponho a mão sobre a boca, como se numa inspiração súbita. — Adivinhe só? Acabo de lembrar outra coisa.

— O quê? — Seu rosto se ilumina de novo. — O que você lembra?

— Lembro-me de ter ido à sua casa... tirado os telefones do gancho... e feito o melhor sexo da minha vida por 24 horas seguidas — digo séria. — Lembro-me até da data exata.

— Verdade? — Jon sorri, mas parece meio perplexo. — Quando?

— Dezesseis de outubro de 2007. Mais ou menos... — consulto o relógio — ...às 16h57.

— *Aaah.* — O rosto de Jon reflete a compreensão. — Claro. É, também me lembro. Foi uma ocasião incrível, não foi? — Ele passa o dedo pelas minhas costas e sinto um delicioso tremor de antecipação. — Só que acho que foram 48 horas seguidas, e não 24.

— Está certo. — Estalo a língua, fingindo reprovação. — Como foi que pude esquecer?

— Venha. — Jon me leva escada acima, a mão firme na minha, sob risos e aplausos das crianças.

— Por sinal — digo quando ele fecha a porta depois de entrarmos. — Não faço um bom sexo desde 2004. Só para você saber.

Jon ri. Tira a camisa pólo num único movimento e sinto um choque de tesão instantâneo. Meu corpo se lembra disso, ainda que eu não me lembre.

— Vou aceitar esse desafio. — Ele se aproxima, segura meu rosto com as mãos e me examina por um momento, silencioso e determinado até que minhas entranhas estejam derretendo de desejo. — Então me faça lembrar... o que aconteceu depois que as 48 horas acabaram?

Não consigo me segurar mais. Preciso baixar seu rosto para um beijo. E este nunca vou esquecer; este guardarei para sempre.

— Eu lhe digo — murmuro finalmente, a boca contra a pele quente e lisa de Jon. — Eu lhe digo quando me lembrar.

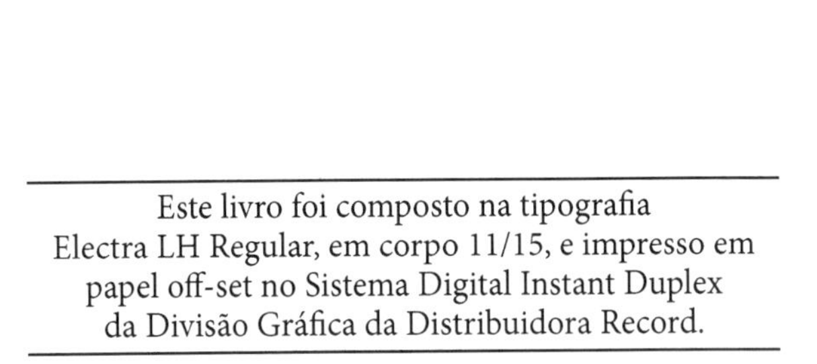
Este livro foi composto na tipografia
Electra LH Regular, em corpo 11/15, e impresso em
papel off-set no Sistema Digital Instant Duplex
da Divisão Gráfica da Distribuidora Record.